时光不负深情久

澜笙 著

当代世界出版社

图书在版编目(CIP)数据

时光不负深情久 / 澜笙著. -- 北京：当代世界出版社，2025.3. -- ISBN 978-7-5090-1872-9

Ⅰ. I247.5

中国国家版本馆CIP数据核字第2024W2T382号

书　　名：	时光不负深情久
作　　者：	澜　笙
出 品 人：	李双伍
监　　制：	吕　辉
策　　划：	白　翎
责任编辑：	李俊萍
出版发行：	当代世界出版社
地　　址：	北京市东城区地安门东大街70-9号
邮　　编：	100009
邮　　箱：	ddsjchubanshe@163.com
编务电话：	(010)83908377
	(010)83908410转806
发行电话：	(010)83908410转812
传　　真：	(010)83908410转806
经　　销：	新华书店
印　　刷：	天津行知印刷有限公司
开　　本：	880毫米×1230毫米 1/32
印　　张：	11.5
字　　数：	400千字
版　　次：	2025年3月第1版
印　　次：	2025年3月第1次
书　　号：	ISBN 978-7-5090-1872-9
定　　价：	59.80元

法律顾问：北京市东卫律师事务所钱汪龙律师团队（010）65542827
版权所有，翻印必究；未经许可，不得转载。

目录

第一卷 故事的开始

chapter 1	脱离控制的开始	3
chapter 2	倔强的她	22
chapter 3	他的偏爱	40
chapter 4	偶尔胆怯你都了解	57
chapter 5	想靠近又不敢	73

第二卷 丢盔弃甲

chapter 6	谈情说案	93
chapter 7	是不是害怕会喜欢	109
chapter 8	服个软会怎么样	128
chapter 9	爱上的同时是放弃	142
chapter 10	我要定你了	161

第三卷 偶尔胆怯

chapter 11	爱是下意识的选择	181
chapter 12	她是特别的存在	198
chapter 13	细节在每一处	216
chapter 14	逐渐沦陷	233
chapter 15	全面失守	252

第四卷 艰难抉择

chapter 16	她是不可取代的	271
chapter 17	热恋中的男人	290
chapter 18	我想分手	309
chapter 19	追她谋心	327
chapter 20	你想要的我都会给	346

时光不负深情久

第一卷

故事的开始

chapter 1
脱离控制的开始

上午11:00。

初秋的空气中还带着夏日的燥热,昨天天气预报说今天会下雨,到了这时候已经闷热不堪。

南枝将车停好,翻下车内化妆镜,仔细看了看今天的妆容,又检查了一下着装,确定一切完美后才下车。

今年总工商会的活动,各大酒店都在争取,万盛也不例外。南枝跑了十几家公司,得出一个结论:最后都得看行业龙头傅氏的意见。

她特地避开傅氏,现在却不得不面对。深呼吸了两次,她带上职业化的微笑,朝着前方的办公大楼走去。

"预约了吗?"

"之前打过电话,联系的是赵秘书。"

前台将来宾证给她,并为她指明了上总裁办的电梯。

傅氏总裁傅寒州的个人履历光鲜到南枝都觉得她今天压根上不来,可是她不仅上来了,还坐在了他的办公室等他会议结束。

南枝正襟危坐,脊背挺直,生怕有任何的失态,这次活动能否拿下关乎她年底的晋升和年终奖。她在万盛三年了,耗费了很多心血,她告诉自己,一定要拿出专业的态度。

总裁办各种嘈杂的声音都被隔绝在外,南枝拿出自己的笔记本电脑,又看了看这次活动的设计方案和预算规划。

门突然被打开,先进来的几个人看到她的时候有些诧异,随后,他们身后跟着的男人才进入她的眼帘。

男人穿着考究的高档西服,视线淡漠地落在她身上,南枝快速站起身，抱起电脑跟了上去。

她知道机不可失，时不再来，难得能预约上傅寒州的时间，她不能就这么错过。穿过里三层外三层包围着他呈交文件的人群，南枝大着胆子跑到最前头介绍自己："傅总您好，我是万盛集团行政部职员南枝，很高兴见到您。"

南枝很快被挤到了一边。傅寒州已经在位置上坐下，文件全部被秘书收走进行分类。傅寒州看文件速度很快，下达的指令简单干脆。南枝不敢上去打断，只能在角落里安静地等待。

走了一上午，她的脚掌传来酥麻的酸胀感，便趁着没人发现偷偷地左右脚交替着站立。

"去沙发上坐。"男人突然开口。

南枝一愣。

"没听清楚？"

从刚才的表现来看，傅寒州显然是个不喜欢一句话说两遍的男人。

南枝立刻打起精神："没关系的傅总，我等您处理完事情也可以的。"

傅寒州没有理她，直到处理完事情，才走到沙发区。

南枝跟了过来，"傅总，我是万盛的——"

"我知道了，除了自我介绍，你没有别的想说吗？"

男人双腿交叠，优雅矜贵。他是傅氏命脉的掌舵者，更是H市龙头企业掌权人，只要他点个头，她今年的业绩一定能达标。

"是这样的傅总，今年的商会活动我想替我们万盛争取主办权，我们万盛是拥有良好口碑的老字号，更是H市经久不衰的老品牌酒店，我们的经营理念和今年商会的宗旨与主题非常契合。这是我做的方案，请您先看看，如果有不明白的地方，我可以全程为您解答。"

傅寒州看了她一眼，南枝立刻扬起笑脸。他垂眸接过文件，打开粗略地扫了几眼。

"抱歉，这份方案，我不能通过。"

南枝笑容一僵，心凉了半截，"傅总是哪里不满意呢？能不能再给个机会？"

傅寒州神色淡漠地说:"我不认为连信守承诺都做不到的人可以承办这么大一场商会活动。"

南枝有点没反应过来,对上男人犀利的眼神后,她抿唇道:"能不能撇开那天晚上的事,先谈公事?"

她声音放轻,显然很是心虚。

"不能。工作跟生活息息相关,连生活都混乱的人,更不应该承接这么大的案子。"

真够毒舌的,不就是那天晚上她喝多了,发生了不该发生的意外吗?

想起那天早上醒来,这男人冷着脸问她要去哪儿的画面,南枝就坐立难安。

"如果你要谈公事,那我已经告诉你结果了,至于私事,你还欠我一个说法。"男人见她许久不开口,直接自己打破僵局。

南枝抬眸看他,傅寒州下巴微抬:"这回是你自己送上门的。"

"傅总好像也没什么损失吧?"

傅寒州挑眉,拿出手机,放了一段录音。

"你长得真好看,能不能当我男朋友啊?"

"我一定会对你好的,我赚钱养你呀,你肯定比我那个出轨的男朋友强!"

录音的最后,南枝在这间空旷的办公室里,清晰地听到了男人沉稳磁性的回答:"好。"

录音暂停,男人修长的指节敲了敲桌面:"所以你还有什么要说的吗?"

南枝豁出去了,"那……那身为男朋友,给女朋友的方案提个意见,可以吧?"

男人目不转睛看了她一会儿,"你这是打算先谈公事?"

"对!"南枝想也不想就回答。

"那就先谈公事。"傅寒州将文件撂在茶几上,"说好听点,这个方案叫隔靴搔痒;说难听点,凭这份方案,你连傅氏门口的保安岗位都应聘不上。"

南枝被他说得一无是处也没生气,"那我再改改?我还没润色呢。"

"没重点,润色了也没用。"傅寒州无情地评判。

南枝急了,"那要怎么做?"

"先吃饭吧。"傅寒州抬手看了眼腕表,"如果你还有时间。"

她咬牙,好个卑鄙的资本家。

她好不容易来到这儿,哪能就这么放弃,下次谁知道他哪一天还有空。

傅寒州的助理很快送来两份午餐。早就听说傅氏集团福利第一,连食堂的饭也格外好吃,南枝跑了一天也确实饿了。

男人吃饭的时候没有什么声音,吃相斯文优雅,哪怕只是吃一份盒饭也像是在高级餐厅吃法餐。

"看我干什么?想吃我这份?"傅寒州认真地询问。

南枝低下头,"没有,我就是好奇您怎么也吃公司食堂。"

"我也是公司一员,为什么不能吃?难不成被女朋友拉黑了电话号码,我就不吃不喝?"

得,这事儿是过不去了。

"也不是拉黑,我是手滑,手滑。"南枝心虚地强调。

"不必解释。"

南枝只好低头吃饭。等南枝喝完了配汤,傅寒州才让人进来清理。

"现在能说方案的问题了吗?"南枝就怕他吃了饭还要睡个午觉,那可真不知道又要等多久了。

"无意义,不可行,太复杂。"傅寒州给出了评价,"不如重新写一份。"

南枝直接从包里拿出了笔记本,"请您指点。"

"真要听?"

"当然,反正最终效果还是要你们公司决定,你也知道,这对我们万盛很重要,我当然会做到您满意为止。"

傅寒州点头:"你将傅氏往年的业绩罗列出来,完全没必要,因为这类广告铺天盖地都是,且已经过去了,傅氏想要给大家看的是将来。还有你们万盛合作的几家公司,你与你们部门规划的类目太复杂,做得再精美详细,执行的人都搞不清楚具体分工,能把事情做好吗?"

南枝想了想,点点头,"我继续改。"

傅寒州没打扰她,他也有事情要忙。

工作间隙,傅寒州抬起头看她时而苦恼地抿唇,时而蹙眉,不动声色地勾唇笑了笑。

直到下班时间,南枝才猛然发现自己在傅寒州办公室里待了这么久。

看傅寒州关闭电脑,南枝紧张道:"您要下班了吗?"

男人摘下金丝边框眼镜,闭目养神,"嗯,你还要多久?"

南枝不确定自己这个方案行不行,"我……我明天还能来吗?有些数据我正在联系同事。"

"如果你问的是傅总,那不行,但如果问的是男朋友,这点时间我应该可以给你。"

南枝心里跟着一颤,他这句话的潜台词,好像是他愿意宠着她,给她特殊待遇。

"傅——男朋友。"

"谁家男朋友带姓?"男人睁开眼。

"男朋友。"

"走吧,先送你回家。"

南枝跟着他到了地下停车场,司机已经在那儿等候。

刚坐进车里,傅寒州身上的冷木香就弥漫开来,刚才在办公室还没什么感觉,现在在逼仄的空间内,味道很是强烈。

"地址?"男人突然开口,清冷的音调不带任何情绪。

"铂悦府。"

随后,男人开始闭目养神,南枝悄悄松了口气。

傅寒州将她安全送到小区门口。

"把我的号码从你的黑名单里拉出来,女朋友。"

南枝硬着头皮道:"知道了。"

车子扬长而去,南枝一个人站在小区门口捋了下头发,觉得这事儿越来越复杂了。

今天一天就像做梦一样,傅寒州要将她的醉话当真,真的要当她的男朋友。跟这样的人在一起,他们不可能保持平等的关系,若她将来想脱身,也免不了被人说三道四。

算了,走一步看一步,眼下还是先把方案做出来交差,总要凭着实力拿下商会活动的主办权。

南枝第二天去公司上班。

她与前男友江澈分手的事情不胫而走,原本轰轰烈烈的江少求爱记,三个月就草草落下帷幕,南枝在松了一口气的同时,也发觉了周围人的态度变化。

"这么基础的数据都做错了,你是实习生吗?你来公司多久了?你这样我很怀疑你的专业水准!"

她上半夜接到通知,然后连夜赶出来的数据报表出了问题,自然免不了挨一顿痛批。

但南枝很清楚自己在保存数据上传之前,仔仔细细检查过。

如果这样依旧出问题,那么只能说,出问题的不是她,是想让她出问题的人。

一旁一起呈交文件的米筱雪突然说:"我看南枝最近接到的投诉可不少,昨天原本订了酒宴的程太太还说甜品台出了错误,身为同事还是希望你不要因为私人感情而影响我们行政部整个团队,毕竟每一个客户的需求,我们都应该牢记。"

南枝并没有搭理米筱雪,反而将手上已经打印好的报表放在了蔡经理桌面上,"我不知道为什么云端数据会出错,但为了以防万一,我还另外打印了一份,您看看数据还有错吗?"

蔡经理显然没想到南枝会备份,他假模假样地翻阅了一遍。

南枝看着他的动作,就知道这段时间的刁难,无非是因为听说了江澈跟她分手的消息,故意在工作上为难她。

"程太太那边,昨天我已经亲自提着礼品登门致歉,程太太也已经表示谅解了。"

蔡经理一顿,将报表丢在桌面上。米筱雪也没想到南枝居然来这么一手。

从办公室出来,米筱雪还跟在南枝后面。

"你这么拼有什么用?江澈那边都放话了,接下来你的日子只会越来越难熬。"

"熬不熬得下去是我的本事,不劳你费心。"

又不是第一天混职场,同一个坑难道还要跳第二次?当她是蠢的吗?

林又夏见她出来,赶紧把咖啡递了过去,看着米筱雪踩着高跟鞋扭着腰去了小组长办公室,才翻了个白眼道:"自己走后门进来的,还好意思跟同事说你靠江澈。"

"算了,跟她有什么好计较的。"职场上这种人本来就很多。

林又夏将自己的椅子拖过来,"那江澈干吗一直咬着你不放?分手多正常的事啊!他自己出轨还好意思给你使绊子?现在企划部那边气焰可嚣张了,一个劲找我们行政部麻烦,说给出的方案我们这边不配合,有江澈给他们当靠山,个个跟孔雀开屏似的。"

南枝不愿说跟江澈的那点破事,见林又夏一直刷着手机,问道:"看什么呢?"

"哦,今天的头条说傅寒州疑似有女朋友了,昨天跟一个女人上了车。"

南枝的手一顿,心虚道:"拍到照片了吗?"

"没有,网上傅寒州的照片那么少,不就是因为他们有最强的公关团队吗?一旦发现有人跟拍,律师函立刻跟上。"

南枝松了口气,随即打开了桌面上的文档,看看接下来的日程安排,"那赶紧工作吧,我这个方案被驳回了,还得重新草拟,企划部那边我也得去沟通下。"

林又夏点点头也没起疑心,"哦,明天晚上部门聚会你别忘了,我看米筱雪这次有备而来。蔡经理之前盯着你好久了,这次江澈跟你分手的消息一出来,保不齐他就要做点什么,你得机灵点,实在不行就溜。"

南枝一想到接下来的局面就头大,却只能应道:"好。"

部门聚会定在了新开业的俱乐部,算是高档消费场所,因此林又

—9—

夏一整个白天都在跟南枝抱怨,每次都是她们这些小鱼小虾米AA制请领导,还得听他们扯皮,被他们劝酒,这种令人恶心的"约定俗成"到底什么时候才能取缔。

南枝将车停好,拿上包,说:"算了,你要是敢在公司论坛上说这番话,人家保准说你没团队凝聚力,宣扬个人主义。"

林又夏翻了个白眼骂骂咧咧下了车,然后就看到米筱雪揽着蔡经理那个"地中海",笑眯眯地进了大门。

"要不说人家马屁拍得好,蔡经理每年都把她的业务分给别人做,难怪她每天在公司那么清闲。"

这个季节的H市连夜风都带着股湿热,南枝下了车,"快进去吧,迟了又要罚酒。"

两个人进门跟大部队集合。

"还以为你们堵车了呢,来齐了就走吧。"米筱雪说罢,对着蔡经理道,"上次您唱的那首今天必须压轴,我还没听够呢。"

这马屁拍得蔡经理高兴得不行,"是吗,那我今天换点别的。"

"傅总,陆少。"俱乐部的侍应生从他们身边快速经过,直接将大门拉开。进来的男人身穿做工考究的西装,身后跟着保镖,不是傅寒州是谁?

南枝下意识别开视线,很怕他现在当着同事的面叫她过去,还好傅寒州往她这边瞥了一眼就挪开了视线。

"这不是南小姐么,又见面了。"一旁的陆星辞倒是打了声招呼,这两人身后陆陆续续跟进来一群人,这些人是江澈绞尽脑汁讨好巴结的对象。

见到陆星辞打招呼,所有人都朝着他们这边看过来,目光一下就锁定了最出挑的南枝,眼神也暧昧了起来,都跟着起哄:"怎么不叫人过来一块儿玩?"

陆星辞故作深沉道:"这你们可别问我,我做不了主。"

傅寒州脚步不停,直接进了VIP电梯,大有一种你们要聊就站在这儿聊,我先走了的架势。

陆星辞对南枝笑了笑,"有空上来玩。"

反正他们在哪儿,问侍应生就能知道,只不过寻常人上不去罢了,但陆星辞这句话直接给她开了绿灯。

"南枝,你认识陆少?"部门的同事都有些诧异。

连蔡经理都脸色一变,后悔刚才没借着那个机会去递张名片。米筱雪的目光若有若无地落在南枝身上,最后轻飘飘地说:"是跟着江少认识的吧?长得漂亮还真是管用哦,南枝应该多出去转转,在咱们行政部屈才了。"

南枝似笑非笑地看着米筱雪道:"没办法,先天条件就是这么好,你应该体会不到我的苦恼。"

"你——"米筱雪脸色一变,气得差点跳脚。部门的同事有人出来打圆场:"快走吧,我等不及要听蔡经理高歌一曲了。"

"就是就是。"

大家都看出米筱雪样样爱掐尖,专门跟南枝对着干,可人家压根儿没把她放在眼里。

米筱雪一进包厢就跟找到了主场似的,开始满场飞,她唱歌不错,又捧着蔡经理,一圈下来,蔡经理脸上的褶子都挤成了一朵花。

林又夏用肩膀碰了碰南枝,示意她小心。

果不其然,不一会儿米筱雪就端着酒过来了,"能把程太太这么麻烦的客户搞定,咱们行政部的都得敬南枝一杯,对不对?"

南枝就知道她会来这么一出,"等会儿要开车,今晚不喝酒了。"

米筱雪挑眉,"你这可就不够意思了,大家都喝三轮了,你这是不把我们当自己人啊。"

南枝烦透了米筱雪这种话术,正要再次拒绝,包厢门被打开,侍应生端来了酒、甜品和果盘。

"上错了吧?我们没点啊。"

"没错的,这是陆少请大家的,还有今晚这个房间所有的消费,也都记在陆少账上了。"

大家一看那瓶酒,那价格可不是他们能负担得起的。

大家顿时一静,米筱雪的脸都快挂不住了,"难怪南枝不屑我们的敬酒呢。"

_II

林又夏忍了她一晚上，听她不阴不阳地讲话就烦，直接回怼道："我们跟陆少本来就有合作，客户请喝酒你也要阴阳怪气？蔡经理，这不合适吧？"

　　蔡经理试图打圆场，对侍应生说："替我们谢谢陆少，有机会多合作。"

　　侍应生笑着出去了。

　　南枝心里一沉，有些拿不准陆星辞突然玩这么一出是什么意思。

　　米筱雪脸上挂不住，也没再故意为难南枝，主要是担心南枝真的甩了江澈又贴上了陆星辞，那跟江澈可不是一个等级的人。

　　南枝刚坐下，林又夏就问："那个陆少怎么送酒了？"

　　南枝摇头，"我也不知道。"

　　她目光扫了过去，有几个同事看她的目光已经带了点忌惮，都是这段时间明里暗里给她使绊子的。

　　南枝正琢磨着要不要去问问陆星辞，忽觉身边一沉，一股浓郁的酒气伴随着女人的香水味包围了她，熏得她微微蹙眉，原来是蔡经理换了位置，坐到了她边上。"南枝呐，其实我是很看好你的。"

　　典型的黄鼠狼给鸡拜年式开头，南枝不着痕迹地将他的手从肩膀上拨下去，扭身隔开一段距离，"我还有很多不足，多谢蔡经理一直带着我们。"

　　"哎，别客气，就是一直不知道，你跟陆少这么熟。"蔡经理油腻的目光，落在了她的脸上。

　　南枝眉心一跳，就知道他来者不善。

　　蔡经理晃着手里的酒杯，话语里满是算计，"陆氏新开了一个度假区，风评不错，如果能把咱们酒店加入旅行套票里，弄个连锁项目，南枝啊，行政部主管的位置，你肯定拿得下。"

　　这项目就连他们的顶头上司高副总都未必拿得下来，她又凭什么？南枝心里犯嘀咕。

　　南枝微微勾起唇角，没说行，也没说不行，只是避重就轻地说："如果下次遇到陆少，我会努力去问问的，不过我个人跟他不是很熟悉。"

　　蔡经理听罢眼神闪烁，"其实也不用下次，陆少就在楼上。"

南枝笑容收敛,她就知道这老狐狸不会善罢甘休。

谁不知道蔡经理是江澈他爸江斌委派到行政部的,行政部主管汤曼蓉要休产假,这姓蔡的就把行政部当自家后花园了,这段时间部门被他搞得乌烟瘴气。

南枝索性打开天窗说亮话,她主动拿起酒,给蔡经理倒上。来公司这么久,南枝平日里就是个冷美人,蔡经理看着她的侧脸,差点忘了江澈是怎么吩咐自己的。

"我也不瞒您了,陆少跟我是真的没关系,不过高副总倒是问过我一件事,公司里有人说上次那红酒供应商是您表弟,说您拿了回扣呢。蔡经理,这事儿是不是真的呀?"

"是谁?谁胡说八道?这话是高副总问你的?"蔡经理胖脸一沉。

"那能有假吗!我肯定相信蔡经理您的人品啊,我就跟高副总说绝对没有的事。蔡经理您平时对我们员工那么好,我哪会胡说八道呢,只是架不住公司里人多嘴杂,要是每个人都去高副总那儿胡说八道一顿,蔡经理您这多冤枉啊,您还是得查查身边人。"

蔡经理喝了口酒,像是在考虑南枝说的是真是假。

如果是真的,江澈那边要他们赶走南枝,他就得琢磨琢磨了。这南枝倒是有点小聪明,能力也不错,放走了可惜。

南枝见他没继续动手动脚,也没劝酒,便借口去厕所出了包厢。

洗手台的水冲过指尖,南枝一抬眸,就看到跟过来的米筱雪。今晚她吃了两次瘪,依她的性子说什么也会找机会把场子找回来。

果不其然,米筱雪一边补妆一边阴阳怪气:"你还挺有本事的,不是江澈就是陆星辞。这次商会活动,听说你到处跑关系,怎么不干脆送上傅氏的门?"

南枝擦掉了手上的水渍,扭头看着米筱雪。

"去过了呀,傅总亲自见了我,还想当我男朋友呢。"

米筱雪冷笑一声,"我看你是快被江澈逼疯了。"说完扭头就走。

南枝又站了片刻后才转身准备回去,却差点撞上一个人。

傅寒州目不斜视地越过她,打开水龙头洗手,白衬衫袖子卷到了手肘位置,露出好看的双手和小臂。

—13

显然现在当不认识就太离谱了,南枝挪到他边上,见他关掉了水龙头,赶紧抽了一张纸巾递过去,心想刚才的话他不知听见了多少。

傅寒州看着她递过来的纸巾,一时没有动作。

南枝深吸一口气,"傅先生。"

"不是男朋友?"

南枝不敢吭声了。

"怎么总是跟老鼠见了猫似的。"男人接过纸巾擦了下手,"等会儿要坐我的车回去吗?"

"我没喝酒,可以开车的,而且我现在——还不方便让人知道我恋爱了,您也知道我跟前男友才分手没多久。"

"所以你的意思是想地下情?"

南枝有些开不了口,舌尖在嘴里转了个圈,支吾着问出来:"行……行吗?"

"给个时间,我这人不喜欢见不得光。"

"我保证,商会活动结束,一定给您一个满意的答复。"

男人走近,低下头看着她,成功地看到她双颊绯红,轻轻摸了下她的头发,"嗯。"

他说完转身就走。南枝大大松了口气,还以为他要发飙呢,没想到居然就这么同意了。

南枝回到包厢,部门聚会已经散场,同事们三三两两往外走。此时南枝的手机振动起来,南枝一看是陌生号码,生怕是客户,赶紧接了起来。

可是手机那头传来的是女人尖锐的叫声和怪笑声,宛如鬼片的音效,随后是一段电流声,以及阴恻恻的一句"回家的路上小心一点。"声音经过特殊处理,根本听不出是谁。

南枝面无表情地挂断电话,但心里还是沉了沉,江澈这个疯子。

晚上都喝了点酒,一群人打算打车回去。在路口等车的时候,南枝还在琢磨江澈到底想做什么。

"看,是傅寒州的车。"不知道谁说了一句,一行人齐刷刷地往车道上看去。

一辆黑色宾利从众人身边呼啸而过。

"唉,什么时候咱们也能这么风光?"林又夏叹了口气,准备上出租车,还不忘叮嘱南枝:"你开车小心点啊。"

南枝帮她关上车门,"得了,别操心我了,你回去喝点醒酒汤。"

"放心,我妈等我回家才睡呢。"林又夏朝她挥挥手。

南枝在原地站了一会儿才走到停车场准备开车,可她刚打开车门,就发现不对劲。

副驾驶有一袋代餐面包,口应该是打开的,因为林又夏在来的路上吃了一片,但现在那个袋子口是封着的,并且里面还有老鼠的吱吱叫声。

南枝的汗毛都竖起来了,她第一时间抓起那袋东西,然后锁上车门朝着外面走去。可是走到一半,她发现身后有脚步声,并且越来越近,南枝强装镇定,停车场还有其他人,或许只是顺路。

但从小到大的经历告诉她,不要抱有任何侥幸心理。

她直接跑了起来,空旷的停车场里脚步声凌乱又急促。忽然前方一辆车的车灯亮起,顾长的身影从车上下来,一把将南枝拽入怀中,她顿时害怕地挣扎起来。

"放开!放开我!"

"跑什么?"傅寒州清冷的声音响起。

南枝一怔,这才猛地抬头看向他。男人的五官轮廓隐匿在强光下,镜片在光影下反着光,南枝仓皇的眼神就这样落入他的眸中。

"出什么事了?"傅寒州微微蹙眉,低声问道。

南枝顾不得想他刚才明明已经走了的事,颤抖着声音道:"有人跟踪我。"

傅寒州抬眸,看着那两个路过的男人,"是路人,你多心了。"

南枝这才回头,看清楚真的是两个同路人后,心里却并没有轻松。

"有人动了我的车。"她怕傅寒州不信,将手里紧紧攥着的袋子递给他看。

傅寒州接过去打开,发现里面是一只奄奄一息的老鼠,难怪刚才就闻到一股腥臭味。傅寒州咬了咬后槽牙,将东西丢给了后面跟来的

—15

保镖。

"去检查她的车,然后报警。上车吧。"

傅寒州打开车门,很显然后面那句话是对南枝说的。

南枝一时没动。

傅寒州眯起眼,"怎么了?"

南枝抖着嗓子:"我动不了。"

"嗯?"

"腿软了。"

傅寒州静了一瞬,走过来直接俯身将她打横抱起。

他本来就高,南枝被他抱在怀里轻轻松松。

上车后,傅寒州并没有将她放下,她几乎是坐在他腿上。

她试图坐到一边去,但刚一动,傅寒州凌厉的目光就扫了过来,"女朋友,没事不要在我身上乱蹭。"

南枝简直无话可说。

"傅总刚才不是走了吗?"

傅寒州挑眉,"你很关心我的动向?"

"刚才在路口,别人说走的那辆宾利是你的车。"

他车那么多,她哪记得住到底是哪辆。

"我一直在这儿。"傅寒州幽幽道。

南枝点头,"今天谢谢您。"

傅寒州道:"你以前跟江澈在一起也喜欢用敬语?"

南枝摇头。

"既然不是那就像平常一样说话。"

听他这么说,南枝也不知道说什么了,车厢内一阵尴尬。

司机在后视镜里看了他们好几眼,最后硬着头皮问道:"傅总,回家?"

"去铂悦府。"傅寒州扫了一眼南枝那吓坏了的样子,随口道。

车厢内本就安静,外面还下起了淅淅沥沥的小雨。南枝看着雨滴打在窗户上随后滑落,有些迷茫接下来该怎么办,总不能每一天都等着江澈的报复。

铂悦府并不远,抵达小区的时候,司机停了下来。

南枝想动,又不自觉地去看傅寒州。

窗外的路灯光线昏黄,落在他优越高挺的鼻骨上,镜片被路过的灯光一闪,凌厉的双眸就这样对上了她的视线。

傅寒州揉了揉眉心,说:"下车。"

下车后的南枝想对傅寒州说谢谢,刚转身鼻尖就直接撞上了他的胸口。

未等反应,傅寒州已经拉着她的手往小区走去。

南枝与他并排走在一起,眼睛不由自主地往四处瞟。不知道是不是心理作用,她感觉有人躲在暗处偷窥她,唯一能依靠的,就是身边这个男人。

"胆子不大,行事却不管不顾的,江澈是什么人,之前没打听过?以为这样的花花公子能收心?能背叛别人,也能背叛你。"傅寒州的诘问一句比一句严厉。

到这时候,南枝也没什么嘴硬的资格,但关于江澈的问题,南枝还是凭良心说:"我答应他的追求,是因为他当时确实挺真心的,我也是成年人了,男未婚女未嫁,去尝试一下也是很正常的。至于他的风评,我之前没关注过他,自然也不太清楚。"

听她这么说傅寒州也不打算走了,站在原地点了根烟,冷冷地盯着她说:"继续。"

南枝突然就觉得自己像是在给上司做汇报。

"江澈报复我,是因为我向公司举报了他家,这点我无愧于心,本来就是事实。不过对于傅总,我是该道歉,为我莽撞的行为和——占您便宜的事。"

傅寒州深吸一口烟,显然并不在意南枝后面说的那段话,他眯起眼睛审视她。镜片遮挡下,她连他的眼神都看不真切,更无法揣测他现在的想法。

"你的眼光,确实不怎么样。"良久,傅寒州意味不明地落下这么一句。

南枝自然不是傻的,能听出他话里的意思。无非就是说,居然选了江澈这样的人,跟他交往也磨磨叽叽的。他再不济,也比江澈强得多。

—17

可正是因为太高不可攀,才让她更不敢在傅寒州的问题上轻易试探。

两人一前一后走着,等到了楼层,南枝开门的时候才想起来傅寒州还在。

"要——喝杯水吗?"她尽量让自己说得不那么暧昧,但人都走到家门口了,总不好来一句"你赶紧走吧"。

傅寒州挑眉,"邀请我?"

"就——只是喝水。"

"算了,不进去了,你回去好好休息吧。"

南枝点点头。门下一秒就被关上了。

傅寒州微微挑眉,差点被她的动作气笑了。

南枝今晚确实有点累,脱下高跟鞋放松了一下身体,直接瘫软在了沙发上。

小小的一居室被她布置得干净整洁又温馨,唯一来过这儿的除了还在国外工作的闺蜜宋栩栩,只有傅寒州。

南枝想起这段时间的混乱,开始琢磨是不是该换个工作。

她躺了会儿,起身去卧室准备换睡衣。只是刚走进卧室,她就发现了不对劲。

她的卧室有人来过。

南枝瞬间头皮发麻,第一反应是赶紧出去。可就在她动作的那一瞬间,柜门被人推开,江澈那张脸露了出来,猛地拽着她的头发,一把将她抵在了墙上。

"啊——"南枝尖叫了一声,直接被江澈从身后捂住了嘴巴。

"现在才回来?看来你以前要早点回家,都是为了不让我碰你是吗?"江澈的呼吸喷在她脖颈上。

"我等你等得好辛苦啊,你以为你能逃到哪里去?我是不是说过,我会让你死得很难看?"

南枝想反抗,奈何江澈拽着她的头发不放,还用身体抵着她。

"你那天晚上跑哪儿去了?傅寒州也不见了。"

他的手沿着她的脊梁骨往下滑,"你是不是早就看上他了?"

南枝奋力挣扎,趁着江澈腾开手的空档,往后狠踹了一脚,江澈显然料到她有这么一手,人只稍稍退开,却加大了抓住她的力道。

"我今天就要让你知道我的厉害!"江澈拖拽着南枝往床上去。

南枝此刻脑海里只有傅寒州还在门外的念头。

可她在沙发上躺了那么久,她不确定傅寒州还在不在,但求救的声音已经从她喉头发出:"傅寒州——傅寒州救我!!!"

"傅寒州?他还记得你是谁吗?你还是留着点力气等会儿跟我求饶吧!"

金属皮带扣被解开的声音响起,南枝一把抓起床头柜上的灯朝他脑门砸了过去。

"臭女人,我弄死你!"就在江澈怒吼着将皮带抽下来的时候,他被一股大力踹翻在床头。

"谁!"江澈怒吼一声扭头,在看到冷着脸的傅寒州时,怒气值到达了顶峰。

然而傅寒州冷峻的眉目微微拧起,伸手扯掉自己脸上的眼镜甩在了一边,随后以迅雷不及掩耳之势朝着江澈挥下了一拳,然后将人单手提起拽到客厅,抓起茶几上的花瓶直接砸了下去。

江澈起初还能叫骂两声,到后面干脆消了音。

傅寒州返回来的时候,就看到南枝怔怔地坐在床上,屋内一片狼藉,小东西散落一地,床头灯忽明忽暗,她一头微卷的长发凌乱地散在肩头,巴掌大的小脸因被人狠狠掐过,显得楚楚可怜。

他身上原本妥帖的衬衫因为刚才的打斗有些褶皱,不戴眼镜的时候面色冷峻,愈发显得不近人情。但他此刻看着她的时候,却刻意收敛了身上那股劲儿。

"还能动吗?"

南枝点点头,眼睛一眨不眨地盯着他,他真的来了,没想到今晚还是他救了她。如果他不在,自己不知道会怎样。

"去收拾行李,剩下的听我安排。"傅寒州说完,直接打了个电话。

江澈趴在地上,楼下的保镖听到动静上来,见到屋内的情形只问道:"傅总,您没事吧?"

傅寒州关上南枝的房门，低头整理袖口，额前一缕发丝落下，他顺便也松了松领口，削薄的唇紧紧抿起。

傅家的保镖已经很多年没见到傅寒州这么生气的样子了。

电梯打开，对门的邻居本来想打个招呼，见到门口一排保镖吓得躲进了家里。

傅寒州咬了咬后槽牙，抬腿不紧不慢朝着江澈走去，"很有本事啊，现在还能让我动怒的，你算一个。"

江澈手撑着地抬起头，血顺着他的额角滴到白色的毛绒地毯上，"傅寒州，不过就是个女人——"

傅寒州伸手抓着他的头发，将他拽得往后仰，那双精致的手工皮鞋也顺道碾上了他的手指。

"你用的哪只手？打了她多少下？你想对她做什么？"

分明是质问，可偏偏他说得慢条斯理，仿佛每个字眼都是在脑海里呈现出画面后，才慢慢吐出来，但每说出一个字，声音都越低沉。

还没等江澈回答，傅寒州直接道："把人送到警局。"

那眼神冷得能淬出冰来。

江澈被保镖拎起来带走了。

南枝手忙脚乱地往行李箱里塞东西，尽管一直告诉自己要冷静，手还是忍不住在颤抖。

过了会儿，客厅趋于平静，房门突然被打开，她本能地瑟缩了一下，回头看到傅寒州站在门外。

傅寒州问："收拾好了吗？"

南枝点头。

傅寒州走到了她边上，身影在他身后拉长，下一瞬，她整个人都被他抱在怀里，大手轻轻抚着她的头发，"别怕，他不会再来了。"

就这么一句，南枝的心莫名安定了下来。

"嗯。"

再次上了傅寒州的车，这次的心境却截然不同，她甚至没问他要去哪儿，反正她暂时是不敢回自己家了。

"我会让保镖把家里全部检查一遍，到时候把证据提交给警方。"

南枝手紧了紧,问:"江澈呢?"

"扭送去警局了。"

南枝松了口气,"那我要不要去录口供?"

"明天我会让人安排。"傅寒州抬起手腕,看了眼时间。

南枝本以为他会让人送她到酒店,但直到车子驶入别墅区,她才意识到他这是带自己回家了。

玄关的灯亮起,属于傅寒州的领地,向她彻底打开。

经年后,南枝再次回想这一幕,心中总会庆幸那天晚上跟他回来,而不是就此错过。

chapter 2
倔强的她

　　傅寒州的身价摆在那儿,别墅从入户到内部自然是低调奢华,但处处又可见用心。
　　他将她的行李箱直接提到了客房,"先洗漱,等会儿下来吃饭。"
　　男人说完就下楼了,给了她充裕的时间整理自己。
　　南枝将门关上,拿上洗漱用品去了卫生间。
　　下楼的时候,厨房已经飘来了饭菜的香气。
　　傅寒州系着围裙,挺括的身形就算做这种事情,也显得游刃有余。南枝走进厨房后愣了下神,傅寒州抬眼,正好看到她发呆的样子。
　　"怎么傻站在那儿?"
　　"没什么,觉得傅总秀色可餐。"
　　傅寒州挑眉,"那不如先吃我?"
　　南枝红了脸,"还不都是你占便宜。"
　　傅寒州闻言要亲她,南枝怕他失控,尴尬道:"先吃饭。"
　　这话的意思,就是今晚剩下的时间都是属于他的。
　　他并非急色之人,闻言将她打横抱起,朝着客厅走去。
　　南枝勾着他的脖子,隔着西装外套,感受着男人充满力量感的身体。
　　平心而论,傅寒州是个很吸引女人的男人,不然也不会让那么多人趋之若鹜,若论皮相,南枝觉得自己捡了个大便宜。
　　回到客厅,傅寒州将她放在沙发上,本想翻身压上来,南枝抵着他说:"先去洗澡。"
　　傅寒州叹了口气,走了。
　　傅寒州洗澡的时候,南枝把那些饭菜都热了一遍,并准备再做一个汤。

傅寒州洗了个战斗澡,下来的时候,发现女人还在厨房忙碌,她背对着自己,卷曲的长发灵巧地在后面打了个结,松垮垮地坠在脑后。

一身纯白的家居服,上面还有小樱桃图案,整个人看起来软绵绵的,随着她的动作,颊边因动作落下一缕发丝。

傅寒州走到她身后,看着她白皙的脖颈上坠着的头发,伸手将那发结拨弄开,自带微卷的发丝在空中划出一道弧线,然后散落在他的掌心。

微凉的发丝随着南枝转身从掌心滑走,傅寒州下意识握住一绺,将南枝的肩膀往原先的方位一扭,从橱柜反光处看,傅寒州好像在身后半拥着她。

"怎么了?"南枝侧首问道。

他幽深的目光看着她,带着南枝不懂的情潮,他微微俯身,将下巴抵在她纤细的肩头。

这样亲密的姿态,好像他们已经是一对相恋多年的恋人。

"你还会做什么菜?"傅寒州随意找了个话题。

南枝缓缓一笑,"都会一点,但不精通,大学的时候在餐厅打工学的。"

傅寒州蹙眉,"打工?"

"嗯,我把老家的房子卖了,但是想在H市买一套市区的好房子还远远不够,所以我又贷了些款,而且装修什么的都要钱,所以上大学时就半工半读了。"

南枝原本以为傅寒州会问她的家庭情况,好在他没有,只是突然松开了她。

南枝微微松了口气,看着傅寒州离开厨房又去而复返,手里拿着一个丝绒礼盒。

她一怔,傅寒州已经打开了礼盒,里面是一根发簪,傅寒州拢过她的头发,尝试了几下却没簪好。

南枝明白了他的意图,低头笑了笑:"给我吧。"

她随便挽了两下,那发簪灵巧地在她长发中穿梭,眨眼间已轻巧地将头发挽起,她的气质本就优雅,此时的慵懒中又带了性感。

傅寒州伸手捏了捏她的耳垂。

有时候真的挺奇怪的,接吻南枝都不觉得羞赧,但他这样随意一个缱绻又温柔的小动作,她却连看都不敢看他。

锅里的汤已经散发出香气,傅寒州揽着她,姿态慵懒。

南枝踟蹰了一下,才问道:"去餐厅吃?"

傅寒州其实挺想在厨房吃,但他还是微微俯身:"先让我尝尝。"

南枝舀了一勺汤,"我看网上教程做的,靓汤秘方,也许并不地道。"

傅寒州盯着她,伸手握住了她拿勺子的手,明明在喝汤,喉结吞咽的时候,愣是让人有种强烈的侵占欲。

"好正,好好味。"傅寒州看着南枝期待的眼神,脱口而出一句海城话。

这是南枝第一次听他说海城话,腔调正宗,本就优越的声线像一根羽毛在人耳廓搔过,引人战栗。

傅寒州还真的没去餐厅,而是就着她的手,把那些饭菜吃了个七七八八。

很显然他是喜欢吃的,这让南枝觉得自己的付出得到了肯定,她内心有点隐秘的小自豪。

任凭是谁,都会满意对方能尊重自己的劳动成果。

都不是第一次了,十指相扣的时候,南枝呼出来的热气都带着悸动。两人激烈、涌动、无处释放的热情都消耗在对方体内。

良久之后,傅寒州就这么抱着她,躺在床上,望着窗外清冷的月光。

南枝的皮肤很白很细腻,像是能掐出水来,令傅寒州爱不释手,不过显然她的脾气也不小,尤其是想睡觉的时候,还要被男人骚扰,当即一巴掌拍在了他的手上。

房间里旖旎的气氛瞬间因为这突兀的响声变得紧张。

南枝瞬间清醒,转头下意识说了一句:"对不起。"

她始终觉得自己跟傅寒州还不够熟悉,摸不准他的脾气,加上身份的差别,让她不能随性相处。

傅寒州无奈,将她搂了回去,"是我不对,你跟我道什么歉?"

南枝没吭声,她有点被江澈弄怕了。本质上,她一直是个没有安全感的人,因为没有人比她更清楚,她在这个世上无人依靠。

"如果做我的女人,连发脾气的权力都没有,那就是我的问题。"

南枝莫名觉得这话很熨帖,可又忍不住想,他对多少女人说过这句话。

或许是今晚的气氛太美好,也或许是他的温柔和耐心,让她难得有了倾诉欲。

"其实我骗了你。"

"嗯?"男人事后带着微哑的嗓音响起。

"跟江澈一起,不是因为恰好需要男朋友的时候他出现了,而是我生日那天,他是在零点给我送祝福的人。我很多年没过生日了。"

南枝说完,没听到他的回应,手摸上额头,"是不是很荒谬的决定?"

身体却突然被扳正,黑暗中,傅寒州的目光似火又似水,最终都化为了带着怜惜与缠绵的吻。

是的,怜惜,南枝竟然在今晚,感受到了属于傅寒州的温柔。

不再是那个冷漠却清晰指出她问题的傅总裁,也不是只会恶劣地在床上说一些让人面红耳赤的话的床伴。

这一刻的温柔,她能真真切切感觉到。

……

这两天过得有点"纵情酒色",南枝早上洗漱完毕后,与傅寒州坐在一张桌子上吃饭。

看着已经恢复了往日冷峻的男人,南枝用若无其事的口吻道:"今天我回家去了。"

傅寒州扫了她一眼,"什么时候再过来?"

"唔,你可以联系我,如果我不忙的话。"

这样的句式,傅寒州自从接管公司后,还真的没再听过。

不过他点了点头,然后示意南枝把面前的早餐吃掉,南枝看着满桌子的高蛋白和碳水,选择了蔬菜沙拉。

傅寒州蹙眉:"吃这么点儿,你是小鸟吗?"

南枝有些无语:"傅总,你身边难道没有保持身材的女性吗?你总不会认为我每天大吃大喝却不会胖吧?"

她的体脂率一直保持在18％，总热量摄入都是自己严格把控的。

傅寒州还真没注意过身边的女性穿什么、身材如何，他对自己没兴趣的人、事、物向来不会浪费一丁点儿时间。

"为了漂亮？"傅寒州琢磨了一下。

南枝点头，"我对自己要求严格而已，不过你都是什么时候锻炼的？"

她每次起床傅寒州都已经不在了。

"在你睡觉的时候，我有晨跑的习惯。"傅寒州说着，看她一脸果然如此的表情，嘴角轻勾。

南枝本想吃完饭再叫车，没想到傅寒州主动提出来要送她。

她看了眼手表，又望了望他身后。

"今天就我们两个。"傅寒州拿起车钥匙，"走吧，顺路。"

万盛集团的酒店自然不会开在犄角旮旯，同属于一片商业区，确实顺路，何况她还带着个行李箱。

"那多谢你了。"

两个人上车后却没什么交流，直到快到酒店，傅寒州才问了一句："有没有考虑过换工作？"

南枝倒是很诚恳："有，但还没有强烈到立刻就要换，我为了部门主管这个位置努力了这么久，按照我之前的表现，应该有机会，我暂时不想放弃。"

而且她想得很明白，无论在哪儿都有竞争，职场向来奉行的都是丛林法则。

好在傅寒州也只是略点头，"估计你也不想我送你到门口，前面路口下？"

不远不近的距离，她顺便还能买杯咖啡。

南枝将行李箱也拿了下来，对傅寒州道："再联系。"

抵达公司后，南枝就被叫到了楼上接受调查，原来是江澈父亲倒台的事件涉及了江家一党，而身为江澈前女友的她，也被列入涉嫌人员名单。所以，南枝接下来的所有业务暂时都由其他人接手。

南枝对此提出抗议，却没什么用，只能暂停所有工作。

她也不想去找傅寒州，干脆去林又夏那儿待了两天，又觉得这样空等结果不是办法,便决定自己去找几个关系不错的大客户自我拯救一下,不然接下来等到的肯定是辞退信。要是以这样的名义被辞退,往后她找工作只会更艰难。

她第一个目标就是亚美美容中心,这是贵妇和名媛经常出入的场所,更容易拉到潜在用户。

可惜还没遇到客户呢,反倒是跟傅寒州和陆星辞碰了个正着。

南枝一愣,倒是第一次看到傅寒州穿运动装,也没戴眼镜,只在额头上戴了一条吸汗带,这身打扮说他是大学生都有人信。

这两天都没见过傅寒州,乍一见到现任男友,她倒是有些不自在。

"这么巧?"陆星辞笑嘻嘻地打招呼,"要不要跟我们一块儿打球?这里能换衣服。"

"不方便吧,我没带衣服。"

"没事,你报个尺码就行。"陆星辞打了个响指,立刻有侍应生懂事地过来带她去更衣室,顺便询问她的尺码。

像这种VIP客户才能进来的地方,连衣服都是品牌专门定制的。

"小姐,这边请。"

南枝点了点头,接过衣服往里走。这休息室比她想象中要大,与其说是休息室不如说是一个完整的房间,浴室还是磨砂玻璃的,里侧有一张大床,阳台外面就是H市地标级建筑。

南枝刚一打开衣柜,就发现这是有主的。

里面已经挂了一套男式西装和一件衬衫,南枝低头嗅了嗅,是傅寒州身上那股熟悉的气味,她便也松了口气,去了浴室换衣服。

该说不说,这里准备的网球服有点恶趣味,整得跟啦啦队服似的,短裙裤居然还是粉色,而且这也太短了。南枝稍微打理了一下头发,才把长发扎起,打开门出去。

她站在试衣镜前看,有些嫌弃地扒拉了一下裙子,说实在的,初中以后她就没穿过这么粉嫩的衣服了。

刚才在浴室里只觉得短,现在看就只剩下尴尬了。那服务员拿来的尺寸不合适,上衣一动就往上滑,胸前紧绷,若真这样穿出去,到时候别说打球,她都怀疑自己是在对傅寒州做什么奇怪的制服诱惑。

等南枝扭头想看看背面效果的时候,吓了一跳,傅寒州就坐在床上,一声不吭地盯着她。

南枝看清楚人后,拍了拍胸口,没好气道:"傅总,没人告诉你,人吓人会吓死人吗?"

她那张一天到晚恨不得跟自己撇清关系的脸,突然间生动了起来,傅寒州轻笑了一下,"我只是来看你衣服合不合身而已,我又不是偷偷进来的。"

南枝确实没听到有人进来,又看了眼磨砂玻璃,她总不好当面对傅寒州说谁知道你是不是想偷窥我。

"在心里骂我呢?"傅寒州直接戳穿。

"胡说,我是那样的人吗?"南枝死鸭子嘴硬。

"挺像的。"傅寒州没给她面子。

南枝瞪大了眼,怎么能这么想她呢?

傅寒州双手撑在身后,姿态慵懒,"你这样子倒是挺可口的。"

"不大合身。"南枝清了清嗓子,"而且我不怎么喜欢粉色。"

她大部分的衣服都是黑白灰,不追求多,只要求质感与百搭,装饰品也多是珍珠耳坠,清雅又符合她的外形。

她的长相并不是很有攻击性,但是很耐看,五官又挑不出什么错来,傅寒州总觉得自己怎么看都看不腻。

他微微起身,"过来。"

南枝走到他跟前,被他抱进怀里,傅寒州的下巴直接搁在她肩膀上,"不是在上班?怎么跑到这儿了?"

南枝不想提自己工作不顺利的事,便顺口道:"来找客户,最容易遇到那些贵太太的地方就是美容中心,这时候她们也有大把的时间听你说话。"

"然后就遇到你了。"

傅寒州闻着她身上的味道,跟他是一样的,这一点让他心情愉悦。

南枝已经能感觉到他喷在自己耳边的气息,她微微缩了缩,傅寒州幽幽道:"所以没回我消息?"

"我在家手机基本开飞行模式,你给我发消息了?"

傅寒州真是被气笑了。

傅寒州刚想低头吻她,门口传来了陆星辞的敲门声。

"在里面干什么呢？还不出来！"

两个人的动作都是一顿。

陆星辞还在外面敲门，傅寒州直接隔着门道："就出来了。"

"得了，您昐咐就成。"陆星辞哈哈一笑，声音也远了。被他这么一搅和，两个人也没了心思，让侍应生拿了一套尺码合适的衣服，南枝才去浴室换，还把灯给关了。

傅寒州嘶了一声："现在不让我看，是不是太迟了点？"

"换衣服有什么好看的。"南枝嘟囔，快速换了一套，出来的时候还在扎头发。

"那发簪怎么没带走？"傅寒州问道。

南枝随口道："一看就不便宜，我能有什么场合用得到？再说了咱们不是约定好了？"

傅寒州看着她在穿衣镜前把头发扎好，露出光洁的额头，手伸过去顺着她的脊背往下滑，南枝腰肢一扭。

傅寒州眼眸含笑，"怕痒？"

南枝不服输，"一点点，我好了，走吧。"

傅寒州开了门，"去找客户，找到了？"

"嗯……今天没遇到，下次吧。"

她既然不想说，傅寒州也不会勉强。

到网球场的时候，陆星辞的手机响了，他吊儿郎当地问道："宋嘉佑，等你快一个小时了，磨磨叽叽干什么呢？！"

正说着呢，宋嘉佑已经过来了，"我接人去了。"

他说完，大家朝他身后看去，就见到一个浑身上下都是奢侈品的女孩。

陆星辞脸色一变，对他使眼色。

宋嘉佑也没想到傅寒州跟南枝在一起，再一联想到江澈被人抓走，眼前的事情就不言而喻了，于是下意识瞥了一眼身边的唐静萱。

"寒州哥。"唐静萱一双眼睛直勾勾盯着傅寒州，再瞥向陆星辞，语气也不那么好了，"干吗一副不想见到我的样子？"

陆星辞随意道："哪敢啊，什么时候回国的？前两天不还在国外？"

唐静萱的目光若有若无地落在傅寒州身上，"哦，出去散散心，玩了两天没意思就回来了。寒州哥,这位是？"

南枝抬眸,主动伸出了手,"南枝。"

唐静萱随便握了一下,挑剔的目光在南枝身上上下扫描,不过也没看出什么来。

陆星辞把宋嘉佑拽一边去,"你带她来之前不会打电话告诉我？！"

宋嘉佑也无奈了,"她不知道从哪儿听说我约了你们来打球,昨晚上就开始死缠着我,我有什么办法。寒州跟江澈前女友是怎么回事啊？不会真是看对眼了给江澈设局吧？"

"你这话怎么不去跟傅寒州说,他是那样的人？江澈要是没干那混账事傅寒州还能造假不成？"

"也是,那怎么办,唐静萱都来了。"

"你自己处理呗。就唐静萱那破脾气,我是懒得伺候。"要不是看在唐家老爷子的份上,就唐静萱那德行,真没几个人跟她处得下去。

宋嘉佑现在倒是有点后悔了。

唐静萱没吭声,傅寒州也没说话,但站的方向,到底是偏向了南枝那边。

唐静萱突然轻笑了一声,"寒州哥还是这样,以前读书的时候,我没热身闪着腰,他也挺关心我的。南小姐以前打过网球吗？"

这称呼上的亲疏,一下就分出来了。

既然傅寒州没主动介绍,南枝当然不会上赶着跟唐静萱玩这种话语上的小心眼。

她很自然地离傅寒州远了一些,"唐小姐这是说哪里的话,是我刚才太笨了,动作怎么也没办法做到位,傅总怕我连累他比赛,才忍不住教我的。"

语气疏离,还挺懂事。

傅寒州的脸色瞬间沉了下来,盯着她,仿佛对她这样的处理方式很不满。

唐静萱倒是舒服了,看她这样子,估计也出身不高,便不理她了,直接上去拉着傅寒州的胳膊,"寒州哥,我下个月也要参加比赛了,今天特地来练练,你也陪陪我嘛。"

她一边说着一边将傅寒州的胳膊死死贴着自己的身体,南枝觉得自己杵在这儿有点不合适。

傅寒州皱眉,"你也这么大的人了,拉拉扯扯像什么样子?"

唐静萱好像习惯了傅寒州这种讲话的方式,笑嘻嘻道:"有什么嘛,谁不知道我们青梅竹马一起长大,再说我快毕业了,我爸爸说想让我跟着你学习。"

傅寒州冷声道:"能不能进傅氏得靠你自己的本事,你三天打鱼两天晒网的,我用不起你这样的员工。"

"什么嘛,一个秘书的职位也不给?这不就是你一句话的事,难道这个我还做不好啊?"唐静萱那矫情劲儿也起来了。

傅寒州抽回手,"傅氏没有后门可走,你要来就走正规招聘流程,达不到要求就去你爸爸公司实习,想必也饿不死你。"

"我不管,你对我最好了。"唐静萱仿佛看不到傅寒州生气似的,立刻去拿球拍。

她一走,南枝跟傅寒州之间的气氛就有点微妙了。

"刚才躲什么?"

南枝眨了眨眼睛,"我不太清楚唐小姐的身份,再说了,刚才我们确实有点亲密。"

"搂你腰就是亲密了?你躺在我床上哼哼的时候怎么说?"

南枝瞪大眼,恨不得直接捂住他的嘴,"傅总,你不要无理取闹。"

他们的关系不是说好了先保密吗?

再说了如果他刚才想拿她当挡箭牌,好歹也给个信号,他一点表示都没有,她哪能猜出来?这无名黑锅,她可不背。

唐静萱很快就回来了,挤到两个人中间道:"你们聊什么呢?"

"没什么。"南枝快速回答。

傅寒州沉默。

唐静萱脸一沉,"人有点多,你们怎么分配我不管,我得跟寒州哥一组。"

"那不行,抓阄最公平。"陆星辞不管她,直接把男女分组,各自抽签去。

南枝的手去抓纸条的时候,傅寒州也正好伸出手,两只手碰到一块,南枝只觉得手背一阵酥麻,好像傅寒州故意摸了她一把,又看他面色如常,南枝寻思估计是自己想多了。

她打开纸条,"红色。"

一直盯着她的唐静萱看了眼傅寒州手上的颜色,突然就松了口气,"寒州哥,咱们一组呢。"

她说完再看傅寒州的时候,才发现他面无表情,熟悉他的人都知道,他这是不高兴了。

男生组那边,宋嘉佑乐了,"我也是红色。"

他倒是主动,直接走到南枝边上,"哎,你打网球怎么样,我可是下了赌注的,赢了我请你吃饭。"

他们下赌注南枝见识过,一局就是一辆车,她顿觉压力山大,直接说:"说实话不怎么样,你要不还是别赌了。"

南枝一本正经的话把宋嘉佑给逗乐了,没想到她这人看起来像个需要被人呵护的瓷娃娃,一张口倒是个直率性格。

傅寒州没搭理唐静萱,拿了一瓶水,目光定在了南枝身上。

他喉结微微滚动,目光专注,唐静萱死死盯着他,然后顺着他的视线看向了正跟宋嘉佑上场的南枝。

她承认,即使身为女人,看到南枝第一反应也是惊艳,但这并不代表她就会喜欢南枝。

她最难忍受的,是傅寒州停留在她身上的目光。以前他谁都不在乎的时候,她还可以说服自己,他性格就是这样,可当她发现有人让他特别在意的时候,就会感觉格外扎心,扎得她心里密密麻麻地疼。

南枝刚上手就找到了一点感觉,长发随着她的动作在空中划起弧度,不少人已经把目光投了过来。

突然一颗球从旁边打了过来,擦着宋嘉佑的鼻尖,奔着南枝过去了。

"小心!"宋嘉佑还没反应过来,傅寒州腾一下站起身吼了一句。

可惜已经来不及了,南枝只觉得胸口被人揽了一拳,疼得差点握不住球拍,脸上也露出了痛苦的表情,她捂着胸口抬头去看始作俑者。

唐静萱站在原地,捂着嘴巴,佯装无辜道:"不好意思啊,打到你啦? 你没事吧?"

南枝疼得话都说不出来,倒吸一口凉气。傅寒州已经走了过来,一把抓住她胳膊急声问:"怎么样?"

陆星辞脸色一变,盯着唐静萱道:"你瞎了?不会打球瞎打什么?"

唐静萱哪里被人这么劈头盖脸骂过,立刻不服气道:"我又不是故意的,再说了,打球本来就有这种意外啊,大不了我出医疗费。"

南枝一看唐静萱的表情就知道她是故意的。

"疼不疼?"傅寒州语气有些急切,但谁都听得出已经降低了音调。

南枝缓了一下,摇了摇头,"还行。"

刚开始那一下真的挺疼的,何况是这么尴尬的部位,说不生气是假的。

但人家口口声声不是故意的,她要是揪着不放,反而会显得咄咄逼人,有理变成了无理。说实在的,她有时候真的很钦佩这些人的厚脸皮,明明针对别人还要装无辜。

唐静萱那一球可不是为了让傅寒州有机会关心南枝的,她很快过来道歉:"南小姐,你不会生我气吧?我球技不太好,刚才真不是故意的。"

南枝看着她一边道歉,一边还揪着傅寒州的衣服,说话的时候身体随着动作微微摇摆,暗自翻了个白眼,"我没生气,就是觉得唐小姐虽然球技不好,但准头还挺不错呢,力道也够。"等她说完这句话,唐静萱顿了一下才反应过来:"你什么意思啊?我都说了不是故意的。"

"我是在夸你啊。"南枝笑了笑,对宋嘉佑道:"别因为我耽误比赛,继续吧。"

她宁可去打球也懒得看这女人在这儿演戏。

宋嘉佑看傅寒州那样子当然不会继续跟南枝一组了,跟陆星辞对视一眼后浮夸地捂着腿道:"年纪大了,我得缓缓,让寒州陪你打吧。"

南枝将鬓边的小碎发拢到耳后,朝着傅寒州笑道:"傅总忙着呢,不大合适。"

他惹来的麻烦,凭什么她买单,她没工夫跟这千金大小姐搞"雌竞"。

"不如让谢少陪我吧。"

谢礼东是傅寒州的合作伙伴,两个男人站在一起,傅寒州是疏离,谢礼东则是另一种冷硬的气质。

—33—

傅寒州刚才眼眸里的关切在南枝说完那句话后逐渐消散,又恢复了一贯的冷漠。

南枝看到谢礼东已经朝她走来,不知道为什么,跟陆星辞和宋嘉佑相处,她都不会觉得有那样的压迫感。

谢礼东显然挺认真的,皱眉看着挪动的南枝道:"你这姿势不对,很容易闪到腰。"说着还纠正了她的姿势。

南枝点头,"明白。"

傅寒州喜怒不形于色,但这种脱离他掌控的感觉,很显然他不喜欢。

"既然这样,寒州哥哥,不如我们跟他们打一场吧?"唐静萱突然开口。

本以为傅寒州会拒绝,没想到他一声不吭接过球拍,走到了对面,那眼神就跟要吃人似的。

陆星辞都想吹口哨了,默默到一边去看热闹。

南枝对着谢礼东拘谨,对着傅寒州会稍微好一些,但第一次与他站到对立面,那滋味还真的有些微妙。

不过她的目光基本放在了唐静萱身上。

谢礼东倒是对这两个人的较劲不在意,直接开了球。刚开始双方你来我往,几乎是势均力敌。

终于,南枝找到了一个机会,将球直接打了回去。这一球是朝着唐静萱去的,以同样的位置还击。唐静萱尖叫一声就坐在了地上,难以置信地盯着南枝道:"你敢打我?"

南枝转头,跟谢礼东击了下掌,两个人刚打出点默契,听到唐静萱这话,南枝隔着网,对她无辜道:"不好意思啊唐小姐,我不是故意的。"

那语气,要多欠揍有多欠揍,活脱脱另一个唐静萱。

但陆星辞听着就是顺耳得不得了。

"有点意思,终于有人来治她了。"

今天总算能看到她吃瘪了,给他钱他都不走!

南枝说完后也不等唐静萱有什么反应,继续开球,傅寒州要是敢拉她一下,回头就跟他掰了,人情能还,绿茶的气她不受。

傅寒州瞥了唐静萱一眼,继续接球去了。唐静萱捂着胸口,发现根本没人理自己,也气得不轻。她刚站起来,又一个球打过来,这次打的是她的手臂。

南枝一点也没对唐静萱客气,一球接着一球,不过都不重,有的还是故意吓唐静萱的。

唐静萱也知道南枝是故意的,气得自己又去找了个球,也不管球场规矩,朝着南枝就打。

南枝避开后笑道:"唐小姐这时候的准头怎么不好了?"

说罢,她的笑容消失了,再次开球。

打到后面,傅寒州跟谢礼东都没施展的空间了,就剩下南枝单方面吊打唐静萱。

唐静萱打到后面越来越崩溃,好在南枝见好就收,喘了口气道:"唐小姐也累了,休息吧,娱乐而已,别太拼了。"

她也打得浑身是汗,打算去洗个澡就回家。

南枝走的时候瞥了眼傅寒州,估计是跟谢礼东去抽烟了,应该一时半会儿不会回来。

她快速洗了个澡换上衣服,将脱下来的衣服整齐叠好才提上自己的包离开。其间,傅寒州一丁点儿消息也没有,她打算快点儿走,免得又被那个唐静萱针对。

傅寒州虽然是她男朋友,但她凭什么要为他的桃花买单?这事要处理也是他处理。

南枝刚走到楼梯口,就感觉后背被人猛地推了一把,脚下没踩稳,高跟鞋发出咯吱一声刺耳的声音。南枝下意识死死抓住扶梯的栏杆,才没让自己滚下去,否则后果不堪设想。

她猛然回头,发现始作俑者就是唐静萱。

"你做什么?"

唐静萱勾唇一笑,原本甜美的脸显出几分狰狞,"你刚才打我时不是很嚣张吗?我只不过是还回去而已。"

似乎觉得这句话的分量还不够,唐静萱微微俯下身道:"你以为你是个什么东西啊,还敢跟我斗?我跟你啊,不是一个档次的,懂吗?"

唐静萱话还没说完,南枝直接拽起她的衣领,将她抵在了栏杆处,让她整个后背都悬空,全靠着腰部来支撑。

"你想干什么！你疯了吗?！"

南枝面无表情地盯着上头的监控道："现在是法治社会,唐静萱你在动手之前能不能先动动你的脑子? 你以为唐家可以只手遮天吗? 就算今天的监控视频流不出去,唐氏制药的千金仗势行凶,这个消息无论真实与否,你们唐氏的股价都一定会受到冲击,到时候唐静萱不仅要亲自上门赔礼道歉,公司还得出公告,所以,刚才你这番话有胆对着全世界嚷嚷吗?"

"你威胁我? 我怕你吗!"

"你当然不怕我,但我也告诉你,反正我是光脚的不怕穿鞋的,敢对我动手,我会让你付出代价,就是不知道你能不能承受得了。"

"你们在做什么?"谢礼东跟陆星辞出来的时候看到了这一幕。

"你们愣着干什么,这女人欺负我!"唐静萱想也没想就告黑状。

南枝面无表情地松开了她,拿上包直接往楼下走。只是刚才脚崴了,确实走不快。

谢礼东跟了下来,一把拉住南枝,"需要帮忙吗?"

南枝以为他要扶自己,"不用。"

谢礼东却俯身直接将她打横抱起,南枝一愣,"你干吗?"

陆星辞只能眼睁睁看着谢礼东把人给抱下了楼。

对了……他忘了傅寒州刚才说自己先去停车场了,让他来叫南枝自己下去,他在停车场等她。

这要是下去刚好撞个正着,不是修罗场?！

室外停车场,一个高大英俊的男人抱着个美女,足以让路过的人纷纷行注目礼,并且对他们的关系进行各种揣测。

南枝简直弄不明白他这是玩哪出。

"谢少。"她刚一出声,谢礼东已经将她放下,伸手打开了车子副驾驶的门,"上车吧。"

南枝刚想开口说话,却看到了谢礼东的眼神,她顺着他的视线看过去,才发现自己一步裙的侧边居然破了个口子,露出了里面尴尬的颜色。所以这是他刚才一路抱着自己的理由?

谢礼东淡声道："上车吧,反正顺路。"

南枝拿包遮住那块地方,不知道什么时候破的,估计就是突然抓住栏杆时吧。

她坐进了副驾驶，谢礼东也上了车，说："地址。"

"铂悦府。"她没隐瞒，毕竟裙子都破了，她总不能去别处。

谢礼东的车开到出口时，一辆车突然从边上快速行驶过来。谢礼东一个急刹，南枝的心在这一刻都吓得停跳了，好在两辆车的速度都不快，才不至于发生碰撞。

"嗡——"南枝的手机在包里震动，但她还没从刚才的惊吓中回神。

"不接吗？"谢礼东盯着她。南枝拿出手机才看到上面的名字——傅寒州。她接了起来："喂？"

男人的声音极其冷峻："下车。"

南枝猛地抬头去看对面那辆车，漆黑的车窗根本看不清里面的人，但是那嚣张的车牌号昭示着车主人的身份。

她突然燃起了一股无名火，难不成他是为了唐静萱来找自己麻烦的？

"不去。"她直接挂断了电话，将头转向了一边。

谢礼东挑眉，而对面那辆车在瞬间启动，发动机发出轰鸣，看样子要直接撞过来。

南枝瞪大了眼，他疯了是不是？

车门"咔"一声解锁，谢礼东对南枝道："你看到了，你不下去，我这新提的车可就报废了。"

南枝反应了过来，从刚才到现在谢礼东的态度都很奇怪，她只能确定一件事，他让自己上车绝对不是绅士风度怕自己走光，而是故意的！

"你让我上车是个局？你想干吗？激怒傅寒州？"南枝直接点出了他的问题。

谢礼东的手点了点方向盘，"只是做个小测试而已，现在我已经知道答案了。"还真的如同陆星辞所说，这女人对傅寒州而言不一般啊。

南枝翻了个大白眼，一个两个都有病。她解开安全带，推开车门下车，却也没上傅寒州的车，而是朝着外面走去。

门口的保安也不知道发生了什么事，还以为两辆豪车要在这儿较劲。哪知道原本那辆要撞车的已经往后退了，谢礼东摇下车窗，对傅寒州一笑，这才开出去。

南枝双手交叠，用包挡住了裙子破掉的地方，一瘸一拐往前走，速度自然快不到哪里去。说实话她不是第一次这么狼狈,但如果后面没有一辆豪车跟着,她也不至于被路上所有人盯着瞧。

傅寒州不紧不慢地跟在她后面,时不时会摁一下喇叭。

南枝倔劲上来了,懒得看他,干脆找了个路边的长椅坐下,看着路上的车来车往。

傅寒州也停了车,打着双闪。

南枝又拿出手机玩游戏,顺便等公交,让他跟着去吧。

她想好了,这么麻烦的男朋友,她要离得越远越好,不然光他身边那些莫名其妙的桃花,都能把自己给吞了。

车门开合,高大挺拔的男人迈着从容不迫的步伐,走到了她跟前,也挡住了光。

附近有学校的学生刚放学,看到傅寒州都忍不住朝他看去,叽叽喳喳地带着股兴奋劲儿,南枝垂眸假装看不到。

男人已经蹲下身去抓她的脚踝。南枝往后一缩,刚要站起来,傅寒州却一把揽住她的腰,将人扛了起来,往车的方向走。

这姿势显然不舒服,而且会让裙子的破口更大,南枝一边遮挡一边急道:"傅寒州!你放我下来!听到没有?"

傅寒州将她往后座一丢,自己也坐了进去,朝前面吩咐:"开车。"

南枝被丢得晕头转向,等坐起来想骂他的时候,傅寒州已经把她的脚放到了膝盖上,开始脱她的高跟鞋。

南枝脸一红,因为没想到车里还坐着赵禹跟司机,而且傅寒州给她脱鞋这种事,委实不适合在这种场合进行!

"别动。"傅寒州瞥了她一眼,将早就准备好的冰袋贴到了她的脚踝上。南枝被冰得"嘶"了一声,傅寒州动作没停,也不顾那冰袋上的水晕湿了他价值不菲的西装裤。

"被人欺负了就跟我撒气,还打算一瘸一拐走回去,脚不要了?"傅寒州开始教训她。

南枝讥讽道:"是啊,毕竟是拜你所赐。"

"你本来也不无辜,难道你跟我没关系?"傅寒州说完侧目看她。

"你少把黑锅甩我身上,你明知道唐静萱找我麻烦是因为她怀疑我勾引你。"

傅寒州另一只手突然扣住她的膝盖,微微摩挲,语气淡然:"嗯,在这件事上,她也没冤枉你。"

"本来就是你在招我。"傅寒州理直气壮说完这话,赵禹已经升起了隔板,这些话,可不是他能听的。

南枝气得胸口上下起伏,"到此为止。"

"什么?"

"我们之间的关系到此为止。"

chapter 3

他的偏爱

　　南枝说完这句话,车厢内就陷入了漫长的沉默。
　　但是话已经说出来了,南枝确实是长长松了口气的。
　　这样才是对的,她跟傅寒州本来就是不同世界的人,看看,她跟在他身边有多少麻烦!她就该按部就班地上班,努力工作升职,把房贷还清。爱情有就有,没有就单身过,继续保持自己的良好心态,偶尔旅行散心。
　　比起南枝明显轻松下来的样子,傅寒州的表情可就没那么好看了,如果南枝仔细观察的话。可惜她此刻只想快点回家。
　　司机尽量开得很慢,铂悦府却也很快到了。
　　车停在小区门口,南枝直接起身,连看都没看傅寒州一眼,只跟赵禹和司机表示感谢,随后关上车门,一瘸一拐朝着家走去。
　　赵禹咽了咽口水,扭头去看傅寒州:"傅总。"他看到了傅寒州被女人甩脸子,回头不会被开了吧。
　　傅寒州没回应,后座就像没人一样。
　　赵禹如坐针毡,只能等着这位祖宗发话。
　　南枝慢慢走回了家,发现屋内之前的狼藉已经被人收拾好了,空气中弥漫着香气。按理说警方会来现场取证,她还以为家里会保持江澈离开时的样子,看来傅寒州还找人帮忙收拾了。
　　突然的愧疚就这么席卷而来。
　　关上门,南枝挠了挠头,算了,话都说出去了,就这么结束吧。
　　走到阳台去收前两天的衣服时,她寻思着傅寒州应该已经走了,便也没特地去看。但她只要看一眼,就能发现那车还在。
　　南枝回了房间,对打开衣柜还有点心理阴影,但她努力给自己打气,一把将衣柜门打开,然后长舒一口气,拿起换洗的衣物往浴室走。
　　南枝轻柔地卸了妆,才在浴缸里放了精油球,打开平板找到上次没看完的综艺,又给自己倒了杯红酒,点了香薰灯,弄了一碟水果沙拉。她完全没留意到,家里的大门已经被人打开,男人修长的腿已经迈了进来。

傅寒州站在玄关处,细细打量这个小房间。

房间很整洁,整体以奶油色为基调,白色的沙发上放着的毛毯耷拉下来,可以想象她开着落地灯,蜷缩在沙发上抱着抱枕看电视的慵懒样子。厨房应该经常开火,连奶锅都是粉色的,配色温馨。双开门的冰箱上贴着各地的地标冰箱贴,配上拍立得拍出来的照片。

傅寒州的眸光定在几张老照片上。那是更年轻一些的南枝,那时候她的头发还是长直发,显得那张脸又静又乖。他拿出手机,将那张照片拍了下来。还有一些去旅行的风景照,每张照片背面都有她写的文字。

傅寒州看着看着就笑出了声,像是补充了他心里对南枝认识的空白。他将手上的东西放在茶几上,随手拿起了她放在那儿的文件,听着浴室偶尔传来的水声跟笑声,傅寒州冷厉的眉眼也渐渐温和下来。

她那点工资,还能一点点把这家布置起来,应该很珍惜才是。脚边的扫地机器人移动了过来,傅寒州突然想象到,她洗完澡会经过客厅,去厨房做一杯咖啡,或者早上起来在厨房做三明治的样子。

南枝唱着歌,等泡到浑身舒服了,才开始抹身体油,她喜欢柚子味的东西,莫名又回想起傅寒州身上的味道,她甩了甩脑袋,趁着头发还在干发帽里被吸水分的时候,贴了片面膜。

浴室的门打开,南枝哼着歌从里面出来,看到坐在客厅沙发上正在看文件的男人,吓得尖叫出声,刚敷好的面膜都差点吓掉了。

"你——你怎么进来的?"她保证,如果傅寒州现在过来掐她的脖子,她从此以后对男人都要敬而远之了。

好在傅寒州只是面色坦然道:"这对我也不是什么难事。"

南枝在片刻后反应过来,"傅总,无论你多么有能耐,也不该没经过我同意就进来吧?"

傅寒州没回答她,南枝见他不吭声,才嘟囔道:"我刚才可是说我们结束了。"

"我没同意,何况本来就是你求着我交往,现在这么说是不是太不负责了?"

南枝直接摆烂,"我可没听说过谈恋爱分手还要双方同意的。"说完还用脚踹在了傅寒州的西装裤上,留下一片水渍和她精心挑选的沐浴精油的香气。

她的脚本来就白,指甲上抹了红色的指甲油,更显得脚背到脚踝的弧度都带着钩子似的。他以前并不怎么看女人的脚,但格外喜欢她的。

南枝只觉得脚踝被他拉着,然后身子突然往下一滑,傅寒州竟然直接将她从沙发另一头拽到了边上。

她瞪大了眼睛,又怕影响脸上的面膜,别护肤不成还多长了皱纹。

结果傅寒州无视她惊讶的表情,只是拿起了桌上的药油,抹了点到手上,开始在她崴了的脚踝上不轻不重地按摩。

南枝看着他的侧面,莫名觉得自己好像有些心虚。

她宁可他直接吼自己一顿,甚至骂自己一顿,也好过他现在只是给她按摩,却一声不吭。

她一时间也没事干,干脆打开投影仪,客厅的大幕布上很快放出了她之前看的节目。

傅寒州的大手扣在她脚踝上,力道适中地给她揉捏,没一会儿,南枝就有点昏昏欲睡。

不知什么时候,傅寒州的手已经顺着她的脚踝往上游走,等她反应过来时已经晚了,两个人的呼吸都乱了。到后面南枝是怎么被他在沙发上吃干抹净的,她都记不清了。

夕阳昏黄的光透过窗户照在她身上,使她看上去像是西方油画里的少女,连白皙皮肤上的绒毛都泛着一层金光。她双眼迷离,呼吸微乱,整个人懒得动弹。

傅寒州拿毯子给她盖好,才起来收拾房间,又到厨房倒了杯水端来给她喝。南枝就着他的手喝了半杯,就嫌弃地推开了他的手。

傅寒州无奈嗔道:"娇气包。"

南枝连眼皮都懒得抬,只想休息会儿,也没管傅寒州要去干什么。等热腾腾香喷喷的面条摆在自己面前,她才惊讶地起身,"你做的?"

傅寒州本想回答的,但是目光落在她露出来的肌肤上,眸色又深了几分。南枝赶紧缩了回来,把浴袍拢好,打算去浴室冲个澡。

"不准跟来。"南枝不放心地叮嘱了一句。她是真的饿了,若他进来一起洗,这碗面还能吃得上吗?

她这次洗得很快,头发刚才已经干得差不多了。出来的时候,傅寒州坐在餐厅,外套被挂在门口,衬衫袖口卷到小臂,还给自己弄了杯咖啡,南枝一闻就知道是自己代购的速溶咖啡。

"你喝得惯吗?"南枝以为他这种人非手磨咖啡不喝。

傅寒州听着她嗓子有点哑,将手边的水给她递了过去,"润润嗓子。"

南枝一噎,红着脸接过水喝了一口,然后坐下开始吃面。刚尝了一口她便挑了一下眉毛,虽然有点坨了,但味道还不错。

"你还会做面?"

"嗯。"傅寒州又恢复了吝啬说话的架势。

南枝也不指望这男人能说什么好话来哄她。除了在床上,这男人几乎像个木头疙瘩。

她很快把傅寒州做的面给解决了,想去洗碗的时候,傅寒州已经把碗收走了。南枝靠在厨房门边,盯着他没动。

"想说什么?"傅寒州问道。

"我在想,如果我偷拍一张你在厨房洗碗的照片,然后卖给八卦记者,不知道能赚多少钱。"

"相信我,拍床照能让你赚得比洗碗照片更多。"

南枝翻了个白眼,转身去房间换了瑜伽服。吃完饭她肯定是要做一下运动的,今天不想出去跑步只能在家锻炼。

傅寒州还没走,反倒是在沙发区看文件,其间他的电话就没停过,南枝也没打扰他。

做完瑜伽,南枝拿出笔记本电脑开始上网课。

她也没去餐桌那边,而是盘腿坐在了茶几边上,拿着平板做笔记。长发被她随意盘在了脑后,因为经常锻炼而十分柔软的身体随意做出一个拉伸的动作,目光却专注地盯着老师。

"在学法语?"傅寒州听到了她的内容,询问道。

"嗯。"

南枝以为他会讥讽她学这些有什么用,但显然他没这个打算,并且拿过了她手上的笔记,针对她不明白的几个问题耐心解答起来。

南枝并不意外傅寒州会法语,毕竟傅氏集团接班人会几种语言不奇怪。

"除了学这个,我看你还学了别的。"傅寒州指着她沙发后面的大书架。

南枝大部分业余时间都在学习,闻言点点头,扶了扶因为学习而架起来的眼镜,"没办法啊,得一直提升自己,毕竟公司里比我厉害的人太多了。"

她的学历只能说过得去,来他们单位的实习生要么家里有背景,要么能力很强。她要是安于现状,这辈子也过不上自己想要的生活。

傅寒州道:"跟这个学不出门道,我明天让赵禹给你送一份资料,再给你联系个——"

南枝看着他,下意识拒绝道:"资料可以,但……"

她没说完,但撇清的意思很明确,傅寒州盯着她认真地说:"其实你是个聪明人,知道机会摆在眼前是要抓住的。你想要的,都能从我这里得到。"

她当然知道他说的是真的,如果她再心机一点,给傅寒州生个孩子,无论男女,她下半辈子都能吃香喝辣,再也不用为了钱而烦恼。她知道这样的机会,一旦错过就真的不会再有了。

当初她找上傅寒州就知道他是什么样的人,知道他是江澈无法企及的存在,可她也没料到自己跟傅寒州能发展到今时今日这一步。

她叹一口气,对上傅寒州沉静的眼神,头一次主动握住他的手,并没有勾引的意味,只是诚恳地说:"我知道你现在对我觉得新鲜,觉得我们合适,所以你愿意帮我,但你的帮助会让我觉得受了你的恩惠……"

她顿了顿接着说:"也许你觉得没什么,可那会让我觉得低人一等,我会忍不住去讨好你,然后迷失自我,这会让我害怕,也没办法用平常心去对待你,你能明白我的意思吗?我知道这个诱惑很大,但如果我想选择这样一条路的话,傅寒州,我早就选了。"

她的意思很明确,如果她想靠男人养,她不用等到25岁的,在她更年轻一些的时候,刚入社会的时候,抑或尚未大学毕业的时候,她就能做到。

傅寒州这次倒是没有翻脸。能跟她交往是意外,但他从没想过结婚。像现在这样就挺不错,当然如果她能接受他的礼物会更好。

"明白了。"他这样说,"有需要你可以找我,虽然我知道你要强,但总有需要帮助的时候,而且对我而言,那些麻烦委实算不得麻烦。"

正因为这样,她才觉得两人之间条件悬殊,若真的没考虑过未来,又怎么会因为现在分开而难过呢?不过对南枝来说,这么轻易就说服了傅寒州,并且他没有因此生气甩脸子,已经很不错了。而且现在这样的相处方式,两人各干各的,偶尔说说话,倒杯水,听着视频里的声音,也不觉得尴尬,南枝觉得还挺舒服的。

眼瞧着时间到了10点,她这边也上完了课,刚想问问傅寒州是不是要回家了,她的电话就响了。

傅寒州的视线也挪了过来,想看看大晚上的谁联系她。

南枝一看是主管汤曼蓉,赶紧接了起来:"曼蓉姐。"

"南枝啊,总公司那边急需一份档案文件,我放在办公室抽屉里了,你帮我送来吧。"

"好的,您把地址发给我,我这就过去。"南枝二话不说应下,挂断电话后到房间里换衣服。

刚把身上的睡衣脱下来,就看到傅寒州皱眉站在门口看着她。

现在她也没什么好害羞的,主要是来不及催他出去。

"你也跟我一起走吧,你回家,我打车。"

傅寒州揉了揉眉心,"你知道现在几点吗?我没打算走。"

"那你在家等我吧。"

"你领导经常这么晚联系你?"

"对啊。"她纳闷道,"难道你不会经常联系赵禹?"

傅寒州冷声道:"除非特殊情况,我不会这么没人性,而且我的特助没有女性。"

南枝一边拉好拉链,一边蹙眉问:"你歧视女性?"

傅寒州靠在门上,慢条斯理跟她讲道理:"半夜叫女性员工去拿文件,出了事谁负责?"

"这倒也是。"南枝了然。

傅寒州看她那表情,淡声道:"走吧。"

南枝拿好自己随身的包,跟他出去,准备穿高跟鞋的时候,傅寒州从鞋架上选了一双平底鞋,"穿这个。"

脚踝都破皮了还要穿高跟鞋,有时候他真的不懂女人。

南枝想着也不是去开会,便听了他的,她今晚确实也不想穿高跟鞋了。

上了车后,南枝才反应过来今晚倒是让傅寒州当了司机。

"今晚谢谢你了。"

"就这么谢?"

南枝不知道为什么,就是听懂了他话语里的暗示,俯身过去亲了他一下。然而不等她退开,傅寒州的手扣上了她的腰肢,近乎蛮横地掠夺她,等一吻完毕,南枝呼吸都有点困难了。

傅寒州嘴角带着笑,"这福利还不错。"

傅寒州将她的安全带扣好后发动了车子。这时候的街上依旧是车流涌动,好像这个城市只有到了午夜,才会安静一会儿。

南枝红着脸看着窗外,又默默扭头去看傅寒州,发现这男人真的是长在自己的审美点上。

车内放着歌,南枝看着显示屏上出现的歌词,怔怔地。车窗外闪过的光晃过,她在这一瞬觉得自己像是在做梦。

"在想什么?"

南枝回过神,"我在想,你会有不如意的事吗?"

车内的歌正好放到高潮,男女对唱缠绵悱恻:"最动人时光,未必地老天荒。难忘的,因你太念念,才难忘。容易抱住谁十年,最难是放。"

傅寒州镜片下的眼眸透露出看不清的神色,语气也分辨不出喜怒,"有。"

南枝好奇,"是什么?我以为你这种出生在罗马的人,应该没有什么得不到的。"毕竟经济基础已经是别人奋斗一辈子也追不上的程度了,而且从他脸上就是能看出一切欲望都满足后的漫不经心。

傅寒州深深看了她一眼,却没说话。

南枝以为他不愿意告诉她,搞不好是傅氏下半年的商业战略,她这么问确实有点越界。

"不说算了。"她打了个哈欠,擦了擦生理性的眼泪。

"你其实可以拒绝你上司,这并不是你必须做的工作。"

"的确如此,但这个事如果我不做,下次她有什么机会也不会想到我。"这就是职场的现实,她必须比其他人更拼。

"考虑过来傅氏吗?"傅寒州突然问了一句。

以南枝的学历和工作经验其实可以进傅氏,但职位估计不会很高。再说了,她在万盛这么久,眼瞧着能当个部门主管了,虽然只是万盛旗下的子公司,但也是她一直努力想要爬上去的位置。

去傅氏,如果傅寒州和她掰了,她到时候难不成还要重新去找工作吗?

傅寒州像是知道她要说什么,"其实你心里清楚,在万盛,你再拼发展也是有限的,他们这样的老牌集团,内部高层顽固不化,不懂创新,也不接受新式管理,甚至在职场上有明显的性别偏重,但在傅氏,有我,你能得到的绝对比在万盛多。"

这是今晚傅寒州第二次提起对她未来的规划,只不过都是要她在他眼皮子底下。不过从他的话语里她也能明显感觉到傅寒州是在退让,起码不是拿钱砸她了。

"傅氏不是不能走后门吗?"

"那是对别人,亲疏有别。你可以考虑一下。"

他没把话说死,南枝也没必要回绝得那么干脆。很多时候她的确不喜欢做选择题,但如果真的走投无路,傅寒州愿意给她一条路,她没必要跟钱过不去。

汤曼蓉家到了,傅寒州将车停下后,南枝轻声道:"我很快回来。"

"嗯。"

男人随着她下了车,目送她进去了,才靠在车边抽烟。

汤曼蓉显然等得有点急,南枝刚一进门,她就接过文件看了起来,等她又和总公司那边打完电话沟通完毕后才对南枝道:"不好意思,晚上叫你出来,还忘记请你喝一杯水。"

南枝笑了笑,"工作上的事情,应该的。如果没什么事,曼蓉姐,我先走了。"

汤曼蓉将南枝送出门,南枝冲她摆摆手,朝着傅寒州的车走去。

天黑又隔得远,汤曼蓉看不清那个男人长什么样,但看得出身高腿长，靠在车上姿态慵懒，加上那身形，一看就知道是个帅哥，怎么也比江澈强。

汤曼蓉也没久看，本打算关门了，却看到南枝刚靠近那个男人，就被男人捧起脸亲了一口，那姿势要多欲有多欲，还能看到他手指夹着的一点火星。那场面跟电影似的，汤曼蓉等南枝挣扎了，才挪开视线，红着脸关上了门。

"你们公司的人走了？"丈夫从楼上下来。

汤曼蓉温和一笑，"是啊，还说不是男朋友送来的，干柴烈火地在门口就亲上了。"

"我刚才在阳台上瞧见了，还以为是傅寒州呢，长得可真像。"

汤曼蓉正在倒水，闻言瞪了他一眼，"大半夜眼花了吧，傅寒州怎么会出现在我们这儿，都不是一个圈层的。"

南枝漂亮是漂亮，气质也超群，但要说傍上傅寒州，汤曼蓉是不信的。

没人比汤曼蓉更知道南枝刚入职的时候有多拼。每天第一个到，最后一个走，去食堂吃饭都在看资料，什么工作交给她，她都会认真对待。不像一些托关系进来的，推工作推得那叫一个顺其自然，偏偏你还没办法开了他们。所以汤曼蓉也愿意给南枝机会，要不是她突然跟江澈交往，蔡经理那个位置应该是她的。

丈夫探出头，看到车已经开走了。他神色古怪，虽然觉得傅寒州出现在这儿确实很奇怪，但又觉得真的很像。

南枝心口还在起伏。刚才从汤曼蓉家出来，看着傅寒州靠在车头，长腿随意地支着，戴着腕表的手夹着烟，薄唇吐出烟雾，看着她的时候，那眼神就像是只在等待主人认领的小狗，瞬间她的心就软了。有一副好皮囊是多么重要。

南枝刚走到他边上，傅寒州就捧起她的脸吻了下来，一开始是轻轻浅浅的啄吻，到后面，他的拇指划过她的唇角，那双眼睛凝视着她，南枝有一瞬间觉得他好像很爱自己。耳边还有夜风吹过树梢的声音，还有楼上小孩子在抱怨作业做不完的声音。那一刻，他们仿佛处于人间烟火外的一对恋人，彼此紧紧相拥。

南枝在这个念头燃起的瞬间就给自己浇了一盆水，爱情是多么奢侈的东西,更何况对方是傅寒州。

"回去吧。"她低下头,轻声道。

傅寒州牵着她的手,"嗯。这周你好好在家,我得出一趟差,回国再联系你。"

"好。"

因为汤曼蓉上位,南枝在周一就收到了回公司上班的消息。她没想到事情能这么快就圆满解决,正好闺蜜宋栩栩从国外回来,她顺便约了林又夏一块去吃一顿。

三个人好长一段时间不见,气氛正好呢,包厢门突然被人打开,三个人朝着门口看去,唐静萱蹙眉盯着南枝,翻了个白眼道:"怎么是你?"

南枝觉得莫名其妙。

唐静萱狠狠甩上门,旁边的闺蜜突然道:"刚才那个女的不是江澈前女友吗?"

唐静萱一愣,"你说的是哪个?"

"就是白衬衫长卷发的那个啊,最漂亮的那个,江澈可宝贝了,一句闲话都不让我们说呢,不过后来听说她在生日宴上把江澈甩了。"

唐静萱眼珠子一转,让人去把南枝她们请过来。她心想,寒州哥一定不知道这女人跟江澈在一起过吧!一定要让他知道南枝的真面目。

服务员来请人的时候,南枝她们还搞不清楚情况,可是等进了另一个包厢,看到坐在那儿的傅寒州时,还有什么不明白的。

此刻傅寒州坐在角落里,身上只穿了件衬衫,修长且骨节分明的手指正在轻轻敲击着桌面,眼眸隐在镜片下,看不清神色,但女人看男人,无非就是身材、相貌、社会地位和本身荷尔蒙的吸引力。人都是慕强的,一群男人里面,最扎眼的存在怎么能让人不盯着瞧。其实今天傅寒州的接风宴来的人还真不少,也有与江澈相熟的人。"这位不是——"

宋嘉佑赶紧打断道:"好巧啊,赶紧给我南枝妹妹让个座。"

南枝本想走人,但宋嘉佑开了口,她只好找个角落坐下。唐静萱则直接朝傅寒州走过去。然而,傅寒州连眼皮都没抬,身边的人立刻打哈哈,愣是没让唐静萱挤进去。

场面突然尴尬。

宋嘉佑有点头皮发麻，好在陆星辞那小子为了看热闹很快就出现了，直接笑道："这么热闹呢。"

宋嘉佑等的就是他，赶紧招呼他。一般傅寒州身边的位置都是给他留的，然而这一次陆星辞环顾了一下座次，突然站到了南枝身边，笑嘻嘻道："我喜欢往美女这儿坐，换个位置呗，美女？"

被点到名字的南枝瞬间回眸，要是现在没别人，她都想问问陆星辞想干什么。

宋嘉佑看热闹不嫌事大，赶紧拍了拍傅寒州身边的位置，"美女，快别耽误他了，我怕他黏着你。"

众人一脸看好戏的表情。南枝总不能翻脸，只好硬着头皮，艰难地往傅寒州那边移动。南枝刚到他边上，就闻到了那熟悉的冷木香气，正准备坐下，唐静萱突然道："寒州哥不喜欢陌生人，我跟你换个位置。"

南枝刚想说可以，却感觉腿被人捏了一下，她浑身一紧，就听到傅寒州冷声道："不用。"

傅寒州烦唐静萱大家都知道，也就是唐静萱自己觉得只要黏得够久，看得够紧，傅寒州就一定是她的。

南枝在傅寒州边上坐下，侍应生拿了一套新的餐具过来。仿佛看出了南枝的不自在，宋嘉佑问起了万盛集团的事，南枝有一搭没一搭跟他说着话，宋嘉佑突然道："寒州哥，之前不是说商会联合活动还没选好地址吗，不如交给万盛？"

他这话一说出来，大家都盯着傅寒州，陆星辞也挑眉道："我看行。"

南枝心头猛跳，H市商会活动说白了就是各大公司的联合活动，各大公司畅谈下一年的活动计划，届时各层领导也会出动，这块饼不知道多少酒店想吞下。

"可以，南小姐有空可以出个方案。"傅寒州开腔，音调还是冷的，但没有一口回绝，那就是有戏。

南枝手心都冒汗了，难以置信傅寒州让她出方案，他的意思是如果谈下来，这块饼给她？南枝忙说："好的，我会尽快。"

唐静萱在另一边都要喷火了。她微微起身道："刚才听人说，南小姐的前男友是江澈，不知道南小姐有没有为江澈担心过？"

刚才还算融洽的气氛再次冷下来。

陆星辞这才看到唐静萱,用眼神问宋嘉佑怎么这女人又在?还敢叫她来?

旁边的宋栩栩却跟小钢炮似的开喷了:"你也说是前男友了,不去给他送终就不错了,她又不是江澈他妈,操哪门子心!还是说唐小姐对每个前男友都关怀备至啊?"

陆星辞"噗"一声笑了出来,回头主动跟宋栩栩干杯,"说得是啊,都是哪年的老黄历了。"

二人对视一眼,相互从对方眼中看到了兴味,看到了对唐静萱的不喜。敌人的敌人那就是朋友。二人不动声色同时喝了口茶,就是彼此都觉得对方的声音有点耳熟,但谁也没往心里去。

南枝自然不会让唐静萱有机会揪着宋栩栩不放,在唐静萱发飙前随口道:"唐小姐对江澈这么关心的话,可以自己去见他的。"

唐静萱委屈地转向傅寒州,不再继续刚才的话题:"寒州哥哥,下个月是我妈生日,你看看那天有空没。"

南枝拿筷子的手微微一抖,不是因为其他,而是有一只手握住了她的手,而这只手的主人正一脸正色地看着唐静萱,"再看吧。"

傅寒州的时间又哪里是随时能空出来的?没一口回绝唐静萱已经算给她面子了。

南枝抬手打掉了傅寒州的手,却一不小心打到了他的腕表上,疼得南枝差点叫出声。正当她准备把手抽回来的时候,傅寒州温热的大掌已经捏住了她的手指。南枝抽不出来,急得脸都红了。这一幕在唐静萱看来,简直就是狐狸精故作娇羞勾引男人呢。

她身边的小姐妹也看到了,在她边上小声道:"你看她那样,当着你的面也不知道收敛。"

"就是啊,静萱你不给她点颜色看看,她当你好欺负呢。"

唐静萱早就被南枝这样子冲昏了头脑,也忘了当日她是怎么将自己抵在楼梯口的。在她眼里,这个南枝就是在男人面前一个样子,在女人面前又是另一个样子。典型的双面派,可男人就是吃她这套。当日威胁她的时候,那么嚣张跋扈,眼神那么凶狠,现如今装什么装!

唐静萱直接拿起公筷,给傅寒州夹了一块刺身,"寒州哥,这家店用的是波士顿野生金枪鱼,味道特别鲜美,你试试。"

桌上的人都看傅寒州接不接唐静萱这一筷子。

南枝趁着这个空当捏了一下傅寒州,然后将自己的手抽了出来,心里暗骂这狗男人桃花运可真不错啊。一边享受着青梅竹马千金小姐的殷勤侍奉,一边还能在桌子底下悄悄牵她的手。

南枝嘴里的黑鲍顿时有点难以下咽了,怎么她就这么见不得人吗?就只配被他暗戳戳调戏?

她正想着呢,傅寒州竟然将放着波士顿金枪鱼的碟子挪到了她跟前,"刚才看南小姐挺满意这里的菜色,来者是客,多吃点。"南枝盯着面前的金枪鱼,嘴唇嚅动了一下,当着所有人的面,她简直如坐针毡,甚至怀疑傅寒州这厮是故意的,报复她这一星期没给他发消息。

唐静萱脸色瞬间变白,傅寒州不是第一次下她面子,但这是第一次当着她的面,拿她的殷勤献给别的女人,还是个她压根儿看不上的女人,唐静萱觉得面皮都快掉下来了。

她直接撂下筷子,"寒州哥,你怎么能看上这样的女人,我对你真的很失望。你难道看不出她就是图你钱?"

一直没吭声的唐静萱的堂兄见事情要闹大,这才出来打圆场:"寒州,静萱不懂事,你别跟她计较。"

"唐绍,你之前说的合作我觉得不必了。"

傅寒州拍了一块地准备做医疗建设,这消息早就传遍了H市。能搭上傅寒州的基本能赚钱,傅寒州要是拒绝合作,也没人愿意再给他们机会。

唐氏制药这两年发展不太顺利,因为是家族企业,到处都是这个亲戚那个朋友,生产效率低下。这次唐绍也是费了好大的劲儿,才能从傅氏手中分一杯羹,可因为唐静萱口无遮拦,傅寒州竟然直接开口踢他们唐氏出局!

唐绍也顾不得颜面了,直接起身道:"寒州,唐静萱她年轻不懂事,我替她给你赔罪。"

"不用了。"傅寒州直接放下杯子。

唐静萱不敢置信地直接站起来,说:"寒州哥,你这是什么意思?我们两家合作多年,你就为了这么个女人扫我哥面子?你是色令智昏了吗?"

唐绍早就坐立难安了,听到这话上去就拽着唐静萱往外走。

"我不走!我凭什么走!寒州哥我是为了你好啊!"唐静萱还在叫,唐绍用了狠劲,直接将她拽了出去。

唐家兄妹走了,气氛总算没那么冷,加上宋栩栩跟林又夏都是健谈的人,很快就和大家玩起了游戏,不论南枝怎么给她俩使眼色,她俩都接收不到她的信息。

南枝自闭了,感觉这人均五千的日料味同嚼蜡。

傅寒州也没什么表情,两个人之间的气氛莫名地尴尬又和谐,将其他人隔绝在外。

"不给我发消息,却自己来这儿玩?"傅寒州清冷的嗓音在旁边响起。

南枝放过了被她用筷子戳得稀烂的鱼肉,"傅总说什么,我听不懂。"

"装傻?"傅寒州突然在桌子底下用手指戳了戳她的脚心。

南枝穿着一步裙,不好盘腿坐,便只能跪坐,两只白嫩嫩的脚掌因为放松偶尔会舒展一下,傅寒州这么一戳她立刻瞪了回去,"傅总,请保持正常的社交距离。"

傅寒州若有所思:"我比较喜欢负距离社交。"

不知道为什么"社交"两个字从他嘴里说出来,南枝硬生生听出了某种意味。南枝真不想秒懂,但她就是听懂了傅寒州话里的意思,"你这人平日里都是装的吧?"

"你这是污蔑,南小姐。"

南枝一噎,毕竟第一次听傅寒州把"南小姐"三个字说得有点欲,尤其是他的眼神,让她想起了某些不和谐画面。

"脸红了?"

南枝咬着后槽牙,"吃你的吧。"

"啧,过河拆桥?这么多名片还不够得你一个笑脸?"

南枝面不红心不跳,"我凭本事拿的名片,少拿这个胡咧咧。"

再说了,递名片不就是正常流程,能不能谈下来还不知道呢,傅寒州这个奸商。

她正腹诽着,小肚子突然被他捏了一下,只听他恶劣道:"怎么?我凭本事捏到的。"

南枝不打算理他,傅寒州倒是正色道:"下次遇到唐静萱别搭理,不然没完没了的。"

南枝觉得好笑,"那还不是你惹来的?我可从来没有主动招惹过她。"

傅寒州敛眸,"是你先不回我消息,也是你先跟我保持距离。"

他算是回答她的问题,南枝想起那天在网球场,他的意思是他当时不帮她,是因为她先选择跟他保持距离?!这是什么歪理,合着都是她的错?

"傅总,麻烦你讲讲道理。"南枝刚决定跟傅寒州好好掰扯掰扯,就见他接起电话,起身要走,连看都没看她一眼。

"走了?"陆星辞见傅寒州拿上外套。

"嗯,你们玩,记我账上。"傅寒州推开门,颀长的身影很快消失在包间。

他一走,大家也很快散场。跟林又夏她们分开后,南枝叫了代驾回家。她已经有点犯困了,进入楼道的时候突然被人从后面揽住腰,吓得她尖叫了起来。

南枝第一反应是江澈,她拿出防狼神器,手刚开始动,就被男人的大掌扣住,整个人都贴到了他的身上,熟悉的冷木香传来。

南枝紧绷的神经放松下来,随即一股恼意涌上心头,"傅寒州你是不是有病!"她这一吼,整个楼道的感应灯都亮了,映入眼帘的是傅寒州那张兴味盎然的脸。戴上眼镜看起来有多矜贵,背地里干这些事就有多恶劣。

南枝盯着傅寒州冷淡道:"不是走了吗?现在没急事了?"

傅寒州抄手入兜,"生气了?"

南枝没好气地朝着电梯走去,"我没事蹿出来吓你一跳,我看你气不气。"

傅寒州挑眉跟在后面,温声细语道:"要不你等会儿试试?"

南枝眼神防备地看着他,"我今天没心情。"累都累死了,明天还要开例会,要早点起,跟他一起耽误事。

傅寒州收敛了笑容,"我是来弥补上周末的。"

"不需要。"南枝进了电梯,傅寒州没动,只是沉郁地盯着她。

她快速摁了关闭键,想着让他赶紧走。等电梯门慢慢合上,快要将人隔绝在外的时候,她刚想松口气,男人修长的手指伸进了电梯门中间,顺势推开后直接走了进来,"我看你心情反复无常的,内分泌有些失调,不然讲话这么阴阳怪气的干什么?"

南枝翻了个白眼,"傅总,我明早有个例会。"

"我也有个会,还是很重要的收购案。"

了不起!拿收购案压她的例会。

"我这小庙容不下您这尊大佛,晚上我想早点睡。"

傅寒州看了眼腕表,"我不介意你的房间小。"还真的什么话都说得出来。傅寒州高冷的滤镜早已荡然无存。

"干吗这么看着我,还是你有更好的想法?"傅寒州作势解扣子。

南枝说:"我录音了,回头交给记者,曝光你的真面目。"

"两句调情的话而已,算不得人设崩塌,我又不是得道高僧,躺在床上还得念一句阿弥陀佛,女施主对我的要求别太高了。"

说罢,电梯门正好打开,傅寒州直接揽过她,将她抱出了电梯。

南枝被他抱着出来,急得想咬他,"你这个人真是——"

完全不知道怎么形容这玩意儿,一会儿冷一会儿热的,人前人后两个样子,死端着的两面派。她发誓,要是早知道傅寒州是这死德行,当初给她钱都不选他!

傅寒州到了门前,直接打开了她的随身包,翻了一下,蹙眉道:"钥匙呢?"

南枝不理他。

傅寒州也不急,干脆站在门口翻她的包,找了半天才在夹层里找到了钱包跟钥匙。

打开门,南枝穿上了自己的拖鞋,傅寒州蹙眉道:"你一直没准备我的拖鞋?"

"你要穿自己带。"南枝摘下饰品,显然没把他当贵客伺候。

傅寒州快步走到她身后,南枝只觉得一阵天旋地转,人已经被他扛起,直接带到了卧室。

"傅寒州!你放我下来!!"南枝不喜欢这个姿势。

傅寒州将她往床上一抛,就开始单手扯领带,看南枝想跑,扣住她的脚踝单腿上了床,将她拖到了身下。

"南小姐,这样的待客之道,是不是不太好?"

"你用的东西我买不起。"南枝看着他这危险的样子,咽了咽口水,找了个完美无缺的穷人借口。

别以为她不认识那拖鞋上的Logo,还有他的床上用品,包括他身上的衣服都是定制的,她去超市买的他能满意?

傅寒州挑眉:"明天我让赵禹送过来。"

"你为什么非要来我家?我这是一居室,堆不下你那些玩意儿。"

"我不嫌弃。"傅寒州解着皮带。等南枝再想开口的时候,傅寒州已经压了下来,"出差回来我也很累,别闹。"

温热的呼吸喷在颈边,南枝浑身一阵战栗,以为傅寒州要动作了,结果他只是闭上了眼睛,靠在她身上休息。

"——起来,你重死了。"

傅寒州闷哼了一下:"我去洗个澡,你别跑。"

这是她家她能跑哪儿去。不过见他只是来睡一觉,南枝放松了下来。

chapter 4

偶尔胆怯你都了解

傅寒州拿上自己的衣物去了浴室。

南枝怕明天早上起来上班没精神,跑去厨房煮了醒酒茶。浴室内偶尔传来的水声,听得她面红耳赤。她觉得,还是得跟傅寒州立规矩,在外他是傅总,在她的地盘,就得听她的。乖巧、懂事、要听话,这三样他一条都不占。她得拿出房子主人的架势来。

正想着呢,醒酒茶已经煮好了,她下意识端了两杯出来。

浴室的门打开,傅寒州裸着上半身,正用她的粉红毛巾擦着头发,下半身裹着她的浴巾。

南枝眉心一跳,"你怎么用我的浴巾包你那儿?我还怎么用?"

傅寒州挑眉,"那不系了。"

他作势要扯掉,南枝立刻拍手示意,"不用!系着吧,送你了!"

傅寒州看着桌上的醒酒茶,"这么客气?"

南枝翻了个白眼,"这两杯都是我的。"

"喝多了不怕睡不着?"傅寒州擦着头发,水珠顺着他的动作溅落,还有一两颗顺着他的胸肌往深处滑去。

南枝清了清嗓子:"我睡前会做有氧运动,睡得不知道多香。"

傅寒州居高临下看着她,"你这身体素质不像经常运动的。"

……

"您要求太高了,我体脂率很标准。"南枝喝了自己那杯,走进房间去拿睡衣。

见傅寒州还站在外面,她径自进了浴室。浴室的空气还带着潮湿的水汽,南枝看了眼挂在架子上的衣服,满脑子都是傅寒州刚才在这儿洗澡的画面。

南枝拍了拍自己的脸,打开了花洒。

温热的水流冲刷身体,这一天紧绷的精神才彻底放松下来。

傅寒州将那杯醒酒茶喝了,顺道将她的杯子也拿去一块洗了。陆星辞打电话过来的时候,他将手机免提打开,一下就听到了电话那头的动静。

"怎么才接电话,去逮南枝妹妹了?"

傅寒州面无表情地问:"叫谁妹妹呢?"

陆星辞一噎,饶有兴味道:"哦,那就是南小姐,你那边不会在洗澡吧?"

陆星辞还没到年迈的地步,傅寒州那边那么大水流声他当然听得到。

"洗杯子。"

那边顿了一顿,然后声音调高:"你在干吗?"

"你直接去挂耳聋耳鸣专家门诊吧。"傅寒州要挂断电话,陆星辞不让,"你在洗杯子?你出息呢?"

傅寒州神色淡漠地回道:"我没你那么废柴,洗个杯子也要叫妈。"

陆星辞用舌头顶了顶腮帮的软肉,"怎么还人身攻击呢?我这不是好奇你在南枝那儿的家庭地位么。"

傅寒州没心思跟他闲侃,直接问:"干吗?"

陆星辞啧了一声:"我打电话问你助理,他说你没去应酬,这不是猜你跑去找南枝了。打过来跟你说个事,江澈那小子估计要被判刑了,犯了大事。"

傅寒州对这事略有耳闻,恰好南枝从浴室出来,就听到屋内回荡着一个玩世不恭的声音,前面隔着门听不真切,后面那句事关江澈,倒是听得清清楚楚。

南枝一怔,呆呆地看着傅寒州。

"知道了,挂了。"傅寒州摁掉通话键,将杯子拿干净的一次性抹布擦干净后对南枝道:"去把头发吹干。"

南枝现在哪有心情吹头发,"江澈除了帮他爸办的那些事,还出什么事了?"

傅寒州倒也没瞒着她,用口型无声地说了两个字。南枝脸色一变,"警察会不会也怀疑我?"

"不会,要是怀疑你,前两次你去警局就要接受调查了,别操心这个。"傅寒州朝她走近,"去拿吹风机。"

南枝满脑子还是江澈,等把吹风机交给傅寒州,他拉着她在沙发上坐下才反应过来,他要给自己吹头发。

温热的风吹拂头皮,南枝不知道该怎么开口。

"他起码判八年以上,等他出来,江家也早就不在了。"

南枝没想到他会主动提,傅寒州了然的眼神落在她脸上,"不必自责,每个人都要为自己做的事情付出代价。"

"我不是自责,我是怕他出来报复我。"南枝不知道他怎么理解成她在心软的。

傅寒州确实有些惊讶,抚摸着她半湿的头发道:"我以为,你对他……"

"我脑子没毛病,那么个玩意儿我还念念不忘,我脑门上刻着恋爱脑吗?"南枝坚决维护自己的人格尊严。

傅寒州被她劈头盖脸怼了一顿,冷哼了一声道:"女人都是口是心非,这么看不上当初还不是答应了。"

"麻烦你不要翻旧账,这样会让我以为你在吃醋。"南枝凉飕飕说完,空气突然安静下来。

她神色古怪地瞥向傅寒州,好似在印证自己的想法是不是真的。

然而男人只是薄唇轻启,面露嫌弃,"你挺自信的。"

南枝顿时面子挂不住了,腾一下站起来,"睡觉。"

她迈开步子,走路声音也大,踢踢踏踏回房间上了床。

过了会儿,房门才被打开,高大的人影进来,顺带着将门关上。很快,床铺凹陷下去,明明两个人身上用的是同一款沐浴露,南枝就是觉得他的味道跟自己的不一样。

傅寒州没动静,南枝也松了口气,闭上眼睛酝酿睡意。过了会儿,一双长臂扣着她的腰肢,将她整个人拖了过来,腿也顺势盘了过来,压得南枝喘不过气。

"这样睡我不舒服！"

傅寒州不理她，头埋在她颈部："睡觉，不睡觉就干点别的。"

南枝心里暗骂他暴君，又不想跟他纠缠，再闹下去怕是又要拖到凌晨不睡觉，干脆在这个不舒服的姿势里拱了拱，找了个相对满意的位置入睡。

南枝睡到半夜的时候，被手机的震动声吵醒，她被困在傅寒州怀里，动弹不得，直接伸手抓起手机接听："喂？"

手机那头的人好像是在酒吧，闹得不行，在南枝出声后，那边静默了一瞬，然后尖锐的声音响起："你是谁？你为什么接寒州哥电话！"

这一吼，直接把南枝吼蒙了，她捋了一把头发，定睛一看，她居然拿了傅寒州的手机。

手机那头的女人还在叫，傅寒州蹙眉翻了个身，随后睁开眼盯着南枝，满脸写着被吵醒后的不悦。

南枝有些理亏，将手机递给他，暗示他接。

傅寒州挑眉，却将手放在了脑后，一副你接的烂摊子你来负责的表情。

南枝暗骂了一句，看向了手机屏幕，手机号码压根没存，但是这声音，显然是唐静萱！

南枝有想过直接挑衅，但还是选择多一事不如少一事，捏了捏嗓子道："这位小姐，请您冷静一下，傅总正在开会，方便留下您的姓名与联系方式吗？等他出来了我转告他。"

那边安静了下来，狐疑道："你是谁？"

"我叫Vicky，是新来的总裁办秘书。"

唐静萱不依不饶："我没听说过你，你让寒州哥接电话，就说我在酒吧里喝多了，他不来接我，我就不走了。"

南枝翻了个白眼，对上傅寒州戏谑的目光，她"啪"的一下把手机挂断了："还不去接？"

手机再次响起，傅寒州直接一滑，将号码拉入了黑名单，然后一把将准备挪远的南枝拉了过来，语气含笑："Vicky？为什么不经过我允许擅自动我手机?"

"我以为是我的。"这个黑锅南枝可不能背,她没有查他手机的兴趣。

"Vicky,这是你的工作失误。"傅寒州的手抚上她的后背,慢条斯理地抚摸着。

南枝意外地发现这小子好像是在跟他玩办公室恋情游戏。

"Vicky,为什么不说话?"傅寒州偏过头,直接吻了过来,南枝抵着他的胸口:"你真不去接?出事怎么办?"

傅寒州眼里闪过无耐,"你信她?这样的电话我每天能接好几个,要是每次我都去,直接改行当代驾得了。"

"不怕一万就怕万一啊。"南枝想从他怀里挣脱,傅寒州直接翻身压了上来,"成年人要为自己的行为负责,我不是她爸,没必要管她。"

他将她两只手固定在头顶,"Vicky,做事要专心。"

南枝觉得他这样怪好笑的,当即道:"傅总,你这么猴急?"

傅寒州没再给她开口的机会,他得让他的小秘书Vicky知道,他到底急不急。

因为唐静萱的一通电话,南枝沦为了傅总的"秘书",结局自是被吃干抹净。

第二天早上,南枝被外头的动静吵醒,她猛地从床上坐起来,一看手机时间还早才松了口气。她穿好衣服出去,发现傅寒州已经坐在了餐桌前,门口摆放着一只黑色行李箱。

傅寒州说:"起来了就去洗漱。"

南枝指着行李箱,"你要出差?"

傅寒州掀起眼皮,"我的一些生活必需品。"

南枝双手抱胸,"我可以去你那儿。"

"我看你这儿挺好。"傅寒州一句话直接把她堵死。

南枝无语,不知道就这么大点儿的地方,到底哪里让堂堂傅氏总裁感觉到好了。

南枝跟他的眼神对峙就是自讨苦吃,最后的结果就是南枝瞪到自己眼睛干涩,傅寒州依旧不动如山。

吃完饭后南枝换上衣服往外走,突然问道:"你昨晚说商会的活动我能联系你们公司询问,是不是给我开后门呢?"

"你对你们集团这么没信心?"傅寒州反问。

万盛集团是老字号企业,在一线城市是有些名气的,傅寒州还不至于为了她而随便选择合作对象。

南枝闻言说不出是失落还是松了口气。

"那你还考虑了哪几家?"

"这真不是你该操心的。"商会要联合政府拓展活动,行业内自然是互通消息,万盛集团高层早就联系过傅氏,昨晚也就是顺口答应了一句而已。

"不过如果你们的活动方案做得出色的话,胜算还是很大的。"

"我以为你会哄哄我,直接把案子给我,到时候我可以义正词严地拒绝。"南枝随口道。

进了电梯,傅寒州挑眉,"你不是贫贱不能移,威武不能屈?"

"你刚才不是说了吗,我要对我的公司有信心,所以不接受走后门。"

真是典型的给她点阳光就灿烂。傅寒州出了电梯间问她:"需要我送你吗? Vicky。"

南枝听他还在叫这个胡诌的英文名,翻了个白眼,摁了下自己的车钥匙,甩给他一个利落的背影,"不用,我有车。"

傅寒州目送她的车开走,还当真是一个眼神都没给他。不远处的赵禹见南枝走了,这才上前:"傅总。"

傅寒州抬步向车那边走去,顺口道:"江澈那边的案子盯紧一点,我不想再在H市看到他。"

"好的,傅总。"

南枝临近下班的时候,想起了今天要去姑姑家聚餐,于是去花店买了一束花,又买了点水果才开车去杨家。

杨家住在H市的老别墅区,南枝每次来这儿都算不得愉快。

"这不是南枝吗,哎呀,好久没见到你啦。"

南枝回头,一个中年妇女笑着跟她打招呼。南枝也惊讶道:"蒋阿姨,您也回来了。"

"楚劲毕业了正在找工作呢,当初还多亏了你帮我们家楚劲补课,说起来你们也很久没见了吧?"说着,蒋阿姨扭头朝着身后招手,"楚劲,快过来,南枝来了。"

南枝朝着她招手的方向看去,傍晚的夕阳伴随着火烧云带来一片赤色的霞光,附近的老房子都像笼罩在光晕之中。楚劲就站在不远处,穿着黑色卫衣,当年还颇有棱角的少年,现在已经有了男人的样子。

他的头发已经剪短,露出了英挺的眉眼,麦色的肌肤泛着健康的色泽,一双眼睛看过来的时候,像是能穿透人心。南枝朝他笑了笑,楚劲却突然垂下眉眼,看着她手上的东西道:"我帮你拿?"

南枝看着他伸过来的手,笑了笑道:"不用,前面就到家了。听蒋阿姨说你也毕业了,准备上哪儿工作?"

"傅氏旗下的游戏公司。"

南枝对这方面不懂,但是傅氏这个名字就已经代表了综合实力,能被录取的都不是一般人。

蒋阿姨拉着南枝往前走,"你等会儿要不要来我家吃饭?现在家里就我和楚劲两个人,无聊着呢。"

"再看吧。"

楚劲跟在她们俩身后,目光近乎贪恋地盯着南枝。

直到南思慧听到声音出来,蒋阿姨才高高兴兴上去聊天。

有客人在,南枝顺手帮忙拿了拖鞋。门口窄,南枝起身的时候撞到了楚劲,"不好意思。"

"没事。"楚劲伸手握住她的手肘,等她站稳了才松开。

杨志国在书房,下楼的时候对南枝笑道:"来就来吧,怎么还买花和水果,闹得跟客人似的。"

南枝打了声招呼:"杨叔叔。"

"快去坐下,你姑姑老是念叨你。"

南枝扫了眼客厅,估摸着杨叔叔的女儿杨雨桐还没放学回来,暗暗松了口气。说实话,她每次来都得跟她吵一架,着实是对她有阴影了。

倒不是怕,就是总是被人找茬儿心里不痛快。她也怕影响姑姑和杨叔叔的感情,让姑姑夹在中间难做。

蒋阿姨是个话痨,说起来就不带停的,看得出这些年在外地过得不错。至于楚劲,安安静静坐在那儿,倒真的是跟以前逃学打架的样子完全不一样了。

"南枝有男朋友了吧?长这么漂亮,追求你的男孩子肯定很多。"

南枝赶紧起来,假装去洗水果,"蒋阿姨你可别笑话我了,我哪有男朋友。"

楚劲微微抬眼,蒋阿姨诧异道:"真的没有?那我得赶紧帮你找一个,这女孩子二十多岁那是最好的年华啊,不谈恋爱可不行。"

南思慧笑道:"现在年轻人的思想可不一样了,都觉得单身好,要是实在没有合适的对象,我也不强求她找。"

南枝逃到厨房,开始洗水果,身后有人跟进来,南枝还以为是南思慧,转头道:"姑姑,你这次出差顺利吗?"

楚劲走到她边上,"要帮忙吗?"

南枝吓了一跳,"怎么不出声?我还以为是我姑姑。"

这么一打岔,两个人之间的尴尬倒是缓解了。

楚劲接过她装水果的盘子,"我很吓人吗?"

"没有。"南枝随口道,"有女朋友了吗?"

楚劲瞥了她一眼,"没有。"

"不应该啊,以前你们学校那些小姑娘都跟你屁股后面跑,我以为你上大学怎么也得找一个。"

楚劲叹了一口气,"我不跟她们玩,也不知道有谁喜欢我。你怎么不找?"

"姐姐怕遇人不淑。"南枝摊手。

"你也就比我大三岁。"

"大三天也是你姐,差不多了,端出去吧。"

楚劲欲言又止,最后还是端着水果出去了。

饭后南思慧又拿着大包小包要塞给南枝。

"你一个人住,我也不放心,这是我自己做的小菜,还有我出差给你买的东西,都带回去。"南思慧把后备厢给她塞满了。

楚劲在旁边看着,突然道:"你住在哪儿?"

南枝随口道:"铂悦府。"

"万具广场那边?"

"嗯,你要是有空去那附近玩联系我。"南枝笑道。

"那加个联系方式。"

南枝跟楚劲加了好友,这才跟他们告别。

蒋莲跟楚劲回家的时候还在叹息:"南枝那么好的孩子,就是没父母,不然也不用那么辛苦。"

楚劲不以为然,"没父母怎么了,她现在也挺好。"

"你知道什么,没父母以后被人欺负了,她就只有自己一个人应付,而且好多人家都看不上这样的。"

楚劲蹙眉,"你还真要给她介绍对象?"

"那怎么了,你李阿姨王阿姨家的儿子不是都跟她年纪相仿吗!"

"那两个连大学毕业证都是买的,配不上南枝。"

"别胡说。"

楚劲进了房间,"反正你别给她介绍。"

蒋莲应了什么不知道,楚劲倒是打开了南枝的朋友圈,看她偶尔分享秋天路边的落叶,或者跟姐妹们小聚,确定里面没有男人的痕迹后,才缓缓勾起了唇角。

回到家,屋内黑漆漆的,南枝还有点不习惯,总感觉还有傅寒州的味道。她开了灯,看到放在角落里的黑色行李箱,默默提到了储藏柜里,她才不愿意把他的东西摆放在自己家。随时可能一拍两散的关系,还是不要插手对方的生活才好。

她洗漱完拿起手机,发现宋栩栩跟林又夏在三人组的聊天群里正热火朝天讨论着周末去哪儿玩。

南枝一般随波逐流,她们决定就行,还有一条就是楚劲问她到家了没。

南枝回了句"到了",就打开电脑和笔记本开始起草方案,明天也好跟企划部的人去跟进。

傅氏总裁办每个人都噤若寒蝉,灯火通明的办公室里打印机和敲键盘的声音不断响起。随着办公室大门打开,几个主管死里逃生一般朝着电梯走去。

赵禹起身敲门进去,傅寒州正靠坐在办公椅上,揉着眉心。赵禹看着他的脸色,斟酌道:"傅总,会客室有位唐小姐说要找您。"

傅寒州皱眉看向他,赵禹立刻道:"我会让人转告唐小姐,您在忙。"

"直接告诉她不见。"傅寒州对不感兴趣的人、事、物一向没有任何耐心。

赵禹从他说话的语气听不出喜怒,试探性问道:"今日的工作已经完毕,是要现在安排司机回家吗?"

傅寒州修长的手指在扶手上点了点,赵禹提议:"南枝小姐现在在家。"

傅寒州镜片下的眸光一闪,"不去她那儿,回家。"

他不喜欢别人窥探自己的喜好,赵禹跟着他那么久也能揣测出一二,暗恨自己今天多嘴了。

回家的路上,淅淅沥沥下起了小雨。傅寒州看了眼时间,已经11点,按照南枝的作息,估计已经睡了。

想去她那儿吗? 倒也不想,但也不反感,而且昨天胡闹了一通,他现在需要独处。

到别墅的时候,雨已经很大了,赵禹下车后转到他这边替他撑伞。

傅寒州径自往大门走,半道上却停了下来。

豆大的雨滴打在伞面上,令周围的声音都不甚清晰。赵禹见傅寒州停下,低头看了看,才发现大门旁边的花坛处躲着一只小橘猫,正冲着他们喵喵叫。只是那声音太轻,不仔细听还真的听不到。

傅寒州没动,赵禹也不敢催促,倒是那奶猫朝着他们走过来,用湿漉漉的身子蹭着傅寒州的裤腿。

赵禹皱眉,傅寒州这鞋子裤子被弄脏了可就麻烦了。

正当赵禹想把奶猫赶走的时候,傅寒州蹲下了身子,将那只奶猫捞了起来。小家伙也乖巧得很,没挠人,就是仿佛冻坏了,一个劲儿发抖。

"傅总,要不我带去宠物店洗澡?"

"不用了,去买点必需品。"傅寒州吩咐完,朝门内走去。

南枝加完班,才打着哈欠钻进了被窝,睡前刷手机,看到楚劲又发了几条信息,叫她早点睡,过两天来找她吃饭。南枝见时间不早了,便没回复,抄起枕头旁的眼罩就套在了脸上。

明明独居了那么久,习惯了一个人吃饭睡觉,傅寒州就来了那么两回,睡了那么几次,怎么感觉整张床都是他身上的味道?!转身没人抱着她,没有被人紧紧束缚的感觉,应该很舒服才对,可南枝愣是翻来覆去了半小时也没睡意。

南枝干脆坐了起来,把床单被套全部换了一遍,又把换下来的丢进洗衣机,抬眸发现傅寒州的衬衫和内裤居然挂在自家阳台上。

男人挺括的衬衫与贴身衣物跟她的放在一起,随着风微微晃动。南枝赶紧一把扯了下来,想了想又不知道丢哪里去,干脆挂在了衣柜的角落里。

什么人嘛,这种东西居然挂在她家。他们又不是同居关系,这样的行为也太越线了。南枝讨厌自己的生活节奏被打乱,那会让她很没安全感。

折腾了一圈回到床上,南枝到凌晨三点才迷迷糊糊睡着。第二天起来差点迟到,等到靠近公司门口的时候,却偏偏撞倒了人,通勤包掉在地上,文件撒了一地。

"不好意思。"年轻男人低头帮忙捡东西,戴了个口罩,南枝也没看他,只顾着把东西装进包里,"没关系。"她说罢直接朝门口跑去,赶在最后一分钟打卡成功。

"你可算来了,我以为你要迟到了。"林又夏趁着她放包的时候打趣道。

南枝跑得气喘吁吁,坐下来仰头休息了一会儿。

"企划部那边已经把几个方案都完善了,我看了下没问题。咱们今天去他们公司谈?"林又夏道。

"行,我看看先去哪家,有些跟咱们在一个区的可以先去。"南枝休息了下,"我去跟曼蓉姐请示一下。"

"成。"

南枝敲门进了汤曼蓉的办公室,跟她说了这件事。

"可以,你能把这几个单子谈下来的话,也更有胜算。下个星期六交流大会,你知道吧?"万盛集团的内部交流大会,请去的都是优秀员工,到时候各个分店的领导也会出席,能露脸是好事,南枝当然想去。

"我可以?"

汤曼蓉指着她手里的那些单子,笑道:"谈下来,把合同签了就可以。"

南枝立刻干劲十足,"好的曼蓉姐,我一定加油。"

汤曼蓉笑着看她出去,等她一走,笑容立刻淡了下来。想起昨天晚上那通电话,对方说南枝背后的男人是傅寒州。最近集团为了拿下商会活动的案子,忙前忙后疏通关系,那些高层都未必见得到傅寒州。要是南枝真的跟傅寒州有什么,怎么还在万盛待着。

虽然觉得离谱,但是一想到南枝那张脸,又觉得好像也不是不可能。

南枝还浑然未觉,跟林又夏高高兴兴出了公司。"栩栩说找了个不错的露营地,还有天幕电影。我说就我们三个没意思,她说到时候叫一帮朋友来,万一有帅哥呢!"

南枝对这个没要求,反正跟着组织走。"你爸妈又催你相亲了?"

"说起来我就生气,我这两天晚上回去晚,就打车回去的,被隔壁邻居看到了,他就跟我爸妈说我每天被不同的男人送回来,听得我妈都快心肌梗死了,非要我赶紧找个靠谱的男朋友。"林又夏拿出笔记本,吃着包里的小零食,"给我介绍的不少,但接触下来,我一个都不喜欢。"

南思慧是不会催南枝结婚的,她在这方面倒是没有苦恼,"擦亮眼睛找,这可是一辈子的事,宁可找不到也别凑合。"

"可是我想不出结婚的理由是什么。你说找个男人搭伙过日子不是一样吗?哎,你知不知道公关部的女海王?朋友圈又换了个帅哥。"

林又夏翻出朋友圈,南枝扫了一眼,确实挺帅的。

"听说还是大学生呢,这才是人生大赢家啊!哎,你说找性伴侣怎么样?你个人接受这种周末情侣模式吗?跟生活切割,不插手彼此的关系,但又可以在床上抵死缠绵。"

南枝突然被戳中,面无表情道:"你还是赶紧看看方案,再完善一下吧,等会儿一举拿下,咱们还能一起参加优秀员工团建活动。"

林又夏挑眉,"你这话题拐得够生硬的。那方案都看了百八十遍了,曼蓉姐也觉得没问题的好吧。让我想想找谁当性伴侣不亏,要是傅寒州陆星辞那样的,我觉得我还赚了呢。"

南枝觉得她这乌鸦嘴是越来越有指向性了,生怕她说出什么虎狼之词,赶紧道:"前面就到了,你把你的工作服整理一下,口红也有点花了。"

"哦!"林又夏一旦进入工作状态,那也是全力以赴的。两个人在楼下停车场整理了一下仪容仪表,才带着职业性笑容去前台报到,然后被带到了会客室。

"两位请在这里稍等,蒋总很快就到。"

"多谢。"

林又夏啧啧称赞:"不愧是傅寒州的交际圈,听说现在这家室内设计公司在H市首屈一指,光看他们公司的装修就知道老板的品位了。"

蒋哲叩了叩会客室的玻璃门,笑道:"怠慢了,刚才在开会。"

南枝跟林又夏赶紧起身,跟蒋哲寒暄两句后,赶紧拿出了自己做的方案。蒋哲没想到方案做得还真不错,这下签约倒不是看在傅寒州的面子上了,于是主动提起签合同,顺便请她们两个吃饭。

"谢谢小蒋总,只是我们待会儿还要跑一下余少那儿,恕不能答应你了。"

蒋哲也知道两人肯定忙,便也没强留,只是送南枝出去的时候,低声道:"这次没办法一起吃饭,下次约你可别拒绝,就当给我个面子。"

话都说到这份上了,南枝总不好再说不行:"好的,下次我请您吃饭。"

"那就说定了。"蒋哲非要送她们到停车场。

等蒋哲回来的时候,前台打趣道:"Boss,不会是你女朋友吧?"

蒋哲平时没什么架子,长得又帅出手也大方,公司里的小姑娘也跟他没大没小的。

蒋哲笑道:"可别胡说,那位的男朋友哪是我能比的。"

两个前台诧异地彼此面面相觑,比蒋哲还厉害,那是谁啊?总不能是更往上一层的吧?也没看出来南枝是哪家千金啊。

蒋哲说完就往里走,留下两个前台自己琢磨。

"哎?她怎么被警察带走了?"

两个人盯着南枝被人带上了警车,然后赶紧给蒋哲打了个电话。

"你们看清楚了?就刚刚?"蒋哲也有些难以置信,挂完电话后找到了傅寒州的联系方式给他拨了过去。

林又夏跟南枝一起坐在警车里,都很茫然。

刚刚在停车场被警察带走,说让她们配合调查,可具体什么事也没人告诉她们啊。

等到了警局,林又夏跟她分别被带走,南枝万万没想到有一天自己会坐在审讯室。

有女警进来,南枝认识她,正是之前她来警局的时候,接待她的林警官。

"林警官,是江澈的案子需要我协助调查吗?"

林警官将一包白色粉末摆在她面前,"可以解释一下吗?"

南枝脑子都懵了,她当然不会觉得这东西是一包洗衣粉。

但是她根本不可能接触这种东西,也不会去碰。

"这不是我的东西,我可以接受身体检查,还有,这是从哪儿搜出来的?"

"你的包里,江澈实名举报你参与了他的私下购买环节。"

南枝张了张嘴,说心里不慌是不可能的,"我没有,我真的没有,林警官我愿意接受调查,只希望你们能还我一个清白。"

见南枝态度恳切,警察开始录口供。

时间过得很漫长,中途有人进来给南枝倒了杯水,她问了问林又夏的情况。

"她一直跟你在一起,我们也要照例询问的,放心吧,我们不会冤枉任何一个好人。"

南枝当然相信他们,如果警察都不能相信,她还能信谁。

南枝脑子里乱哄哄的,始终不明白这东西是怎么出现在她包里的。

直到脑海里浮现出早上那个戴着口罩的男人,"警官,我要求查看我公司楼下的监控视频,有可能这东西是有人硬塞给我,栽赃我的。"

"可以,我需要向上级请示。"

南枝松了口气,但同时又觉得,这是一次有预谋的陷害,除了江家的人,她想不到别人,一想到江澈的污蔑,江母恶毒的警告,南枝就恨不得跟他们拼了。

太欺负人了!真的是没王法了。

南枝不知道等了多久,在审讯室里的时间无限拉长,久到她开始坐立难安,反复抬头看着墙壁。她焦虑地磨着指甲,等到门被打开的时候,她几乎下意识就站了起来。

"南小姐,我是你的代理律师,我叫宋云深。"西装革履的男人拿着公文包,一丝不苟地自我介绍完后,让开了门口的通道,"现在我们可以离开了,傅总在外面等你。"

南枝的身体都僵硬了,浑浑噩噩接过他递过来的名片。云深律师事务所宋云深。他是H市有名的大状,几乎是不败战神,他的律师费是按秒计算的,专门为有钱人服务。

"我可以走了?"南枝抬起头,仿佛刚刚消化了他的话。

宋云深俊朗的面容露出公式化的笑容,"是的。"

南枝跟着他往外走,然后突然想起了什么似的问道,"那我的同事呢。"

"林小姐刚刚离开,您可以回家后联系她。"

南枝松了口气,"她一定吓坏了。"

宋云深若有所思地看着眼前的女人,明明自己怕得要死还担心别人有没有吓到。

不过,宋云深更好奇的是,能让傅寒州派直升机接自己回H市的女人,到底有什么过人之处。

南枝走到外面,领取自己的私人物品后,才发现天都黑了,手机有好多未接电话和消息。

夜风一吹,她的长发贴在腮边,脸上流露出的茫然无措,让她看起来像个无家可归的小可怜。

车灯亮起,南枝受到强光刺激,闭了闭眼,男人从逆光中走来,撑着一把黑伞,镜片在光线下一闪,南枝眯起眼隔着指缝朝他看去。

每一步,他都像是踩在她的心尖上。

傅寒州很高,她一直都知道,但她站在警局的台阶上,才堪堪与他平视时,她才意识到原来他比自己高这么多。

看到傅寒州的那一刻,一种难以言喻的情绪在她心间回荡,让她此刻脆弱无比的心暖暖的。

她的视线开始变得模糊,张了张嘴,却发现鼻子泛酸,傅寒州将伞遮在了她的头顶,伸出手捏了捏她紧紧攥着衣角的手。

雨丝在车灯的照耀下显得格外清晰,她能感受到傅寒州伸过来的那只手是多么温暖,像是透着全部的力量拉了她一把。

要不是身边有那么多人,南枝真的很想直接扑进他怀里。

"傅总。"宋云深一本正经道:"人就交给你了,有需要再联系。"

"有劳。"傅寒州微微颔首,宋云深也没废话,直接带着助理离开。

傅寒州看着还站在那儿的南枝,叹了口气道:"好了,没事了。"

她崩了那么久,最后他一句"好了,没事了",让她蓄在眼里的泪水瞬间滚落,下了一个台阶,直接被他抱在了怀里。

黑色的长大衣将她裹在里面,也将一切的窥视隔绝。

南枝突然觉得这样风雨飘摇的夜晚也没什么可怕了。

傅寒州让她上车后才弯腰进了车,南枝小小一团,缩在角落里,泪眼蒙眬地看着他,傅寒州伸手扣住她的手,将她抱在怀里,什么话也没说。

南枝攥着他的衣领,先是感觉到眼泪不受控制地顺着鼻梁滚落,然后鼻子一酸,难以抑制地越哭越凶。

chapter 5

想靠近又不敢

傅寒州没出声,等她哭累了才抬起她的下巴,端详着她红肿的眼皮,指腹缓缓抚过,接住她一滴泪珠。南枝吸了吸鼻子,已经堵住了,她又不想当着傅寒州的面擤鼻涕,赶紧转过身。

"我以为你要把鼻涕也擦我身上。"

南枝猛然扭头,羞红了一张脸,道:"才没有。"

傅寒州低头看了眼自己的衬衫领口,南枝才发现那里湿了一大片。她想开口,猛地吸了一下鼻子,傅寒州已经递过来一张纸巾,"哭吧,不打扰你。"

南枝刚才炸起来的毛,瞬间又顺了下去,也挺感谢他给了自己消化情绪的时间。

车辆行驶在街道上,路过路边摊的时候,南枝的肚子不受控制地叫出声。

傅寒州垂眸道:"停车。"

车子平缓停下,南枝扭头,有些可怜巴巴地看着傅寒州。他突然就想起昨天晚上那只冻得瑟瑟发抖、朝他喵喵叫的小野猫。

"想吃什么?"傅寒州低声问道。要是南枝仔细听,还能听到微微的笑意。

她吸了吸鼻子,不好意思地问他:"你吃吗?"也不知道傅寒州吃不吃这些。

傅寒州直接打开了车门,"下来。"

南枝踟蹰了一下,还是跟着他下了车。

因为下雨,摊位的生意也受到了影响,没几个客人。保镖在二人身后撑伞,傅寒州直接接过手,揽住南枝的肩膀往摊位走去。

南枝的目光在那些烤串上打转,说起来已经好多年没吃过这些了。午饭在警局压根儿没吃几口,晚饭更是一口没吃,现在南枝饿得感觉自己能吞下一头牛。

摊主见有人过来,顺口道:"想要什么自己拿。"

南枝看了傅寒州一眼,"我拿?"

"嗯。"

傅寒州看她飞快拿起早就看中的食材,默默记下了她爱吃的。

递给摊主后,南枝找了个稍微干净点的位置坐下,拿出包里的湿巾给傅寒州擦凳子,手却被男人抓住。

"不用。"傅寒州坐了下来,淡声道,"不用搞特殊,你吃吧。"

本来南枝今天被带去警局就吓得不轻,他还没到要精神脆弱的女人照顾的地步。

南枝没想到他不嫌弃路边摊,嘟囔道:"我怕你觉得不干净。"

傅寒州随口道:"以前也吃过,还是在那种巷子口,脚边全是酒瓶子。我没你想得那么挑剔。"

南枝诧异,不是怀疑傅寒州的话,而是纳闷:"能问一下你什么时候去的吗?"

"高三出国前,在一家琴房附近。"傅寒州说着就想点根烟,"那是老城区,巷子多,朝头顶一看,电线交错,都分不清是谁家的。早上空气里混合着早餐的香气,买菜的、上班的通行全靠自行车。"

南枝发怔,抬起头道:"我能想象那个画面,以前也去过差不多的地方。"

傅寒州没搭腔,老板很快把南枝要吃的送过来了。

她小口小口吃着,想喝点酒,又顾忌傅寒州在这儿,等吃得鼻尖冒出细汗了才问道:"你不来点吗?我一个人吃怪尴尬的。"

傅寒州"嗯"了一声,然后直接俯身,将她刚咬下来的一块里脊肉叼走。

南枝眼睁睁看着他冷峻的脸凑到自己面前,然后嘴上被亲了一下,才后知后觉想到傅寒州干了什么,马上咳了起来。

"味道还不错。"他下了评语。

南枝拍了拍自己的胸口,"桌上明明还有很多。"

"我就喜欢虎口夺食。"

"你骂谁母老虎呢?"

傅寒州见她又打起了精神,轻笑道:"你哪像母老虎,分明就是只小野猫。"张牙舞爪地伪装自己的脆弱。

南枝被他说得不好意思,当即垂下眼自己吃自己的,再也不跟他说话了。

等吃得差不多了,赵禹付了钱。坐上车后,看方向这是要回傅寒州的家,南枝扭头说:"不去我那儿?"

傅寒州本来就在盯着她,闻言道:"家里有人等我,不回去不行,下次去你那儿。"

南枝觉得自己说的话好像有歧义,感觉像很期待他去一样,便扭头看窗外,也忘了问他家谁在等。

回到别墅的时候,雨又大了点,傅寒州的外套都湿了,南枝除了脚冷了点,倒是没沾到一点雨水。赵禹把人送到家就走了。

别墅感应灯渐次亮起,南枝站在门口,傅寒州已经大步流星朝里面走去。她刚想问客人在哪儿,怎么称呼,是不是要装不认识,就看到一只还没傅寒州脚大的奶猫从角落里跑出来,喵喵喵一直叫。

男人俯身单手将它捞起,回头看了眼南枝,"快去洗澡,到床上等我。"

他人已经走进了厨房,从冰箱里拿出了生姜。

南枝换上拖鞋,忙不迭地跟了进去,盯着又被傅寒州放在地上的奶猫。

小猫崽子不怕生,直接跳到了南枝的腿上,尖利的爪子勾着她的丝袜往上爬,南枝感觉皮肤上有点刺痛,揪着那奶猫的后脖子将它抓到了怀里。

"哪儿来的?"南枝面露笑容,捋着它的小绒毛,"好可爱呀。"

傅寒州转头道:"花坛里捡的。"

南枝看着屋子角落里的猫碗,一看就价格不菲,她抽了抽嘴角,挨着奶猫的下巴道:"你还挺会挑主人的,挑了个有钱的。"

傅寒州接腔:"嗯,是比某些人有眼光。"

—75

听他阴阳怪气地,南枝不吭声了。

傅寒州蹙眉问:"不是让你去洗澡,是想让我帮你脱?"

南枝左顾右盼,"你不是说家里有人等你?我怕撞到人。"

傅寒州被气笑了,一把将她拽过来,提着那只奶猫道:"现在见到了,你要不要来一盆奶,大宝贝?"

南枝脸红了,抱着猫赶紧往楼上跑。

傅寒州将外套随手丢到了沙发上,继续去厨房熬姜汤。

中途有人打了个电话过来。

"喂,傅总,人已经查到了。"

"把人带走,我过去的时候会联系你的。"

傅寒州挂完电话,把姜汤端到楼上,浴室里传来水声。奶猫在扒拉床单,傅寒州将它放到地上,把姜汤放在床头柜上,静静等南枝出来。

傅寒州垂眸,看着奶猫咬他的拖鞋,心里顿时升起一股厌烦的情绪。他的东西,他最讨厌别人来破坏。任何一点都不可以。

他起身走到浴室门口,"姜汤要凉了。"

浴室里传来她的声音:"马上出来了。"

过了会儿,门打开,浴室内氤氲的热气扑面而来,她垂下头,穿着淡粉色真丝睡衣走到床边,诧异道:"你刚才是在给我熬这个?"

"嗯,喝下去,别感冒。"傅寒州说着抬步往外走。

她站起来,"你去哪儿?"

傅寒州看出她眼底的害怕,"我去冲个澡,你先跟它玩会儿,我等会儿来陪你。"

南枝抓着衣摆,尽量表现得神态自若,"好。"

傅寒州转身出去,眼中暗芒闪过,其实刚才他是想出去的,但她既然害怕,那就迟点再去收拾人。

南枝坐了回来,将奶猫摁进怀里。"你怎么这么可爱?"

小猫往她怀里钻,她端起姜汤,慢慢喝下去。辛辣温热的液体瞬间让胃部暖了起来,这种被人呵护的感觉已经很久没有过了。小时候,爸爸也总会在她感冒的时候为她熬一碗姜汤。自从父母去世后,她已经许多年没有喝过了。

傅寒州洗完澡回来的时候,南枝还坐在床上抱着猫发呆,他将奶猫往门口一丢,折返回来,"它太闹腾,你跟它一起就别想睡了。"

南枝张了张嘴:"我以为它在你们家是小公主待遇。"

傅寒州掀开被子上床,将她搂进怀里,慵懒道:"你在我们家才是公主待遇。我亲自伺候你上床下床,它能跟你比?"

这男人一上床什么话都说得出口,一下床就是生人勿近。

南枝想了想,抿唇道:"你不问我今天的事吗?"

"问什么,明摆着栽赃陷害。你要是有这胆子,还能这么轻易被人送进去?"傅寒州盖住她的眼睛,"睡觉,凡事有我。"

南枝突然觉得眼眶微热,被人无条件相信的感觉,她太需要了。

"傅寒州。"

"嗯。"

"你真好。"

傅寒州抱紧她,南枝闻着他身上淡淡的香气,安心地进入了梦乡。

等她睡熟后,傅寒州才轻手轻脚地从床上起来,将门带上。奶猫还在门口徘徊,不敢下楼梯,傅寒州顺手将它带到了楼下。出门前,他看着那只小猫说:"在家乖乖的。"这话,像是对它说的,又像是对楼上的女人说的。

傅寒州抵达警局的时候,看到了一个眼圈青肿的男人,对方看到他时瞳孔中闪过害怕。

"是谁让你把东西塞进南枝包里的?"傅寒州开门见山地问道。

"我不知道你在说什么。"男人当然不承认。

傅寒州拿出一沓照片,摔在了男人面前,照片中是他跟唐静萱交易的画面。

男人知道瞒不住了,才哭道:"是这个女人来找我,给了我一张照片,说让我把这东西塞给照片上的人。她先给我卡里打了20万,说事成之后再给我50万,我也是一时被钱迷了心眼。"

过了会儿,门被人推开,"查到了,打钱的是唐静萱。"

唐静萱是打听到南枝被人担保出去后,才意识到事情不对劲的。

她当即订了飞机票,打算出国避避风头。哪知道刚提着行李箱到停车场,就被警察抓到,直接带上了警车。

南枝一觉睡醒,傅寒州还躺在她边上。她怕吵到他,轻轻转身拿起手机一看,发现时间还早,就联系了一下林又夏。

没想到林又夏回得很快:"一晚上没睡,昨天放了客户鸽子,我想死的心都有了。"

南枝道歉:"是我连累了你。"

林又夏当即安慰她:"这不关你的事,还好有好心人,那个宋大状真的很nice!帅爆了,我决定成为他的迷妹。"

没想到就在这时傅寒州突然贴在她的耳边道:"宋云深帅吗?"

南枝吓得差点把手机甩出去,当即关闭了聊天窗口,扭头道:"你醒了怎么不吭声?"

傅寒州不咸不淡道:"做亏心事了?怕成这样。"

南枝看他眼下有黑眼圈,觉得是自己给他添麻烦了,所以特别好脾气道:"我最近是胆子有点小。你想吃什么早饭?我去做。"

傅寒州拉着她的手,"最近如果有陌生电话打来,一律不要接,我会给你多派几个保镖,不会打扰你的日常生活,嗯?"

南枝看他这么严肃,小心地问:"是不是江家的人狗急跳墙了?"

傅寒州沉吟了一会儿,掀起眼皮道:"是唐静萱。"

南枝过了好久才反应过来,"唐静萱怎么会掺和进来?她跟江家有什么关系?"

毕竟向警方检举她的人是江澈,现在傅寒州却说是唐静萱。这两个人什么时候勾结在一起的,她感觉脑子不够用了。

"江澈他妈现在走投无路,唐静萱乘虚而入给她出馊主意也不是不可能。"傅寒州大概没睡够,又躺了回来,"事情我也有责任,但我会善后,对不起。"

南枝不知道说什么好了,"她是不是疯了?"怎么会有人干出这么猖狂的事啊?且不说她跟傅寒州到底什么关系,唐静萱有什么立场这么针对她?

"昨天晚上刚查出来的,我还在处理,所以不管是去上班还是去谈客户,让我的人跟着你,不要拒绝。"

南枝哪会拒绝,她现在只想直接把唐静萱扭送进警局好吗!

大概是突然听闻这个消息,南枝一直没说话,傅寒州也没逼她说话,而且他有事要忙,让人送南枝去公司后,直接让赵禹通知下去,傅氏集团任何一家子公司,不再与唐氏制药合作。

南枝到公司的时候,林又夏已经跟没事人似的了,还问起了这么厉害的律师她上哪儿找的。

南枝心虚道:"我一个大学同学给我请的,不过我向你发誓,我也是等宋云深把我带出去了才知道,不是故意让你受惊吓。"

林又夏愣了差不多几十秒才突然腾一下站了起来,忍住喉间的尖叫,低声又猥琐地对她道:"哪个大学同学啊?是不是有情况?是不是喜欢你?"

"别胡说。他就是刚好跟宋云深认识,下次有机会我请他吃饭的时候带上你。"

"行吧,我那边已经给客户道过歉了,又约了时间,咱们今天肯定不能再放人家鸽子了。"

南枝也是这么打算的,就算现实生活再怎么糟心,对待工作还是不能掉以轻心,得打起十二万分的精神。

铭鼎豪邸。江母刚刚准备出去找人搭搭关系,就被警察找上了门。

江家的隔夜饭又被炒上了本地热搜。关于江家的传言什么样的都有,名声算是臭了。父亲贪污,儿子犯法,母亲也不遑多让,一家子烂人,别说是亲戚和朋友了,连合作伙伴都觉得脸上无光。

今天顺利签约,又听到江母被抓的消息,南枝回到家的时候,心情很是轻松惬意。一整天傅寒州也没联系过她,她自然不会主动去问他来不来。卸了妆敷上面膜,她拿起手机随意浏览,又跟宋栩栩她们侃了两句,顺手点进了好久没玩的游戏。刚一进去游戏界面,楚劲的组队邀请就发来了。

两人打游戏的时候话也不多,南枝的操作还可以,不过显然楚劲更是行家,跑地图的时候好多游戏关卡他都了解得一清二楚。

南枝突然想到了什么,"这个游戏是你们公司开发的?"

楚劲道:"嗯,好像是老板大学的时候出的概念测试第一版,后来正式规划出来,到我去应聘的时候已经很成熟了。"

"你们游戏公司的老板?"

楚劲沉默了下,"不知道,听策划部的同事说好像是公司高层,还很年轻,概念也很新颖,我也很想知道是谁。"

"你对这个游戏这么熟悉,我以为也有你的想法呢。"

南枝不知道游戏公司的运营方式,但她玩下来感觉这款游戏可操作性强,自由度高,玩家黏性也不错,每次一出新人物皮肤都是把服务器刷爆的程度,不得不感慨人有赚钱的头脑是多么重要。

楚劲闻言倒是有点不服气:"虽然这是我偶像开发的,但总有一天我也能做出这样的游戏。"

南枝点点头,"行行行,不过首先你得知道你偶像是谁。"

楚劲那边没了声音,突然又开口道:"你不是说请我吃饭?择日不如撞日。"

南枝看了眼时间才9点,"行吧,你在哪儿?"

楚劲问:"你知道你家附近有个网红奶茶店吧?"

"行,那给我半小时。"南枝放下手机,换了T恤牛仔裤,把头发随便盘了盘,本来想化个淡妆,后来想想还是算了。

到达奶茶店的时候,楚劲已经在那儿等着了。他穿着白色的卫衣,戴着口罩,手上不停划着手机,刚拒绝了一个要电话号码的女生。

"我是不是打扰你的桃花运了?要吃点什么?"南枝笑着打了个招呼。

楚劲收起手机看着她,见她一身清清爽爽,哪里像个都市白领,更像是一个学生。

楚劲听她说第一句话时原本想顺势说一句"我只想追你",又听她转移了话题,只好随口道:"你看着来吧,我都行。"

南枝记得他以前挺爱吃辣的,便说:"吃那家干锅牛蛙吧,味道不错。"

两个人进了店,找了个靠窗的位置坐下。

傅寒州的车刚开到南枝的小区附近,就看到她跟一个高大的年轻男人在吃饭。

傅寒州拿起手机发了条信息:"在哪儿?"

南枝很快回复:"在家。"

傅寒州盯着她,也不知道对面的男人说了什么,她笑得那叫一个开心。她在自己身边可从来没这么笑过。

傅寒州忍着怒气继续发消息:"忙什么呢?"

南枝正说着小时候的糗事,见傅寒州破天荒问了这种问题,随手回复:"加班。"

傅寒州是真的被气笑了,行,还会撒谎了。

南枝盯着手机看了会儿,发现傅寒州没再回复,便直接把手机放到一边去,"喝酒吗?"

楚劲诧异:"你要喝?"

"我偶尔喝点,晚上睡得更好,而且我没开车。"

楚劲叫了两瓶酒,南枝问起了他在外省的生活。

"也就那样,吃的东西我也不习惯,还是喜欢这里。"

"家乡是好。"南枝感慨了一句。

"你也很多年没回A城了吧?"

"我爸妈都在那儿呢,我每年都会回去一趟,只不过当天就会回来。"

楚劲知道她回去是为了祭拜,南枝跟南思慧都没正面说过她父母是怎么死的,只说那时南枝正在上高中。

他很难想象她一个人是怎么过来的,那时她也不过十几岁。一夜之间长大的滋味,恐怕一般人很难感同身受。尤其是他这种父母每天吵吵闹闹,却依旧恩爱的家庭。

"不提这个了,喝。"楚劲跟她碰杯。

南枝倒也没有借酒浇愁的意思,只是这些年她本来朋友也不多,对人猜忌多过信任,能说得来的就更少了。

两个人就这么边喝边聊,愣是聊到了晚上11点多。眼瞧着时间不早了,南枝看着已经有点迷糊的楚劲道:"你这酒量不大行呀,还能起来吧?"

"谁说不行了,走吧,我送你回家。"

"你可别赖在我家不走,我独居女性担不起名誉损失。"南枝开玩笑。

楚劲双手插兜,跟在她旁边,"大不了我娶你呗。"

"用不着,我又不想结婚。"南枝直接就回绝了,她权当楚劲开玩笑。

倒是楚劲一听到她毫不犹豫地拒绝,脸色瞬间就难看了。

"为什么？你也搞不婚主义那套？"楚劲佯装不以为意地问道。

"也没有特地去想，就是觉得现在挺好的，暂时没考虑过其他。"南枝也没把他当个男人看，很随意地分享自己的想法。

楚劲挑眉，踟蹰道："那如果遇到了呢？就是特别喜欢你，你也会喜欢他的人？"

南枝纳闷，"这世上不会有这么个人吧，我永远最爱我自己。"

"你好没情趣。"

南枝不假思索地点头，"是的。"

楚劲突然不想说话了，南枝道："我家就在前面，你赶紧回去吧。"

楚劲继续跟着，"太晚了，我还是送你到家门口吧。"

南枝拧不过他，带着他进了小区。

一直到了电梯口，南枝犹豫着要不要请他上去坐坐，楚劲看着她纠结的表情，突然道："我先回去了。你住几楼，我看你灯亮了再走。"

"26楼，就那间。"

"行，你上去吧。"楚劲看着她往前走了两步，又冲他笑了笑，才进了电梯。看到南枝进电梯后，楚劲掏出口袋里的烟点了一根。

南枝打开门，玄关的灯亮起，她看到了摆放好的男士皮鞋。

她一抬头，看到傅寒州坐在客厅，面无表情地盯着她。

南枝拍了拍胸口，松了口气道："我郑重警告你，再这样不声不响地吓人，我没收你的钥匙。"

傅寒州看着她去厨房倒了杯水，随手给楚劲发了条消息："安全抵达，赶紧回去吧。"

楚劲也很快回复："好。"他抬头看了眼楼上才转身离开。

南枝也没管傅寒州，走到阳台打开洗衣机，准备将洗好的衣服拿出来晾。手才刚伸进洗衣机，傅寒州修长的手便将阳台的推门推开，扣住她的手腕，一把将她扛起，直接让她坐到了栏杆上。

南枝怕掉下去，吓得扣住他的脖子，惊恐道："你干吗？"

傅寒州仰头看着她，拍了拍她的屁股，"骗我？楼下的是谁？你怎么不干脆请他上来坐坐？"

南枝惊魂未定："谁骗你了？你是不是疯了？赶紧把我放下去。"

傅寒州抵着她，作势还要把她往下推，吓得南枝差点大叫出声，

"那就是我邻居家的弟弟!"

"你哪来的邻居家弟弟?"傅寒州冷声道。

"我以前邻居家的弟弟,我还给他辅导过功课呢,你这飞醋吃得太没道理了。"

傅寒州略把她抬了抬,"我吃醋?你解释这么多干什么,我不过随口问问。"

南枝翻了个白眼,"知道你不是吃醋,是男人莫名其妙的占有欲。"

像他这样有身份有地位的男人,更在乎女人的所有权,无关爱与不爱。到目前为止,她并不讨厌傅寒州,自然也愿意跟他沟通。

反倒是傅寒州听她这么说,眸光冷了下来,"哦?你倒是很懂我的心理。"

南枝听他这么说,当即翻脸:"一边去,你这话就没意思了。"

傅寒州将她抱下来,南枝一甩头往屋里去,顺便要把他关在阳台上,可是她的力气怎么比得过傅寒州?

关不了他,南枝转身自己回房间,傅寒州跟在后面,"你这说翻脸就翻脸,不听人把话说完?白眼狼都没你情绪转换快。"

"是你先拿话刺激我的,现在倒成了我的不对?倒打一耙,你更年期了吧。"傅寒州从后面抱着她,轻声道:"那你今晚为什么骗我?还当着我的面,你都没给我一个解释。"

南枝刚想开口,傅寒州直接道:"打个比方,要是你看到我跟别的女人谈笑风生,她还跟我一起回家,你问我在哪儿,我说在家加班,你什么想法?"

南枝突然被他问得心虚,眼神有些飘忽。

"说不出来了?我要是这么干,渣男两个字早就被摁头上了,现在是谁双标?"

南枝扭头,唇畔擦过他的脸颊,顿时为紧张的气氛添了层暧昧的滤镜。

她咽了咽口水,问:"你看到了?"不然他怎么会说这番话。

傅寒州斜睨她,不咸不淡地回答:"跟邻居家的弟弟在一起为什么骗我?男朋友不能有知情权?"

南枝怕自己说错话他又发作,他面无表情的时候她还真有点怵,只能实话实说:"我只是出去吃顿宵夜,我要是说跟邻居家的弟弟出去吃饭,怕你多想,就没说。"

傅寒州抱着她慢慢拢紧,"怕我查你?"

南枝去掰他的手,又怕他问七问八地问得自己心虚,赶紧主动扭头去吻他。

傅寒州不为所动。南枝咬唇,对他道:"我错了,下次应该直接跟你说。"

傅寒州冷笑,"还有下次?"说完直接将她打横抱起,屋内一片旖旎……

傅寒州走的时候,南枝还在睡觉。傅寒州给她做好早饭才走的。

露营派对眼瞧着就要成行,宋栩栩拉上了好不容易签完合同的南枝、林又夏出来逛街。三个人直接往泳装区逛。

陆星辞正好路过,顺手拍了照片发给傅寒州。

刚开完会出来的傅寒州接过赵禹递过来的手机,一打开,就看到了陆星辞发来的照片,后面跟着一个坏笑的表情。

傅寒州觉得这人怪无聊的,但是又忍不住好奇南枝买了什么,是不是为了他买的,那自己今晚要不要去她那儿?

"傅总,今晚有个慈善晚宴。"

这种公益活动,傅寒州偶尔会参加。这段时间,他把大部分的闲暇时间都花在了南枝身上。傅寒州想,在南枝身上花的时间,确实是有点太多了。

"您去吗?"赵禹看他的脸色,好像不是很想去的样子。

"去,再给我准备个女伴。"

赵禹松了口气,"明白。"

南枝提着大包小包回到家,屋内安安静静的,只有早上开启的扫地机器人还在努力工作。

傅寒州一天都没给她发消息。

南枝把买来的内衣全部清洗了一遍悬挂在阳台上,这才准备给自己做晚饭。

群里宋栩栩已经开始分享自己的穿搭。"露营夜场活动有角色扮演,我要当海贼王里的女帝。姐妹们,这一身怎么样?"

林又夏翻出自己的衣服,"我要当水兵月。"

只剩下南枝没表态,被二人疯狂@。

南枝看着锅里还在煮的排骨,无奈回道:"我能不参加吗?我没这类衣服。"

"那就穿你的高中校服怎么样,南枝学妹?"

南枝有些意动,"穿不下吧?"

"拜托,你的身材都没变过,哪会穿不下。"

南枝想了想,赶紧去储藏室里找。当初卖房子搬家,旧衣服都清理了,唯独学校的校服她还留着作纪念。

另一边,傅寒州一直把玩着手机,无缘无故的,他今天还挺想她。

如果陆星辞不发她的照片,他其实也没多想。大量的工作让他的脑子根本没有多余的空间,甚至他已经计划跟南枝冷一冷。

门被悄然打开的时候,屋内的 Marshall Stanmore 音箱还在自动播放,轻快的舞曲显示出主人的心情应该是愉悦的。

傅寒州蹙眉,他特地过来看看她在做什么。期待的场景是她眼巴巴送他出门,然后问他几点回来,或者给他发条消息,为他煮个醒酒汤。但是这个女人没有,她甚至完全不受影响。

真正做到了夜里缠绵如此,白日形同陌路。

都说男人的性与爱是分开的,但傅寒州觉得这个女人才是真的冷漠绝情。

这个认知让傅寒州极度不舒服,似乎是在否定他对她的付出。

他松了松领带,大步流星朝里面走。

南枝听到动静,从衣柜里探出了头,"你来了?"

语气稀松平常,听不出喜怒。

傅寒州心里突然生出一股烦躁,想撕破她脸上这一层云淡风轻。他是这么想的,也是这么做的,他直接朝着她走去。

"别过来!"南枝突然说了一句,身体藏在衣柜里,头还探在外面,有些尴尬道:"现在不方便,你在客厅等一下。"

傅寒州的脸沉了下来,"藏男人了?有什么不能看的?"

她还没骂他狗嘴吐不出象牙,傅寒州就已经站到了她面前。她穿着一身蓝白校服,微卷的长发被她扎成马尾,随着她扭头的动作,划出

—85

一道弧线,校服的裙摆安静乖顺地贴在腿上,上衣宽大并不修身,白色的纽扣松开了两颗,露出她形状优美的锁骨,一条锁骨链正温柔地躺在那儿。

傅寒州的目光定在她的身上,南枝尴尬道:"好久没穿了,拿出来试试,是不是很奇怪?"

她的脸上还带着妆,与校服搭配,应该显得不伦不类。本能的,南枝不想让傅寒州看到自己这一面,她耻于在他面前丢人。

傅寒州喉结滚了滚:"在家玩制服诱惑?"

南枝翻了个白眼:"不是,跟朋友约好了去露营派对,说是有什么角色扮演的活动,我没那种衣服,就找出这套校服试试看还穿得进去不。"

校服裙到膝盖上面,倒也不短,但是因为宽松会随风飘扬。她被傅寒州盯得心里发毛,推搡着他道:"我要整理衣服了,你出去吧。"

傅寒州扣住她的手腕,一把将人抵到了衣柜门上,俯身仔细打量。

南枝呼吸乱了,"你想干吗?"

"想吻你。"他并不掩饰自己的想法。

南枝的脸慢慢升起热气,挣扎道:"起开。"

他并没有让开,反而紧紧盯着她的脸问:"好不好?"

南枝抬眸对上他的视线,想问什么好不好,不过傅寒州并没有等她的回答,人已经俯身吻了下来。室内的温度节节攀升,笔挺的西装外套落在他们的脚边,与她衣柜里扯出来的长裙贴在一起。

傅寒州的手机不断震动,可惜无人搭理,二人只愿长长久久,就这样拥抱对方。

南枝不得不承认,她很喜欢跟傅寒州亲近。虽然心里告诫自己好多次要保持一定的距离,但她根本无法抗拒他的靠近。

赵禹在楼下打了三个电话都没人接,便很懂事地选择了放弃。回到车内,赵禹开始联系活动主办方,身为特助,他处理这些事情早已经驾轻就熟。

"傅总不去了?"司机问道。

赵禹眯起眼睛盯着楼上,"嗯。"

傅寒州对身边的人从不吝啬,而且选员工也极其挑剔。这些年想借着职位爬上傅寒州的床的女人不少,但他讨厌在工作中不知分寸的人。不然也不会有赵禹上位的一天。

赵禹清楚地知道,傅寒州如果喜欢一个人,或者对什么东西感兴趣,那一定是会牢牢抓在手里的。

他不清楚南枝能混到什么程度,但傅寒州对她的喜欢程度,应该是超出了他自己的意料。

此时的傅寒州,陷入了回忆的梦境——

"你先做一下这张卷子,我先摸下底。"

傅寒州修长的手指接过那张卷子,神情有些淡漠,又有些烦躁,这些题目他早就会了。

然而身边的家教老师好像完全没察觉,还出去给他倒了杯水。

他不耐烦地拿上包离开,也没管这家教老师会不会尴尬,椅子拖拽的声音有些刺耳,他背着单肩包走到楼梯口。

"妈妈,这双舞鞋好漂亮啊。"少女清亮的嗓音在头顶响起。

傅寒州闻言仰头,就看到了白纱裙下一双笔直纤细的长腿。似乎是为了印证她的话,她做了个舒展的动作,来展示她对这双鞋的喜爱,飞扬的裙摆随着她的动作摇曳,傅寒州赶紧别开视线,耳根已经红了。

"怎么出来了?"家教老师适时出现。

傅寒州也不知道自己是怎么了,手脚并用地回到了那间房间,楼上的动静已经没了。傅寒州满脑子想着刚才那一幕,手却十分配合地开始写试卷。

"你的基础很扎实,但是解题思路可以更简单一些。"家教老师的声音在耳边响起。

傅寒州当天决定续课。他本意是想过来点个卯就走,可是等做了续课的决定后,竟然破天荒地没后悔这个决定。

他在梦里反复地想起那个下午,楼梯口,阳光下漂浮的空气微粒,旋转的纱裙和她白皙的皮肤。

他在18岁那年,终于意识到男人与女人最明确的区别,并且有了一个概念化的冲动。

所以他每次经过那个楼梯口的时候,都会朝楼上看一眼,但大部分时间她都去上课了,而他很少去学校,他讨厌那些青春期躁动的同学。

他的课程为了绝对的舒适性,在她放学回来前就已经结束了。

偶尔家教老师也会提起她。

傅寒州对她的印象拼图,就通过那些细枝末节,慢慢拼凑完整。

这样的日子不咸不淡地持续着,偶然一次周末的时候,他发现她在楼上的阳台拉大提琴。

他很想知道,她长什么样。他有些忐忑地朝着楼上走去。他想着,只看一眼就好,等真正走到那玻璃门前,他却踟蹰着不知道要不要推开那扇窗户。

"傅寒州。"梦里想过无数次的女声在耳边响起。

傅寒州睁开眼,对上了南枝有些嗔怒的眼睛,他声音略带沙哑,分不清梦境与现实:"怎么了?"

"我肚子饿了,你赶紧松开我。"南枝挣扎了两下。

两个人都没穿衣服,她一蹭,傅寒州的呼吸就沉了几分,"几点了?"

"8点多了。"

傅寒州捋了把头发,"冰箱里有什么?"

南枝起身快速跑到浴室,"冰箱里的东西只够我一个人吃的,叫外卖吧。"

"不卫生,去超市买菜吧。"傅寒州也跟了进来,站在花洒下替她涂抹沐浴乳。

傅寒州的行李箱打开的时候,南枝才发现里面收拾得整整齐齐,还挺能装的。她寻思着要不下次出去旅行让傅寒州帮忙打包。

他随便吹了一下头发,就跟着南枝出了家门。

"等等。"南枝掏出一个口罩,"你大小也算个名人,住在这里的白领多,你戴上口罩咱俩都安全。"

傅寒州蹙眉盯着她手里印着卡通图案的粉色口罩,拒绝道:"不要。"

他作势要往外走,南枝拉着他的胳膊,"怎么了?为什么不戴?"

"不要粉色。"粉色就算了,还画个熊,他戴起来像什么?

"这可是雪莉玫,很可爱的。"

傅寒州走得更快了。

南枝拉着他不放,"戴吧,万一被你公司的人瞧见了麻烦不小啊。"

"有什么好处？今晚再来一次？"傅寒州双手插兜，逆光而立，眉梢微微扬起，一副要跟她讨价还价的奸商嘴脸。

"我今天真的不行了。"

傅寒州扭头就走，南枝抓着他的胳膊，脸贴在他胳膊上，耍赖道："求你了，哥哥。"

傅寒州脚步一顿，戏谑道："你喜欢这调调？我也不是不行。"

南枝觉得有戏，"你喜欢？"

"一句哥哥可不值得让我戴上这粉色的什么雪什么梅。加点筹码。"

南枝暗骂他麻烦，噘嘴道："寒州哥哥？学长？傅学长?！"

傅寒州的嘴角渐渐扬起，但依然不吭声。

南枝恼了，"你该不会是想听其他的吧!？"

傅寒州居高临下睨她，"我才没这恶趣味。"不过他还是抽走了那个口罩，示意南枝，"你给我戴。"说完，还摆着一副臭脸。

南枝高兴了，踮着脚，"不行，你再低点。"

傅寒州叉开腿，俯下身，让南枝给他戴。

有两个女生经过，频频回头，小声嘀咕："好甜呀，磕到了。"

"甜吗？"傅寒州问她，口鼻都被粉色的口罩挡住，偏偏那双带有侵略性的眼睛还一眨不眨地盯着南枝，期待她的回答。

"甜，甜得要死，傅甜甜！"

傅寒州瞬间黑脸。南枝笑了，赶紧追上去，负手在背，一边倒着走，一边睨他板着的一张脸，"傅甜甜，怎么啦？生气啦？"

"傅甜甜真小气啊。"

"笑一个嘛！"

傅寒州直接抄起她的腰将她夹在腋下走进商场，看看到时候谁丢人，反正他有口罩。

时光不负深情久

第二卷 丢盔弃甲

chapter 6

谈情说案

南枝被他捞起的时候还没反应过来,等他走进了商场,才羞怒地捶他,"放我下来!你要不要脸了?"

傅寒州冷笑,"刚才不是还挺开心?"

南枝拉了一下自己的衣服,"太丢人了!你再这样我可不跟你一起吃饭了。"

傅寒州也知道适可而止,等进了商场就松开了她。南枝涨红着一张脸,也不看他,直接朝着超市走去。

傅寒州手长脚长,不紧不慢地跟在她后面,无论她走得快还是慢都能保持着自己的节奏,目光也紧紧跟随着她。

南枝甩不掉他,便拢了拢头发,假装不在意地道:"我不跟你计较。"

傅寒州轻笑,"多谢。"

南枝微微有点小傲娇,"想吃什么?"

"看看再说。"

傅寒州默默跟在她身后,在她挑选食材的时候,适时给予建议。

就算戴着口罩,但两人的气质和衣品突出,经过的人都会多看他们两眼。

"买点饺子?"傅寒州提议。

"你想吃饺子?别买速冻的,我包点放冰箱。"南枝顺口说道。

傅寒州放下了手里的东西,"你会包饺子?"

"嗯,你喜欢吃什么馅儿?我包给你吃。"南枝说完之后生怕傅寒州觉得自己是在讨好他,赶紧清了清嗓子,别开了视线。明明两个人已经有了最亲密的关系,可碍于身份上的差距,她总觉得自己离他还是很遥远,就像现在他站在自己身边,她依旧觉得这男人不属于她。

但如果她这时候与他对视,就会发现,男人在她说完这句话之后,勾起了唇角,眼眸里带着笑意说:"我都行,你包的就行。"

南枝红了耳根,也不知道为什么有点不好意思,"那去买点饺子皮。"

她推着车往前走,傅寒州突然将车接了过去,"要不要坐里面?"

南枝看了眼刚路过的小情侣,那女生就坐在超市购物车里。

她没忍住,朝着傅寒州后面的方向指了指:"禁止成年顾客坐进购物车。傅总,你得遵守人家超市的规矩,不要这么幼稚。"

好不容易想哄哄她的傅寒州一脸无奈。

你是直女吧？说的话没一点情趣。

傅寒州在心里腹诽她不懂情趣,南枝已经扭头去找饺子皮了。可是还没等南枝消失在视线里,就见她一脸惊恐地转了回来,速度极快地从傅寒州面前跑了过去,躲到了一排货架后面。

傅寒州蹙眉,往后退了两步,看着将头发散下来左顾右盼的南枝道:"你做贼呢?"

南枝示意他别出声:"我同事在前面买东西。"

傅寒州明白了,这是怕人撞见,"那要买什么,发我手机,我先去。"

南枝觉得这个办法不错。她倒不是怕遇到同事,而是担心被同事看到自己跟傅寒州一起逛超市惹麻烦。毕竟傅寒州浑身上下的行头可不便宜,办公室那些眼尖的人,一下就能把他扒个底朝天,顺着那口罩露出来的眉眼轮廓就能以图找图找到傅寒州。

如今商会活动在即,南枝可不想给自己惹一身麻烦。傅寒州既然主动要去买东西,那真是再好不过。傅寒州见她还真的立刻点头,顿时气结。南枝压根没发现他在生闷气,还挥着手催促他赶紧走。毕竟傅寒州站得这么显眼,是个人走过都要看一眼,她躲在这儿毫无意义。

傅寒州直接推车走人,没一会儿,南枝就给他发了一串要买的菜名。

傅寒州回复:"不要胡萝卜。"

南枝无语。怎么还挑食呢甜甜?老师没告诉你这是不对的吗?

南枝退而求其次:"那买山药,可以了吧!"

傅寒州将车推到了果蔬区,认认真真地挑选起了山药,甚至开始查询山药如何挑选的教程,严肃得就像是要开一场国际会议,要对别人给出的数据进行严格审核。

南枝一直在眼观六路耳听八方,压根没管傅寒州买了多少,什么时候买好的。

就在她想探出头去看的时候,身旁有道熟悉的声音响起:"南枝?"

南枝悚然一惊,猛地转过头,财务部的何明轩正站在后面看着她。

何明轩看着她吓了一跳的样子,笑道:"见到我这么惊讶呢。"

南枝尴尬地笑了笑,"没有,你这突然冒出来我有点意外。"

何明轩道:"刚才我看到有个人的背影像你,就过来看看,没想到还真的是你,你在买……"

南枝顺着他的视线看了过去,自己正抓着一包男士内裤。

她赶紧塞了回去,"挺巧啊,哈哈哈。"

"可不是,今天我碰到的人还真多呢,刚才我还看到高副总跟他老婆也来了这超市,没好意思上去打招呼,你知不知道我还看见谁了?"

南枝紧张,"谁啊?"

"傅寒州,可像了!不过我也没看清楚脸,估计是看错了,你说有钱成傅寒州那样,哪会亲自来逛超市,是吧?"

南枝汗流浃背,"对对,他不可能来。"

"说起来你住这个区?在哪儿?"

"就附近。"

"那咱们有空约着一起爬山啊,我刚买了附近的房子,就超市对面。"

"是吗?有机会一定约。"再这么唠下去,傅寒州都快回来了。

傅寒州好不容易把南枝要买的菜都挑拣好了,寻思着她同事也该走了。结果一回来,就看到了她跟一个男人聊得正开心。傅寒州心里有种说不出的感觉,上下打量了那男人一圈,直接走了过去。

南枝已经在盘算怎么脱身了,不料男人低沉的声音在旁边响起:"你同事?"

何明轩正在说话,突然被人打断,他抬起头看见戴着粉红色口罩的傅寒州。

南枝最担心的事情发生了,心直接吊到了嗓子眼。

何明轩却开口道:"你男朋友?"

傅寒州没回答,等着南枝自己去应付。

南枝扫了一眼傅寒州,看他一脸看好戏的德行,赶紧开口:"我表哥。"

何明轩脸上立刻洋溢起了笑容,"原来是表哥啊。"他伸出手,也不管傅寒州搭不搭理他,直接拉着他的手握了握,也看到了傅寒州手腕上的腕表。"这表好像是全球限量款……"

南枝立刻捂住了那块表,表情淡定道:"水货,你懂的。"

何明轩点点头,"也是,出门总是要撑撑场面的。不过表哥下次还是不要买这种水货了,一眼看上去就是假的。"

说话间还拍了拍傅寒州的胸膛,结果被结实的触感震惊到了,他上手摸了摸,还夸了一句:"表哥平时有健身吧?这肌肉很不错啊,跟我有得一拼了。"

傅寒州额头青筋跳了跳。

南枝吓得差点打嗝,生怕傅寒州把口罩摘下来,赶紧对何明轩道:"东西买好了,我们就先回家了。"

却没想到何明轩竟也跟过来,"这不正巧么,我也买好了,一起走吧。表哥开什么车?在哪家公司上班?"

傅寒州憋着气,死死盯着南枝,南枝趁着何明轩不注意,给他做了个求饶的手势,希望他此时千万不要撂挑子。

傅寒州磨牙,"回去我再收拾你。"

南枝点点头,生怕他此刻翻脸。

"表哥?"何明轩见傅寒州没回应,又疑惑地多问了一句。

傅寒州直接问道:"你多大?"

何明轩赶紧道:"31,男人三十一枝花,我还不算大吧?我妈说,配南枝这样年纪的刚好。"

傅寒州冷笑,这可真是司马昭之心,当他的面挖他的墙脚?

南枝也觉得何明轩这话说得好像自己跟他有什么似的,直接道:"什么配不配的,现在事业为重,阿姨这是跟你开玩笑呢。"

何明轩以为她害羞,倒也没继续说下去。

傅寒州低头看着南枝,"公司里很多人喜欢你?"

南枝清了清嗓子："没有的事,就是开玩笑。"

"是不是开玩笑我看得出来。"年轻小姑娘工作认真长得又好看,被人喜欢有什么奇怪的。

南枝头顶划过黑线,生怕何明轩看出不对,暗中掐了一把傅寒州,希望他别说这些,结果这人腰部肌肉硬得很,根本掐不动。

"我不痒。"傅寒州道。

南枝尴尬地抽回手,捋了一下头发。

到收银台结账的时候,收银员礼貌地说:"您好,一共消费368元。"傅寒州刚想拿出手机,南枝已经递过去一张会员消费卡,"从这里面扣就好了。"

"我没有让女人付钱的习惯。"他蹙眉。

"那你就从现在开始习惯!"付钱还分男女啊,有会员卡能打折呢,干吗原价买?果然跟有钱资本家很难在消费观上达成一致。

何明轩嘿嘿一笑,"看不出你们兄妹俩感情还挺好。"

傅寒州和南枝:到底从哪儿看出来的?

三个人出了超市大门,南枝以为可以松口气了,哪知道何明轩突然挤到了她身边。"对了南枝,知道行业交流大会吗?我们部门我有可能入选,你们汤主管那么提携你,我看你也有戏。到时候我们一块也有个照应。"

南枝想起这事,也觉得挺开心的,在工作上得到认可谁不开心呢?不过这事还没公布,她也不好大肆宣扬。

"如果有这样的机会当然很开心了。"

"你的业绩大家看得到,今年你们部门风雨飘摇的,又是换领导又是换业务,一个人干三个人的活儿,不但忙酒店内部的工作还要出去谈业务,不让你去可太不合适了。放心吧,我们部门都在说你的名额是跑不掉的。"

南枝知道,这事也不是业务出色就能去的,最后能跟领导一起去的,还得是他们的心腹。自己如今只是得到了汤曼蓉的赏识,最后能不能去,她可说不准。不确定的事情她也不想有太多的期待,保持平常心就好了。

"不说这个了,我家还有事,明天公司见吧。"

"也行,那表哥有机会再见。"

何明轩一走,傅寒州提上了购物袋。

"今年在哪儿开行业交流大会?"

"还没通知,不过应该是新的酒店。"南枝见他一个人提着那么大一个袋子,"给我一半?"

"用不着,又不重。"傅寒州坚持要自己提着。

南枝跟他一前一后走着,偶尔回头看看他。

总感觉能跟傅寒州一起逛超市,还一起提着东西回家,是一种很新奇的体验。明明前段时间他还高高在上,遥不可及,现在却伸手就能碰到。

傅寒州不紧不慢跟着她,脸上依旧戴着那个粉色的口罩。

南枝看着地上两个人被拉长的影子,那影子偶尔随着动作贴在一起,仿佛两个人正缠绵地交叠双手,勾缠彼此。

她看得入神,等看到另一个影子又与自己的并排而站的时候,才发现傅寒州已经站在了她的边上,正垂眸盯着她。

南枝下意识扭头就走,结果傅寒州的手直接勾住了她连帽衫的帽子,将她给扯了回来。

南枝刚想发飙,傅寒州已经俯下身,"摘口罩。"

南枝想今晚确实是委屈他了,便伸手将他的口罩取下,手还没收回来,他的手掌已托着她的后颈,直接吻上了她的唇,带着一点惩罚的意味。

南枝被他吻得双腿发软,仰得脖子都有点疼,等傅寒州松开她的时候,南枝气息都乱了。

快到家的时候,傅寒州问起了南枝工作的情况,"企划案做好了?"

"没呢,总也不满意。"

傅寒州拉着她上楼,回到家后把东西放进厨房,然后坐在沙发上跟她分析。

"你想要商会活动主办方选择你们万盛,可你知道万盛最大的弊端是什么吗?"

"你等等!"南枝立刻去拿了纸笔过来,"傅总请说。"

傅寒州双腿交叠,"你先说说万盛如今不被市场作为第一选择的原因,我看看你对你们公司的利弊分析是否准确。"

南枝想了想,"万盛是老企业了,本地老百姓都熟知,但最大的问题就是目前的领导班子都是守旧派,延续着几十年前的经营理念,没有创新。如今大部分消费者更喜欢选择漂亮美观、时尚且全面化的酒店,而万盛的经营状态还是老模样,跟新式酒店的运营完全不是一回事,万盛虽然也有健身房和儿童游乐场所,可是终究在全面化服务上不如新式酒店,空有名气傍身,却已经被主流市场淘汰了。"

傅寒州点头,"这是其一,也是所有人都能看到的。"

南枝叹了口气,"其二我也改变不了,管理层混乱,关系户太多,但这不是我一个小职员能左右的。"

"你能看清楚本质也不错了。"

南枝赶紧讨好地给他倒了一杯水,"请傅总指教。"

"先从最基本的开始吧,改变大众对万盛的固有印象,老酒装新瓶,也能迎来新面貌。既然无法让管理层顺从,那就从企业形象、员工个人精神面貌开始,细节决定成败。

"你们想让别人认可,改变刻板印象,光靠嘴巴说不行,得做出实际行动。直播就很好,将企业公众账号做起来,使年轻化、可爱化、平民化的形象深入人心,让人感觉亲切,这比你做十份方案都有效。

"投资方要看真实的数据,而不是听你虚构不可预测的未来,这是你屡屡碰壁的原因。"

南枝恍然大悟,"谢谢傅总,我想我在商会活动召开之前,应该有得忙了!"

"量力而行,很多东西你也无法插手,只能把提议上交。何况你只是个打工的,这里不好,完全可以换一家公司,我并不建议你盲目地在这里继续耗时间。"

南枝答:"我知道,但是为了这个项目我已经付出太多时间,好歹拿到回报跟成果,对我找下一份工作也有好处。"

傅寒州不想在这个问题上继续纠结,他向来不喜欢管旁人的闲事,对南枝也已经足够关心,再干涉就过界了。

他开始转移话题,看着角落里收拾好的行李箱问道:"这个周末你准备干吗去?"

"女人的秘密你别猜。"

本来跟宋栩栩约好了去露营,但她现在决定把这次活动改成部门团建,再将活动照片上传至官网,让大家知道万盛的精神风貌。

不过这件事她一个小职员可做不了主。

南枝想了想,晚上给几个合作方发了邮件。

傅寒州见她认真投入工作,幽幽道:"非得现在干活?"

"抓紧时间呢,迫在眉睫了,能改变一下合作方的想法也是好的,你先去洗澡吧。"

傅寒州觉得真是搬起石头砸自己的脚。

"我认为工作时间工作会更有效率。"

南枝左耳进右耳出,一旦开始工作就是全身心投入,哪里管是工作时间还是休息时间。

傅寒州在旁边坐了一会儿,只能看到她的后脑勺。

"行吧,我去洗澡。"

傅寒州洗完之后看到南枝还坐在电脑前,便过去搂住她的肩膀,"还不睡?"

南枝忙着呢,拍开他的手,"再等会儿,我先处理完,要不你先睡?"

傅寒州脸一黑,"工作排第一,我排第二,南小狼你就是这么对待男朋友的?"

南枝理直气壮,"当然了,工作多重要啊,工作不抓住就跑了。"

傅寒州凉飕飕瞥她,"男朋友不跑?"

南枝的视线落在电脑上,"男朋友想跑也抓不住啊,傅总您说是吧?有我这样的员工老板都得偷着乐。"

傅寒州也不走,干脆在旁边坐着。

等到凌晨1点,他终于忍无可忍把人捞了起来。

"我还差一点儿。"

"这一点儿就得一个小时。"他懒得跟她算时间,直接把人抱进卧室并关上了门。

周五例会讨论商会活动的事,高副总又发了一顿脾气。

南枝请示汤曼蓉后才发言:"高副总,我有一个提议。"

高副总看着底下一群人跟闷葫芦似的全都低着头不吭声,气就不打一处来,"你说。"

南枝打开投影仪,"这是我拜访客户时做的调查问卷,结果显示了大部分顾客以及合作方对我们万盛的印象。根据这个调查结果,我觉得拿下商会活动最关键的是,我们不能再以旧面貌出现在公众面前。"

"这些数据和评分都是真实的,目前我们的劣势是过于守旧,而商会活动要展现的是发展前景。万盛已经具有其他新酒店和新品牌不曾有的口碑和稳定扎实的基底,如果能展示企业的新面貌,我觉得更有利于获得商会活动的举办权,今年我们酒店的各项指标数据在这里。

"从这里可以看出,我们的综合评分和客户满意度还是可以的。这是我接下来的方案,我们可以多参与社会活动,以崭新的面貌出现在公众面前,增加记忆点和产品的友好度。

"这是我筛选的几家营销方案……"

南枝将整理好的文件全部发到了桌面上。上面详细罗列了做法和预期的成果。

如今商会主办方还没确定,高副总道:"嗯,做得不错。至于接下来怎么做,我们得开个会研究一下。"毕竟这事关集团,要看上头能不能认可。

回到工位,南枝松了口气,想了想,拿出手机主动给傅寒州发了一条消息:"我把方案提交了。"

"祝你顺利。"

"谢谢。"

南枝不知道这次能否成功,但自己已经尽力。下午汤曼蓉叫她去了办公室,"你是不是在等我的结果?"

南枝笑着问:"那么结果出来了吗?"

汤曼蓉点头,"结果不错,领导认为这份方案直击要害,看来今年的述职报告,你能提交一份很好的成绩了。"

南枝眼睛亮了,汤曼蓉继续道:"下星期一应该会在部门例会上通知,你的方案通过了。"

"谢谢曼蓉姐。"

"你成长得挺快的,能让那么多合作方配合接受问卷调查也是你的人脉和本事,背后是不是有高人指点?"

南枝想了下,"我这方面没经验,也是问过不少人的。"

"嗯,做得很好,你去忙吧。"

"谢谢!"

南枝一出来,兴奋得不行,又给傅寒州发了消息。但他估计在忙,没有第一时间回复。她有些失落,时不时看手机。直到"嗡"的一声,傅寒州发来了一条讯息。虽然只是短短的几个字"意料之中",但好像也是对她的认可。她的心情瞬间大好。

"这么开心呢!"林又夏给她倒了一杯咖啡。

南枝突然意识到,她好像正在被傅寒州牵动着心情。这有点可怕。

今晚傅寒州不过来,南枝决定跟他断舍离一下。不能太沉溺感情,是她目前的自我保护机制。她给自己找了几部电影看。

部门团建时,汤曼蓉因怀孕不参加,南枝就成了组织者。林又夏期待好久了,因为能携带一名家属,宋栩栩就成了她的外带人员。没想到大部队在露营地集合的时候,遇到了同样跟公司员工一块过来的楚劲。

傅寒州回到办公室的时候,发现陆星辞已经坐在那儿玩手机了,他蹙眉道:"你怎么来了?"

陆星辞将手机一丢,"给你卖个消息要不要?"

傅寒州随口道:"不要。"

"那行吧。人正跟一群帅哥在露营呢,让我看看,还是你大学时候搞的那个游戏公司呢。不过既然你不想要这个消息,那就算了。"

傅寒州抬起头,陆星辞晃了晃朋友圈,正是他旗下嘉禾公司的员工在某度假村团建,视频里正好晃过傅寒州手底下的人和南枝。视频中的她穿着简单,却越显气质突出,格外招人。

傅寒州那眼神瞬间就冷了下来,原来她不肯说的秘密,是这个。

陆星辞起身,揶揄道:"哎,正好那度假村我有认识的人,你应该没兴趣去的哦?"

度假村这边,南枝盯着过来帮忙的楚劲,看他轻而易举把她的行李箱拿了下来,"没想到咱们能在这儿遇上。"

"可不是,看来这地方不错。"

"对,最近挺热门的,我领导排队才预约上。"

他跟南枝有说有笑地往露营地走。

  这个度假区住宿的地方极具特色,为了追求露营地的真实感,停车场也比较远,可以选择徒步或者乘坐度假村内的免费粉色小三蹦进入。酒店的房间有两种可以选择,一种是星空全景房,还有一种是隐藏在山林之中的云山木屋,自然环境优越,露营地就在绿地里,周围植被丰富,水源优质。还有夜幕露天电影、篝火晚会等娱乐项目。

  她跟楚劲拿着行李一块儿走的照片,自然被有心人拍下,发给了陆星辞。陆星辞当然不会放过要去开会的傅寒州,还让自己的助理立刻准备好那家度假村的套房,顺便呼朋引伴,如此一来自己去的时候就不会显得太过刻意。

  "你真不去?"

  傅寒州没回应。

  陆星辞点点头,"成,不为难你了,这么远的路你去不合适,看你也正忙着呢。"

  陆星辞自顾自往外走,看到身后一道人影站起来,他露出得意的笑容,让你装。

  傅寒州在车上完成今日的工作后,才闭目养神了一会儿。

  "说起来,你这头一回谈恋爱,有没有想过以后结婚?"陆星辞欠扁的声音在旁边响起。

  傅寒州沉默了一会儿,"交往就一定要结婚?"

  "你这话说的,姑娘家可耽误不起,你要是不结婚,她随时可能跟任何人走。"陆星辞跟他摆事实讲道理。

  "现在这样不好吗?为什么要考虑以后?难道每个结婚的人都能确定跟对方走到最后?再者说了,能从谈恋爱走到结婚的,本身也是少数。"

  陆星辞无言以对。

  何况傅寒州跟南枝无论哪方面都不相配,说是男女平等,可是双方的生活都不是一个圈层,想要在一起,两人都要去包容对方。这年头工作一旦忙碌起来,连陪伴都是奢侈。没有几对恋人是可以长久的。才刚开始交往,就提到结婚,也的确是自己想多了。

  露营地的人已经开始忙碌。男同事负责扎帐篷,女同事负责串串。

  南枝感觉手机震动了一下,以为是傅寒州发来的消息,结果一看,是寻常的消息提醒。她又点开了对话框,想告诉傅寒州自己去露营了,别突然来她家,但是一想他俩的关系还没到报备行程的地步,又把手机收回去了。

"怎么了?"楚劲凑过来问道。

南枝摇摇头,"没什么。"

她也说不清现在跟傅寒州是什么样的关系,总感觉忽近忽远,虽然在交往,可很多话都不会说,总感觉缺点什么。

她心情有点郁闷。

恰好此时部门同事拉她去参加跟财务部的漂流比赛,南枝拗不过,只能上场,"先说好啊,我可没玩过,输了可不能怪我。"

林又夏兴奋得不行,"快来快来,输了今晚他们请客。"

两个部门都摩拳擦掌了。

楚劲玩这个有经验,帮她把雨衣穿好,"家属能不能参与?"

"怎么不行?我们部门女孩多,上来!"林又夏拍了拍旁边的位置。

他上了皮划艇,才伸手接南枝上去,"你要害怕的话抓紧我的手。"

南枝看着湍急的水流,心里确实有些发怵。等工作人员把那充气橡皮艇推下水的时候,激荡的水流推着皮划艇瞬间往下冲去,南枝也控制不住尖叫起来,过了会儿发现还有点刺激。要不是快到终点的时候跟旁边的皮划艇撞在了一起,溅了一身水,南枝还想再来一圈。

"好玩吗?"楚劲头发都被打湿了,湿漉漉的全部被他捋到了脑后,棱角分明的五官就这样显露了出来。

"嗯!"南枝也难得这么开心,笑弯了眼睛,可是刚一抬头,就看到了旁边刚与他们相撞的皮划艇,上面正坐着傅寒州一行人。

南枝这才发现,谢礼东、宋嘉佑、陆星辞那帮人都来了,还有一些她看着面熟但叫不出名字的人。

她心里一跳,下意识对上了傅寒州的视线。南枝心里打鼓,他是为她来的吗?还没等她细究,部门的人已经恭敬地打招呼了。

"傅总、陆总、谢总……"

"没想到能在这儿碰到傅总。"

"傅总好,刚才没碰到你吧?"

一群人围上去询问,南枝就被挤到了最后。

"出来玩玩,你们这是在做什么?"

"傅总好,我们部门团建呢。这不是马上要举办商会活动了吗,为了体现集团积极向上的面貌,增强员工体能,还有其他活动呢。"

傅寒州颔首,前两天才跟她讨论过,没想到这就把团建给提上了日程。执行力倒是很强。

"那我们不打扰傅总了!"

"傅总,等会儿赏脸来我们部门坐坐。"

万盛的人十分有眼力见儿,寒暄几句后就离开了。

这一块VIP游乐区已经被他们给包了,里头还能跑马,不过他们的马都不在这儿,所以也没有兴趣。

傅寒州看到手机里什么消息都没有,心头火更冒了三分。怎么?直接忘了他这号人了是吧?甚至看到他都不带搭理的。别的人还知道上来问声好呢,她倒好,躲在最后生怕人看出来似的。

苏静怡她们正在看附近有什么好玩的。提起这个,林又夏可知道了,"有啊,户外KTV和露天电影,不过这两样晚上才有气氛呢,我看等会儿有飞镖比赛,还有寻宝,刚才剧本杀都没凑够人,大家都忙着吃饭呢,午后再看。"

苏静怡道:"这烧烤还在串呢,要不咱们先组队去玩?拍点照片。"

南枝觉得可以,"到时候再组织点人,拔河、接力竞技都可以。"

一听到她这话,大家面露苦色,"我们打工人的命也是命啊。"

南枝笑道:"克服困难,要是商会活动顺利举办,大家年底奖金都翻一番。"

"行吧,为了奖金,不行也得行。"

正好楚劲过来找南枝,"寻宝?我没玩过啊。"

"这个挺好玩的,去试试呗。"

南枝扭头询问其他人,苏静怡第一个摇头,"妈呀!我最怕那黑漆漆的鬼地方了,你去吧,我在这儿吃烧烤,等会儿去玩摇摇乐。"

傅寒州眯起眼,视线有意无意落在南枝那边。

陆星辞看在眼里,贱兮兮道:"是不是想过去啊?"

"我说话了吗?没事别自己加戏。"傅寒州一脸听不懂你在说什么的样子。

说巧还真的是巧,这游戏公司的项目总经理知道傅寒州在这儿,还亲自递了名片过来见他。正说到游戏开发的事情,发现傅寒州时不时朝那边看,总经理也顺着他的视线看了过去,就看到了楚劲,赶紧道:"这是我们新来的实习生,劲头足也有想法,这不,说要去追那漂亮姑娘。现在的年轻人就是跟咱们那时候不一样。"等那经理说完后笑着看向傅寒州的时候,却发现傅总的眼神像能杀人,冷得让他打了一个哆嗦。

"你们团建,就是这样的精神面貌?"

经理一怔,立刻明白过来,楚劲这行为让傅总看不惯了。"明白,我回去会让他注意点公司形象的。"

然后经理又为楚劲找补,"其实他把您当偶像,虽然他还不知道这款游戏当初是您的创意。"

傅寒州冷笑,把他当偶像,嗯,当他面挖墙脚。

"他叫什么?楚劲?"

"对,毕业的学校也不错,是个很有想法和冲劲的小伙子。"

傅寒州颔首。等那经理擦着汗离开的时候,还能看到傅寒州的冷脸。难不成楚劲无意间得罪了傅总?可傅总也没说什么呀,那自己到底该怎么做?

他还是挺喜欢楚劲的,找个机会还得点拨他两句。

"我怎么看不懂你这是玩哪套了?"谢礼东摘下墨镜,冷硬的眉眼透着几分淡漠。

傅寒州没理他,谢礼东盯了他一会儿,"我爸说,你爷爷想让你去相亲,是哪家的千金?"

傅寒州直接道:"我回绝了,我说过我没打算结婚。"

谢礼东讶异,"你家里人同意?"

傅寒州淡漠道:"他们凭什么不同意?"

在外人眼里,傅寒州空降傅氏,这些年傅氏整体蒸蒸日上,是傅寒州这个二世祖沾了傅氏的光。但他们这帮玩好的人一清二楚,傅寒州早在出国那几年,就已经凭着对冲基金赚足了身家。他在国内外有自己的产业,就算不要傅氏,傅寒州依旧是傅寒州。

傅氏奈何不了他。

南枝去拿了自己的小随身包,跟着楚劲到游戏集合点报名。

"好像是四人一组,咱们就两个人,另外两人需要找陌生人。"

南枝看了一下游戏规则,基本上是野外探险,不过并没有危险,在地图划分的区域内到达指定地点后,通过答题或者做任务来得到宝物,拿到宝物最多的将得到大奖,奖励现金两万元。

楚劲轻笑,"你不会告诉我你对自己没信心吧?"

南枝傲娇地微微抬起下巴,"等着我带你飞。"

两个人有说有笑来到报名点,人刚站定,楚劲的电话就响了,楚劲看了一眼是部门经理,对南枝道:"你等等,我马上回来。"

楚劲再回来的时候有点蔫头耷脑的。南枝看着他的样子,有点预感,"怎么啦?是不是有急事?"

楚劲点点头,"领导叫我回去,不能玩这个了。"

"那咱们一起回去吧,你不在,我自己玩也没意思。"南枝作势要跟他一块儿走。

楚劲也不放心她一个人玩,结果两个人到工作人员那边想拿回申请表,工作人员却说现在退出的话游戏报名费不退。

南枝心疼,那可是200块钱。

"但是只要有一个人参加,游戏结束后会退还200块钱。"工作人员笑着回答。

南枝纳闷这是什么策划鬼想出来的烂主意,不过还是对楚劲道:"那你先回去吧,我留在这儿就行。"

楚劲蹙眉,"要不算了吧?"

"栩栩她们都开始剧本杀了,你也要去团建,我回去也是发呆,还不如去游戏呢,你别操心我了,赶紧回去吧"

楚劲一步三回头,确定南枝真的挺想去的,才转身离开。

等楚劲一走,南枝是真的犯难了,正琢磨着上哪儿再找个队友,就发现其他人都是一对一对的,自己贸然插一脚也不好。

眼瞧着大门打开,人都进去了,她站在门口踟蹰着,寻思着要不这200块还是不要了?还没下定决心,就听工作人员叫她,"小姐,你快进来呀,咱们游戏要开始啦。"

南枝想说不参加了,又听工作人员道:"落单的两个人可以自动组成一队的哦,你先进来,我等会儿给你分配队友。"

南枝松了口气,笑道:"那太好了。"都是落单的,这样就不用插到人家队伍里去了。

南枝进了游戏场地,发现身边的情侣还是之前在漂流区见过的。显然对方也认出她来了,主动来跟她搭话:"美女,你那帅哥男朋友呢?"

南枝赶紧道:"他是我弟弟,不是我男朋友。"

女人挑眉,"那你一个人呀,人不够诶。"

南枝尴尬地点点头。

"对不起,这位小姐,给您分配的游戏伙伴来了。"工作人员适时解围。

南枝扭头展开笑容,可算来人了,但当看到来人时,笑容直接凝固在了脸上。

傅寒州!

谁能告诉她傅寒州为什么会来玩这个?为了两万块钱的奖金?!

chapter 7
是不是害怕会喜欢

傅寒州已经换了一身休闲服,不过凭借颜值跟身高的优势,还有手上的腕表和墨镜,还是一下就把所有人的注意力给吸引了。

刚才还跟南枝说话的女人瞬间眼睛一亮,"不会是哪个男明星吧?"

南枝几步走上去,"你怎么过来玩这个了?"

傅寒州那高冷的表情总算有了点松动,语气冰冷道:"是你先跟我说话的。"

南枝:"?"

傅寒州面无表情地看着她,傲娇道:"我还当你看不到我呢。"

"你那么大一个傅总杵在那儿,谁能看不到你?"她嘟囔道,"我怕被我同事怀疑,哪敢跟你打招呼。"

傅寒州觉得自己这恋爱谈得跟情报员接头似的。

"咔嚓"一声,有人在拍照。

傅寒州表情一变,看了过去。

那女生拍得还挺开心的,"不好意思啊,我看你们站在那儿,画面很美好,就忍不住拍了一张,表情再自然一点就好了!"

南枝尴尬地扯了扯唇角看向傅寒州,下一瞬傅寒州一把扣住了她的腰肢,将她带到自己身边,与他紧紧靠在了一起。

南枝猛地抬头看他,与傅寒州冷漠的视线对上。

当事人的气氛剑拔弩张,可落在其他人眼里却是甜度飙升。

"拍吧。"一向注重隐私,没有任何狗仔敢偷拍的傅寒州,竟然主动要求一个陌生人拍照。

"哇,这张拍得好,我再帮你们加个滤镜吧。"

那个女生还在兴奋自己拍了一组不错的照片,傅寒州过去将照片传输到自己手机里。

南枝走了过来,"给我看看。"

傅寒州不给她看,却把手机里经过滤镜调色的照片反复放大欣赏。照片里两人相貌出众,充满了故事感,满是欲语还休的张力。照片确实拍出了两人当下的氛围,不过他是不会让自己和南枝的照片落到别人手里的。

"为什么不给我看?"南枝不满意。

"谁让你不叫我。"

"傅总,你这人好不讲道理,我那么多同事在呢,哪儿好意思叫。"

"你跟着叫一句傅总别人能把你跟我联想到一块儿去?还是不想让其他人发现?"其他人是谁,这话说得这么酸。

傅寒州说完,心里一咯噔。宁可跟她在这儿吵嘴,也要让她在自己的视线范围内。这个认知让傅寒州心里拉响警报,感觉极度不妙。这种感觉完全脱离了他的掌控。

这时工作人员递过来任务卡,他们需要去鬼屋里拿到一个红色爱心。

两人直接被推进了鬼屋,还没被这鬼屋阴森森的气氛给吓到,倒先被后面的尖叫声给震得头皮发麻。

"怕吗?"傅寒州的嗓音在头顶响起。

他看到那对情侣直接搂在一起了,这南小狼怎么一点觉悟都没有?样子看起来娇滴滴的,脾气比谁都倔,看在她先跟自己说话的份上,他就大人大量原谅她好了。

南枝刚想说自己不怕,手就被傅寒州死死扣住了。

"我不怕,你放开。"两个人牵着手,怎么去找线索?真当来鬼屋探险啊,他们不是要找道具么。

南枝就着角落里绿色的幽暗灯光,环视四周,傅寒州却依旧没把她的手放开。南枝走到哪里,他跟到哪里。

旁边那对情侣嗷嗷叫着也到了他们边上。本来这鬼屋的音乐声就大,加上这尖叫声,直接把南枝震得耳膜发疼。她想快点离开这个鬼地方,以她的眼光来看,这鬼屋做得十分粗糙,道具无非是散落在周围的假手,角落里的巨大假蟒蛇,还有那空气中吹过来的冷风。

傅寒州有些羡慕旁边那小子的艳福,他女朋友几乎是挂在他身上的,而南枝恨不得离他越远越好,一门心思在鬼屋的各个角落里翻找。

她拎起蟒蛇,手都伸进蛇嘴里去搅和了,也没找到什么道具,然后直接将那蟒蛇一甩,吓得那女孩子又哭着大叫起来。

傅寒州无语了。

监控室里的工作人员看到此情此景,赶紧叫NPC去吓吓他们。

南枝想去够屋顶上那个大蜘蛛,傅寒州却拉着她不松手。她扭头喷了一声,"你说实话,是你自己怕吧?"

傅寒州:"你要这么想随便你。"

啧啧啧,他急了他急了。

南枝凑近了点儿,"你真的怕啊?"

傅寒州的眼睛隔着镜片死死盯着她,"不怕。"

"那你去看看那个蜘蛛,给我拿下来。"傅寒州的身高只要手伸长就能够到了。

"太脏了。"

"那你把我抱起来我自己去拿。"南枝无所谓,一心只想过关。

傅寒州:……

他缓缓俯下身,将南枝抱了起来,"够不够高?"

"够了。"

南枝去抓那蜘蛛,傅寒州也抬头盯着。

"啊!——"蜘蛛后面突然冒出一张青面獠牙的鬼脸。那对情侣身后又冒出个红衣女鬼,伴随着音效跟光效,那对情侣吓得失声尖叫。

傅寒州被他们撞了一个踉跄,南枝拿蜘蛛的手一抖,带下一堆灰尘,落了她跟傅寒州一头。

"咳咳咳咳,呸呸呸!"南枝将那蜘蛛甩到一边,赶紧去看傅寒州的情况。

他现在闭着眼睛,有些难受,南枝着急地问:"你没事吧?"

傅寒州没吭声,因为嘴巴上也都是灰,一张嘴怕是要吸进去。

"呀,找到了!找到了!"从蜘蛛的腿上还真抖下来一个爱心,那对情侣赶紧去捡,南枝让傅寒州别睁开眼睛,跟着她走。

因为找到了道具,前面两个人跑得飞快,南枝和傅寒州跟在后面。她是真的不怕这个,正因为知道这些东西是假的,她一点惊恐的情绪都没有。她现在只想快点出去,给傅寒州和自己洗洗脸。

几人刚出去,工作人员就过来检查道具。看到南枝和傅寒州狼狈的样子,工作人员吓了一跳,"傅总,要不要安排车辆带您回套房洗漱?"

南枝一愣,那对小情侣也没反应过来,傅总?谁?

傅寒州微微睁开眼,眼睛都已经红了,他看向南枝,"你还玩吗?"

南枝现在还有什么不明白的,保不齐他出现在这儿,这些工作人员都知道。

看傅寒州这情况,工作人员立刻去叫车,南枝跟那对情侣道歉后,坐上观光车回到了这里的套房区。

套房管家刷卡进门后,南枝发现这套房的条件跟自己那帐篷真是天渊之别。

傅寒州径自进了房间,南枝见他直接躺在沙发上,赶紧道:"快去冲一下眼睛。"

傅寒州将眼镜一摘,没好气道:"不去。"

南枝喷了一声,走到他跟前去拉他,结果没把人拉起来,自己倒是被他一拽,摔倒在他胸前。

傅寒州搂着她的腰肢,闻着她身上的香气,语气有些冷硬,"翻脸不认人了?刚才是谁在帮你?"

南枝嘟囔道:"是你自己一来就阴阳怪气,我什么时候翻脸不认人了?"

傅寒州睁开眼,眼睛红红的,南枝捶了他一下,"赶紧起来去冲洗,瞎了赖上我,我立刻跑路。"

"你敢。"傅寒州将她拉近了几分。

傅寒州盯着她,红红的眼睛因为被异物刺激的原因,显得水光潋滟,但总比平日里那平静无波的样子好看。

南枝看着他认真的样子,扭了扭腰要起来,"先处理眼睛吧!"都这样了还要逞强呢,真不知道这男人是成熟还是幼稚。

傅寒州眼睛疼得厉害,正好门铃响起,医生已经到了。

傅寒州让人进来,经过检查,还好眼睛没什么大碍,医生只开了一瓶眼药水。

南枝放了心,走进浴室去给他放洗漱的水。

男人跟了进来,俯下身冲洗的同时,将湿发捋到耳后,英俊的五官线条就这样凸显了出来。

南枝愣愣地看着他,傅寒州泼了点水到她脸上。

这会儿她心里有些痒痒,仿佛有什么东西正在破土而出,却被她强行忽略,"这么大的人了,还玩小孩儿那套。"

他长臂一伸,将她抱在怀里,低下头,气息吹拂到她的耳朵上,"我眼睛都这样了,你今晚陪我,嗯?"

他就像是在蛊惑她一般,低头睨着她的脸。因为刚刚用冷水冲洗过,她的发丝还粘连在颊畔,在浴室暖黄的灯光下,她的皮肤显得白里透粉,鼻头小巧而精致,一双眼睛直勾勾看着他。傅寒州喉结一滚,再次问道:"好不好?"

南枝咬唇,"不回去不行的,那么多同事呢,她们保不齐要报警。"

"那你打个电话说一声。"

"我是组织者,我不回去像什么话?"

傅寒州深吸一口气,直接俯下身堵住了她的嘴,男人的气息瞬间笼罩了她,让她连缓冲的机会都没有。

花洒被打开,冲刷着两个人,也冲掉了这两天堵在他们心口的阴霾……

南枝再次醒来的时候天都黑了,她吓了一跳,赶紧起来。

傅寒州已经换好了衣服坐在餐桌边吃牛排,见她起来也给她切了一份,"吃完再说。"

南枝抿唇,穿好衣服坐到他对面,"我等会儿吃完就走了。"

傅寒州抬眼看她,"真要走?"

"嗯,我又不是一个人来的,不回去不行。"

傅寒州放下刀叉,"这深山老林,你放心我一个人在这儿?"

南枝觉得好笑,"你该不会怕鬼吧?"

傅寒州没吭声。

她乐了,"你真的怕鬼啊?"

傅寒州喝了口红酒,"想笑就笑,憋着干什么,等会儿我送你。"

南枝突然觉得,傅寒州要是愿意哄女人,就只靠着这张脸都没人会拒绝。

"咱们不是说好了地下恋情吗,跟你谈恋爱被人知道了,我还不得被扒个底朝天。"

傅寒州没说话。

两个人吃完了饭,傅寒州送她回营地,顺便去找陆星辞他们。

等到了露营地看到有人时,八成是做贼心虚,南枝连个招呼都没和陆星辞打,就自顾自往前跑去,傅寒州双手插兜,朝着另一个方向走去。

等她快跑到自己帐篷的时候,同事们正等着她呢。

"你去玩鬼屋怎么现在才回来?"

"哎,游戏流程比较麻烦。"

"算了,那边有篝火晚会,咱们过去吧。"大家伙儿把东西收拾了一下,这才赶到篝火区。

不过一过去南枝就后悔了,坐在那儿被众人环绕的不是傅寒州是谁。

宋嘉佑被踹了一下,纳闷地对陆星辞道:"你踹我干吗?"

陆星辞真是服了这人,朝着南枝的方向看了看。宋嘉佑心至心灵,直接起身跟南枝他们打招呼,"哎,来得正好,一块儿玩吧,我们这儿有空位。"

一群人也不客气了,各自找空位坐下。

南枝硬着头皮过去,傅寒州的目光若有似无地落在南枝身上,南枝愣是一个眼神都没给他,生怕让人瞧出端倪来。

南枝想坐远一点,却被宋嘉佑拱到了傅寒州边上,已经坐了下来再起来走就尴尬了,她身子紧绷着无法放松,不敢跟傅寒州对视。

同事们诧异,南枝这胆子是真大啊!

南枝无暇顾及周围人惊讶的眼神,倒是抬眼的那一刻,看到了坐在远处正看着他的楚劲。

楚劲刚才还面无表情的,见她看过来又笑着打招呼。

南枝也扯开唇角,朝他挥了挥手。楚劲示意她看手机,估计是隔着太远无法联系她。

南枝摆了摆手,手机没电了。

楚劲大概看懂了,有些失望。

就在南枝想拉宋栩栩过来坐的时候,陆星辞挪到了她边上。这下好了,她被两个最令人瞩目的男人给挤在了中间,落在她身上的目光让她恨不得钻地洞里去。

她后腰一麻,傅寒州捏了她一把,另一只手端起酒杯,看着她,"又见面了,南小姐。"

他把"又"字咀嚼了一番,带着点缱绻的意味。

南枝耳后一热,"是啊,傅总。"

南枝坐在傅寒州边上,虽然两人没什么暧昧的动作,傅寒州也只是偶尔跟她说一句话,但也足以证明南枝的与众不同。外人看不出,傅寒州亲近的人则是一清二楚。

篝火晚会差不多了,立刻有人提议玩互动游戏。南枝最怕这种社死环节,但凡输了还得表演才艺。

"我们这次玩一点刺激的,我看在场的年轻人比较多。"主持人扫了一圈,孩子们都在那边看动画片,家长来的也不多,大多数是情侣和单身男女。"就玩击鼓传花!如果传到了谁手里停下,负责传的那个人可以对拿到花的人提出一个要求,如果拒绝就要表演才艺了,不然只能接受惩罚!"

南枝就知道少不了这种环节,不过她突然好奇,有没有人敢传给傅寒州?

傅寒州能表演什么?南枝寻思了一下,表演冷脸和发脾气倒是挺合适的。

"笑什么?"傅寒州问道。

南枝扭过头,"我哪有笑。"

"想看我受惩罚?"傅寒州似笑非笑。

"我只是好奇你有什么才艺罢了。"

"没什么才艺。"傅寒州随口道。

南枝半信半疑,她见过他家里那些乐器,寻思着傅寒州会的东西估计不少。

很快就有个女生举手要第一个开始,众人开始起哄。那女生距离南枝的方向挺远的,她放松了下来。

那女生的花传到了一个古铜色皮肤的帅哥手中,女生居然大胆要求和男生拥吻,气氛直接爆炸,男人的口哨声跟女生的尖叫声简直要冲破人的耳膜。

南枝也诧异对方会不会接茬,更佩服女生的勇气。

好在那男生直接走到了女生面前,扣住她的头吻了下去,气氛顿时嗨到顶点。

南枝正在发呆的时候,突然感觉有什么东西丢到了她怀里,南枝一怔,就看到刚才那个古铜色肤色的帅哥正目光灼灼盯着她。南枝才意识到这击鼓传花还能抛的!?

她刚想甩给陆星辞,主持人立刻道:"美女,这可不兴临时甩锅的。"周围的人哄堂大笑,唯有傅寒州一群人和坐在远处的楚劲面无表情。

同事们已经开始起哄了,"南枝!来一个!"

"对啊,我们摄像机都准备好了!"

"别给我们万盛丢人!"

主持人已经在起哄了,"帅哥要提什么要求呢?"

男人长得确实还可以,露齿一笑又阳光又帅气,他挑眉道:"小姐姐,能问问你有没有男朋友吗?"这问题比接吻简单多了,一般人都会选择告诉对方,总比起来表演好。

就在所有人都觉得完全可以一句话打发了对方的时候,南枝摆摆手,"不好意思,私人问题不想回答。"

主持人立刻道:"那小姐姐是要表演才艺吗?"

南枝想了想,总得弄点素材放在官网上,"行。"

宋栩栩一愣,林又夏也纳闷,"南枝还会才艺啊?"

宋栩栩神情古怪地看着她道:"如果她家没出意外,她应该站在舞台上。"她永远记得南枝代表学校演出的时候,那张脸在舞台上熠熠生辉的样子,她一直觉得南枝就该成为那样的人。她拥有那样得天独厚的条件,可是她父母出事后,她没再碰过舞蹈与提琴。非但如此,她还选了与之风马牛不相及的职业,以此来逃避过去。这些年,宋栩栩从来没有见过南枝再碰这两样东西,不由目露担心。

另一旁的楚劲也纳闷南枝会表演什么,他只知道她学习成绩不错,考到了好的学校。

南枝应下后,心里也在打鼓。傅寒州下意识想去抓她的手,只要她不想,没人能逼她。

但她看也没看傅寒州,走到了篝火旁,"我看舞台上有大提琴,我能表演那个吗?"

人群中欢呼声响起,现成的道具都有,主持人有什么好拒绝的,让工作人员赶紧拿过来。

大家都看得出这并不是一把好琴,也不知道这小姐姐会不会出丑。

她坐在了凳子上,低头抚摸着琴弦,慢慢调试着,没人催促,毕竟画面实在太美。

大家对大提琴的印象,是它应该出现在高雅的音乐厅或者是高档餐厅里,而不是篝火边的露营地,何况演奏者是那么美丽,那么气质卓越。

夜风吹起她的发丝,她的长发垂在身后,连主持人也静默地等待她拉响琴弦。

营地中,篝火旁,古朴厚重的琴声缓缓响起,仿佛在诉说着她的内心。

在场之人无论懂不懂音乐,都能感觉到演奏者诉说的情意,并非单纯地演奏。他们甚至不知道这首曲子叫什么,却能随着南枝不断变奏,时而低吟,时而忧愁,心情也波澜起伏。她的手指映着火光,她的眉目也变得如同隽永的画卷,徐徐展开。

傅寒州就这样看着她,篝火映照下,她像是被镀上了一层金光,像是回到了那个午后,他突然闯入她的世界,在琴房外聆听她的琴音。

无数次出现在梦中的画面,鲜活而生动地展现在了自己的面前。她不再是遥不可及,他们曾经抵死缠绵,可现在的傅寒州看着这样的她,只想牵起她的手。

一曲终了,她抬起头,优雅得如同一只天鹅般缓缓行礼。

掌声雷动,她抬起眼眸看向了傅寒州,看到了他眼里的深情。

南枝将大提琴交给工作人员后,赶紧回到了自己的位置上。傅寒州没吭声,甚至觉得自己还在梦里,倒是陆星辞宋嘉佑他们夸赞道:"真不错。"

林又夏则是激动道:"你早说有这么一手,今年年会必须表演啊。"

南枝笑容有些僵硬,"不了,我不拉提琴很多年了。"

主持人重新上场,感慨道:"谢谢小姐姐带我们享受了一场视听盛宴啊!小姐姐,就由你开始新一轮的游戏吧!"

南枝赶紧把花塞给了陆星辞,这边全是帅哥美女,早就吸引了不少人,大家都眼巴巴等着看呢。陆陆续续有人上场,或者玩其他游戏。

南枝已经表演过了,自然再不用担心,寻思着等这一轮结束大家也该回去休息了,哪知道有不怕死的,竟然把花丢到了傅寒州身上。

傅寒州一只手里还拿着酒杯,另一只手在下面扣着南枝的手,当全部人视线投过来的时候,南枝一脸我就知道的表情。

傅寒州是有点蒙的,因为他还在想刚才的南枝,人还有些恍惚。被南枝用胳膊肘碰了一下后,他才抬起头,镜片一闪,目光对上了将花抛给自己的女人,神情淡漠地将花放到了一边。

女人兴奋地向傅寒州提出要求,要公主抱。

南枝往旁边挪了挪,傅寒州不让她离开,随后抬眸道:"不好意思。"

女人有些失望,"为什么,是因为你有喜欢的人了吗?"

傅寒州没回答她,只不过他拒绝,可就要表演节目了。

陆星辞几人也来了兴趣,"你要表演什么?"

宋嘉佑道:"南枝,你让他给你唱首歌。"

傅寒州从来没在人前唱过歌,宋嘉佑完全是想看好戏,还特地让南枝去提要求。

南枝还真的扭头问了一句:"你会吗?"

傅寒州挑眉,"你想听?"

"我想听你就唱?"

"嗯,我愿意宠着你。"傅寒州说完,朝着主持人道:"表演吧,唱歌。"

他发号施令惯了,这句话说出来后连主持人都怔了下,不过很快就反应了过来。

刚才也有人唱过歌,户外KTV就在这篝火旁,直接点歌就可以。

南枝还真想不到他会唱什么,万一五音不全,傅氏集团总裁的颜面可就丢光了。

不过他一开嗓就惊艳了所有人,他唱的是一首粤语歌,嗓音醇厚。

"枕边的一个熟人,见最多,眉目近。时日叫,轮廓失真,想到邂逅和她单一眼,就算今日回想也动人。"

磁性的嗓音就响在自己耳边,南枝心跳加速,看着他的侧颜失神。

"以往你轻轻一眼偷看她也紧张,以往就算未说话已经恋上……"

"……记住那年,偶遇眼前爱侣令你朝思叫你暮想。"

傅寒州唱歌的姿态随性自然,最后一句唱完,目光定在了南枝脸上。

众人十分捧场,大叫好听。

苏静怡尖叫:"啊啊啊——傅总是不是看我了?"

"你少自作多情,人家看陆少呢。"

游戏结束后,大家三三两两地散去。

回到帐篷,林又夏还在感慨傅寒州唱歌真是不错,南枝简直深藏不露。

南枝把被褥铺好,同事们也都要休息了。

南枝打算去那边看看他们的住宿条件怎么样,等事情处理完再去傅寒州那边。

"这水是哪儿来的?"

"哦,刚才在路上,篝火晚会上那个黑皮帅哥给的。"

南枝抿了一口,去另一边找同事看今天拍的照片。

"展现团队风貌的放在首页,公众号也发一份。"

"南枝,你那朋友来找你了。"苏静怡洗完澡进来说了一嘴。

南枝一愣,出门一看居然是楚劲。

"你脸怎么那么红?感冒了吗?"楚劲伸手抚上她的额头。

他不说南枝还没感觉,一说她还真的是感觉头晕目眩的。

楚劲吓了一跳,"你这是怎么了?"

南枝口干舌燥,出了不少虚汗,身上一阵一阵的热潮在翻涌,整个人都不对劲了。

楚劲扶着她,"我带你去找医生,你先忍忍。"

套房内,傅寒州冲凉后穿着浴袍在房间里等,但是左等右等,南枝都没出现,于是心情不快地打了个电话过去,"人呢?"

"南小姐晕倒了。"

傅寒州飞快起身,一阵风似的换衣服出门。

楚劲扶着南枝,看她难受心里急得想杀人,却见到远处有一道颀长的身影朝他们走来。

傅寒州没戴眼镜,冷厉的眉眼与楚劲对上,待看到南枝皱着眉头浑身是汗时,心中的怒意陡然升到了最高峰。

"傅总,怎么是你?"楚劲盯着傅寒州。

"她怎么了?"傅寒州蹙眉问道。

"我不知道,我现在要带她去找医生,麻烦您让开。"

"我那儿有专业的医生,把她给我。"傅寒州说完就要带南枝走。

楚劲头一次感觉到自卑和无能为力。

"我得跟着。"

傅寒州抱过南枝,大概是这气息她熟悉,南枝本能地往傅寒州怀里钻了钻。傅寒州眉头蹙得更紧,吩咐助理道:"赶紧去联系医生,立刻到我那儿。"

"是,傅总。"

"你们两个去找一下营地的监控,看看她吃了什么喝了什么。"

楚劲跟上了傅寒州,两个男人脚下生风,等到了傅寒州的房间,将南枝放在床上后,傅寒州才瞪着楚劲道:"你还在这儿干什么?去拧个毛巾过来。"

楚劲想问他为什么把南枝带到他的房间,但这节骨眼儿上他也只想南枝能脱离危险。

傅寒州接过冷水浸过的帕子给南枝敷上,南枝看上去终于舒服了些,但整个人仍在颤抖。

傅寒州道:"你把刚才你们到底干了什么说一遍。"

楚劲蒙了,"没做什么呀,就是我刚好去找她,我见到她时她就这样子了。"

"在这之前呢?"傅寒州问道。

楚劲摇头,"她跟同事在一起。"

傅寒州拿起手机,"去问问南枝同事,她刚才在帐篷里吃了什么喝了什么。"

他刚挂了电话,医生就急匆匆赶过来了,开始给南枝做检查。

"傅总,这位小姐之前喝过什么东西吗?以目前的情况看,应该是某种有催眠成分的药物,最好现在带人去市区医院洗胃,这里没这样的条件。"

傅寒州皱眉,"有没有什么办法可以缓解一下?"

"有的。"

"麻烦了。"

傅寒州走到外头,立刻联系飞机过来接人,再安排医院。赵禹那边收到消息后也派人去联系。

楚劲跟了出来,"我……"

"飞机坐不下那么多人,她不会有事。"傅寒州回到床边,医生已经给南枝吃了药,她看起来舒服多了,但身上的衣服已经被汗水打湿。

"你去帐篷里把她的行李带上,然后通知她同事,我等会儿派车来接他们,这营地不安全,我会报警处理。"

楚劲点头,"还有吗?"

傅寒州道:"警方如果过来需要你配合调查。"

同事们收到消息的时候都有点蒙。

"喝了水,我看到她喝水了,是营地里那个调酒师给的。"

"那她人呢?"

"已经被送往市区医院了,我们这边会报警,你们需要配合调查。"

空旷的医院走廊里,傅寒州坐在诊室外头等候。手机响起,他接听。"喂?"

"傅总,我们查看监控后确定是营地的酒保干的,而且这个人有前科,专门喜欢在背地里搞这些小动作,手机里有不少偷拍的女性照片。"

傅寒州冷下声,"没人报过警?"

"有过案底,现在我们移交警方了。"

"警察在吗?"

"在。"

"让他接电话。"

傅寒州等对面的警察接了电话后,明确表示这次的事情不接受私了。

警察道:"那能不能请当事人到警局去?"

"她还在医院洗胃,有什么事可以直接联系我。"

"您是?"

"她的事我可以全权负责。"傅寒州只撂下这么一句。

话音刚落,诊室的大门打开,傅寒州直接挂了电话,快步走了过去。南枝还昏迷着,小脸惨白,医生见傅寒州这么紧张,赶紧安慰道:"发现得及时,人没有什么大碍,就是这两天要吃点流食,好好卧床休息。"

"人什么时候才能清醒?"

"这个不好说,但不会昏睡太久的,醒过来如果有干呕和眩晕反应,也是正常的。"

傅寒州有些烦躁,将南枝送回病房后,他让身边的保镖去买住院用的物品,他自己去浴室拧了毛巾过来,将南枝的脖颈和露出来的皮肤都细细擦了。

"爸爸……爸爸……"她在睡梦中喃喃呓语。

傅寒州将南枝搂在怀里,将她的发丝拢到耳后,"别怕,我陪着你。"

闻着熟悉的气息,南枝的眼泪无声地落下,傅寒州用棉签蘸了点温水,抹在她干燥的唇上。看着她的情绪渐渐平复,他才稍微眯了眯眼睛。

"一离开我的视线就得出事,你是什么麻烦精吗?"

南枝没有回应,只是那蹙起的眉头,显然是极度没有安全感的表现。

傅寒州在她额上吻了吻,继续看着她打点滴。

南枝醒过来的时候,先是听到了护士的声音,"你醒啦?感觉如何?"

林又夏跟宋栩栩也凑了过来,南枝看着林又夏手里摇摇欲坠的苹果皮道:"快掉我手上了。"

林又夏赶紧捞了一把,"你怎么样?还有哪里不舒服?"

南枝摇摇头,"我有点饿,这是在哪里?"

"你一点印象都没有了?昨晚上出事了。"

等南枝听完事情经过,医生又来给她检查了一遍身体,宋栩栩才双手抱胸问道:"你跟傅寒州什么关系?"

南枝知道瞒不下去了,就把两人之间的事说了。

"你可真是出息了啊!"林又夏站起来转了两圈,"我说陆星辞怎么对你怪怪的,老是格外照顾我们,原来你居然跟傅寒州在一起了。"

宋栩栩倒是没林又夏那么激动,"所以是你主动提出来的?"

"嗯。"南枝点了点头。

原本以为宋栩栩要说什么,没想到她郑重地拍了拍她的肩膀,"可以啊你,瞒得够紧的。"

林又夏也有点激动,"所以?你们这是玩地下情?"

南枝看着病房的门被打开,傅寒州站在门外敲了敲门,"我方便进来吗?"

"方便方便。"林又夏拿上包,"那既然傅总你在这里,我们就先回去了,同事们都很担心呢。"

"有劳。"

这话说得,怪见外的。

宋栩栩默默在背后给南枝比了个大拇指,拉着林又夏出了门。

傅寒州将果篮放在一旁,"陆星辞他们给的,估摸着等会儿组队来看你。"

南枝吓了一跳,"不至于吧?!"

傅寒州挑眉,"感觉怎么样?有没有什么想吃的?"

"刚才又夏妈妈熬了粥给我送过来了,你不去上班吗?"

傅寒州坐在了床边,摸了下她的额头,"比起工作,自然是你更重要一些。"

南枝敛眸,清了清嗓子转移了话题,"昨晚上谢谢你了。"

傅寒州不喜欢她这见外的语气,"这又不是你的错。"

"那人怎么处理了?"

按照傅寒州的脾气,估计直接送警局去了。

他没正面回答,"放心,警察会处理。"

南枝也没想太多,只是厌恶道:"这人估计是老手了。"

傅寒州帮她把被子拉高,南枝突然左右看了看,"我的电脑在这儿吗?"

"怎么?人还没好就想工作了?"

南枝嘟囔:"我现在也没不舒服了,要我什么也不做就这么发呆,还不如让我工作呢。"

傅寒州薄唇抿起,"商会活动的事情还没决定,你已经做了你该做的,没必要这么拼命。没彻底好之前不许工作。"

南枝悄悄掐了他一把,"好了,你不要板着脸了嘛。"

见她听劝,傅寒州心里堵着的地方终于舒服了点。不过想到她这么没防备心,还是忍不住要教训一番。

"什么人给的东西都敢吃,都敢喝,什么人叫你出去你就出去,这次是我在,下次你同事你朋友,连带着我都不在怎么办?"

南枝已经知道错了,"好了好了,知道了!"

傅寒州气闷,知道什么,死妮子就会敷衍人。

"还有,那个楚劲你就不能不来往吗?"

南枝看他,"为什么?跟你在一起,难道连交友自由都没了?"

"我不喜欢。"

"我拒绝你这个提议,我很早就认识楚劲了,不会因为跟谁在一起,就跟什么人绝交,我又不是你的所有物,傅总,你是不是过线了?"

"你觉得我干涉太多?"

"是的。"

"就算我不高兴,你也非要这样?"

"没错,你不高兴的理由不成立、不合理,而且很过分。今天你不让我跟楚劲联系,明天就是栩栩,或者是我任何一个同事。人是群居动物,怎么可能随随便便跟人断绝来往,你不觉得你太过独断专行了吗?"

"如果是我认为楚劲喜欢你才说这句话的呢?"

"那也只是你的猜测,我不觉得我跟他之间有暧昧,也不可能无缘无故疏远对方,好了,我累了。"她说完直接拉上被子,扭过头不再理他。

傅寒州点点头,随后直接起身,椅子因为他的动作与地面摩擦发出刺啦声,声音落在南枝耳边,令她心口一窒,觉得有些难以呼吸。

南枝心道自己这段时间还真的是被他给迷惑了,傅寒州看似绅士,事实上在很多时候都会暴露出独断专行的一面。

傅寒州带着怒气,一把拉开门,看到了正准备进来的陆星辞他们。傅寒州连个招呼都没打,直接走了。

宋嘉佑尴尬道:"我们还进去吗?"

现在进去也不合适吧。

陆星辞道:"来都来了。"

南枝听到动静,扭过头,发现是陆星辞他们,吓了一跳,直接坐了起来。

"哎,别动,你躺着吧,我们放下东西就走。"陆星辞见她手上还在打点滴,赶紧道。

南枝有点不好意思,傅寒州前脚才走,他们后脚就来了,保不齐把刚才两人的对话都给听去了。

"身体好点了吗？"

南枝点点头，"好多了。"

"昨晚上那个人我们帮你处理了，公司那边你同事应该也帮你请假了，你好好休息。"

"谢谢你们来看我。"虽然南枝知道，他们并不是冲她来的。

"没事，那我们先走了。"宋嘉佑打了个招呼，就跟几个人先出去了。陆星辞没走，坐在了沙发上，"我有些话想说。"

南枝没吭声。

"你出事后，他立刻安排了最好的医生，还调了飞机送你过来，一路上都是他照顾你。我跟他从小一起长大，他看起来冷情冷性，能被他当作自己人的人很少，但你有任何事，他都是冲在最前面。"

南枝被他说得有点心虚，"我不知道他做了那么多。"

陆星辞笑了笑，"也没什么，谈恋爱哪有不闹矛盾的，只不过你要是真不想跟他断了，还是要给他一个台阶的，他这个人想要什么，很少会直接说。当然，这是你们两个人的事，我只是不愿意看着他好不容易找到个对象，还把人气跑了，你也好好想想吧。"

可是他跟她在一起，从来没说过喜欢她；但又对她事无巨细地好，南枝真的不知道要怎么做。

南枝的手在被子底下摩挲，陆星辞走到门口，突然停下问道："你该不会是怕喜欢上他，所以每次一有矛盾，都敏感到想分手吧？"

南枝一怔，猛地看向陆星辞。

他了然一笑，"哦，猜对了。"

"你，你别胡说！"

"我是不是胡说你自己清楚，都是成年人了，也该坦率点，再说了，傅寒州也没什么不好的。"陆星辞打开门，最后忠告道，"你有没有想过，也许抓紧他，你们真的有以后呢？"

南枝看着他关上门出去，心里还在纳闷他那句话到底是什么意思。什么叫抓紧他，就真的会有以后？

陆星辞出了医院，刚点了根烟，就发现了傅寒州的车，他走了过去，敲了敲车窗。

车窗落下,傅寒州面无表情地看着他,"我以为你准备在上面吃个午饭再下来。"

陆星辞叼着烟,眼里似笑非笑,"哎,你有没有照过镜子?"

"有话快说。"

"你看看你,难怪人家那么生气呢,你吃醋就吃醋,非要把话说得那么难听,还被我们都听到,现在下得了台吗?"

傅寒州准备把车窗升起来,也懒得理他,陆星辞伸手摁住车窗,"人家还病着呢,你打算就这么走了?"

chapter 8

服个软会怎么样

"关我什么事?"

"啧啧啧,郎心似铁啊。楚劲可回来了,你一走,我保准他上楼去。"

傅寒州眼底寒芒一闪,陆星辞道:"叫保镖守着楼道也不靠谱,人还有手机联系,要我说,你得把正主哄好了才是。"

"我有说过要去哄她?"傅寒州冷声问道。

陆星辞喷了一声,"小州州,我在产房就认识你了,我还能不知道你啊?"

"跟我在这儿嘴硬没用,其他方面我也许不如你,但追女人这方面,你还得听我的。"陆星辞说完,傅寒州没好气道:"说得你很了解她似的。"

"我可告诉你,那南枝一看就是个气性大主意大的,真的下定决心跟你断了,那你可真没戏了。"

傅寒州蹙眉,过了会儿,深呼吸了几次,打开车门,直接将陆星辞挤到一边,上楼去了。

陆星辞觉得好笑,还不承认自己栽了?!

南枝这边掀开被子,准备自己提着点滴去上厕所,顺便问问自己什么时候能出院。她刚打开门,就听到两个护士在聊天。

"9907号那个病人你看到没有?她男朋友是傅寒州。"

"你是早上才来,所以没瞧见昨晚上傅寒州那体贴的样子,羡慕死我了。医院这种地方最能看清人心,一整晚不睡觉陪着病人的,还是很少见的。"

"真的假的呀?傅寒州恋爱的时候这个样子?"

"这还能有假?我给病人换药时,傅寒州都紧张地问我会不会疼,一边安抚那女人,时不时亲一下,一看就是喜欢得不得了呀。"

南枝又默默退了回去。他照顾了自己一整晚?南枝怔怔地站着。

傅寒州打开门的时候,看到她手上的点滴因为另一只手举得不够高,有点回血了。

他一把夺过南枝手里的点滴,蹙眉道:"说你蠢还真的蠢,回血了看不到吗?"

南枝一愣,傅寒州一脸不悦地紧盯着她,"起床干什么?需要什么不会叫护士吗?"

"我就是想上个厕所,有什么好叫人的。"南枝小声道。

傅寒州压下心中的怒气,直接打开了卫生间的门,"进去。"

南枝的脸瞬间爆红。"干……干吗?"

"不是要上厕所?"

"我自己可以的。"

"你可以?你可以还搞得手都回血了。"傅寒州本来是想上来好好跟她说话的,哪知道一张嘴就是吵架。他自己心里也堵得慌。

南枝嘟囔道:"我也没想到你会回来,刚才只是发了会儿呆。"

傅寒州见她语气缓和了下去,自己脸上也没那么紧绷了,"不是要上厕所?快去吧。"

楚劲急匆匆赶到医院的时候,护士拦下了他,"不好意思先生,我们得问过病人,得到同意后才能探视。"

楚劲点头,"好的,你帮我联系一下。"

南枝的手机丢在床上,人在卫生间,护士的电话打了半天也没人接。

楚劲有些急,"怎么样,没人接听?"

护士抱歉道:"病人估计现在不方便。"

刚才傅寒州进了病房,两个人不知道是吵架还是怎么了,状态挺不对的。万一这个人进去跟傅寒州起了冲突,她们还干不干了?

楚劲急道:"我不能进去看看吗?她情况如何了?"

"病人已经脱离危险,也吃过饭了,情况良好,需要休息。不好意思先生,我们医院的规章制度就是这样的,请您耐心等待。"

楚劲听到南枝没事了，也松了口气，"好，我稍后自己联系她。"

他倒也没走，就在住院部走廊的凳子上坐着。

厕所内，南枝艰难地去拉裤子，傅寒州已经转过身，一把将她的裤子提了上来，南枝已经不想跟这个人说话了，小心地洗了手，回到病床上。傅寒州道："下午想做点什么？"

"我想看看搭建进度。"之前接了单子，今天那些合作公司也进场了，广告灯牌要做，还有T台的布景、灯光什么的，她都得看看，虽然不用她监工，但在病床上发呆还不如找点事情做。

"那个不行，换别的。"

南枝郁闷，是他要问，自己说了又不让她做，那问什么？

"那我能干吗？"

"看个电影？"傅寒州提议。

刚才在过来的路上，他问了陆星辞该如何哄女人。

"女孩子嘛，生病了是需要人关怀的，看着你冷冰冰的样子，她能有好心情？这时候你不好言关心，竟然还怪人家。了解你的知道你在吃醋，不了解你的觉得你这就是受害者有罪论，你这么说话谁不跟你急？你呢，就陪她说说话，给她端茶递水削苹果，上头什么都有，东西我们可都送了，连游戏机都带了一部，还可以看看电影，这种时候你不努力，回头人觉得跟你在一起是受委屈，还不把你给踹了。"

南枝沉默了会儿，"看什么电影？"

傅氏集团的医院VIP病房待遇自然是好的，设施齐全就不说了，他打开电视机，陪着南枝挑选要看的影片。

"来个恐怖片吧，刺激一下大脑。"每次她心情糟糕时，一看恐怖片就没心思想那点破事了。

傅寒州手指一顿，"哪部？"

"就那个吧，对。"南枝说完，瞥了傅寒州一眼，"你要是害怕，给你一只手牵牵。"

傅寒州冷笑，"我会怕这个？"

"不牵算了。"南枝打算收回手，下一瞬，手就被他的大掌拢在掌中。

"你不是不怕？"

"我不怕跟我要牵你的手有什么冲突？"傅寒州不仅要牵着，还要十指紧扣。

他的目光落在两人交握的手上，嘴角微微勾起。

南枝也看到了，心底有点隐秘的开心。电影已经开始，两个人谁也没说话。只是从紧扣的手中感受着彼此的存在。

楚劲在外面等了差不多10分钟，才开始给南枝打电话。

安静的病房内，突兀的手机铃声响起，恰好此时电影中女鬼出现，吓得傅寒州的手突然握紧，南枝吃痛道："是手机铃声，看把你吓得。"

傅寒州有点恼羞成怒，"看电影接什么电话？"

"你这胆子也太小了，晚上该不会吓得睡不着吧？"

南枝越说越来劲，但一看手机来电人是楚劲，两个人都陷入了沉默。

她面无表情地接通，当着傅寒州的面道："喂？"

她在心里对自己默默道：要是傅寒州再敢干涉她社交，她绝对不再理他！

"南枝！你怎么样了？我现在在医院走廊里，你在哪间病房？"

南枝诧异道："你来了？我在——我看看。"

"2109。"一旁的傅寒州冷声开口。

对面的楚劲也听到了。"傅总也在？"

"嗯，我们在看电影，你过来吧。"

"好。"

门口传来敲门声，南枝道："进来吧！"

楚劲进来后，看到傅寒州也没什么意外的，看南枝情况确实还好，站在床边也不知道该说什么。

楚劲耷拉着脑袋，"你还好吗？"

"没事了。"

南枝从床头果篮里拿了个橘子递了过去，"我这边没事，你不用担心，倒是你赶紧早点回家吃饭，不然蒋阿姨会担心的。"

楚劲手里握着那个橘子，原本有好多话想说，但是看傅寒州双手抱胸斜睨着他，便什么都说不出来了。他此刻才意识到自己的渺小，傅寒州的家世、能力和手腕让楚劲顿时没了勇气。

尤其是昨晚上南枝出了事,他看着傅寒州有条不紊地联系医院和交通工具,忍不住想如果是他来处理呢?南枝能这么及时得到救治吗?会不会因为延误治疗出现后遗症?他头一次感觉如此自卑和挫败。

"我没关系,不是很饿。"

"行了,别这样。"南枝见他自责的样子,自己也怪难受的。她不喜欢欠人人情,也不太擅长处理这种关系。

傅寒州道:"我去找你的主治医生问一下情况,你们先聊吧。"

倒不是他想故意给他们两个挪地方,而是这小子再这样装可怜下去,这个女人那母爱泛滥的心就该挡不住了,倒不如给两人机会说清楚。

陆星辞有句话倒是说得挺对的,女人只有在看到自己心动的男人时,才愿意示弱流泪。

病房里,南枝还在纳闷他怎么走了,楚劲突然开口:"傅寒州跟你是什么关系?"

南枝笑道:"你一个小孩子问这个干什么?"

"我不是小孩子,我是个成年男人,我工作了。"楚劲抬头看着她。

南枝见他一本正经,叹了口气道:"我不想让太多人知道我们的关系。"

楚劲瞳孔一缩,"所以你们是交往的关系?"

南枝觉得他问的问题超出自己想回答的范围了。

"可以不问吗?"南枝道。

楚劲哑然,"好。"

病房里的空气都凝固了,南枝道:"你这样突然回来,跟你公司领导请假了吗?"

"都说过了,而且傅总他们匆匆离开,又找了营地的负责人谈话,大家也都知道大概出事了。反正团建也就一天,跟新媒体公司达成合作后,后续产品代言推广也可以线上商谈。"

南枝点点头,"那就好,我这里也有人照顾,你不用担心了,等会儿栩栩她们也会过来看我。"

其实南枝的想法很简单,不想让楚劲在这儿跟她浪费时间,何况傅寒州这人脾气不好,回来又要闹。

楚劲点点头,又叮嘱了几句后就准备离开了。刚走到门口,傅寒州也回来了。

"傅总。"楚劲有点憋屈,谁让眼前这个男人是自己的大老板。

傅寒州道:"这就走了?"

"嗯,我晚上再来。"

两个男人身高差不多,外形同样出色,护士站的小护士们都有意无意把目光投了过来。

楚劲直视傅寒州,"傅总现在如果不忙,能不能借一步说话?"

傅寒州无所谓,隔壁病房没人,傅寒州直接开门进去了。

"有什么要说的就说吧。"

楚劲颔首,"我问过南枝,知道你们在交往。"

傅寒州掀起眼皮,镜片下寒芒一闪,"所以呢?"

"说实话,你的身份地位,包括家世都远超我,论能力我也远不及你,这点我有清晰的认知,尤其是昨天晚上,面对那种情况我根本束手无措,这让我很挫败。"

楚劲说到这儿停顿了一下,看着面前英俊挺拔的男人,他还不足三十岁,就已经站在顶峰,是自己根本无法企及的高度。

可楚劲不是个轻言放弃的人。"她是我喜欢了很久的人,我想问你有跟她结婚的打算吗?毕竟以你的身份地位,选择跟一个平凡女人结婚的概率并不高,你爱她吗?"

傅寒州轻哂,"我有必要告诉你吗?"

楚劲点头,"那看来你的喜欢也不过如此,我知道我要的答案了。"

傅寒州不悦,"你什么意思?"

"意思就是既然你们没有将来,那她也有权利选择其他人。"

楚劲看着傅寒州难看的脸色,勾了勾唇角,"傅总不会是在怕吧?"

"你尽管试试。"

"我会的,您放心,在公司,您是上司我是下属,在生活中,咱们都是独立的个体。好了,我要听南枝的话回家了,稍后我还会来给她送饭。"

傅寒州进来的时候,南枝还在看电影,见他回来问道:"怎么去这么久?"

"嗯,打了个电话。"傅寒州看到电影已经放到了后半段,提醒道:"等会儿医生要过来再给你检查下。"

"好,有没有说我什么时候可以出院?"

傅寒州坐到了她边上,"回家也没人照顾你,不如去我那儿?"

南枝吃苹果的动作一顿,看着他,"去你那儿?!"

"好。"傅寒州接道。

见他心情很好,甚至要立刻安排她出院,南枝拉住他,"我不是说去你那儿,只是疑问为什么要去你那儿。"

"我那儿有专业的看护能照顾你,也有专门的厨师,不用你下厨做什么营养餐,再说你一天到晚吃那些沙拉能有什么营养?"傅寒州语气冷硬的同时,又带了一丝诱哄的意味,"而且你一个人,我也不放心,你朋友再好,你能让她们帮你洗澡擦身,陪你上厕所给你穿裤子?"

南枝恨不得去捂住他的嘴,"你无耻不无耻,这种话也挂在嘴边?"

"人有三急有什么无耻的,难道你还上不了厕所了?"傅寒州坦坦荡荡,明明是傲然矜贵的模样,愣是把一番话说得让人无法反驳。

"你这人,有时候真是直白得让人无法招架。"

"你觉得羞耻,难道不正是因为我说中了,而事实确实如此吗?"傅寒州再接再厉,"既然我们是情侣,那么我照顾你,也是理所应当的。"

南枝很想说可是我们应该离对方的私生活远一点。她始终都想保持距离,但傅寒州仿佛没有这样的意识,总是想来就来,想走就走,而他一旦来了,她也根本不能拒绝他,违背他。霸道得毫无道理可讲。而有些时候,他又愿意舍下脸来软磨硬泡,南枝有时候甚至在想,他做生意的时候,是不是也是这样拿下合作方的。

"发什么呆?"傅寒州忍不住在她脸颊上亲了一口,"去我那儿,嗯?这样我也能一边照顾你,一边工作。"

"你是嫌我住院耽误你了?"

傅寒州伸手捏住她鼻子,"不能换个说法?非要这么想我?"

南枝当然知道他不是这个意思,但跟他顶嘴顶习惯了,总要赢过他心里才舒服,完全是下意识的行为。

"有没有人说过你既别扭,又爱气人?"

南枝不满,"总是听话,岂不是太没性格可言,世上本来就没有两个完全契合的人,不然包容和理解为什么会成为社交的两大难题。"

至少她认为,所谓的在一起舒服,很大程度上是要牺牲某一方的快乐的,对方可以配合你,关键在于他愿不愿意配合你。

"算你这次说得有道理,所以跟我回家？你在医院住得也不舒服。"

病床硬邦邦的,别墅里也能请医生,而且晚上也能抱着她睡,现在这病床,以他的个子根本躺不下去。

南枝犹豫了下,"可是栩栩她们说晚上要过来。"

"那让她们直接到别墅去。"傅寒州已经准备起来给她办理出院手续。楚劲想给她送饭？想都别想。他凭什么要看着他的女朋友被别的男人献殷勤？他看起来是很大度的人吗？

南枝靠回了床上,"我好像没办法拒绝你的任何决定,不过我想在这儿把这个电影看完。"

"好,现在还早,你还能再睡个午觉。"

"我睡了好久,现在根本睡不着。"

傅寒州看着她的小脸埋在枕头里,目光水汪汪的,又忍不住俯身亲了亲她,南枝倒也没拒绝,本来生病了有个人能陪着自己也是好的。何况他虽然有时候脾气臭又很霸道,但他对自己的好,她也看得到。

傅寒州吻得很深,像是要夺走她所有的呼吸。

南枝攥着他的衣襟,突然觉得如果能保持现状,该多好。万一哪天自己对他产生了依赖,会不会就上瘾了,戒不掉了？

到了傍晚,傅寒州直接连人带行李打包带回了别墅。

"先生,饭菜已经准备好了。"

"有劳。"

傅寒州先将她的东西带到楼上主卧才下楼。南枝已经跟那只小野猫玩上了。

几天没来,南枝发现这屋子里多了许多东西。比如猫爬架、逗猫棒,还有专门定制的一系列高空攀爬的木板、盘旋的透明通道,以及角落里粉色的抱枕。这些东西为这个冰冷的家镀上了一层柔和的色调。

她不知道,傅寒州的家正是因为她的到来才显得有几分生气。

男人已经换下了西装,穿了一套真丝的家居服。

"去洗手,等会儿再让它陪你玩。"

"给它起名字了吗?"南枝问道。

"猫就是猫,要什么名字?"傅寒州纳闷。

南枝:"……你真没情趣。"

"那叫情趣吧。"

"这是什么名字,你好意思跟人介绍它的名字吗?"

"这样不就有情趣了?"

南枝翻了个白眼,"这笑话一点也不好笑,冷爆了。"

"那叫只只吧。"傅寒州突然道。那腔调,尾音里带着一丝温柔的缱绻,像是在她耳边呢喃,还带着一丝诱哄。

南枝耳朵一阵酥麻,反应过来估计是他听到了栩栩是这么叫自己的。脸上顿时有些挂不住,面无表情道:"我拒绝。"

"嗯,拒绝无效。"

"为什么?"

"因为这是我的猫,而且它是一只两只的只。"

傅寒州将她拉到了餐桌前,慢条斯理地将筷子摆在她面前,"怎么?以为是你的小名?"

南枝没好气,"你敢说不是?"

"不是。"脸皮厚得厉害的男人就是这么气人。

南枝气呼呼地挖了两口饭。

傅寒州低头浅笑,"慢点吃,没人跟你抢。"

南枝没理他。与此同时,电话响起,楚劲打过来的。

傅寒州面无表情地吃饭,南枝看了看他的脸色,才侧过身接起。

"南枝,你怎么出院了?我去你家找你?"

"我跟朋友在一起,没关系的,你怎么去医院了呀?"

"我——"楚劲看着手里的汤,"没事。"

肯定是傅寒州知道他晚上会来找南枝,直接把人诓走了。

傅寒州冷飕飕的眼刀子瞬间扎到南枝身上。

南枝挂了电话才发现傅寒州把刚才给自己剥的虾全吃了。南枝对他这么幼稚的行为感到无语,便自己夹了一只虾,没想到傅寒州一下子从她筷子底下夹走了。南枝去舀玉米排骨汤喝,下一瞬,傅寒州把碗都端走了。

南枝撂下筷子,"什么意思?"

"不高兴。"

南枝揶揄道:"吃醋了?"

傲娇的男人其实很好哄,南枝觉得自己已经慢慢懂了这个男人的心思。

南枝问:"医生说我没什么事了,我明天去上班可以吧?"

"非得去?"

"商会活动迫在眉睫,而且还有其他几个场馆搭建的进度我得亲自盯着,客户都是冲着我下单的,如果我不亲自办,人家客户怎么能放心呢?"

翌日一早,傅寒州上班前将她放到了公司附近。

"身体有任何不舒服都不要硬撑,万盛没你也不会倒闭。"

"知道了,傅总。"

南枝悄悄下了车,快速朝着公司走去。路过咖啡店时,还进去打包了几杯咖啡。

南枝觉得今天公司里的人都有点奇怪,直到来到工位上的时候,林又夏蹿了出来。"你身体好了吗?这就来上班了?"

"你的冰美式。"南枝抽出一杯递给她。

林又夏把冰美式接过来,"现在不是冰美式的事,而是公司里不知道哪个多嘴的八婆在造你的谣。"

南枝蹙眉,"什么意思?"

"昨天咱们不是遇到傅总了吗,你出事后傅总帮忙把你送去了医院,现在公司里有人说你为了拿下业务……算了,那些话不提也罢,更可恶的是还有人说那药是你自己吃的,公司上下都收到了这个消息。"

就在这时,汤曼蓉从办公室走了出来,"南枝,跟我进来。"

南枝抿唇,林又夏一脸担心。其他人都竖起了耳朵,眼角余光看着她进了办公室。办公室门一关上,议论声就响了起来。

"我说呢,非要提什么方案,咱们集团运营多少年了,就她能耐。"

"可不是吗,保不齐是上面打过了招呼呢,长得漂亮怎么不算资源呢。"

林又夏火了,"你们有完没完?有证据吗就胡说八道?是个男的跟女的在你们嘴里都有一腿?都是女人,找不到人的错处了就只能造黄谣了是吧?"

办公室内,汤曼蓉看着南枝。"集团内部关于你的绯闻,你知道吗?"

"刚知道,还没来得及了解情况。"

汤曼蓉点头,"可以理解,这次领导找你是为了你跟江澈之间遗留的问题,以及这次商会活动机密泄露的事。"

南枝一愣,"江澈我可以理解,商会活动机密泄露又是怎么回事?"

汤曼蓉丢出一份文件,"这是你上个星期提交的内容,而途越老总跟咱们领导吃饭的时候,也提出了同样的内容。还好现在招标会还没正式开始,如果撞了方案,咱两家公司就都没戏了,你知道这件事情的严重性。"

南枝脸色一变,"这份文件我是直接传输到您的邮箱的,还是加了密的,在领导部门大会上我展示后,没有再经过别人的手。"

"现在要查的就是这件事,这对我们很重要,你知道咱们酒店的作风,我们行政部上下联系,还要管客房部,但凡出了事,首先拿我们开刀。如果抓不出内鬼,你跟我都得卷铺盖滚蛋。"

"现在调查小组的组员在楼上,你上去吧。"

南枝深呼吸,"是。"

她走之前说:"在调查结果出来之前,商会活动我是不是不能插手了?"

"等上头通知,我也是。"

"好的。"

南枝带上办公室的大门,不断深呼吸,然后挺直腰杆从办公区走过。

南枝直接坐电梯上了顶层办公区,被安排在了一间断网隔离的小办公室内。

里面坐着四个人,南枝见过他们,某位高层手底下的员工。

"南枝是吗?请坐。"

南枝面色不改坐到了指定位置上,说实话,四个人面对面这样盯着自己,颇有一种审讯的味道。

"知道今天我们叫你来,是为什么吗?"

南枝镇定地说:"我知道诸位来到这里,是受集团的委托,我也可以诚恳地告诉大家,自我进入万盛以来,除却与江澈的一段感情涉及领导层面,其他时候我只是一个兢兢业业的小职员。

"这点调查团的诸位也应该很清楚,我上班加班的时间在公司有监控记录,如果一个关系户还要花这么多的时间和精力工作,那确实太不合理了不是吗?"

"那么,集团内部流传你与客户之间有不正当的男女关系,你有什么想说的吗?"

南枝笑了笑,"清者自清,我相信万盛有这个实力让客户选择我们,而万盛是正规公司,我没必要为了一份工作,或者所谓的业绩做出这样的牺牲。而且我认为公司有义务为我澄清这些传闻,否则,于我于公司都是一件不光彩的事情,其他我没什么好交代的,如果公司要暂停我的职务,我也接受。另外关于商会活动泄密的事情,我也非常气愤,因为这是我耗费极大心力做出来的成果,也希望集团能够彻查这件事,不要冤枉一个好人,也不要让真正的罪魁祸首逍遥法外。不然即便开除了我,也还会有下一个方案被泄露,解决不了本质问题。"

南枝回到办公室的时候,瞬间接收了来自四面八方的各色眼神。她刚一坐下,就听到周围窃窃私语的声音。

林又夏已经气得话都说不出来了,趁着南枝去洗手间,她快步跟了过来,"太气人了这群人。"

南枝以前也被那样的眼神刺伤过,但现在已经不会了。因为她知道,她们的看法并不重要,自己不是为了她们活的,她们的看法并不会对自己的精神世界有任何影响。

"没什么好生气的,又不是第一天出来工作,她们敢到咱们面前说吗?别生气了,嗯?"

林又夏深吸一口气,"我真的想撕烂她们的嘴巴,他们找你去问什么?"

"问了关于传闻的事,还有公司文件泄露的事。"

"有没有搞错啊,他们这不就是怀疑你?该不会还要开除你或者让你回家接受调查吧?"

南枝抽出纸巾,"如果是这样,我会按照公司规章制度,要求他们给我多开半年工资弥补我的损失。"

林又夏还是气不过,"你都不会生气吗?我要是遇到这种事,我能气到手脚发麻。"

南枝沉默了一瞬,"因为我经历过比这更恐怖的事,而我只能眼睁睁看着它发生,无力改变。"她将纸巾扔进废纸篓,"走吧。"

南枝回到工位上,开始复盘上星期的工作内容,说完全不受周围人影响是不可能的,但总不可能站起来当面锣对面鼓跟人面红耳赤地争执。

她虽不觉得忍气吞声这些人就会消停,但她也不会让这些想看她笑话的人如意。

直到下午,有人给公司所有员工的邮箱群发了一则消息,又被人转帖到了万盛集团的论坛,事情进入白热化。

帖子的标题直截了当,吸人眼球:豪门梦碎,男友入狱,转眼又搭金主?女海王真面目曝光!

南枝刚开始还紧张了一下,以为今天她和傅寒州被拍了,结果点进去一看,松了口气。图片内容是偷拍的,不过有南枝的正脸,应该是两个月前,南枝还穿着万盛集团的员工制服,从一辆豪车上下来。

帖子底下的评论几乎可以用恶毒来形容,说什么的都有。当然主要是针对南枝的颜值和外形,直接被说成不正经,专门勾引男人。

林又夏气得差点把键盘摔了,直接去联系集团安全系统部门的员工,问他们怎么回事,这种垃圾帖子也能置顶!?

南枝面对同事们异样的眼光,直接发了公开信,并附加了自己两个月前的打车记录,对上了照片里的车牌号,万盛集团那天有个招聘会,她正巧要去接甲方的领导过来,打的就是尊享车型,并且也跟集团报销过。不仅如此,她还要求发帖的人向自己道歉,不然她将会采取法律手段,维护自己的权益。

万盛集团内部除了领导层以外,在南枝职务范畴内能直接联系上的部门,应该都看到了,帖子的风向瞬间反转,不过帖主一直装死不吭声。

南枝直接打电话报了警。她打电话的时候并没有避着任何人,她就是要让他们知道,造谣是要付出代价的。

"至不至于报警啊?到时候我们公司形象怎么办?"有人觉得南枝开不起玩笑。

南枝直接看了过去,"原来公司内部有人造谣拜金女攀高枝有助于提升万盛集团形象?"

企划部过来送文件的人也听不下去了,"报警有什么问题?既然大家都看热闹,想知道谁在帖子里说三道四,这不是最正确的选择吗?南枝,我支持你。"

南枝微微一笑,"多谢。"

任何一段关系都不可能十全十美,她没指望过冷漠的职场关系能带给自己多少精神财富,但她也不可能接受任何人加在她身上的诋毁和侮辱。工作可以不要,公道她必须讨回来。

林又夏已经呆了,然后直接站起来扑了过去,"干得漂亮!"

等南枝再去刷这个帖子的时候,发现帖子已经被集团直接删除了。她起身将文件送进汤曼蓉办公室。

汤曼蓉上下打量了她一番,然后放下手边的文件,"你的状态看起来比我想得要好。"

"哭了岂不是如了某些人的愿。"南枝直接道。

chapter 9

爱上的同时是放弃

汤曼蓉挑眉,"我当初极力跟人事部要你过来,就是因为看到你身上的棱角。今天的事情虽然你没考虑后果,但我并不认为你做错了,坐下说吧。"

南枝心里舒服了一些,坐下来听她的下文。

"行政部主管这个位置,没人比你更合适。"汤曼蓉单刀直入,"我可以跟你交个底,我产假结束后,会被总公司派遣去新公司担任高层,行政部主管的位置必须得有人来接替。"

南枝有些惊讶,因为这是一场极大的冒险,脱离了舒适区,但也拥有了更大的决策权,汤曼蓉果然从未放弃过自己的野心,南枝甚至在想,若她到了汤曼蓉这个年纪,是否能有如此大的决心,放弃自己一手打下的江山,开辟另一块疆土?

"我在万盛,也只能做到这儿了,你也是女人,应该能够感同身受,尤其是漂亮的女人。"

漂亮的女人容易被人贴上脑子不好、情绪化、潜规则等种种负面标签,在职场中远比男人难得多,现如今的万盛集团有决策权的高层,只有一位女性。

汤曼蓉在她现在这个位置上已经坐了七年。

先是有蔡经理来分权,又提拔米筱雪,只不过后来这两个人都被江澈一家拖累下去了,集团高层领导现在还想另外聘请人来接管,只能说有人想吞了行政部这块肉,但汤曼蓉不愿意把自己吃进嘴里的东西吐出来,她要给,也得给将来能达成合作关系的人。

南枝就成了她的不二选择。汤曼蓉已经观察了她很久,当初南枝跟江澈交往时,汤曼蓉也曾准备另觅人选,但是现在知道她已经跟江澈分手,她便将自己的打算告诉了南枝。

南枝几乎在转瞬间就明白了汤曼蓉话里话外的意思,明白了自己的优势与劣势,也同样清楚职场上多一个朋友远胜于多一个对手。

"其实你并不是我第一选择,但是你今天的行为,我觉得看到了年轻时候的我,别的主管对你的看法怎么样我不清楚,但身为我手底下的员工,我愿意为你这些年在集团的工作打一个A。"

南枝听到这句话,说没有被触动是不可能的。她没有背景,刚入职场的时候,还因为外形原因经常被人背后说闲话,还有男同事因为追不到她而背地里贬低她。当然她也收获了很多同仁良善的帮助,但人总是会对那些伤害自己的话记得更清楚些。

"好好做,我会以最严苛的评判标准来评判你接下来的工作,位置就在这儿,看你能不能拿到。"

南枝点头,"谢谢。"

"还有这个,我觉得你会需要。"

南枝看到了手机上只发给主管层的信件。因为南枝报警,论坛封了帖子,但上面的发帖人是公司内部员工,所以有必要知会现任主管,这件事就交给汤曼蓉来处理了。

汤曼蓉本就看不上这些造谣的人,有些还是关系户,怎么来到行政部的,没人比她更清楚,包庇纵容这些人,就是给行政部埋下隐患。

你在职场可以有野心,但不能黑心,汤曼蓉是个眼里容不下沙子的人。她并没有正义到单纯为了南枝出头,而是不想这些人踩着她坐上这个行政部主管的位置,她得为长远考虑,所以愿意卖南枝这个人情。

南枝也明白,她抬眸道:"曼蓉姐,我明白了。"

帖子的事情在半小时内解决干净了,大家在茶水间遇到南枝,或者与她对上视线,都会下意识闪避。

南枝一直表现得很自然,倒是他们惴惴不安地主动请她喝奶茶,又说起那些在论坛上乱发帖子的人得多闲,来挽救这一段岌岌可危的同事情。

中午吃饭时,南枝和林又夏坐在一起。林又夏对这些人的做派嗤之以鼻,"他们还不是看你从曼蓉姐办公室出来面带微笑,才见风使舵?那个陈伟峰最恶心,当初你一进公司他就追你,你不理他,他转身去追别人,还说你的坏话。今天他绝对没在论坛上少说,你看他现在看到你都跟老鼠见了猫似的躲得飞快,男人做成这样子真是可悲。"

南枝吃得差不多了,开始刷手机。林又夏吃了口甜品才探头过来看她在干什么。南枝看似在乱刷朋友圈,打发时间,但她几乎都是在看客户群体的动向。

"有人给你发消息。"林又夏提醒她。

南枝看了一眼,是傅寒州问她几点下班。南枝今天心情不好,身心疲惫,也不想加班。

"准点5:30。"

"那你下班后来后门。"

南枝心念一动,"你来接我?"

"不行?"

"有些意外。"

"你这话的意思好像我平时对你很差似的。"

倒也不差,只是感觉他应该很忙才对。临到下班的关头,傅寒州还真的来了。南枝鬼鬼祟祟避开同事上了车,"快走,快走。"

男人无语,"我就这么见不得人吗?至于让你吓成这样,看到又怎么样?不能跟我谈恋爱?"

"我……哎,一言难尽。"

傅寒州瞥了她一眼,"今天公司发生什么事了?"

"没什么啊。"

"真没有?"

"没有。"南枝看着车窗外静静发呆。

傅寒州抿唇不语。

等回了别墅,阿姨已经把晚饭做好了。

南枝刚把东西放下,傅寒州就问:"真的没事情跟我说?"

"真没有。"

"所以你被人污蔑,包括被公司上层叫去调查,我没有任何知情权是吗?"

南枝一愣,"你知道这件事?"

"我不该知道?你以为只在你们集团传播了?还是说,如果我不问,你就没打算说?"

南枝不明白他为什么要这么生气,"这件事我已经配合调查了,至于别人怎么说我管不了,我能澄清的都澄清了,你还要我怎么说?"

傅寒州盯着她,突然问道:"所以如果我不问你,你确实不打算说?还是你其实压根儿也没觉得我能替你解决这些事?"

南枝都不知道好好的他为什么又生气了。而且她本来就因为今天的事情心情烦躁。

"可那是我自己的事,我说出来你是能替我解决,但我不想麻烦别人。"

"所以我是别人?"傅寒州将手机一甩,坐在了沙发上。

南枝心里也憋着一口气,起身就要去楼上拿行李。

傅寒州见状一把将人拉了回来,"气性这么大,我说两句你就生气?"

南枝不想理他,力气又没他大,挣扎了半天把自己累得够呛。

傅寒州抱紧她,"别生气了,跟你道歉。"

南枝真的是被气笑了,这男人道歉倒是快,但再有下次他肯定还是这么霸道。

"帮你把电脑也拿回来了,想办公等会儿吃完饭散步后去我书房。"

他那书房大得很,两人办公完全可以互不影响。书房里有整面墙的落地书架,上面的书籍涉及各个领域,南枝都怀疑他压根没看过,只是买回来装门面的。

他总是在霸道地安排她的时间,不过并没有到让南枝反感的地步,等她生气得要亮爪子了,他才会慢悠悠地顺毛。偏她还真的有点吃这套,被拿捏得死死的。

南枝吃完饭后真的被傅寒州带着去花园里溜达。只只亦步亦趋跟在后面,因为走不稳还摔了一跤。南枝伸了个懒腰,发现这资本家的日子确实舒服,还容易击垮人的意志,比如她现在就想躺下来看个电影或者睡觉。

傅寒州拉着她的手,她身上披着薄披肩,傅寒州刚想凑近亲一亲,南枝一闪。

傅寒州蹙眉,"怎么,还不让碰了?"

南枝没好气道:"我昨天没洗头。"

傅寒州道:"我给你洗?"

南枝挑眉,"我怎么不知道你什么时候去学这个了?"

傅寒州找了个长椅坐下,揽着她的腰肢,将她扣在了自己的腿上。

南枝怕人看见,不肯坐,傅寒州道:"帮佣们做完自己的事都走了,现在家里就我们两个人,还有一只猫。"

南枝摸着只只毛茸茸的尾巴,低声道:"干吗对我这么好?"

"我不是说过了,我喜欢宠着你。"

"你不怕我只是图你钱,图你身份,给你添麻烦?也不怕……"不怕我爱上你?

傅寒州轻笑,"你那点所谓的麻烦,在我这儿不值一提。"

大多数时候,傅寒州是沉默而又矜贵的。但并不代表他没有那股势在必得的傲气,与喜欢把所有事情掌握在手中的笃定。江家也好,唐家也罢,都是他能解决的事情。傅寒州也不觉得这是麻烦。至于图钱?

"图钱的话,你可以直接问我要。"

"你不怕我把你卡刷爆?"

"你尽管试试。"

看是她买东西花得快,还是他赚得快。傅寒州是根本不在意的。

……

他挑起她的下巴,亲了亲她的唇角,似乎比起聊天,他更喜欢用这样的方式跟她亲密。

"今晚陪我住主卧?"

"你这话好像多余问,你压根儿也没把我的行李放客房。"

傅寒州捏了捏她的鼻头,"下个月我要出差。"

这是他第一次向南枝交代自己的行程。南枝觉得这没什么好知会她的。但又怕这时候说了他又不高兴，便问了句，"去哪儿？"

"日本，要去一星期。"

南枝点点头，傅寒州搂住她的腰肢，"跟我一起去？"

"我要上班。"

"不是还有年假？"

南枝诧异，"你怎么知道的。"

"想查这个也很简单。"

他甚至可以直接收购万盛，当她的直系大老板，但万盛已经在走下坡路，要调整整个公司架构也是个麻烦事，而他一直都讨厌麻烦。

"不是一直觉得欠我人情吗？陪我去，就一笔勾销。"

"你去谈公事，我去做什么？"

傅寒州勾着她的发丝，他好像格外喜欢把玩她身上的任何一个物件，连耳垂都能玩很久。

"是我没机会陪你，正好你放放假，反正你们公司那些人正在查你，你留下来工作也只会给你一些边角料做，没意义，重大项目你根本参与不了。"

"你倒是把他们看得透透的。"

"所以，还不如跟我去散散心，嗯？"

他一想到出差一星期，楚劲那厮定会趁机来找她，就不放心，根本没办法放她一个人在H市。他知道这样很自私，但他不想去考虑其他。想要的人就抓在手里，又有什么问题。

"回答我。"傅寒州一定要她给个明确的答复。

南枝垂眸，"我考虑一下。"

傅寒州也没想她会一口答应，能考虑已经是最好的回答。

"好。"

只只已经玩起了她披肩上的流苏，肚皮吃得滚圆滚圆，傅寒州用手指将它撇开，它又扑了上来。

"只只妈妈。"傅寒州低声呢喃。

南枝一阵恍惚，"你叫我？"

"嗯。"

他们两个连到底爱不爱对方都不知道,却平白成了一只猫的父母。南枝不想问他是不是喜欢自己,但他肯定是不讨厌她的。但大多数时间,傅寒州这个人让她看不明白。

晚上他有个视频会议,南枝正好也想处理工作上的事。从花园回来后,两人一个在书房开会,一个盘腿坐在小角落的茶几旁处理明天要提交的文档。

汤曼蓉的产期越来越近,派发给她的任务也越来越多。晨会的内容现在都交给她来整理了。

赵禹在另一头请示傅寒州,商会活动的举办地点将会在半个月后进行招标。到时候各大酒店负责人和集团高层应该都会到场。正巧,汤曼蓉也联系了南枝,要她到时候陪自己一起去参加招标会。商会活动展会之类的方案,也是南枝配合企划部一起做的。那岂不是说,自己也许要跟汤曼蓉一起见到傅寒州?

这边傅寒州挂断了电话,见到她一脸若有所思的样子,直接起身。南枝回过神,傅寒州已经把她捞起,让他坐在了他怀里。

"你开完会了?"

"嗯。"傅寒州抱着她,"身体感觉怎么样?"

"没什么问题,就是有点没力气。"

"那早点睡,工作处理完了没有?"

"嗯。"南枝盖上笔记本,事关工作,她觉得没必要让傅寒州知道。

男人将她抱起,朝着卧室走去。

南枝看着他道:"你刚才在我面前开会,不怕我窃取你们傅氏的机密?"

"很显然,那些还构不成机密。"

"你有时候自负得让人讨厌。"南枝嘟囔着。傅寒州已经径自解开领带,"要我帮你脱衣服?"

南枝腾一下站起来,直接躲进浴室并锁上了门。

傅寒州轻笑,要是他没记错,主卧的浴室里可没有任何她的换洗衣物。

南枝还真怕他拿钥匙直接闯进来,好在他并没有那么丧心病狂。

浴室里的水声还在响,傅寒州安静地坐在床上等着南枝。过了好一会儿,浴室的水声停了,傅寒州悠然问道:"怎么还不出来?"

南枝有些尴尬,一时间没回答,过了会儿才打开门探出头,"帮我拿一下家居服可以吗?"

"跟我见外呢?"傅寒州起身,从一旁的行李箱里拿出她的换洗衣物。

南枝诧异他今天居然这么听话,简直不符合他的人设。

傅寒州瞥她一眼就知道她在想什么。傅寒州掀起眼皮,薄唇噙着一抹笑,手将浴室的门微微推开了点,淡定道:"快点出来,等你睡觉。"

南枝砰一声把门关上了。再出来的时候,傅寒州手里拿着吹风机,让她坐过来。南枝也没拒绝,盘腿坐在他的沙发上,卧室里的电视正在播放着综艺节目,她时不时会笑两声。傅寒州突然觉得,家里有这么一个人也不错。她想要什么,他都会满足。

他的手穿梭在她的长发里,温热的风裹挟着香气,南枝感觉到傅寒州在她头顶亲了一下。明明什么亲热的事情都做过了,但他这么做,她还是感觉到了一股难以言喻的缠绵与暧昧。比牵手和拥抱,都令她心动。鬼使神差地,她抬眸望着他,却看到了他眼底的清明。他不带爱意,眼底也没有欢喜,好像只是想去做这件事。

南枝为自己刚才的想法感觉到害怕,她起身来到床上,"头发干了,我先躺下了。"

傅寒州嗯了一声,过了会儿,床铺塌陷,他也上来了。

她突然有很多话想问,但又觉得没必要问。

他的床很大,她第一次睡在主卧,如同自己所想的那样,陌生到让人难以入眠。就连他的呼吸,都让她难受。明明两人一起睡过,甚至在陌生的床上,她都能入睡。可为什么到了他的领地,就这么坐立难安?

这时候,一条手臂突然伸了过来,将她揽到怀里。背靠着温热的怀抱,南枝的手指不自觉地蜷起。

"怎么离这么远?"他的声音在耳畔响起。

南枝突然问道:"傅寒州,你是不是喜欢我?"

—149

她从没问过这样的问题,但她真的有点忍不住了,如果他不喜欢,为什么要做那么多?

"嗯。"

一瞬间,她似乎以为自己听错了,猛地转过头盯着他。空气仿佛都停滞,她听着自己的心跳,随后问道:"你爱我?"

这次他没有回答,眼神如同刚才一样清明。南枝的心突然凉了。也是,他的喜欢,也许只是不讨厌,是男女间的荷尔蒙吸引,但远远无法升级到爱情。可以做情侣之间任何亲密的事,但,也仅此而已了。

"睡吧。"傅寒州突然起身离开。

南枝一愣,她的问题让他厌烦了?

傅寒州穿上拖鞋,"突然想起来还有工作没处理。"他说罢也没看她,直接关上房门走了。

室内只有一盏床头灯亮着,南枝突然觉得很憋屈。她也没指望傅寒州会喜欢自己,只是他态度一直暧昧不清。今晚这样说开了也好。她也不用有什么负担,可以直接拒绝他的亲近。明天,明天她就走。

傅寒州回到了书房,静静地坐着,并没有工作。

爱她吗? 他自己也在怀疑,但应该是不爱的。至于喜欢,经过相处,确确实实有了那么点喜欢。跟她在一起,看她闹点脾气,也能缓解一下工作压力。但也只能给这么多了。

这时候,宋嘉佑打来电话,问他出不出来。

"在哪里?"

傅寒州问道。

宋嘉佑一愣,"我以为你不出来呢。"

"那你问什么?"

"哦,不叫你又觉得怪怪的,我把地址发给你。"

南枝呆坐在床上,看着窗外的月光,突然听到了汽车的引擎声,她一愣,随后起身打开门。

书房里空无一人。

这里的别墅挨得不近,保证了每家每户的私密性,所以是他开车出去了,把她一个人丢在这儿。

南枝抿唇,这算什么事儿?就是这么照顾她的?

南枝回到房间,静默了一会儿,然后去行李箱找出自己的衣服,换好后把被子也叠整齐,拖着行李箱就往外走。

家里果然一个人都没有。

只只跟着她跟跟跄跄跑下来,南枝用拖鞋推它,"别跟着我,我要回家去了,以后——我也不一定来看你了。"

小猫咪哪里懂她在说什么,还以为她在跟它玩,继续往上扑。

南枝蹲下身,又揍了它一把,"再见。"

她打开门,夜里的风还是很冷的,外头的路灯下,黑影如同无边无际的隧道。但南枝知道,这里是治安最好的一片区域,根本不可能有危险。纵然她被江澈吓过,有了点心理阴影,但不是不能克服。

她将只只推回去,然后彻底关上了别墅的大门。

还能听到一点猫叫声,南枝忍着心里的酸涩,深吸一口气,拉着行李箱往前走去。

寂静的夜里,只有她行李箱轮子在路面上发出的声音。有车灯偶尔亮起,南枝只是微微偏头,没让那刺眼的强光照到眼睛。

一个女人孤身一人在路上走,还是有点莫名的可怜。

傅寒州到了宋嘉佑他们所在的地方,直接坐到了宋嘉佑他们给他留的位置上。

"我以为你不会出来。"陆星辞纳闷,"该不会被妹妹赶出来了吧?"

"她休息了。"傅寒州淡淡道。

正说着,又上来一人,正是赵家小子,跟他住在一个别墅区。

"寒州哥你在这儿呢,南枝是不是跟你回去了?"

傅寒州身边有了什么人,消息传得倒是快。他也跟着宋嘉佑他们去了医院凑热闹,晚上就看到她一个人在别墅区走,又怕多管闲事,所以没过去搭话。没想到在这儿能见到傅寒州。

傅寒州一愣,蹙眉道:"怎么这么问?"

"我看到她拉着行李箱一个人在往外走,估计得走一个小时才能到门口。"他说完,让旁边的人帮忙点个火,要抽根烟。

傅寒州问道:"什么时候?"

"就刚刚啊,我开车过来也得半小时,估摸着快到门口了。"

傅寒州不信,打了电话过去。结果南枝直接把电话挂了。

"寒州哥,怎么了这是?你们吵架了?"宋嘉佑还在火上浇油。

傅寒州冷着脸,质问道:"你看到她一个人还让她继续走?你不会把她带到这儿来?"

男人刚坐下,被傅寒州这么一问,吓得赶紧解释:"我,我以为是她得罪了你。"

傅寒州气笑了,直接起身离开。

"寒州哥!"男人有点欲哭无泪,看向陆星辞,"哥,我做错了?"

陆星辞喷了一声,"傅寒州是那种大半夜把女人赶出去的人?何况是他千辛万苦带回去的。"长点脑子吧。他要是会把人赶出去,何必把人带回去?

南枝已经把傅寒州的手机号拉黑了。说不出为什么要这么做,但心里头就是不舒服,而且自尊也过不去。他在自己问了那句话之后直接把她一个人丢下就走,什么意思?那是他的地盘,她没脸留下来。至于他为什么给自己打电话,南枝不想深究。

在别墅区门口等了会儿,门口保安那鄙夷探究的眼神足够让她再也不回头。

傅寒州打了20多个电话都没打通,他就知道自己被她拉黑了,简直莫名其妙,她大半夜又闹什么?

傅寒州没继续打电话,直接联系了赵禹。

"傅总,有什么指示。"

赵禹那边听起来很空旷,还有男人的惨叫声,估计还在对付那个酒保。

"调出别墅区的监控,让他们看看南枝走了没有,上了哪辆车。"

赵禹一愣,"什么?"

"需要我重复第二遍?"

当傅寒州的助理,最重要的一条就是不要让他把话说第二遍,不然就自己滚蛋。

赵禹立刻道:"我马上去查。"

赵禹很快打了回来:"傅总,南枝小姐五分钟之前已经打到了快车,定位到了自家小区。"

傅寒州挂断电话,直接掉头。

南枝坐在车上,看着外头的景物在倒退,心里发沉,一点一点地将傅寒州否定,再将两个人所有的回忆也否定。没什么可回忆的,只不过就是错误的开始。

"姑娘,心情不好?"司机从后视镜看着南枝,见她一个女孩子在别墅区门口等车,心里也对她的身份略有猜测。

南枝扭过头,"没有。"

"哎,这个地方啊,去的人多,能留下的没几个,还是脚踏实地的好。"

司机的话意有所指,南枝嘴角闪过轻笑,她没多解释,解释也没意义。只要她跟傅寒州在一起一天,这种揣测就不会少。及时抽身,是她现在唯一能做的。

司机见她没什么交流的欲望,也闭上了嘴。

等离开富人区,回到熟悉的街道,南枝才全身心放松了下来。

到了铂悦府门口,她将行李箱从车上拿下来,小区门口的保安笑着跟她打招呼:"南小姐出去旅行回来啦。"

去露营那天,宋栩栩来接她,正巧跟保安说了两句话,所以保安以为她是出去旅游了。

"是啊。"

"需要我帮你吗?"

"不用,就这么一个行李箱。"

南枝笑着跟他道别,拉着行李箱往自己家走去。等快到楼下的时候,黑暗中突然一道强光打来。南枝用手挡住脸,就看到傅寒州气势汹汹地打开车门下来。长腿一步步朝她迈来的时候,还带着怒气。

南枝盯着他,眼睛一眨不眨。

"为什么离开?为什么不接电话?你在闹什么?"傅寒州上来劈头盖脸就问。

南枝别开视线,突然,一点儿倾诉欲都没有了。

"不想待了,就走了。"

傅寒州盯着她,"你在生气?因为我突然出去?"

南枝轻笑,这样的原因被他轻描淡写地说出来,好像还成了她无理取闹了。事实上,难道不是他无缘无故走人的吗?哦,也不是无缘无故,还是有原因的,因为她问了一句,他是不是爱她。她逾越了雷池,所以他走了!这样的羞辱还不够吗?为什么还要让她当作若无其事地继续待在那儿,陪他玩所谓的成年人游戏?她不想玩了还不行?

"你笑什么?"傅寒州有点生气,"跟我回去。"

"不用了,我想回家,并且我已经站在我自己家楼下了。我也没什么话跟傅总您说,您爱怎么想都可以,我不仅乱发脾气,我还矫情,这都是明摆着的,您还是换个更听话的吧。"

南枝说完,拉着行李箱就要往前走,却在下一瞬被男人抓住。"把话说清楚,我哪里做错了,刚才是宋嘉佑他们找我,我去去就会回来,不是把你一个人丢在那儿。"

"是怎么样都无所谓,最终结果不会改变,我不想跟您继续玩下去了,不行吗?"

傅寒州将她拽到怀里,"玩?你觉得我这段时间,是在跟你玩?就因为我今晚没回答你的问题?南枝你坦诚点,是不是你自己爱上了我,所以无法忍受我对你一丁点的冷落?难道我这段时间对你还不够好?男朋友能做的,我做得少了?"

"你见过哪一对情侣在一起,却并不爱对方的?既然你并不爱我,那为什么非要和我在一起?做人留一线,看在彼此还算快乐的份上,咱们好聚好散不行吗?"

傅寒州死死盯着她,"这是你的选择?"

"对,既然是我提出来的,也该由我结束。"

"所以从头到尾,我没有一丁点拒绝的权力?"傅寒州的语气也变得生硬,不,应该说,一开始就并不算好。加上被南枝一刺激,傅寒州现在只想掐死这个白眼狼。

南枝冷笑,"你当然可以拒绝,你明明清楚你所要的都得到了,不是吗?只是时间长短罢了。"

"你这么想的?"

"是,不然你还希望我怎么想?"

南枝一边深呼吸,一边将自己的手从傅寒州手中掰出来,"我留在你那儿的东西,你可以都处理了,你的东西你在这儿等着,我都给你拿下来。"

"我再给你最后一次机会。"傅寒州幽幽地看着她。

"不用了,你也知道我处理男女关系向来干脆。"

因为她从来也靠不起任何人,痛苦的时候,也永远只有她自己,从不奢望有人陪她一起淋雨。

南枝这次成功从他身边走开,他没有再挽留。

"那些东西,你直接丢了吧。"他也不要了。

"好。"

南枝挺直脊背进了电梯。回到家,她看着才离开一天的家,缓缓蹲下了身子。眼睛瞬间模糊,她微微仰头把泪意压下,不过就是个男人,没了就没了。

她将行李箱塞到一旁,将傅寒州用过的拖鞋,还有他那个小箱子都推了出来,却在准备丢的时候,闭了闭眼重新塞进了角落里。放着吧,她今天也着实没精力处理了。她才不想傅寒州,以后也不会再想!结束了,难受不过两三天,也终究会习惯的。反正,不值得。

南枝隔天去上班的时候,林又夏还挺诧异,"你这就销假回来了?"

"当然,总不能让你一个人忙活那么多事。"

林又夏道:"那也不至于这么着急,你真的没事?"

"没事。"

林又夏放心了,又悄悄看向四周,"傅总早上送你来的?"

南枝翻文件的手一顿,"我跟他没关系了,以后别提了。"

林又夏吃惊,想问又闭上了嘴巴,拍了拍她的肩膀,"那咱们就不提,男人多的是。"

不过起点这么高,接下去的对象可不好找啊。要找个比傅寒州条件好的,不是她长他人志气灭自己威风,南枝要是千金大小姐或许可以,可偏偏就是个普通人。

汤曼蓉那边又找南枝谈话,"你还好吧?"
"已经没事了。"
"半个月后的商会活动招标,我打算带你去,你好好表现。"
"集团不怀疑我了吗?"
"这件事还在查,但我力保不是你,放心吧。"
"谢谢曼蓉姐。"
"不客气,我们是自己人。"

快下班的时候,南枝才从工作里解放,蒋哲来了电话,说是要请她跟林又夏吃饭,包厢都订好了。蒋哲算是她们两个的大客户,这个面子不能不给,何况人家都订好了包厢。所以一下班,南枝就带着林又夏去了约定的地方。

不过没想到蒋哲这边叫了不少人。南枝一进去,大家还都齐刷刷站起来了。南枝跟林又夏有点受宠若惊。

蒋哲亲自给她们倒酒,"效果图我都看到了,比我预期的要好,选择你们还真是没错。"

"蒋少客气了,既然您把业务给我们做,那我们必定是要做到尽善尽美的。不过我刚出院,今天不适合喝酒。"南枝这也不是场面话,她确实是刚出院,胃部受不了刺激。

大家也都没难为她,干脆一起喝饮料。

"我刚才看到辞哥跟寒州哥来了,咱们去打个招呼吧。"刚从厕所回来的简思娜道。

蒋哲笑道:"那不如咱们一起去吧。"

说罢,蒋哲看向了南枝,南枝手一紧,不知道是不是她多想,南枝总觉得蒋哲这话,就是对自己说的。

她可不想上去面对傅寒州,直接摆手道:"那蒋少你们先去吧,我们在这儿等你们。"

大家也都是人精,瞧着南枝这不想去的样子,心想这是怎么了。不过也没人敢硬拉她一块儿去。

等人一走,林又夏嘟囔道:"我怎么觉得,他们是冲着傅总来的?他们还不知道你跟傅总掰了吧?"

"显而易见,咱们哪里请得动他们?"没傅寒州三个字,南枝跟林又夏就算挤破头,也不可能跟这群人一块儿吃饭,也不会等到他们把业务送上门。

这让南枝觉得欠了傅寒州更多,可她从来也没要求过傅寒州替自己做这些。

楼上,陆星辞刚点完菜,蒋哲他们就来了。

"哟,你们也在这儿呢。"

"是啊,我们在楼下,辞哥寒州哥要不要去我们那儿坐坐?我正好请南枝吃饭,谢谢她把我们公司的业务办好了。"

陆星辞给他使眼色,蒋哲还没明白他的意思,话已经说出口了。

只见傅寒州掀起眼皮,将手机丢在桌上,"轮到你做我的主了?"

蒋哲一愣,"啊?"

"你也说了她做的是你公司的业务,跟我有什么关系?我去当陪客?"

蒋哲看向陆星辞,陆星辞示意他赶紧滚蛋。蒋哲回过味儿来,怕是撞枪口上了。

"寒州哥说得对,那我先下去了,等会儿上来给你赔罪。"

其他人面面相觑,也赶紧退了出去。

陆星辞喷了一声,"你至不至于?吃枪药了?"

傅寒州没理他。

"女人是要哄的。"

"我没哄?她自己说算了。"傅寒州抽了根烟。

"蒋哲他们也不知道,你刚才那态度,回去他们给她脸色看,你舍得?"

傅寒州轻笑,"反正对她好她也不领情。"

陆星辞听这意思,那就是还舍不得呢,喷了一声道:"死鸭子嘴硬。"

另一边,蒋哲一群人再回包厢的时候,南枝和林又夏明显感觉到了差别对待。这群人几乎把她们两个晾在一边,南枝跟林又夏心里门清,寻思着找个机会告辞。

"南小姐,这杯我敬你,你不会这个面子都不给吧?"简思娜倒了杯酒递过去。

南枝笑而不语,没动弹。

蒋哲清了清嗓子道:"你喝糊涂啦,南枝刚出院,不能喝酒,你想喝等会儿我请你。"

"我自己喝不起吗,干什么要你请?你几百万的单子给人家做,人家一杯酒都不喝,我看你才是冤大头。"简思娜无语。

林又夏想出头,南枝起身接过酒一饮而尽。

"那我这杯呢?"

南枝只觉得胃里跟火灼烧一样,接过酒继续喝。

蒋哲见他们一个个跃跃欲试的,心里暗道不妙,然而南枝还真的跟这帮人杠上了,只要有人提,她就喝。

南枝压下胃里的不适感,扬起笑脸道:"我喝也喝了,简小姐那杯呢?"

林又夏急红了眼,"你这刚出院,别喝了。"

"你才别喝,人家冲谁来的,你看不出来吗?记得到时候帮我叫车!"南枝倔劲儿上来了,今天不把这帮人喝趴下,她还真的就不走了。

当初又不是她求着傅寒州给自己拉业务,有些人还不是合作关系呢,竟然全都来跟自己过去。她做错了什么?因为不愿意跟傅寒州在一起了?还是说,他们有钱就高人一等,她活该被人折腾?对不起,在她南枝这里就没这个说法。

这群人直接对进来的服务员道:"再来几瓶酒。"然而,服务员后头跟进来的人,让所有人脸色一变。

"寒州哥,辞哥。"大家齐刷刷站了起来,面面相觑。

简思娜吓了一跳,随后笑道:"辞哥你们怎么下来了?快安排两个位置。"

陆星辞也没拒绝,看这架势也知道发生了什么事。

傅寒州这次的目光,倒是落在了南枝身上。只见她还在喝酒,一杯下了肚之后,也没看他,直接对着其他人说:"继续啊,再来几瓶都奉陪。"

陆星辞蹙眉，看着桌上已经空掉的酒瓶，"喝酒不叫我们？"

熟悉陆星辞的人都知道，这是他动怒的前兆。

"辞哥，这你可冤枉我们了，这不是怕耽误你跟寒州哥说事吗。"

陆星辞冷笑，"我看你们主意大得很，还用得着我冤枉你们？"

全场唯一还在动作的人，估计就只有南枝了。只见她又喝了一杯，然后看着他们道："不喝了诸位？不喝的话，那我就先走了，谢谢你们的款待。"

她说罢，拿起包，对着林又夏道："走吧。"

原本她今晚想站着走出去是不可能的，可现在没人敢拦着。

傅寒州瞧着她朝着自己走来，然后和他擦肩而过。下一瞬，他的手已经伸了过去，"你不知道自己刚出院？喝什么酒？"

南枝看着挡在自己面前的手，"不劳傅总费心，我挺好的。"南枝仰起头，笑容灿烂，只是眼中的疏离与淡漠，刺得傅寒州心里难受。

南枝继续往前，服务员下意识把门打开。

"谢谢。"她走了两步又回头问道："蒋少，这顿我请了。"

"不，不，我这边直接记账！"蒋哲赶紧道。

南枝也没跟他客气，"那多谢你了。"

说罢，她要走，傅寒州已经直接将她拽了回来。

她脚步踉跄了一下，终究还是带了几分醉意，刚才强撑着不丢人已经很难受，被傅寒州这么一拽，差点吐出来。但皱起的五官，也已经明显表示出很不舒服了。

"喝了多少？"傅寒州问道。

"傅总，这与你无关。"南枝掀起眼皮，想抽回自己的手，却根本抵不过男人的力气。

众人纷纷倒吸一口凉气。傅寒州是什么脾气，平日里不苟言笑，但真的被惹恼了，那是六亲不认。他们还以为他玩腻了，把人抛弃了。现在看来，完全错了，哪里是傅寒州不要她，分明是她耍脾气呢。他们什么时候见过傅寒州这么低声下气主动关心别人，别人还不领情！

陆星辞也是一脸不爽。南枝对傅寒州是什么样的存在，没人比陆星辞更清楚。

此刻最忐忑的人,除了组局的蒋哲,就是给南枝灌酒最狠的人。

蒋哲忍不住在心里骂娘,本来是想单独请南枝吃饭,以便和傅寒州打关系,结果这帮人听说了就非要跟来看看傅寒州喜欢什么样的。结果被人撺掇的,全部上去送人头。现在他真是要被他们给害死了。

chapter 10
我要定你了

简思娜立刻道:"刚才是我不好,喝上头了,劝了不少酒,南枝你不会跟我生气吧,我跟你赔罪好不好?"

南枝听笑了,直接看着他们道:"你们这是干什么呀,我只是个行政部的小职员,跟傅总一点关系都没有,你们跟我喝酒是给我脸面,跟我说什么赔罪呢。"

傅寒州的脸色也没好看到哪儿去,刚才若是还在疑虑,现在就没有不清楚的地方了。他掀起眼皮盯着他们看了一圈,吐出一个字,"滚。"

结果南枝一把抽出自己的手,头也没回地从他身边离开了。

傅寒州这次没去拉她,瞎子也看得出来两个人只是闹了矛盾,男人跟女人闹矛盾的方法不同。女人越是表现得不在乎,越在乎。而男人哪怕不想跟这个女人继续了,也不会把路走绝。尤其傅寒州也不是个冲动的人。

南枝一直走到外面,才俯身开始吐。

林又夏急道:"我这儿有水,你先喝一口。"

南枝摆手,"叫车吧,我想回家休息。"

"好,好。"林又夏拿起手机准备叫车。前面来了个年轻男人,南枝认识他,是专门给傅寒州开车的司机。

"南小姐,傅总让我送您回去。"

"不用。"

"南小姐,我送您的话更安全一点,而且这个时间点堵车,很难叫到车的。"

林又夏赶紧道:"对啊,我陪你一起回去。"

南枝皱眉,"真的不用。"她不想跟傅寒州有一点儿关系,说罢,自己往前走去。

包厢内,傅寒州看着桌子上摆放着的空酒瓶,额头上的青筋都在跳,"谁先开始的?"

大家都沉默着,有人硬着头皮道:"我,但我真的是想请她喝酒。"

傅寒州冷冷地看着她,"她脑子又没有问题,刚洗了胃跑出来陪你们喝酒?你们是她什么人?你把我当傻子还是你们这帮人都把我当傻子?"

"寒州哥,这局是我组的,我一开始是因为业务想答谢南枝,他们也是过来凑热闹,闹成这样我真的没想到。"蒋哲道。

傅寒州嗤笑,"因为我刚才没下来,所以你们觉得她可以随便欺负?"

大家鸦雀无声,陆星辞也没打圆场,这本来就没什么好说的,明摆着的事情。何况大家也不是第一天认识,他们打的什么算盘,谁会不清楚。只是南枝不是个软柿子,傅寒州也没到分开就要逼死人的地步,且他本人也很不屑这样的手段。

傅寒州说完,包厢里一阵安静,简思娜都快哭了。这时司机打过来了电话,傅寒州接起,"喂。"

"傅总,南小姐不上我的车。"

"那就跟着她,再买点解酒药给她。"

"是。"

傅寒州说完,蒋哲第一个道:"寒州哥,是我们不对,我代他们道歉。"

"跟我道什么歉?我是被你们灌酒的人?她一个刚出院的人,你们也下得去手?也别叫我哥,我跟你们不熟。"

傅寒州说完,直接摔门走了。

陆星辞看着大家哀求的眼神,打了个响指,"去拿酒。"

"不是想喝吗,都坐下来好了,喝呀。"

陆星辞先干了一杯。

"辞哥你别这样——"有人来拉他的手,陆星辞直接把手抽走,"少拉拉扯扯的,都坐下啊,不是喝酒吗,让你们喝怎么都不动了?"

陆星辞看着他们这窝囊样就觉得好笑,"欺软怕硬?"

谢礼东推门进来,"怎么了这是?"

陆星辞扭头看他一眼,大家又用眼神哀求谢礼东。

"没什么意思,去楼上吧。"陆星辞纯粹是看这些人做事不地道有点不爽,也不想让谢礼东看傅寒州笑话。要说也奇怪,怎么一沾上这南枝,傅寒州的态度就不一样了,以前他哪里会管这点屁事?

见几人离开,蒋哲对余下众人说:"今日可瞧见了吧?以后都擦亮眼睛,人家那是闹别扭,就咱们当了真。"

晚上的车确实不好打,林又夏一边扶着已经走不稳的南枝,一边打车,着实有些吃力。

傅寒州的司机不敢离开,一直默默跟着保护她们两个。

"枝枝,要不咱们就上车吧?"

南枝摇头道:"我不上他的车,这世上还没车载我了,大不了先去我车里待会儿。"

南枝的胃灼烧得厉害,视线也有点模糊。她腿一软,差点坐下来的时候,一双有力的臂膀将她揽住。抬头,是傅寒州轮廓硬朗的脸。南枝捂着肚子,看着傅寒州。

"你胃难受?我现在带你去医院。"

南枝终于点了点头,小声道:"谢谢。"

傅寒州直接打横抱起南枝朝着车走去,林又夏哒哒哒跟在了后面。她私心当然是希望傅寒州能跟南枝和好。倒不是因为他是H市最有权势的男人,而是她看得出,傅寒州对南枝真心好。江澈以前对南枝也好,可遇上事之后,压根儿没有傅寒州靠谱,而且伤害南枝最严重的也是他。

林又夏莫名有种感觉,若是爱上这么一个人却没有以后,那将会是非常痛苦的一件事。

南枝被放进车里,身子已经蜷缩了起来,傅寒州一直抱着她,"医院很快就到,你忍忍。"

林又夏上了副驾驶,她看了眼后视镜,傅寒州低头注视着南枝,虽然看不清眼里的神色,但那小心的动作中透着珍视。有那么一刻,林又夏甚至觉得,他很爱南枝。

到了医院。医生很严肃地说:"你怎么能拿自己的身体开玩笑呢?你刚洗完胃,一点酒都不应该喝,你还喝了几瓶?没出事算你运气好。"

南枝知道自己错了,也没吭声,乖乖领骂,而且现在人也晕乎乎的。

傅寒州没吭声,不过一直站在旁边护着她,心里倒是把那仇全部记下了。

医生还想说什么,傅寒州道:"开药吧,她已经很不舒服了,差不多得了。"他都舍不得骂,这家伙还没完没了了。

医生闭了嘴,给南枝开了药。林又夏去拿药,傅寒州则抱着她回到车上,司机懂事地去外面抽烟。

"为什么喝那么多?"还是老问题,"你不想喝,完全可以拒绝。"

"我真的可以吗?"南枝抬起头,面带微微的讥讽,"傅总,这个社会一直喊人人平等,可它从不平等。"尤其是那些人里有她的客户,签了合同,她负不起得罪客户的后果。

"有我你当然可以。"

"可我们结束了,就算没结束,我也不会仗着你到处树敌。"

傅寒州没吭声。

南枝又说:"今晚谢谢你。"

"嗯。"傅寒州冷冷应了一句。

两个人没再说话。等林又夏回来了,司机才进来开车。

等回到家的时候,还是傅寒州抱着她上的楼。

林又夏帮忙开了门,又找了拖鞋,傅寒州看到鞋柜里已经没了自己的拖鞋,就没进去。

"傅总,你进来喝杯水吧。"林又夏道。

傅寒州看着南枝,她只留给他一个背影。

"不用,你好好照顾她吧。晚上把门关好。"傅寒州说完,转身就走。

林又夏扶着南枝到了床上,才叹了口气,"你们没打算和好?"

"不是一路人,和好干什么?何况原本也不是因为互相喜欢才在一起的。"南枝闭上了眼睛,"好累。"

林又夏也搞不明白他们两个了,明明他们是在乎对方的。

"我帮你擦把脸,你等等再睡。"林又夏放下东西,南枝已经闭上眼睛睡着了。等她收拾好回来,帮南枝卸了妆又换了衣服,才在她旁边凑合睡下。

隔天南枝跟林又夏上班的时候,蒋哲、简思娜等人都来找她们。办公室里的人都往会客室瞧,心想南枝跟林又夏最近这是捅了谁家富贵窝了,这一个个富二代全亲自找上门。

南枝神情淡淡,蒋哲将花递给她,"南枝,昨晚上真是不好意思,您别跟我们计较。"都用上您了。

南枝直接道:"我跟傅总没什么关系,诸位如果是道歉的话,不如去跟傅总直接说,我们并没什么联系。"

没有人会相信她说的话,他们只是觉得南枝这是在唬人呢,没关系傅寒州会那么对他们?而且就算他俩现在掰了,那傅寒州明显是还想继续呢,保不齐哪天俩人就又在一起了,现在把关系弄好,绝对不吃亏。

昨晚上傅寒州就把所有的群都给退了。这是明摆着要绝交了。得罪傅寒州就是得罪傅氏。昨晚上简思娜一回去,就被她哥抓着骂了半小时,今天一大清早就在万盛酒店门口等着南枝来上班。要是得不到南枝的原谅,她回去还得挨骂。

"南枝,真的对不起,你能不能不要生我的气了?"简思娜拉着她的手,态度十分诚恳,"这是我特地为你选的钻石耳钉,特别符合你的气质,我是真心诚意想跟你做朋友的。"

南枝不肯收,简思娜干脆直接放在茶几上,"南枝我不会放弃的,你今天不原谅我,我明天还来。"

南枝有些头大,"诸位,我的工作真的很忙。"

"没关系,你想要业务,我们都能给你。"

"我不是这个意思,如果你们没需要,真的不用硬给我业务。"南枝再三强调,但他们死活就是不肯走,非得让南枝跟他们签约,闹得南枝一个头两个大。

汤曼蓉到公司的时候,正巧看到了简思娜在会议室里拉着南枝说好话。这些人汤曼蓉基本见过,都是有头有脸的二代公子千金,在其他场合碰到,上去打招呼人家都未必瞧你一眼。

汤曼蓉诧异,一旁跟着进来的苏静怡酸溜溜道:"曼蓉姐,你看南枝现在红火得不行,都是上门来抢着跟她签约的,您说南枝攀的到底是哪一枝啊?"

汤曼蓉没吭声。

按理,南枝这个层级的员工顶多能接触到自己公司的高层和合作方的高层。但是南枝现在这种情况显然不对劲,会客室这些人,平常连他们公司的高层都不会放在眼里,现在却都主动给南枝送业务,这就只有一种解释,他们是想通过南枝巴结她身后的男人。汤曼蓉鬼使神差地就想起了傅寒州。

南枝现在拉业务,不管是用什么办法,只要不触及汤曼蓉自身利益,她都是默许的。因为她要在离开前,给公司领导提交一份完美的答卷,而南枝很显然促成了此事。至于她后头的男人,如果是傅寒州,汤曼蓉简直是求之不得。

不过,汤曼蓉心里也对南枝起了疑心,她对南枝好的前提,是南枝可以被她掌控。如果不能,那么,她就要重新考虑人选了。

她有那么大一个靠山,别说想坐上她的位置,就是成为她的上司又是什么难事?汤曼蓉觉得心里挺不是滋味的。

南枝还在推拒,蒋哲也怕把她惹恼了,就提议先走,不打扰南枝工作,简思娜只好一块走了。

回到工位上,林又夏打了个哈欠,"总算把他们给送走了,这群人要是再来两次,我恐怕会英年早逝,你看看我法令纹是不是都深了?"

南枝瞥了她一眼,震惊道:"可不是?还多了两道泪沟。"

吓得林又夏赶紧掏出镜子,"不是吧不是吧!"

待她看清楚压根没有之后,才翻了个白眼,"你也太坏了。"

南枝打开文档,"下次你别跟着过去了,只要咱们口径一致,他们也来不了几次。"都是习惯了被人追捧的,被拒绝上几次就会觉得脸上挂不住而自动放弃。

然而南枝想得还是太简单了。这群人要是想把钱送到她口袋里,那办法可多的是。

简思娜一出万盛的门就开始抱怨了:"这下怎么办,她软硬不吃啊!就没见过这么难搞的,寒州哥怎么会喜欢她呢?"

"你还敢抱怨?"蒋哲冷声道。要不是她非要带头跟南枝过不去,这些家伙又一个个的跟风,自己用得着放着一堆正经事不干跑来求情吗?

"我这不也是为大家着急吗。"

"祸从口出,你兜着点吧你。"蒋哲点了根烟。

"那怎么办,咱们就不管这事了?"

"真不管了,寒州哥那边的关系你也不要了?"

蒋哲想了个主意:"联系她上层领导,指定让她负责。"

汤曼蓉这边刚坐下没多久,就接到了顶头上司高副总的电话。等听完高副总的话,她打了内线叫南枝进来。

南枝很快就来了,汤曼蓉看着面前年轻的女孩,上天给了她得天独厚的容貌,都说美人在骨不在皮,她就连仪态都是挑不出错的。若不论出身,她站在傅寒州身边,倒是郎才女貌。但真的是傅寒州吗?

"曼蓉姐找我来是?"南枝问道。

汤曼蓉回过神,"刚才高副总给我来电话了,有好几个客户要在咱们酒店办展会,并且点名要你负责,你能跟我说说是怎么一回事吗?"

南枝微微蹙眉,没想到这群人这么难缠,只能解释道:"曼蓉姐,这个事还得从昨晚上说起,之前蒋少的公司要在咱们这儿办发布会,还签署了年会合同,所以昨晚上蒋少请我跟又夏去酒局,我这不是刚出院,喝了两杯闹了胃疼,所以就去看医生了。估计他们是因为心里过意不去,所以才给我送业务吧。"

汤曼蓉心里一沉,有些不虞,"你知道那是多大的业务吗?算起来有近千万,你个人提成也能在这儿再买一套房了。"就因为让她一个谈业务的小职员喝了两杯酒进了医院,就能让这些二代花这么大一笔钱?这是把她当傻子吗?

南枝也没想到这帮人这么疯,登时哑口无言,"我,曼蓉姐我真的不知道,如果公司觉得我个人有……"

汤曼蓉抬手,"既然业务找上门,有钱是不可能不赚的。你能接到业务是你自己的本事,高副总和我都很看好你。如果有什么需要我帮忙的,你尽管说。"

南枝点点头,"谢谢曼蓉姐。"

"那你出去吧,明天记得打扮得漂亮点儿,你这么年轻,选些粉嫩的颜色也好。"

"好的。"

从汤曼蓉办公室里出来,苏静怡就打听道:"南枝呀,曼蓉姐找你什么事?"

"没什么。"她回到工位。

苏静怡撇撇嘴,肯定背地里搞什么小动作呢,自己还真是小看她了。

南枝现在哪有工夫应付她,满脑子都是蒋哲这群人到底想做什么。她左思右想,还是联系了一下蒋哲。那边接电话很快。南枝语气诚恳:"蒋少,我没生你们的气,你们既然道过歉了,我这边也接受,其他真的不需要了,现在这样我会很困扰,而且闹到我领导那儿,我也很为难。我只是个小员工,你也是当老板的,应该知道我这样很容易得罪上级。"这种越权行为,只会给她树敌。

蒋哲有点诧异,谁敢给傅寒州的人气受?

"你千万别这么想,我们是真心来跟你做生意的,何况你接我公司的业务做得那么好,我给朋友安利一下也是正常的。你别觉得咱们都是为了求情来的,你要是做不好,我们还是会提意见。

"南枝,咱们也算朋友,我们的公司虽然算不上多大,但在H市也是有头有脸的,你们酒店要是没这个能力来承办,我们也不会找你,所以你不用想太多,即使不是找你们办,我们也会找别的酒店,不可能自己办是不是?"

南枝哪里说得过他,"那只此一回,下次可千万别一起来了。"

"行!"

挂了电话,林又夏问道:"怎么样,他们还要订?"

"都已经订好了,上头下达的命令,接下来有的忙了。"

"真不知道是该说他们活该还是说他们什么。"林又夏当然知道这是为什么,但也不太好直接吐槽。

被他们这么一搅和,南枝又忍不住想起了傅寒州,心里有种难言的情愫。哪怕当初知道江澈出轨的那一刻,她也没现在这样的感觉。南枝有些茫然。

今天下班早,南枝接到了姑姑的电话。"枝枝啊,谢谢你啊,你杨叔叔说是傅氏集团帮的忙,现在公司危机解除了,还能大赚一笔。你这孩子,怎么都不说呢?"

南枝整个人如遭雷击,"你说谁帮忙,傅氏?"

"是啊,你怎么这么惊讶,不是你中间牵的线吗?"南思慧奇怪。

"是谁告诉杨叔叔的,傅寒州?"

南思慧道:"是傅总的特助,说是知道了我们家的情况,帮忙处理了那一批建材,说他们正好需要。我跟你杨叔叔都知道,我们公司规模小,傅氏那样的集团哪里会真的需要我们那批货,估计是看人情面子呢。怎么,看你这意思,你也不清楚啊?"

南枝当然不知道,她要是知道怎么可能同意,肯定不允许傅寒州这么做啊。

南思慧以为自己说错话了,"傅总不是你的朋友吗?"

"我是认识他,他应该是为了帮我们才这么做的,姑姑你别操心了,我自己找他说就行。"

"哦,我以为是出了什么事呢。你可一定要好好谢谢傅总啊。"

南枝回到家,换了床单,又把家里重新打扫了一遍,前前后后忙了半天才瘫倒在沙发上。她一直在犹豫,该不该联系傅寒州,该怎么说?杨志国公司那笔资金,她一辈子也还不起的。她不想欠他这么多,可如果让他撤资,那姑姑怎么办?

南枝觉得自己头都快炸了,强烈的负罪感席卷而来。她甚至在埋怨自己为什么不能更优秀点,这样也不至于遇到这种事自己无能为力,也不会被这些给压垮。终究是她个人能力不足。她再拼死拼活,也达不到那样的高度。

门铃响起。

南枝一愣,内心第一反应竟然是傅寒州。她想也没想直接快步走到门口将门打开。

楚劲有些意外地看着她,"你看都不看就开门了,万一是坏人怎么办?"

南枝心里有种说不出的失落,别开视线道:"怎么来也不提前说一声?"

楚劲也觉得这样有点唐突,挠了挠头,"我炖了点汤,寻思着你下班也许比较迟,现在来估计刚好。"

南枝拿了一次性拖鞋给他,这是上次傅寒州抱怨后,她准备的。结果想穿的人估计以后也穿不上了。

南枝接过他手里的保温饭盒,"你还真得给我熬汤啦?"她诧异。

楚劲放下单肩包,今日他倒是没穿黑衣服,而是穿了件白衬衫,看起来阳光干净。闻言他笑了笑,"嗯,跟我妈学的,你喝一口看看,或者明天早上热一热喝。"

南枝去了厨房,楚劲忍不住打量她的家,温馨又精致。看得出她很喜欢暖色调的东西,倒是跟平日里的穿衣风格不一样。

楚劲道:"你喜欢这种装修风格啊。"

"嗯,怎么,不像吗?"

楚劲道:"我原本以为你家也跟你的衣服一样,只有黑白灰,看来你还是有少女心的。"

南枝喝汤的手一顿,莫名想起了傅寒州的家。她说:"我讨厌那样的装修,冷冰冰的没人情味儿。"

楚劲记下了,他以后就把家装成这样。

"今晚你忙吗?"

南枝摇摇头,"今天不想加班,没心情。"

楚劲想了想,"那我们出去逛逛?或者我带你打游戏?"

南枝琢磨了下,"那打游戏吧。"

"行。"楚劲眉开眼笑。

他当然想问傅寒州有没有联系她,但是在这个节骨眼提起另一个男人,那不纯傻子吗,他才没这么二。

楼下的保镖们可有点急了。

"上去快10分钟了还没走,不会不走了吧?"

"你说傅总想找女人,什么样的找不到?真看不出这个有什么好。"

"先别说这个,现在傅总这么在意,要是这人真给傅总戴了绿帽子,明天起咱们也别干了,还是先通知傅总吧。"

而此刻的傅氏总裁办,灯火通明,电话不断。

傅寒州松了松领带,面带不悦,训斥了一批人后盯着窗外不知在想什么。接到电话的时候,才眉心微松。

"说。"

"傅总,南小姐家来了个二十出头的男人。"

傅寒州坐正,"是不是长得还可以?"

"是的。"

楚劲,这家伙动作够快的。

"知道了。"傅寒州挂断了电话。

赵禹正好拿文件进来,看到傅寒州这样子,屏住了呼吸,"傅总,这个季度的报表。"

傅寒州没反应,赵禹寻思着要不要现在走人,免得惹这位大爷不高兴。

"赵禹。"

"傅总。"

"如果想要的东西不在手上了,该怎么做?"

赵禹心里一忖,便知道这是说南枝呢。赵禹眼珠子转了转,直接道:"那就夺过来,咱们傅氏做生意向来都是这样,不论是什么,都得竞争不是吗?既然是竞争,那就各凭本事。"

他尽量把话说得委婉,何况赵禹本就是这么认为的。男人本来就是狩猎动物,主动出击是本性,连动物都知道靠决斗来吸引雌性的注意,胜者为王。若被动地等待,那就增加了失去猎物的可能性,毕竟这丛林里还有其他的雄性。

傅寒州看了他一眼,眼底难得有了点愉悦。

赵禹察觉到自己说对了,心里松了口气。

楚劲正带着南枝在游戏里厮杀,突然领导一个电话打过来,让他措手不及。

"你快接吧。"正好附近的怪兽都被杀了,也不着急进下一个地图。

楚劲寻思着他一个实习生大半夜能有什么事,等接了电话才知道居然大半夜要开会,说游戏程序有Bug。

楚劲纳闷,"那要我现在赶过去吗?"

"对,立刻。"

楚劲叹气,挂了电话,南枝已经明白了,本来天色也不早了,他老待在她这儿也不合适。

"工作要紧,快去吧,到了公司跟我说一声。"

"好,也不知道今天怎么了,明明不忙的。"楚劲嘟囔了一句,也没想太多,到了门口就不让南枝送了,"我又不是小朋友,你回去睡吧。"

"行,那你路上小心。"

楚劲朝她摆摆手,看着她关上门才摁了电梯。

楼下的保镖看见楚劲走了,才给傅寒州回电话。

翌日,南枝打扮一新,进入办公室的时候,所有人都眼前一亮。本来就漂亮的人再用心拾掇一下,只能用挪不开视线来形容。

苏静怡酸溜溜道:"南枝今天够漂亮的呀,去相亲呀?"

南枝笑了笑,"不是,曼蓉姐的意思,今天有大商会要去。"

苏静怡心里犯嘀咕,怎么又是她陪着去,曼蓉姐是压根儿没把自己的话放在心上。什么好便宜都给南枝捡走了,自己又不敢撕破脸,生怕南枝当了领导后会给自己穿小鞋。

汤曼蓉过来的时候也看到了南枝,满意地点了下头,让她稍后跟自己一块儿走。一整个上午南枝都在忙着梳理记忆各种资料,等到达目的地的时候,才发现财务部有几个人也过来了,何明轩还热情地跟她打了招呼。

一行人往里走,领了出入证就进入会场,已经有不少人三三两两聚集在一起聊天了,大家互相认识就得花不少工夫。南枝亮眼的外形很拿得出手,也有不少人过来攀谈。

"这次商会活动,上头还是比较看重的,其实主要还是看傅氏的意见。"

傅氏是H市龙头企业,他们的选择至关重要,尤其是这次跟傅氏交好的陆氏、宋家都有参与,他们也都很有实力。反倒是万盛,因为上次文件泄露,很可能就是走个过场。

南枝竖起耳朵听着,汤曼蓉怀着孕,精力有限,在遇到以前的大客户时,南枝还得轻声在她耳边提醒一句。

汤曼蓉看了她一眼,心里惋惜,这姑娘要是心思都放在她这儿,别去走那些歪门邪道,她一定会扶持她上位,可现在总感觉她防着自己。

南枝不知道汤曼蓉心里怎么想的,她就是在尽自己的职责。

"傅总来了。"

南枝突然回神,朝着门口看去,方才还觥筹交错的会场瞬间安静下来,所有人都注视着入口处进来的一行人。

傅寒州身穿定制的西装,长身玉立,对这样的场面已经是司空见惯,微微颔首后,目光在场上转了一圈,仿佛并没有看到南枝一般,朝着最前头的位置走过去。他身后跟着陆星辞一班人,都是跺跺脚就能在H市翻云覆雨的人物。

南枝垂眸,没有再看他,也忽略了一旁汤曼蓉若有所思的目光。

"傅寒州很有魅力,我要是再年轻几岁,如果能跟他有露水情缘,都不算亏。"

南枝一愣,扭过头看汤曼蓉。汤曼蓉看着她脸上的错愕表情,拍了拍她的肩膀,"觉得我的话很奇怪?"

"没有。"

汤曼蓉看着何明轩他们也走了过来,直接对南枝道:"马上要开始了,做准备吧。"

"是,曼蓉姐。"

跟傅寒州不同,像他们这样的老企业,座位基本会被安排在中间位置。南枝坐在最角落里,看着前面傅寒州的背影。有时候她挺恍惚的,觉得就像是大梦一场。在私底下,她甚至跟他吵架发脾气,可到了工作场所,她是常人眼中根本不可能碰触到傅寒州的那一类人。

何明轩坐在她边上,今天能来他还是很开心的,"南枝,我买了两张音乐会的门票,要不要一起?"

南枝扭头看着他,"不用了,我对音乐——不了解。"

何明轩没看出她眼底的晦暗,倒是有些失落,"这样啊,之前我看有交响乐团入住的时候,你跟那个大提琴手相谈甚欢,还以为你喜欢古典音乐。"

南枝有些诧异,"这好像是很早之前的事了吧?"

何明轩脸红,意有所指,"是啊,我一直有关注你嘛。"

南枝有些尴尬。

"你的小宝贝正在被人撩呢。"陆星辞讨人厌的音调响起,傅寒州回头看了一眼,就看到何明轩那傻子跟南枝坐在一块儿。

他并没有当回事,"她看不上他。"

陆星辞当然也没怀疑,都跟过傅寒州了,若是还能看上那个男人,那不是失心疯!

说话间,台上的主持人已经说完了话,并邀请傅寒州上台。

全场一暗,聚光灯打在他身上,为他镀上了一层光。

南枝的视线不由自主地跟随着他,高大的男人身姿挺拔,在一众已经步入中年身材走样的商人里,他的外形格外突出。在台上的时候,他语气沉稳,声线磁性,尤其是戴着眼镜,身上有一种睿智与锋芒并存的男性魅力。

身后已经有人在窃窃私语,跟着摄影师在旁边拍照。

"好帅啊。"

"我以为报纸上已经够好看了,没想到本人更帅,真的是我的'天菜',我当初怎么没去傅氏应聘,哪怕给他当个小助理我也愿意。"

"傅氏哪是那么好进的,能看一眼也是好的,他声音好听得我耳朵都麻了。"

"你说什么样的女的能配得上他呀?这不得门当户对的大家闺秀呀。"

何明轩也在旁边赞叹,"南枝,你觉得傅总帅吗?说起来他跟你那表哥,乍一看还有点像。"

南枝心里一咯噔,"像什么,怎么可能。"

"也是,你们也不会有交集。"何明轩感慨。

南枝觉得差点心肌梗死,她又不能当听不到,恰好场上响起掌声,南枝看到女主持人给傅寒州送了花,两人站在一起,当真是赏心悦目。

"那是咱们这儿最火的美女主播。"何明轩继续科普。

南枝却不想听了。

"哎,等会儿晚上有晚宴,估计上头还得开会,你今晚跟谁一起?"

"我跟企划部分在一起了。"除了中下层领导是单独房间,像他们这样的小员工基本都是双人标间。

"那我晚上来找你吧。"

南枝摇摇头,"我得跟着曼蓉姐,你忙去吧。"何明轩什么意思她也知道,就是不想有下文罢了。

听到她拒绝,何明轩也没气馁,"好,那等你有空的时候再说。"知道她今天肯定也是要忙工作的。

南枝刚跟他说完,就觉得有一道视线盯着自己,等她回过头时,却什么也没看到。

傅寒州回到位置上,陆星辞准备上台,抽空道:"那女主持人可跟我要你电话号码了。"

"你烦不烦?"

"不打算换个口味?"

"你口味多,想要的还不是得不到。"

陆星辞心想:妈的,就不该跟傅寒州这厮说话!

待陆星辞上台,傅寒州对后面的赵禹道:"去找南枝的上司,剩下的你知道该怎么做。"

赵禹想了想,"明白,傅总放心。"

赵禹很快就拿到了汤曼蓉的联系方式,并且主动加了她微信。

正在积极想办法走门路的汤曼蓉收到赵禹的好友请求时,第一反应不是喜从天降,而是果然如此。南枝果然跟傅寒州不清不楚。

大会开了差不多3个小时,等结束的时候,已经到晚宴举行的时间。大家都站在后面,让傅寒州一行人先离开,南枝本想跟着汤曼蓉,看她有没有其他需要。

汤曼蓉看着她,笑得意味深长,"你先回房间吧,等会儿有需要我叫你,或者你先去晚宴也可以。"

南枝没什么胃口,而且想到去了晚宴估计又要碰到傅寒州,便说回房间去。

汤曼蓉等南枝走后,看着她的背影出了片刻神,转身去了二楼的咖啡厅,赵禹已经在那儿等着她了。

跟南枝一起回房间的是企划部的琳娜。

"天呐,这一场下来我都要瘦三斤,不过刚好可以穿下我新买的小礼服。"琳娜说着,从行李箱里拿出了新衣服,当着南枝的面就换上了。

"你脸红什么?你身材这么好,我羡慕都来不及了,今晚你穿什么?"

南枝本来也准备了一条礼服裙,现在倒是没什么兴致换了。

—175

"我再看吧,还要等曼蓉姐叫我。"

"那可不好等哦,还不如跟我一起下去拓展一下人脉,像这样的场合,说什么商业战略、未来方向都是虚的,结交人脉才是主要目的。"琳娜对着镜子戴上耳环,又涂了个口红。

"你真的不去啊?"

南枝喝了口水,"如果去的话,到时候去找你。"

"那行,我先下去了。"琳娜穿好高跟鞋,摇曳生姿地出了门。

南枝在床上玩了会儿手机,本来打算起来工作,没想到汤曼蓉竟然给她发了消息,叫她去楼上房间。南枝想也没想,带上自己的电脑,收拾了下头发就出了门。

等到了顶层,南枝才纳闷,以曼蓉姐的层级,应该住在22层,怎么变成28层了?这一层应该是给各大公司高层领导住的吧。难道高副总也来了?

南枝脚步加快,等走到了指定房间门口,她敲了敲门,里面没有回应。她发现门没关,便轻推开门探进身去喊了一声:"曼蓉姐。"仍然没人回应。南枝推门走进房间,但她留了个心眼,并没有关门,只是站在玄关处又喊了一声:"曼蓉姐?"

总统套房里空无一人,倒是中间的会客区摆了电脑,还有一个黑色的行李箱。

南枝生怕自己走错了房间,刚准备退出去,浴室的门就打开了。男人身下只围了一条浴巾,身上还有水珠,方才在会场上的气势已经完全收敛了起来,看到南枝后未戴眼镜的眉眼里显出了几分惊讶。

南枝看他这反应,立刻把刚才脑子里的怀疑给抹去了,硬着头皮道:"我找错房间了。"她说罢,低下头匆匆往外走。经过他身边的时候速度都加快了不少,生怕傅寒州误会她是故意闯进来的。

然而傅寒州一把将她拉了回来,"怎么上来了?来找我的?"虽是问句,但傅寒州语气中带着笃定。

南枝无语,"我领导让我上来找她,不是来找你的。"

"你领导能住这一层?"

南枝哑然,"我收到的消息就是这样。"

她打开手机想给傅寒州看,然而傅寒州却道:"你想接近我,伪造一条短信很难吗?"

南枝真的差点翻白眼,"我想接近你还需要这么找这么蹩脚的借口吗?"

傅寒州盯着她,"你的意思是,只要你招招手,我就会被你勾引?"

南枝别开视线,突然觉得两个人的距离有点近,"我没这么说。"

"你就是这么想的。"

"没有。"

傅寒州步步紧逼,"想我了?"

南枝摇头,"没有。"

"这个时间点,是晚宴,你不去拓展人脉找关系,却到这儿来找我,不是想我是什么?"

南枝已经被他逼到了沙发区,再往后只能躺倒了。

她看着那开着的门,下意识就想推开傅寒州,结果她还没动作,傅寒州已经轻轻一推,和她一起倒在了沙发上。

南枝晕头转向的,随之听到了房门关上的音乐旋律。

"你别乱来!"

她在他怀里,傅寒州这几日暴躁的心情,突然就平静下来,"我很想你。"

南枝一怔,"你现在说这个干什么?"说完还瞪了他一眼。

"想你都不能说?"

南枝脸上慢慢爬上红霞,"你要不要脸?"

"不想要了,谁爱要谁要吧。"

"我现在不想跟你扯这个,你让开,我得去找我领导。"

傅寒州手撑在她上方,盯着她道:"蠢丫头,你领导把你送给我了,知道吗?"

南枝不敢置信,瞪大了眼睛,"不可能!"

他的手摩挲着她的下巴,轻笑出声,"不可能?你心里已经有答案了。"

南枝在他的眼神注视下,竟然莫名地呼吸一沉。

"她为了眼前的利益,可以把你送出去,且认为你是心甘情愿的,这就是你在她那儿的价值,可我不会。"傅寒州俯下身,在她脸上啄吻了一口,见她没拒绝,又打算吻。

南枝偏过头,"你知道?你知道!"她不敢相信汤曼蓉会这么做,"你告诉她我们的关系了?"

傅寒州蹙眉,"我有必要告诉她?"

"那她怎么会这么做?她最恨职场潜规则。"

"既不是她去,又不触犯她的利益,她有什么理由恨,你还是太天真了,只要利益足够,原则又算什么?"傅寒州留给她发飙的余地。

南枝盯着天花板,突然觉得有点信念崩塌,她甚至想去质问汤曼蓉。虽然不想相信,但傅寒州的话让她不得不信。

"今天幸好是我,如果是别人呢?"

南枝背后出了一层冷汗,眼底闪过慌乱。

傅寒州见吓到她了,赶紧安抚道:"别怕,我开个玩笑,没人敢这么对你。"

南枝没看他,"傅总,你不是个喜欢浪费时间的人。说这么多,到底想做什么?"

傅寒州注视着她,突然笑道:"是的,我不是个喜欢浪费时间的人,所以这几天我想明白了,我还是想要你,并且,我要定你了。我不想委屈我自己。"

时光不负深情久

第三卷

偶尔胆怯

chapter 11
爱是下意识的选择

南枝的心仿佛突然被一双大掌给牢牢攥住了,怎么也逃脱不掉。她几乎一瞬间就想明白了前因后果。

"你跟汤曼蓉说了什么?"

傅寒州眼底精光一闪,"我能说什么?"

他不会像江澈那个蠢货一样做出过激行为,他更擅长引诱、等待,让她自己进入他的圈套。而他会疼她、宠她,唯独不能也不会爱她。这是他所能给予的全部。

他冷漠自私,包裹在美好皮囊下的,也不过是为达目的不择手段的卑劣内心,且傅寒州绝对不会自我反省。正人君子那一套,不是他的行事风格。他的为人跟他在商场上的作风一样。他想要的,一定会强势出击,以最快的速度得到。至于过程,重要吗?

南枝一把将傅寒州推开。男人不设防,也没打算防,所以当被推倒在地的时候,只是很从容地调整了一下姿态,让自己显得没有那么狼狈,不过围拢在腰间的浴巾却散开了。

南枝就当看不到,甚至气得跳脚,"你当我傻呢傅寒州,肯定是你给了汤曼蓉什么暗示,不然她怎么会做出这种事?"

如果不是知道了她跟傅寒州的关系,汤曼蓉根本没门路搭上傅寒州的关系,更别说给傅寒州送人了。傅寒州要是这么容易就潜规则其他公司的女员工,那傅氏早倒闭了。

现在这情况只有一个解释,那就是傅寒州对她还在上头期,不想放手。所以找人给了汤曼蓉暗示,而汤曼蓉也不知道出于什么目的,竟然不经过她同意,就将她送到傅寒州房间,甚至还觉得可能她是乐于配合的。

傅寒州也没管浴巾，径自站了起来。南枝别开视线，气得脑仁疼。

傅寒州面色不改，去吧台喝了口酒，用命令的口吻对南枝道："给我坐在那儿别动。"

南枝会听他的才有鬼，趁着傅寒州喝完酒进房间穿衣服，她已经火速冲到门口，可是那门却根本打不开。

傅寒州慢条斯理地披上浴袍，系着衣带从房间款步走出，看着她在门口瞎忙活。

南枝累得一头汗，回头气恼地盯着傅寒州。

傅寒州眉梢一挑，"我以为，你这样的表情是要冲过来咬我。"

南枝还真的转身过来了。她冲到他面前，高跟鞋一抬，朝着他只穿着酒店室内软拖鞋的脚重重碾了下去。

傅寒州吃痛，"嘶"了一声后皱眉盯着她。然而南枝没跟他再有肢体上的接触，她直接走到茶几那边，打开了随身电脑。

傅寒州缓了一下疼痛，走过去，看到她正在打辞职报告。

"房贷怎么办？气性这么大。"

南枝冷笑，"还有存款，用不着傅总操心，您有本事就把我的房子买了。"

傅寒州勾起她的下巴，"小白眼狼，你有没有良心？"

下巴掌握在某人手中的南枝看着他，眼里全是抗拒，"傅寒州，在刚才之前，我对你还是有歉疚的。"

傅寒州错愕，"你对我有歉疚？"

他寻思了一会，"你跟其他人一起了？"

她搞不懂这个人的脑回路，骂了一句："有病。"

傅寒州一把将她拉了起来，将她整个人困在怀里，南枝挣扎不过，闻着他身上的气息，她别开头。

"看着我，刚才那句话是什么意思？"

"你总说我白眼狼，那你私底下为我做的事，你告诉过我吗？我知道吗？是，你是帮了我很多，如果没有你，也许我现在已经被人污蔑，被判入狱了，但是傅寒州，杨叔叔家的公司，我有没有求过你帮忙？"

傅寒州有些不爽，"我钱多，烧得慌，我需要告诉你怎么花？"

"你当然不用,你很多时候也只管自己,当然我也是这样,所以我们长久不了的。"

"宝贝,我也没打算跟你长久,'长久'这个词就是用来骗人的,这世上能永远陪着自己的人,也唯有自己。"

南枝纵然做好了心理准备,心里想法也跟他是一样的,但被他明晃晃说出来,依旧觉得浑身冰冷。

"我不是你的玩物。"

"你当然不是,我对你已经是宠爱。"

"只宠不爱的宠爱?我不要。"

"你这样就太没意思了,是你拒绝成为我的女人,这点我也纵容你了,不是吗?"

"傅总,你说得好像被你看上是我的荣幸一样,现在是你千方百计想爬上我的床。"

南枝寸步不让,傅寒州的手捧起她的下巴,摩挲着她的肌肤,轻笑道:"如果我真的不尊重你,几天前你已经躺在我的床上,我有一百种办法让你心甘情愿回来,但我舍不得对你用手段。"

他在她面前呢喃,像是深情缱绻的恋人絮语。南枝浑身发麻,心里不解,为什么有人能把威胁说得仿佛是情话一般。

"你心里其实明白,我对你不差,甚至算得上纵容,我没想伤害你。"

南枝蹙眉,"我真的搞不懂你在想什么。"

他背地里为她做的那些事,她都是从别人嘴巴里知道的。但是伤害她的话,也是他说出来的。

她现在脑子里一团糨糊,只想离他远远的。

南枝二话不说收拾起电脑就要走。

"你要是敢走出这个房间,我不保证会做什么。"

南枝脚步一顿,"这就是你说的舍不得?"

"我舍不得你,有什么问题?何况你既然不买账,那这笔生意就没有任何投资价值,我难道不该撤回?"

南枝咬唇,她真的想直接离开,但是姑姑怎么办?

"你要挟我?"

"本来可以不用要挟。"

南枝气到极点,干脆把东西全部往地上一丢。

"你不就是想睡我,拐弯抹角做什么?"她说罢,开始解自己的扣子,衣服被她全部甩在地上。她这副无所谓的样子,直接把傅寒州逗笑了。这女人真是个钢铁直女,服个软撒个娇都不会吗?

南枝站在那里看着傅寒州。傅寒州却有了一丝恼意,"不怕冷?"

南枝冷笑,"别装了,磨磨唧唧,要上就快点。"

傅寒州直接走过来,将她打横抱起。再次回到男人的怀抱,南枝闭了闭眼,不去想不去听不去闻。

然而男人只是把她丢到了大床上,却并没有欺身上来,反倒是居高临下道:"我都舍不得作践你,你倒是挺自觉,谁让你学的这套?"

南枝没因为他的话恼怒,只是觉得好笑,"我都这样了,你现在来说这番话,真是道貌岸然!敞亮点成么傅总?"

傅寒州的目光在她身上搜寻,女人的长发此刻柔顺地散在身上,脸上的表情却是带着讥诮的。傅寒州憋着一口气,将被子一卷,"忘了告诉你,与女人调情所有的戏码里,我还偏偏最不喜欢这种。"说罢,他直接甩上门离开。

南枝蒙了。他搞什么?

不想去管傅寒州的心思,她裹着被子下床,但是当她捡起自己扔在地上的衣服后,发现有两颗扣子已经掉了,她直接去衣柜里选了件他的衬衫穿上。

打开房门,客厅里却没有人。她只好一间间找过去,最后在书房里找到了傅寒州。傅寒州瞥她一眼,继续开视频会议。

南枝想骂人的话瞬间卡在嗓子眼儿里。

她想了想,不如趁着这个机会离开。然而还未等她有动作,傅寒州冰冷的声音已经传来:"你敢走出去试试。"

他将摄像头关闭,耳朵里能听到其他人汇报的声音,对方却看不到他这边的情况,也听不到这边的声音。

南枝站在门口,一脸愤怒,小脸气得红扑扑的。

傅寒州喉结一滚,"就在这儿待着。"

南枝气得差点挠门,"你开会我在这儿干什么?"

"我就想看你在这儿待着。"

南枝磨了磨牙,坐到了落地窗前面的单人沙发上,衬衫的长度足够遮住重要部位。她坐在那儿盯着外头发呆,只留了个侧面给傅寒州。

看她听话,傅寒州打开视频继续开会。

视频那头的人因为他一直没出声还在忐忑,没想到傅寒州突然开口:"继续。"

南枝扭头瞪着他,喊,他的员工知道他们的总裁这么无耻吗?

傅寒州面色不改,完全没把她的愤怒当回事。

南枝吃瘪,自然也不会让他好受,她本来就是个记仇又睚眦必报的人。不过她没有去傅寒州身边,以免进入会议室那些人的眼里,而是坐在了他的办公桌前,故意翻乱他面前的报表。

傅寒州警告道:"别闹。"

那边正在汇报的高层诧异,"傅总?"闹什么?他的报告听起来很像在闹?

傅寒州揉了揉眉心,就要关闭会议,准备找她好好算账。南枝一见立刻把东西甩开,又躺到了沙发上。

傅寒州死死盯了她一会儿,随后继续开会。

南枝觉得无聊,干脆拿起手机打游戏,打得入了神,都没注意到傅寒州已经结束了视频会议。

她一个人进了任务点,结果被BOSS砍得残血,她正郁闷怎么连游戏都欺负她,身后伸出来一只手,"你这么打不行。"

南枝扭头看他,傅寒州已经将手抄入她的腋下,直接将她提溜了起来,让她坐到了自己的腿上,两只手帮她打游戏。

南枝看楚劲玩这个游戏时,已经觉得很厉害了,万万没想到傅寒州更是个中高手。

"干吗这么看着我?"

南枝瞪大了眼,"你也玩游戏?"

傅寒州挑眉,"我很老吗?我难道没自己的爱好?"

曾经有一段时间,他可是很痴迷这些游戏的。因为知道自己以后没得玩,所以发了疯地挤压时间去潇洒浪费,不过也确实很久没碰了。

南枝哑然,"你看起来真的不像。"

傅寒州被气笑了,"知道市面上最火的几款游戏吗?"

南枝点点头,"一个国外的公司开发的。"

"嗯,我的。"

南枝瞪大了眼,"啊?那这款呢?"

"也是我的,外界都知道是傅氏集团子公司,但那只是方便我管理而已。"

南枝吃惊,都忘了跟他生气了。傅寒州三下五除二打完BOSS,把手机往旁边一丢,手已经抱住了她。

南枝一把摁住他的手,"你还有多少事是朕不知道的?"

傅寒州见她有心情开玩笑,情绪也缓和了下来,在她耳边啄吻,呼吸渐沉,"嗯,你对我好点,我都告诉你。"

南枝将他扒拉开,"你刚才那些话是真的假的?这些公司,创意策划也是你?"

别人不知道,楚劲可是跟南枝说过游戏主创是幕后大老板。傅寒州在她心里跟游戏这两个字可不沾边,真的想不到他竟然就是那个幕后老板!

傅寒州现在只想吃她,哪有空回答她的问题,随便嗯了一声,反问道:"有什么惊讶的,很难吗?"

南枝无语,怪不得这男人这么有底气,估计帮杨志国也是举手之劳。贫富差距太大,南枝都有点自闭了。

"咱们说点靠谱的,你觉得我把你当玩物?在我跟你相处的过程中,什么时候给你这样的感觉了?你直接说。"

南枝扭头不言。

"你在逃避,证明你也说不出来,只是我的回答与你期待的不符。但南枝你扪心自问,我要是提出以结婚为前提跟你交往,你愿意吗?"

南枝眸光一闪,傅寒州盯着她,"你其实也不愿意,不是吗?但你却如此要求我,你这样是不是双标?"

南枝一时被他给绕进去了,事实是不是如此,她自己也有点迷糊了。

傅寒州看着她的反应,将她的脸扭了过来,"我只想问你一个问题,你老实回答我:这几天,想没想我?"

南枝下意识想说我想你个头,但触及他那深邃的目光,话便哽在喉间,但她还是嘴硬道:"想也没什么奇怪的,我小时候养的鸭子死了,我也会难过好久。"

"我没死,也不是鸭子,我是个活生生的人。"傅寒州冷着脸强调。

南枝想反驳,傅寒州反应过来后,已经眼含笑意,"那就是想了。"

南枝从他怀里挣脱,"这并不代表什么,我只是需要时间。"

傅寒州手一紧,又将她拉到怀里,"如果你是为了那天晚上我的回答而选择分开,我希望你再慎重考虑一下。"

南枝坚定地摇了摇头,"我拒绝。"

傅寒州呼吸一沉,"你这是在报复我。"

南枝这次倒是没生气,她只是好不容易做了决定,不想再回到之前的状态罢了。

"如果你今天不搞这一出,我想我再也没机会站在你身边,那天晚上的事情只是个契机,让我们彼此看清了我们不合适。"

"哪里不合适?"他扣着她的腰肢,"你生气,无非就是那天晚上我没回答你的问题,可是既然你也想我,我也舍不得你,那回到原来的位置有什么问题?你这么不高兴,无非就是怕,怕你先动心爱上我,却得不到我。"

南枝停止了挣扎的动作,"你说得挺对的,而且我这个人不是什么好人。我自私自利,一切不利于我的事情,我都会提前结束,现在你已经被我排除在了计划之外,至于你为我做的那些事,我还不起。"

傅寒州的目光从她身上落下,"所以你想用什么偿还?拿你那点工资?我不接受。"

"我没那个意思,我只是单纯想赖账,毕竟我没求你,是你自己单方面跟杨叔叔谈的。"

"哦,我不接受。"

南枝盯着这个资本家,"照你这么算,这些事都在我不知情的情况下发生,债务还得我自己背?"

"嗯,当然,我都是无情的资本家了,为什么不下狠手剥削你?我在你心里又不是什么好人。"傅寒州冷硬地说着气话。

南枝知道他在说气话,她现在也有点纠结,要是他真的威胁她,她也敢跟他撕破脸,但他现在用这种委屈的语气说着气话,却让她连一句你走开都说不出来。真是被他拿捏得死死的。

"我承诺,像那天晚上丢下你这种事,不会再发生,何况我也不会让你为难。"

"你已经让我为难了。"

傅寒州靠回椅背上,"你在说你的上司?"

南枝沉默。

他看南枝没及时回应,想来应该也是被吓到了。

她的确是在后怕,她对汤曼蓉没有一点防备,如果情况真的如同傅寒州所说……南枝深吸一口气,她是真的动了辞职的念头。她看不到自己跟傅寒州的未来,她只知道,如果汤曼蓉再卖她一次,她不可能次次都这么幸运。傅寒州的承诺,又值不值得让她去冒险。

"对不起。"

她一怔,错愕看着他,"你跟我道歉?"

"嗯。"

南枝清楚地知道,道歉也不过是这男人的一种手段,他只是想达到他的目的。

"你好像把我所有的后路都堵死了,如果今天我拒绝了你,是不是还有下一次?"

"嗯。"他无耻地承认,且光明正大地表明对她的渴望,和继续发展下去的意愿。

"所以,不要离开我好吗?你要是不高兴,可以直接跟我沟通,我也会尽量跟你商量,别人能做到的,我能做得更好,别人做不到的,我也能做到。你既然不需要我的承诺,又何必想着未来还没发生的事,人生本就短暂,起码现在不要后悔。"

南枝被他的话蛊惑,望进他那双眼睛。

傅寒州没给她清醒的机会,他知道这个女人犟脾气,下了决心十头牛都拉不回来,软磨硬泡都不是办法,只有掰开了揉碎了跟她讲道理,分析利弊关系,趁着她晕乎乎没有消化的时候赶紧下手才行。

南枝迷迷糊糊被他抱了起来,回到那张大床上的时候,傅寒州不给她喘息的机会,直接攻城略地,拿下主权。之前的伏低做小,全然只是为了这一刻而已。

南枝软趴趴靠在浴缸边缘,看着落地窗外的夜景,"我得回房间去了,不然我同事会发现。"

"不回去也没关系。"傅寒州亲着她的后背,"我想你留下来陪我。"

"不行。"南枝断然拒绝。傅寒州蹙眉,"那我把你同事弄走。"

南枝扭头看他,顿觉荒唐,"大半夜你给她弄哪里去?"

"很简单,给她升级大床房,让她把东西挪走,再让人去把你的东西拿上来,反正只要第二天集合你能准时到就行了。"

说到这儿,傅寒州看着她的肩膀,"这次我没留痕迹,很小心。"

"你这是在讨好我?"南枝试探性问道。

傅寒州贴着她,语气柔和蕴含笑意,"嗯,讨好你,取悦你。"

南枝无语,嘴角却忍不住微微上扬。

"想笑就笑,我还能不让你笑?"

"你烦不烦!"南枝扭过头,傅寒州在她身后闷笑,她直接给了他一胳膊肘。让你笑!

傅寒州捋了捋湿漉漉的头发,本就轮廓分明的五官,在灯光的照耀下镀上了一层朦胧的清辉,高挺的鼻梁配上弧度优美的唇线,南枝觉得他此刻极具蛊惑性。

傅寒州将她揽到身前,"明天真不跟我一起回市区?"

南枝摇头,"我只答应跟你恢复关系,其他保持不变。"也就是在人前两人不要有多余的接触。

"那今晚留下陪我,你要把前两天欠我的时间补回来。"

"哪有你这么谈判的?"

"嗯,因为我是无良商家。"傅寒州恬不知耻地道。

南枝瞬间听懂了他的话,往水里缩了缩,然而没什么用,男人已经跟个牛皮糖似的黏了上来。有时候她都闹不明白他为什么在外面看起来清清冷冷,背地里却是个黏人精。

"你答应我一件事。"

这时候,别说一件事,十件事傅寒州都会同意,"嗯,你说。"

"以后不要在背地里帮我做任何事,在你要为我做任何事之前,直接告诉我。"

傅寒州一怔,"不愿意我帮你?"

"那些我负担不起。"

"可我没想你还。"

"但我问心有愧。"

气氛骤然变冷,片刻后,傅寒州一把摁住要起来的南枝,"你这人怎么说风就是雨,不答应你就甩脸子,脾气这么差。"下一瞬,傅寒州叹了口气,"答应你,本来我也没有无私奉献不求回报的雷锋精神。我愿意惯着你,你尽管闹。"

"谁闹了?"南枝不服气。

"行,是我闹。"傅寒州也无所谓,私底下哄她而已,总比自己一个人闹心好。

闹过两天的脾气,说实话,此刻气氛正好,南枝也不想说扫兴的话。她将自己的脸埋在臂弯里,由着傅寒州帮她洗完澡,身子瞬间清爽了。

他拢着她的腰身,"饿不饿?"

能不饿吗,从傍晚到现在,估计晚宴都快结束了。

"那我叫客房服务。"他说着就去打电话了。

傅寒州回来时,看到她正在照镜子。他从后面抱着她,亲吻她的耳垂,"点了你喜欢吃的,今晚留下来陪我?"

南枝叹了口气,"你好难缠。"每次都要为他打破自己的原则,他总有办法黏到她点头同意为止。

傅寒州一听她这话,就知道她这是同意了,嘴角轻勾,"也就缠你一个。"

南枝才不信,"堂堂傅氏总裁,找你的人会少?"

"找我的人多,难不成我每个都要?这点你不是最清楚?"

南枝一噎,"我怎么会清楚,你明明很好勾。"不然当初她怎么会只用一条消息就把他勾来了?还那么迫不及待,一看就是老手。

傅寒州似笑非笑地坐到她边上,"你觉得我很好勾引,那有没有想过为什么?"

南枝避开他的碰触,问道:"为什么?"

"因为我的荷尔蒙选择了你,我想要你,所以我愿意被你勾。这么浅显的道理,还需要我向你说明?"

南枝听得心口一窒。

"南枝,你总是这样回避我的问题,是不相信自己有这样的魅力,还是觉得我在骗你?"

傅寒州将她拉了回来,让她能够正视自己,"事实上,我不缺毛遂自荐的女人,可我只咬过你的鱼饵。"

南枝瞳孔放大,"只……有我?"

傅寒州啄吻她的唇畔,呢喃道:"是,只有你。"

他明亮的眼睛映入她的眼帘,"在想什么?"

南枝用手撑在他胸口,"我以为……"

"以为我是老手?"傅寒州轻笑,"我没那么饥不择食。"

"我突然觉得你以后的太太,一定会很困扰,因为你太捉摸不透。"

"那就朝我再走近一些,南枝,你从来不曾真正走近过我,你也没有用心了解过我。"

南枝手一紧,傅寒州已经吻住了她,唇齿相依间,他喟叹道:"不要羡慕我未来的太太,她不可能存在。"

南枝一愣,心不由自主揪起来,"难道你没结婚的打算?"

"是。"傅寒州直截了当承认,"我不喜欢婚姻,所以也没打算和谁组成一个家庭,我的生活必须由我自己来决定,我的生活里没有这么一个人。"

当然也不会有我。南枝心里缓缓道。

天亮的时候,南枝迷迷糊糊睁开眼。傅寒州正在打电话,见她起来,便挂了电话,声音微微有着点哑,"帮我挑个领带。"

南枝看了眼他身上的西装,从衣柜里选了一条偏商务的领带。

傅寒州正在戴手表,见她凑近,便俯下身,示意她给他打领带。

南枝有些尴尬,"我不会。"

傅寒州挑眉,"那就学。"

他接过领带,在南枝面前演示了一遍,"试试看。"

南枝绕了两圈就忘了,傅寒州干脆握着她的手,一点点教。

他身上那股气息包裹着她,她瞬间不淡定了,"你会打就行了,我得回房间了。"

"你的行李已经帮你拿上来了。"傅寒州扣好扣子,又是一副精英范儿,"今天我也许会很忙,晚上如果去你家会提前联系你,可以吗?"

南枝点点头,"好,你忙你的,我也得回公司。"

外头有动静,南枝诧异。

傅寒州提醒道:"是我的团队,没事。"

南枝还是有些尴尬,她闪进房间里的浴室洗漱,等收拾好出来的时候,发现有人进来收拾傅寒州的衣服。

来人是个女秘书,见到南枝的时候有些错愕。

南枝看她这反应,也有点尴尬,好在赵禹此时来了,他看着女秘书,不满地问:"你怎么进来的?"

"我,我是想进来看看傅总有没有什么该收拾的。"

"这不是你的工作范围,出去。"赵禹严厉道。

女秘书赶紧把东西放下就低着头出去了。

赵禹道歉:"这是我的新助理,不好意思了南小姐。"

"没事。"南枝松了口气。

"傅总让我带您从另一个通道下去。"

"好。"

南枝到大堂的时候,发现汤曼蓉正在跟其他公司的人攀谈,见到她来,竟然若无其事地对她笑了笑。南枝气得牙根痒痒,头一次没给她笑容。

汤曼蓉有片刻错愕,迟疑了一下还是扭头先去应酬了。

南枝面无表情坐到沙发区等候公司的车。

"哎呀你可算出现了。"琳娜摇曳生姿地朝她走来,南枝有点心虚。两人说了几句,琳娜去了自己部门的同事那边。

南枝一上车,就看到汤曼蓉身边还有个位置,一看就是给她留的。虽然南枝现在根本不想见到她,但还是坐下了。

汤曼蓉笑着说:"其实你跟傅总有关系,也该提早跟我知会一声,昨天赵特助联系我的时候,把我吓坏了。"

南枝差点气笑了,所以她这是在怪自己没把私事跟她分享?

汤曼蓉见她没吭声,继续道:"你有这样的人脉关系,怎么不早点说?那样我们能少走多少弯路,傻丫头,昨晚上跟傅总都说开了吧?"

"曼蓉姐,我挺敬重你的,但有句话叫聪明反被聪明误。傅寒州会不会想,他一句话你能照办,那下次换个男人要吃他看上的奶酪,你会不会也连盘一起呈上?你说他会怎么处理你这个隐形炸弹呢?"南枝不想忍这口气,直接回了过去。

汤曼蓉的脸色瞬间发白。

南枝直接掏出了眼罩戴上,汤曼蓉自然不会自找没趣继续找她谈话。

汤曼蓉心里也是有气的,她本来就跟傅寒州不清不楚的,自己借着东风送她一程,怎么就成了自己的问题?

南枝不想跟这种随时可能把自己送出去做人情的上司说话。两个人一路沉默,车子里其他人也渐渐安静下来。

回到公司的时候,汤曼蓉脸色依旧难看,不过她是孕妇,也没人在意这点,只是觉得这次的结果估计不太好。所以两天后,当商会活动举办权最终花落万盛集团的时候,所有人都震惊了。毕竟看他们团队回来当天的反应,大家都觉得没戏了呢,没想到结果出人意料。

南枝有种果然如此的感觉,隔着恭喜的人群看着面带红光的汤曼蓉,她心里极其不是滋味。

高副总那边显然也提早收到了消息,高兴地宣布今晚员工聚餐,公司报销。企划部那边赶紧去订酒店了,行政部这边最近忙得不轻,也乐得轻松。

不少人都主动上前恭喜汤曼蓉跟高副总。南枝准备回工位,没想到汤曼蓉叫住了她,"南枝。"

南枝面露疑惑,大家让出一条路,苏静怡酸溜溜道:"南枝,曼蓉姐叫你呢,还不快过来。"

南枝倒想看看她要说什么,便走到了她面前。没想到汤曼蓉压根儿不嫌尴尬地攀住了她的胳膊,朝着大家笑道:"正好大家都在,借着这次机会,我也公布一个好消息。我这情况大家也清楚,我也跟高副总说明了,接下来将由南枝全权代理我的职务,在我正式离职之前,还能继续带带你们。"

大家都是意料之中的了然神情。只有南枝面无表情,连个笑容都没有。本来汤曼蓉宣布这件事,她该高兴的,毕竟她的努力被人看到了。

可偏偏这份努力,早已经失去了它本来该有的价值。

不过她性格本来也是淡淡的,大家只当她太紧张了。转瞬间,被恭喜的人就从汤曼蓉变成了她。

说白了,南枝从此往后就是有实权的主管了,汤曼蓉说是暂代,可大家都知道,当着高副总的面说这番话,说明上层领导也是知会过的。

苏静怡这下是真不敢给南枝脸色看了,讨喜的话一串串往外冒。

南枝有些心浮气躁。

傅寒州这时候发了条消息给她:"在做什么?"

这倒是破天荒,他这大忙人居然有闲暇时间来关心她做什么。

"收拾东西准备部门聚会。"

"庆功会?"

"嗯。"

"那几点结束,我去接你。"

南枝估计也就是司机过来接,她也怕路上不安全,因为今晚估计是要喝酒的,所以也就没拒绝,"10点左右差不多就能走了。"当然今天会难度大点,毕竟这功劳有她一份,不闹到凌晨这群人不会罢休。

傅寒州回得很快,"少喝点酒,我在家等你。"

南枝其实不大想去他那儿,想了想道:"我不想去你那儿。"

傅寒州过了会儿才回:"嗯,那我去你家。"这种时候,他总是极好说话。

高副总这次让人定的是海鲜酒楼的小通厅,总共有七八桌。南枝头一次跟领导级别的人物坐在一起,就算再不满意汤曼蓉,领导特地找她喝一杯,也不好拒绝。

林又夏跟企划部的人坐在一块儿。

"往后南枝可不一样了,一跃成了小领导了。"

琳娜笑道:"那你可真别说,人家确实够努力呀,又有能力,我好几次看到别人都下班了,就她还在跟客户沟通。"

"是啊,而且南枝每次跟咱们对接,都会把注意事项标明,反复提醒,很用心。让咱们两个部门交流起来更方便。"

今晚的主要话题,显而易见,已经是南枝一跃成为行政部主管这件事。

当事人正坐在主位,周围都是公司不常见的领导,而她能以这样的身份坐在这儿,别人不清楚,南枝自己还能不明白?无非就是汤曼蓉向高副总传达了一些本不该由她嘴巴里说出来的话。这一点,才是真正激怒南枝的原因。

一轮酒过后,大家也都放轻松了,不断有人来敬酒。除却不能喝酒的汤曼蓉,每个人都喝了不少。

南枝打算出去透透气,汤曼蓉紧随其后跟了出来。

"怎么一晚上都不高兴?今天应该是你高兴的日子,从此以后平步青云,以后还需要你来关照我这个前领导。"

南枝将走廊处的推门打开,外边是一个欧式露台,站在露台上,外面的街上车水马龙,这座钢铁森林,仿佛从来不曾寂静过。

"你觉得,我应该庆幸你这样的安排,并且感恩戴德?"

汤曼蓉挑眉,笑得依旧从容,抚摸上自己肚子的时候,还带着股柔和的母性,不过南枝一直知道,这是个有野心有手段的女人。

"我确实不是很明白你,既然本就不干净,又为何要闹脾气?我给了你们一个完美的台阶,拿到了我该拿的东西,你气那么多天也该够了,毕竟多一个朋友,永远比多一个敌人来得要好。你是个聪明人,这不像你。"

南枝笑出声,霓虹灯在她身后闪动,为她镀上了一层绮丽的光影,"好像我那天对你的警告,你完全没有放在心上。"

"警告?"汤曼蓉不甘示弱。

"怎么,你认为我没有那样的本事?还是觉得我有几分姿色,能被傅寒州看上是我的福气,我该趁着这段时间,把能利用的各种资源想方设法捞到手,毕竟保不齐我很快就会失宠。而你借由我这个跳板完美地完成了自己的转职,这一招简直漂亮得无懈可击,像是特地为你的成功助力。"

看汤曼蓉的表情,南枝就知道自己猜对了。

"所以你迫不及待地把这个消息告诉你幕后的高副总,想让他也好好用用我这枚棋子,跟傅寒州搭上线,将来当然也少不了我的好处,所以我不仅不应该跟你反目,反而应该与你联起手来,将行政部牢牢把控在自己手里。"

汤曼蓉深以为然。

南枝轻笑，"的确，我是可以跟你们合作，这样无论我以后是不是还跟着傅寒州，我在万盛都永远有一席之地，毕竟你像我这么年轻的时候，都没坐上这个位置。曾经你是我的目标，但现在，我觉得你好像连秘书都不如。"

汤曼蓉沉下脸来，"够了，你耍脾气也要有个限度，难道我这些年亏待你了？"

"你是一个好领导，但我也不是个孬员工，你派下来的任务，哪一次我没好好完成？你比任何人都知道我的努力，也比任何人都清楚，这个位置就算没有傅寒州，你给我也没问题！而且你也明白我并不想这样，但你还是做了，你不仅看低了我，也看低了你自己。

"我永远记得，我进公司的时候，是你告诉我女人在职场升职难的原因——不是不够努力，不够拼命，也不是人脉不够广，更不是眼界学识等不够，仅仅是因为性别。这句话我一直记着，并且感恩我有你这样的一个领导。

"可也是你，为了资源互换，把我送给了傅寒州，那么下一次，是不是也可能是其他男人？"

汤曼蓉没吭声，做了就是做了，她没什么好解释的。

"你认为我给脸不要脸，可我已经给过你提示，傅寒州是个商人，付出多少，就要得到多少回报。等他回过味来，觉得你是一个完全不讲信用甚至是可以出卖下属的人，他还会容忍你在我面前晃悠吗？"

"你的职业生涯，从你答应傅寒州的那一刻起，就已经结束了。"南枝说完这句，直接往外走。

汤曼蓉下意识拉住她，"你这话是什么意思？这事情又不是我一个人就能办到的。"

"是啊，你也知道挑软柿子捏，抓着我这个无依无靠的人下手，那凭什么要求我去撼动大山，却不针对你呢？我一个小职员比起傅寒州这么大一块香饽饽，的确无足轻重，那么你汤曼蓉与他相比，哪个更好对付呢？我说过的，我记仇啊，曼蓉姐。"

南枝朝她微微一笑，盯着她的肚子道："看在你孩子的份上，有些话我还是不说了，不过你确实给我上了刻骨铭心的一课。"

曾经有多信赖,有多尊敬,此刻就有多失望。

南枝说完再不理会汤曼蓉,回到包厢。高副总看她进来对她道:"南枝啊,接下来行政部这边,一定要把商会活动给做好,要辛苦你啦。"

南枝道:"高副总你放心,我这人不太会说漂亮话,但我一定会竭尽全力为公司创造更好的口碑和效益,希望在我的带领下,行政部能够更上一层楼。"

南枝刚说完,汤曼蓉也进来了。

chapter 12

她是特别的存在

当着还没离开的领导说这样的话,已经不是简单的挑衅了。

大家都纳闷,南枝今天怎么怪怪的,平时跟汤曼蓉不是好得很吗?这人还没走就开始给下马威了?

只有林又夏觉得解气。

苏静怡嘟囔道:"南枝怎么这样呀,曼蓉姐多好啊。"

"是啊,挺好的,那你怎么不跟着去?"林又夏讽刺道。

苏静怡气得脸色涨红,"你怎么这样啊林又夏?"

汤曼蓉也不愧是职场老油条,完全当没听到这句话,继续跟人谈笑风生,至于心里有没有记恨南枝,那就是另外一回事了。

司机将车停在酒楼楼下的时候,傅寒州合上了电脑,看了眼时间,发消息给南枝:"车已经到楼下了。"

南枝今晚因为心情不好,喝得还挺多,人已经有点走不稳了,全程靠在林又夏身上往外走。感觉到手机震动,打开来一看,就给傅寒州回了一条,"好,我下来。"

她刚收回手机,就有人问道:"南枝,你怎么回去?"

何明轩赶了上来,"我送她好了,我知道她家在哪儿,之前送过的,对吧南枝?"

他故意说得暧昧,毕竟南枝现在升职了,领导也很看好她,简直是前途一片光明,而且南枝身材好,长得漂亮,简直是他们能遇到的最佳择偶对象。

她虽然曾经跟江澈在一起过,但那又怎么样,光凭着颜值,也足够让人心动了。而那些男同事想法也都差不多,何明轩自然是要抓紧下手,先把关系给确定下来。

然而南枝摆摆手,"有人来接。"

把人打发走,林又夏左右看了看,"傅总的车在哪儿?"

她刚问完,就见傅寒州朝她们走来。

无论看傅寒州多少次,林又夏都觉得有点腿软,真是纳闷南枝是怎么跟这样的人在一起的,她连对视都不敢。

"傅总。"

"嗯,把人交给我吧。"傅寒州搂住了南枝的腰肢,将她带到自己怀里。闻到她身上的酒气,他不悦道:"喝了多少,醉成这样?"

林又夏无奈,"今天她高兴,好不容易升职了,不过也有不高兴的事。"

傅寒州明白她在说什么,"有人送你吗?"

林又夏耸肩,"我家就在附近,我坐一站地铁就能到,你们走吧。"

"路上小心,告辞。"傅寒州抱着南枝往车里走。

南枝扭头,她就记得有人要来接她,下意识问了句,"你谁啊?"

傅寒州瞥她一眼,"喝那么多,想死吗?"说罢,一巴掌拍在她屁股上。

南枝有点委屈地噘嘴,随后被傅寒州塞进了车里。

去铂悦府的路上,南枝就不大安生了,"停车,我想吐。"

傅寒州啧了一声,"忍一忍。"

"我忍不住!我现在就要吐了!"

车子急刹车,停靠在了路边,傅寒州沉着脸开门,抱着她出来,然而南枝靠在路边,又吐不出来了。

"不想吐了?"傅寒州凉飕飕问道。

南枝抽了抽鼻子,"我的命好苦啊!"委屈巴巴地,又是哭又是闹。

傅寒州再多的无语,也只能安慰:"还想吐吗?"

"不想了,我要吃冰淇淋。"

傅寒州看了一眼周围,这里已经离铂悦府很近了,就让司机先回去。

"好的傅总,有需要您打我电话。"

"走吧。"傅寒州抓着她的手。

"干什么！你手好热，别碰我。"南枝嫌弃地甩甩手，觉得被他牵着浑身燥热。

"不是想吃冰淇淋？"傅寒州指着前面的便利店，"吃什么，都给你买，行不行？"

南枝吸了吸鼻子，"我要哈密瓜口味的甜筒，要下面有巧克力的，那支最好吃。"

"行。"傅寒州抓着她，"你要吐了我可不给你买了。"

"你怎么这样！"南枝跺脚，但还是不由自主跟上来，一张小脸红扑扑的。看到便利店，南枝没等傅寒州就自己进去了。

傅寒州揉了揉眉心，进去就看到她已经站在冰柜前面，看着冰淇淋发呆。

"你要吃哪个？"傅寒州不吃这些，自然也认不出她想要的是哪个。

南枝手指过去，"这个，这个，还有这个，都想要。"

"只能选一个。"吃这么多，胃能受得了？

"你好小气啊！"南枝不敢置信，怎么有人连冰淇淋都不给买！

傅寒州被气笑了，掐着她的脸，"嗯，我小气，所以你别想吃那么多。"

南枝一下拍掉他的手。

傅寒州也不生气，直接拿了那个哈密瓜口味的。

南枝趁着他去结账，自己出了便利店的门。傅寒州见她没瞎跑，只是在门口拆甜筒的包装，便也放了心。

南枝揉了揉眼睛，因为看东西都是重影的，剥个甜筒的包装也有点艰难。

她明明站的位置不会妨碍行人，但还是撞到了人。

"我的甜筒！"她看着那个被撞在地上的甜筒，小声地发出惋惜声。

撞到她的是几个年轻的小流氓，头发染得红红绿绿，见南枝身材好，还是个美女，故意蹭上来占便宜的。

"哟，怪漂亮的，要不要哥哥买来赔给你啊？"几个人对视一眼，趁着这小区附近的便利店没什么人，想直接把南枝带走。

"你们干什么！"南枝见他们靠过来，直接大喊。

傅寒州听到声音从便利店里出来的时候，就看到几个毛都没长齐全的小子伸手要来搜南枝。傅寒州蹙眉,直接将南枝护在怀里,居高临下盯着那几个小流氓,"找死吗?"

"嘿,你说谁呢!"

"你才找死呢!"

这帮人嘴上不干不净地骂着,眼看就要上来动手,傅寒州压根儿没把这群人放在眼里,他从小就被老爷子专门请人教了各种近身格斗术。不过傅寒州上哪儿都会跟着保镖,赵禹带着人看到情况不对,第一时间就冲了过来,直接把那几个抄棍子的小流氓抵在了树上。

"傅总,您没事吧?"

傅寒州护着南枝,蹙眉道:"交给你了。"

"您放心。"

傅寒州叹了口气,南枝还在他怀里扑腾,恶狠狠地盯着那几个小子,"想打架是吧,想欺负我是吧!来呀!"南枝喊完,开始低头找东西。

傅寒州一个头两个大,搂着她直接往小区里走。

南枝还不解气,要回去捡石头砸他们。"你干吗拉我走,我不走,我要回去打他们!"

傅寒州蹙眉,"打打杀杀干什么,跟这种人动手你不怕失了格调。"

南枝如同小兽一般的眼神死死盯着傅寒州,"这些人不打是不会怕的,他们什么事都干得出来!"

傅寒州盯着她,耐心道:"赵禹会解决的,咱们回家休息,嗯?你也不会再遇到这种事了。"

南枝看着他,好看的眼睛瞬间蒙上了一层水雾,嘴巴一扁,"不是的,你没遇过这种事,但我遇到过啊。"

傅寒州面色凝重,捧起她的脸,她的眼泪却越掉越多,最后变成了嚎啕大哭。

"这些人,他们只会霸凌别人,他们会在放学路上堵你,会给你书桌里放死蛇,会在寝室里偷拍你,会故意污蔑你!"

傅寒州心里一揪,分不清她到底是在说自己曾经的遭遇,还是在说这些小流氓会干的事。

"南枝,你说的那些事,你经历过?"

南枝哭着看着他,最后委屈地扑进他怀里,攥着他的西装外套。

路过的居民看了过来,傅寒州用身子挡着他们的视线,一种名叫心疼的情绪在他心里蔓延。

　　等到她哭累了,傅寒州才搂着她缓缓回了家。他有好多话想问,但最终什么也没说出来。

　　南枝哭了一场,人还是没什么精神,但变得十分依赖傅寒州。不过不再像之前那样闹腾,反倒是很安静乖巧地跟在他身边。不过傅寒州知道,她肯定是醉了的,不然不会这么情绪外露,她就算被他激怒,也从来不会这么歇斯底里。

　　进门后,她就站在那儿不动了,傅寒州蹲下身替她脱高跟鞋,南枝木讷地看着他的头顶。

　　"我没骗你,我没夸张,他们,真的很坏的。人真的是可以,坏到这样的地步的。我这双手,本来应该拉大提琴的,我不应该跟他们学打架的。可是我不保护自己,就没人保护我了。"她说到这里,开始哽咽。

　　傅寒州身子僵硬,最后什么话也没说,抱着她去浴室,替她洗了澡,洗了头,还卸了妆,他一步步做得很慢很细致。

　　南枝的话也没停过。她说爸爸死的时候,她好难过,后来妈妈也不在了,以前那些跟她好的同学,最后都成了伤害她的一把刀。她说他们第一次欺负她的时候,脸上那笑容,她到现在还记得。

　　傅寒州没打断她,只是耐心地听她说,甚至会在她说到哽咽的时候亲亲她,让她放松,告诉她自己一直都在。只有让她把情绪发泄出去,她才会舒服一些。

　　"傅寒州,你别欺负我,我最讨厌别人欺负我。"南枝认真地看着他。

　　傅寒州喉结滚了滚,"嗯,我心疼你,我不会欺负你。"

　　南枝终究还是折腾累了,说完这句话后,在床上蜷缩成一团,缓缓入睡。

　　傅寒州一直等她沉睡之后才去了浴室。他好久没来,本以为南枝把他的东西都丢了,却在衣柜角落里发现了自己的行李箱。他心中一软,酸涩不已。之前,他不是没想过找人把南枝这些年的经历查清楚,但终究没去这么做。他只想了解现在的南枝,可他忽略了每个人都有过去。而她今晚说的那些话,让他觉得自己是个混蛋。

手机震动。傅寒州关上房门,将行李箱提了出来,顺手接起电话。

电话那头赵禹道:"傅总,我们将这几个人送到了派出所。"

"嗯。"傅寒州对于这帮人是死是活根本不在意。社会的渣滓而已,关几天能长点教训也是好的。

"好的,傅总,您先好好休息,我不打扰您了。"

"等等,你去了解一下南枝以前的事。"

傅寒州挂了电话,洗完澡后本想拿起浴巾裹身,想起上次她大发脾气,干脆就这么出去了。

南枝已经熟睡,眉头紧紧皱起,像是想到了什么难过的事情。

傅寒州掀开被子躺下来的时候,她自动自觉滚进他的怀里蹭了蹭,又找了个安稳舒适的角度。傅寒州盯了她许久,才叹了口气,将她搂紧。

南枝被闹钟吵醒的时候,入眼的便是傅寒州的胸膛。她怔愣了一秒后猛地抬起头,等看到傅寒州那张脸,才微微松了口气,默默在被窝里翻了个身。

傅寒州又下意识地贴了上来,嗓音低沉道:"昨晚上折腾了好久,我都没好好休息,再睡会儿。"

"你昨天是不是打我了?"

傅寒州无语。他单手撑起头,盯着她,"什么都想不起来了?"

"有点印象,你不是说司机来接我吗?"南枝眨巴了一下眼睛。

傅寒州面无表情,"不放心你,所以亲自去了,然后你又哭又笑,还要在我身上吐。"

"不可能!"南枝气愤地掀开被子,"傅寒州,你这么污蔑人可没意思了啊!"

见她生龙活虎的,他就靠着床头没说话,他是真的没睡好,这一晚上她说了不少梦话,他又是个需要极其安静的环境才能入眠的人,现在脑子都是混沌的。

"起这么早给我做早饭?"

南枝没好气道:"冰箱里只有几个蛋,你爱吃不吃。"

"那也行,你这儿估计还有全麦面包。"他早就了解她的习惯了,为了上班方便经常在路上解决早饭。能简单化的早饭她绝对不复杂化。

南枝心想,他在家还能吃丰盛的早饭,来她这儿啃个荷包蛋算怎么回事,总有一种皇太子下乡的既视感。

她先去了浴室,"你也快点起来,我今天得早点去公司,还有好多事要做。"

现在压在她身上的业务可不少,年底分红是很可观,半年前梦想的业绩爆棚也算是达成目标了,但人是真的忙。突然给她这么多业务,让她不知道先从哪件事开始做,而她习惯性做一件事之前,先罗列轻重缓急,然后再分门别类地去安排。

她洗完脸准备化淡妆的时候,傅寒州进来了,手里拿着本来已经被收拾起来的牙膏牙杯。

"你怎么找到的?"

"很难找吗?"这个家小得可怜,什么东西都一目了然,好在她还是个爱收拾的。

南枝瞬间听懂了他的言外之意,清了清嗓子要反驳。

这小怼精一清嗓子,傅寒州就知道她要说什么,立刻堵住了她的嘴,"今年年底,你的奖金估计不少,可以换一套房子了。"

这还真的戳中了南枝的点,她一直想换个大平层,最好能有大大的落地窗和开阔视野的那种。

傅寒州看南枝还真的一脸若有所思的样子,直接道:"有没有中意的? 如果有,联系我,可以帮你打个折。"

南枝瞥他一眼,"无事献殷勤。"

"今天跟我去公司。"

南枝纳闷,"我去你公司干吗? 我自己的事都忙不过来呢。"

"你不是要做展会? 你不了解我们旗下的业务,怎么做出各个公司的特色来? 怎么跟你上层领导交代?"

南枝突然想起来昨晚上高副总的意思,是让他们几个部门的员工分组去各个公司先了解一下情况,再提交方案。

"可是我们还没安排好啊。"

"你现在已经被安排了。"傅寒州想要谁还不是一句话的事,难不成万盛还会拒绝?

南枝没好气,"你这是滥用职权……"

"我怎么滥用职权了？这事情不是你们这样的基层员工来做，难不成是你们副总亲自来？再说这次投资方主要是傅氏，你身为下一任准主管，亲自来傅氏体验，不是理所当然吗？何况方案是你来做，你来傅氏考察，合情合理。去完了傅氏，你接下去还要到陆氏，有我这个傅氏总裁给你当顾问，你何必舍近求远。"

傅寒州说完，上下瞥她，"去换件像样的衣服，那天参加商会活动穿的那套就不错。"上班的时候总是打扮得像个教导主任。

南枝继续化妆，心里琢磨着衣柜里哪件衣服比较合适。虽然不想承认，但心里还是隐隐觉得，不该给傅寒州丢脸。

傅寒州也不着急，见她还在画眉毛，主动出去给她做饭。等看到南枝一边扫腮红，一边进进出出挑选衣服的时候，傅寒州忍不住问了一句，"你手上拿的红红的是什么？"

"腮红啊，增加气色。"

傅寒州想了一下，脸色难看道："所以你看着我脸红，都是因为腮红？"

南枝先是愣了一下，反应过来后差点笑出眼泪，"啊？你以为我每天都是脸红害羞状态吗？"

傅寒州撂下筷子，"吃饭！"

南枝笑吟吟坐过来，一双眼睛不住往他身上瞟。

傅寒州冷冷瞥她，"很得意？"

"还可以，也没有很得意。"

傅寒州慢慢咀嚼嘴里的食物，但是那眼神儿，像是要把她生吞活剥了。

南枝见好就收，清了清嗓子，问："这套怎么样？"

傅寒州点点头，"尚可。"他能给她买更好的，可惜她不要。

南枝见他点头，觉得差不离了，又问："那我等会儿怎么进去？总得先去你公司报到吧，我得带上笔记本。"她咬着吐司去收拾自己的通勤包。

傅寒州直接道："跟我一起去就行。"

"那怎么行，这不符合流程，你把我放在你公司附近，我去你们前台报到。"

"那我让赵禹去接待你,带你熟悉环境,中午再跟我一起吃饭。"傅寒州给她安排得明明白白。

南枝想了想便同意了。

出了小区,赵禹已经在车上等着他们了。

"傅总,今日您的行程表已经放在您的左手边了。"

傅寒州"嗯"了一声,拿起来翻阅,见到南枝好奇的目光,挑眉道:"很想看?"

南枝有些别扭,"也不是很想,但是,你要给我看看你的日常安排,我也是不介意的。"

傅寒州将东西递过去,"看吧。"反正也只是会议流程和一些需要他确认的事项。

南枝看完有些瞠目,他还真的挺忙的。

"赵禹,今日你带着南枝去集团熟悉各大业务,你亲自带她。"

"是。"

南枝将东西还给傅寒州,轻声道:"傅总,别的员工来,也有这待遇吗?"

"没有,我特地给你开的后门。"傅寒州面不红心不跳地回答。

南枝眨眨眼,"这是能说的吗?"

傅寒州伸手掐她脸,"别得了便宜还卖乖,你明知道,不是每个人都有这样的待遇。"但凡万盛换个人来,别说叫赵禹亲自接待,顶多叫个基层员工帮忙带路就不错了。

南枝嘶了一声,"可见傅总您也不像传闻中那样啊。"

"是吗,说来听听,传闻中我是哪样?"

"唔,铁面无私、只讲利益、寸土必争?"

"这形容很精准,可你是我的女人,我乐意把这独一无二的例外给你,在我这儿,你可以尽情做自己。"傅寒州说完,车厢内一静。

南枝尴尬地脚趾抠地,示意还有外人在呢。

傅寒州面色如常,反正赵禹跟司机也不会说出去。何况如果连自己喜欢一个女人,想宠爱她都无法宣之于口,那要嘴巴有什么用?

南枝有时候确实是难以招架他的直球攻势。

不过接下来,傅寒州也没再跟她说话,因为直到车开到CBD大楼附近,赵禹的电话就没停过,一应的事务安排都会由赵禹筛查过后再报告给傅寒州。

眼瞧着马上要驶入傅氏,南枝有点紧张地暗示了下傅寒州。傅寒州差点忘了她的事,让司机找了个隐蔽的转角停车后,南枝火速下了车。

傅寒州张嘴想提醒她别跑么快,然而她已经头也不回地走了。

他哑然失笑,对司机说:"走吧。"

南枝直接去前台报到。前台小姐已经收到了总裁办那边的来电,笑容可掬道:"好的,请您跟我来,赵特助很快就下来接您。"

"有劳。"南枝跟着前台小姐进入贵宾接待室。

"请问您需要喝点什么?"

"白开水就行,谢谢。"

"好的。"

前台小姐帮忙合上了接待室大门。去茶水间的时候,几个同事问她:"这次是哪家公司的高层?赵特助亲自迎接应该职位不低吧?"

"听说是万盛集团行政部的。"

"行政部,主管?"

"好像不是。"

话音刚落,前台赶紧出去站成一排。等傅寒州跟赵禹一行人进入大厅的时候,全部人的视线都跟着傅寒州走了。

南枝下意识地朝那边看去,隔着接待室的玻璃门,与傅寒州对上了视线。

男人紧抿着的唇微微勾起,一时间,不少人在纳闷:傅总今天是有什么大好事?

南枝脸一红,迅速移开了视线。这男人……这个样子,还怪好看的。

南枝在位置上等了一会儿,赵禹就下来了。他推门进入,伸手恭敬道:"南枝小姐,又见面了,欢迎您来到傅氏参观,今日将由我全程陪同您,也会积极配合您的工作,有什么需要和疑问,尽管提。"

南枝好久没见到这么公事公办的赵禹了,知道他是在走过场,也起身与他握手,并说:"赵特助别客气。"

_207

赵禹递给南枝一个参观专用的工作卡,"凭这个卡可以去我们的休息室、员工餐厅、影音室还有活动中心,三楼有按摩和洗浴中心,不过要按照员工等级进入,我给你的卡可以在任何区域畅通无阻,如果有什么不舒服,我们五楼是医务室,游戏厅和篮球场都在八楼未开放区域,大部分办公楼层属于集中区。"

南枝接过工作卡戴上,赵禹已经开始向南枝讲解公司的各部门,包括傅氏旗下现在涉及的主要业务。

赵禹将一个iPad交给南枝,"这是我们集团投资的公司还有产业链,如果觉得册子上并不直观的话,你可以直接在这儿看,这是智能系统,有什么不懂的你可以点击云端智能播放。三楼还有一个展厅,每年的优秀员工和突出成就都会在里面展示,对于你的工作应该更有帮助。"

毕竟搞商会活动,说白了就是展现各个公司的风采,这些资料到时候整理成册是要发送到其他参会人员手中的。

"好的。"南枝的记性很好,在赵禹准备去下一个部门的时候,南枝已经能通过刚才看过的东西,准确说出那个部门的负责人姓名。

"南小姐记性真好。"

"职业本能,我们这行要记住的客户多,要是面对面遇到却喊不出或喊错客户名字,那是非常失礼的。"

网络客服还能通过聊天记录来判断对方的身份和发生过的事情,她们这样的岗位就只能纯靠脑子,要记住每个人的需求那确实不是件容易的事。

恰好这时候赵禹接了个电话,他让南枝先等等,自己先去处理一些事情。

赵禹很快处理完了突发事件,并向傅寒州做了汇报,傅寒州问道:"她人呢?"

"在资料库。"

"走吧,我也去看看。"

他为南枝破的例太多,赵禹也不觉得意外。

傅寒州跟着赵禹从电梯上下来。脚步停顿了一下,直接去找南枝。赵禹识趣地没有跟上去影响他们二人世界,干脆直接去刚才的部门视察。

南枝从洗手间出来,就看到了站在不远处的傅寒州。南枝见附近人来人往的,赶紧又闪了回去。

傅寒州看着就觉得好笑,直接大步流星朝她走去。

"你干什么,这是女厕所!"南枝低声提醒。

恰好有其他女员工从厕所出来,一抬眼看到傅寒州,说话都结巴了:"傅……傅……傅总?"

"嗯。"傅寒州颔首,一副好像要洗手的样子。

大家也根本没注意到南枝,低着头赶紧闪了。

傅寒州不动声色地假装扣袖口,"还不出来?"

南枝红着脸问道:"你干吗呀?"

傅寒州理直气壮,"你不出来,那我就只能进去找你了。"

"你没事吧!你公司的员工知道了怎么想你啊?"南枝感到无语,但也只能慢吞吞走出来,暗自腹诽:说好的很忙呢?

傅寒州双手插兜,"我亲自带你去参观而已,怎么就上升到这个高度了?"

他一副闲适的姿态,南枝心里暗骂他无耻。

"偷偷骂我什么呢?还是说,想在这儿跟我……"傅寒州微微倾身。

南枝用手抵着他的胸膛,"你到底忙不忙啊?!"

"忙得很,不过你第一次来我公司,我可以抽点时间陪你转转,毕竟你也是我的大客户,我人都在你手里,不先照顾好你,我怕我没心思干活。"

还真是情话说来就来,偏他还能说得一本正经。

"走吧。"傅寒州转身,从她跟前过去。

傅寒州倒是也没拉南枝的手,不过与她并排走着的时候,还是被全公司的人行注目礼了。

很显然,傅寒州对自己公司旗下的业务数据了然于心,给南枝做介绍的时候,经过哪个部门,哪个部门的小领导就会跟过来,结果参观的人数莫名其妙地越来越多。不知情的员工还以为是一次部门突击检查,一个个挺直腰杆连摸鱼都不敢了。

"这个数据错了。"

"这份报表跟上个月的有什么区别?"

"你忙你的,我只是路过。"

……

南枝跟在傅寒州身边,能感觉到男人在职场上的魅力来源了。

趁着身边的人落在后头,傅寒州低声道:"怎么这么看我?想我了?"

算了,当她没想刚才的事,这人简直夸不得。

等把几个楼层都转了一圈,完成工作的傅寒州看着南枝那两条小细腿和那脚上的高跟鞋,直接问道:"中午一起吃饭?"

南枝刚想说谁要跟你一起吃,但一扭头就看到后头跟着的一众小领导也看着她,一副您是客户理所应当的表情。

"好的,谢谢傅总款待。"

有助理马上道:"那我去订包厢。"

傅氏集团员工餐厅也有包间,跟外头的餐厅没什么区别,也是点餐制度。平日里傅寒州吃什么,都是由生活助理负责。

"送到我办公室吧。"傅寒州说完,对着南枝道:"南小姐,不好意思,今天我还有几个会议,不介意吧?"

听听这道貌岸然的话,她要是拒绝,简直是不识好歹。

南枝磨牙,"当然不会。"

"那就最好了。"傅寒州轻笑出声。

电梯来了,赵禹很有眼色地没有跟着进去,而是选择了下一班电梯。

"今天感觉如何?"

南枝想了想,"你很厉害。"

"嗯?"傅寒州低头看着她,"真心夸我?"

南枝点头,"一个集团运营得如何,且看管理层人员就知道,傅氏的确令人心向往之。"

傅寒州真的错愕,"你不是在说反话?"

南枝瞥他一眼,"当然不是,我夸你你还不满意?"

傅寒州却一把将她拉到自己身前,直接吻了下去。

南枝吓到了,在他怀里挣扎起来,傅寒州亲够了才放开她,然而南枝的口红早就花了。他用指腹替她抹干净。

南枝喘了口气,看着电梯里的摄像头,"你疯啦!"怎么动不动就吻她?

傅寒州有点意犹未尽,果然在自己的地盘吻南枝,感觉不一样。他的手指在身侧轻轻敲击,熟悉他的人,例如陆星辞要是在这儿,保准能知道,这是他在思考的小动作。

南枝气呼呼道:"你再这样我立刻就走,我可不想跟你一起上八卦杂志。"

傅寒州挑眉,抬头看向监控。正在监控室八卦的保安瞬间挪开视线,仿佛被看到了似的。

"他们不会发出去,也不会有人进来,这是只供我一个人通行的电梯。"

说罢,电梯已经到达顶层,傅寒州拢了下西装外套,抬步走出电梯,南枝只能跟在后面出来。经过刚才那一下,她脸上已经没了笑意,不过她的注意力很快就被属于傅寒州的领地所吸引。

这是整个傅氏集团的权力中心。

这一层的人都是行色匆匆,电话声络绎不绝,那些员工见到傅寒州时站起来问好,目光都不曾落在南枝身上,因为没空。

南枝跟着傅寒州进了办公室,有秘书进来送咖啡,笑容可掬,"小姐,您喝什么?"

"一杯白开水就好。"

"好的。"

傅寒州的办公室很简约,巨大的落地窗能看到外面的风景,不过南枝莫名觉得有种压迫感。

"坐吧,我这里有文件要处理。"

"你先忙去吧,我也整理一下资料。"南枝没管他,反正她也要把刚才看到的东西赶紧记录下来,毕竟傅氏的活动页面肯定是大头,这个做好了,接下来的问题都不大。

傅寒州这边确实挺忙的,不停有人进来送文件。不久后赵禹也回来了,并且在桌上摆好了饭菜,然后退了出去。

傅寒州平时忙起来根本顾不得吃饭,不过今天南枝在,他不会让她饿肚子。

"先吃饭吧。"

南枝蹙眉,"再等等。"

傅寒州无语,倒是第一次他主动叫人吃饭,而那个人却为了工作让他等等的。傅寒州从座位上起身,迈开长腿走到她跟前,把她的电脑挪走。

"哎,哎,就差一点了。"

傅寒州随意瞥了一眼她写的东西,"好几项数据不对,回头我告诉你新的,这些报表都是前两年的。"

南枝任凭他把电脑拿走,"你连前两年的数据都记得?"

"我公司的亏损盈利我都不记得,我还能记得什么?吃饭。"

南枝拿起碗筷,两个人经常一起吃饭,所以动作间也熟悉了彼此。

"傅总,还有一份文件要签署。"有秘书叩门。

"进来。"

那人进来瞧见傅寒州在吃饭,赶紧低头道:"不好意思傅总,文件比较急。"

"放下。"

"是。"

等人走近,就看到傅寒州把南枝挑出去的青椒给吃了,那人直接傻眼了。

南枝一开始没觉得有什么不对劲,等看到傅寒州在吃自己不吃的菜时,才在桌子底下踹了他一脚。

傅寒州掀起眼皮,"还有事?"

那人摇头,"没有。"他将文件放下,火速离开了办公室。

刚关上门,对面迎来同事,"你怎么跟见鬼了似的?"

"你要进去送文件?"

"嗯,今天有多忙你又不是不知道。"

"我劝你还是别现在进去得好。"

"为什么?"

男人想了想,"傅总在里面,嗯,反正不方便。"

"干什么呢?"赵禹扫了他们一眼,"该干什么干什么去。"

"赵特助,我这儿还有份文件要给傅总,是现在进去,还是?"

赵禹伸手,"给我吧。"

"好的。"

见赵禹脸上不带怒意,两个人大着胆子凑过去,"赵特助,傅总恋爱了?"

赵禹看他们,"这是你们能问的?"

两个人也不是傻的,赵禹没直接否定,那就是肯定了呗。看来里面那位就是未来老板娘,或者说暂时的老板娘了。这可是破天荒头一遭。

"赵特助,那我们先去忙了。"

"今天要是各部门有急件,让他们把东西传到我这儿。"估摸傅寒州不想人打扰他跟南枝。

到了中午,赵禹请办公室的员工一起出去吃饭。

外头的动静,南枝在傅寒州办公室里是听不到的,这个办公室的隔音效果一流。

"你们这儿员工餐确实好吃。"

万盛也有餐饮部,还搞过那么多活动,照理说饮食上不会太差,然而跟傅氏一比,还是差了一截。

傅寒州不以为然,"照顾员工身心健康,是我司的基本准则。"他说罢,靠在椅背上,显然对这天天吃的饭菜不是很感兴趣,"所以,要不要考虑一下?"

南枝看他,傅寒州淡声道:"来傅氏上班,薪资待遇不会比你在万盛差,而且也有助于你提升个人能力。在傅氏,能力为王,不会像万盛那样要靠资历和人脉。"

南枝摇头,"暂时不想。"

"因为我在?"

"嗯,你给我开后门,而且你有私心。"

她也一副谈判的姿态,"何况今天你对我的特殊照顾,你那些秘书只要有眼睛都能看出来,虽然不会乱说话往外传,但若我来你公司上班,他们会怎么想,还能把我当正常同事?"

"就像你说的,我来傅氏的优势是在这儿有相对公平的竞争环境,这也代表内卷更严重,可是我现在已经对竞争失去了乐趣,那还不如留在我已经熟悉的万盛。"

南枝的答案在傅寒州意料之中,这也是她头一次说得他无法反驳。南枝看他那样子就知道这番话他听进去了,便端起了旁边的水杯喝了口水。没等她把水杯放下,旁边伸过来一只手,正是傅寒州,这家伙一双眼睛盯着她,就着她的手慢条斯理地喝了一口水,然后扯了扯领带。

"吃饱了吗?"傅寒州挑眉,"去休息室午睡一会儿?"

南枝误会成了另一种意思,起身想跑。

傅寒州一把扣住她的腰肢,将人直接扛到肩膀上,"外面早没人了,忙了一上午你还不累?下午1:30才上班,还有两个小时,睡个午觉才有精神。"

南枝才不信他说的,眼瞧着他要打开休息室的门了,她用力扑腾起来。傅寒州一下将她拉进怀里,扣着她的胳膊就打开了休息室的门。不过进入休息室之后,南枝就没空管傅寒州了。

这个休息室几乎可以称之为一个小型套房,光线充足,还有浴室和更衣间,除却一张大床外,居然还摆了很多画。不对,应该说,是画室里被摆放了床。那些画具凌乱地摆在角落里,画架上还有未完成的画。

南枝错愕地看着这间休息室,"这些画是你画的?"

得到肯定回答后,她倒吸一口气,因为她没想到傅寒州会画画,且以她的欣赏水平来看,跟他本人风格很不符。画的色彩鲜艳浓郁,都说一个人的画能代表一个人真实的想法,傅寒州这样的人,内心竟然充满了如此浓烈的色彩。

傅寒州随口道:"偶尔心浮气躁的时候会画画。"也是年少时就保留下来的习惯,这些年也没变过。

南枝差点忘了,他的出身就代表了他不可能是个不学无术的人,不仅仅是学业,其他兴趣爱好肯定也是师出名门。

"你很喜欢?"傅寒州看她盯着一幅画一直看。

"是被惊艳到了,我从来不知道你画得这样好,如果你不继承傅氏,会不会选择当个画家?"

"我当不了画家,我没有对艺术的追求,就像你说的,我只是个万恶的资本家,我喜欢操控和赚钱,把利益抓在手里。"傅寒州坦然道。

南枝听到这个回答也不意外,傅寒州对于这点一向坦诚,他不屑于去伪装自己。

"我能都看看吗?"南枝指着角落里堆放着的画问道。

"嗯。"傅寒州也没阻止。

南枝将那些画小心翼翼地拿出来,细细欣赏,她不知道别人是怎么看的,她只觉得傅寒州的每一幅画都充满了张力,不过看日期,都是最近这一两个月画的,再往前翻,竟然有五六年的空白。也就是说,那段时间的画作,他没放在这儿,抑或没画。

chapter 13

细节在每一处

等翻到最后面,南枝发现一本旧画册,里面有很多大提琴的速写。

她的手指落在了落款日期上,应该是傅寒州18岁的时候。他那时候的画大多是黑白的,给人沉闷和腐朽的感觉,被荆棘藤缠绕的大提琴,琴弦也断了。

南枝似乎找到了最符合自己心境的一幅画,久久端详。

"为什么你以前的画都没上色呢?"

屋内很安静,傅寒州点了根烟,"我不知道别的男人怎么样,但我在那个年纪,十分叛逆,不喜欢去学校上课,常年找家教补习,会去打架,一切关于死亡、血腥、暴力的东西都想试试,就像是要把所有无处发泄的精力都宣泄出去。"傅寒州平淡地阐述。

南枝难以想象那样的傅寒州。

"你?打架?是在学校里跟那些人?"南枝能想到的,也就是这些。

傅寒州轻笑,"是地下拳馆,打黑拳,为了2万块。"他说这话的时候,莫名透出了一股张狂的戾气,但又被表面的矜持冷淡掩盖。"是不是很难理解?"

"嗯。"

"陆星辞那时候也玩车,玩极限运动,大概是小时候把这些都玩腻了,长大后就安分了。"傅寒州将烟头掐灭,起身走到南枝面前,"喜欢这幅画?"

"说不上来,就觉得你那时候已经画得很好了。"

傅寒州将她抱到怀里。南枝摁住他的手,"你为什么不去学校上课?"

傅寒州看着她，南枝解释，"我不是要打听你的过去，我只是有点好奇。"

傅寒州心里是高兴的，以前她对自己的事一丁点兴趣也没有，现在她愿意了解自己，也算是个好现象。毕竟他可没打算放开她。

"乱糟糟的，烦人，而且我在学校被绑架过。"所以就算去上学，也有保镖跟着，还不如直接在家学。

"那学业呢？"

"请家教就行，想学那东西就很简单。"

南枝想起来了，他毕业于世界名校，怎么会有人什么东西都会，而且都能做得很好呢。她觉得自己以前好像小看了傅寒州。

"我爸爸……嗯，他以前也是个老师，也带过几个学生。"南枝突然开了口，"那时候我跟我妈妈就在楼上，从不下去打扰他上课，你是不是也这样？"

傅寒州眼底仿佛有化不开的浓墨，嗓音沉沉，"是这样，没错。"

傅寒州把画从她手中抽走，一把将她抱了起来，"午休吧，下午再继续润色你的方案，现在你得休息。"

室内的空调调节到了最舒服的温度。傅寒州给她盖上被子后，将闹钟关掉，起身换了套西装，打开门出了休息室。桌上的饭菜已经被清理干净，办公室里的空气恢复了清新。

赵禹仿佛什么都不知道一般将文件交给他。

"通知一下5分钟后开会，还有不要让人进办公室打扰她。"

"好的，傅总。"

南枝一直睡到2点半才睁开眼。她腾一下坐起来，看着整理好叠放在旁边的衣服，赶紧穿戴好出去。还好办公室里没人，南枝坐到了原来的位置处理文件，不知道是不是刚睡醒的原因，她脑子里还一片混沌。

傅寒州也不知道去哪儿了，她给他发了消息，暂时没收到回复。

南枝做了两小时关于傅氏的观察报告，寻思着都快下班了，傅寒州怎么还不回来？工作了半天，她也有些疲劳，干脆打开手机玩了把游戏提提神。

傅寒州开完会回来时，南枝还在打游戏，"让你来公司，是让你来打游戏的?"傅寒州抽走她的手机。

南枝也不常打,只有在脑子需要一些刺激来保持清醒的时候,才会玩一下,所以对他抢走自己的手机并没有多大反应。

南枝问道:"你忙完了?"

"差不多了。"傅寒州看向她的电脑,"数据都调整正确了?"

"对,你看看这样的展示方位可以吗?这样一来集团的形象和风貌,以及新年度的合作方向,在商会活动举办的时候可以全方位展示,傅氏自然是C位,其他会按照之前做的设计方案排布。"

傅寒州框选出几点不合理需要修改的地方,"设计页面不需要太花里胡哨,内容才是关键,如果是做大屏幕的话,这样的色调容易让人眼睛难受。"

"好的,我把你的意见提交,到时候看看整体效果图。"

傅寒州没打扰她,他也有事情要忙。

中途林又夏联系了南枝,不过她们那一组的进度比较缓慢。不像南枝这儿,想要什么资料,傅氏的人直接就把资料给送来了。那边免不了要坐冷板凳,南枝让他们别着急,还有七八天的准备时间,等商会的所有参会成员都满意了才会开始正式实施。

不过有个意想不到的人联系了她。看着静静躺在一堆消息里的汤曼蓉的邀约,南枝面无表情地选择了关闭。汤曼蓉打的什么主意,南枝不用想也知道,不过她不想让她拿捏。

一下午,两人都是各忙各的,中途有人借着送文件的由头进来,也没瞧出来傅寒州跟南枝之间有什么猫腻。主要是两个人连个眼神对视都没有,一个坐在沙发区办公,另一个则在办公桌前忙碌。不过总裁办的消息,向来是传不到下面去的,大家都会管好自己的嘴。

一直到六点半,傅寒州才办完手里的工作,"吃什么?"

办公室好久没他的声音,骤然响起,南枝顺势打了个哈欠,"回家吃?"

"太晚了,回家做饭还要好久,直接在这附近吃吧。"

"那你来决定吧,我基本不在这片吃。"

"为什么?不好吃?"傅寒州拿起手机。

"贵。"南枝无情吐槽。

傅寒州想了想,"给你副卡,你愿意收?"

南枝白了他一眼,傅寒州也是奇怪,不懂她坚持的点。

"那你怎么才会接受副卡?"傅寒州是头一次为了怎么花钱烦恼。

"反正你无论怎么做,我都不会接受。"

傅寒州的好心情瞬间被她给破坏了,寒着脸道:"走了。"

"去哪儿吃?"

"饿不死你就行。"

南枝无语,又生什么气?

两个人一前一后从办公室出来,其他人全当没看见。等两人一走,赵禹也宣布下班。

傅寒州带南枝到了一家私房菜馆,这家馆子整体是江南园林的建筑风格,服务员都身穿旗袍。

"这里人少,你不必担心。"傅寒州知道她的顾虑。

南枝知道这家私房菜馆,因为宋栩栩曾经预约了好几次都没约上,所以显得格外神秘。

"我听说这家的厨师是御厨传人?"

"嗯,是有这么个说法,我跟这儿的老板关系不错,也有专门的位置,我看你最近挺累的,吃点滋补身体的吧。"

两个人这会儿倒是把刚才在办公室里的不愉快给忘得一干二净了。

正说着,服务员送来了菜单,这里每天的菜单都不一样,傅寒州选了南枝爱喝的甜汤,"上菜还有一段时间,去走走?"

南枝诧异,"去哪里?"

"这里夜晚能听戏,还有河灯。"

他伸出手,拉着她去了外头。果然,那园林掩映间,环湖的石桥上是一个现成的戏台,戏曲演员粉墨登场。就餐的不少人出来听戏了,廊檐下有人相拥,看着都是H市的大人物。傅寒州带南枝坐到了一个隐蔽的角落。

"这地方真美。"南枝拿杆子挑着河面上的河灯。

"喜欢的话,下次再带你过来。"

"我能放河灯吗?"

傅寒州打了个响指,立刻有人送上了许愿签和河灯。

"想许什么愿望?"

南枝狡黠一笑,"不告诉你。"她拿过许愿签和笔,用手挡着不让傅寒州看。

傅寒州觉得她好笑,难不成这心愿还怕人抢了?

她很快就写完了,其实也没什么,就是想自己生活顺心,姑姑身体健康,爸爸妈妈在天上也能过得好。

"你不写吗?"她将许愿签放进河灯里。

"我不信这些。"

"可是还多了一盏。"

傅寒州挺想抽烟的,听她这么说,干脆接过了笔,也没遮掩,直接在纸上写下两个字:南枝。

她心中一动,耳边能清晰地听到树梢被风吹动的声响。那些隐蔽的、不为人知的、小小冒出头又被很快摁下去的苗头,瞬间疯长。

傅寒州的字很好看,刚劲有力又不失风骨,南枝看得有些发愣。他将许愿签放入河灯中,瞳色好看的眼眸含笑凝视着她,"一起放?"

南枝这次是真的红了脸,心里想着,这个男人要是愿意用心哄女人,应该没有哄不好的。

他起身牵着她的手,将两盏河灯顺着杆子往下放。

南枝看着两盏河灯顺着水流聚拢又离散,一时间竟然不愿意打破这样好的气氛。她侧过头,在傅寒州的下巴上吻了一下。

他放在她腰上的手微微收拢,"挑逗我?"

"嗯。"

傅寒州缓缓勾唇,挑起南枝的下巴,缓缓轻吻。

赵禹并没有过去打扰他们,不过却在这儿遇到了不速之客。

汤曼蓉伸出手道:"赵特助,没想到在这儿能见到您。"

赵禹颔首,"好巧。"

"这是我的丈夫,高赫。"汤曼蓉为二人引荐。

高赫有项目要在这里谈,是高赫的上司帮忙牵的线,对接的业务也正好跟傅氏有关。高赫陪老婆来上厕所,没想到能遇到赵禹。

"久仰大名。"高赫发了名片。

赵禹接过,"过奖。"

汤曼蓉往里面看,"赵特助是陪着傅总来的吗?"

赵禹没吭声。

汤曼蓉自顾自道:"上次说要请赵特助吃饭,结果一直没找到机会,要是您方便的话,下次我联系您?"

高赫也赶紧道:"是啊,曼蓉回去后一直跟我念叨这件事。"

赵禹笑了笑,"会有机会的,二位要是忙的话,可以先去。"

汤曼蓉的目光依旧在包厢里面打转,等看到椅子上那熟悉的包时,已经确定南枝在这儿了。

"南枝也在里面吗?我过去跟她打个招呼。"

赵禹直接道:"我不明白汤小姐的意思,而且您不方便进去。"

汤曼蓉有些生气,明明自己被他们利用了。现在跟南枝撕破脸,要一点好处也应该吧。

"既然这样,曼蓉,我们先回去吧。"高赫看出赵禹的不悦,也不想去惹麻烦。

跟赵禹告别后,高赫问汤曼蓉:"你刚才怎么回事,那么失态?"

汤曼蓉气不过,但又不敢把事情告诉高赫,只好说自己是怕南枝吃亏。

高赫也挺意外,南枝竟然真的跟傅寒州有关系,"你没看错吧?"

"错不了。"

"还真没看出来她有这个本事,往后你恐怕还得仰仗她,不过人家正在跟傅寒州单独约会,咱们还是别去打扰得好,以后机会多的是。"高赫说到这儿顿了一下,"这次我跟傅氏的合作很重要,如果成功,你跟孩子就不用那么辛苦了。"

其实汤曼蓉跟高赫比起很多人已经算是成功人士,但相比傅寒州这种阶层,又算得了什么?谁不想实现阶层的跨越呢?

这边饭菜也上来了,南枝先进了包厢,赵禹把刚才的情况跟傅寒州说了。

"去查一下那女人想干什么。"

"是,傅总觉得她不该留在南小姐身边?"

傅寒州看了眼手表,"一个连下属都可以送人的人,能合作吗?"

赵禹了然,"明白,傅总您放心。"

高赫夫妻俩回到自己包厢继续谈业务,本来双方谈得不错,眼瞧着就要约定好签合同了,哪知道傅氏那边的人接了个电话,再回来就急着要走。无论他们怎么挽留,那人都一反常态,仿佛不愿意跟他们沾边似的。

连高赫的老板也在纳闷:"是不是哪个环节出了问题?你们别着急,我让人去打听打听情况。"

"行。"高赫看着一桌子价值不菲的饭菜,心疼得不行,这一桌饭菜加上酒水起码花费十几万,要是合同没谈下来,那真的是打水漂了。

汤曼蓉捂着肚子,脸色十分难看,在高赫旁边轻声道:"会不会是赵禹?"

高赫实在不明白,汤曼蓉怎么会这么想。不过他没追问,毕竟饭菜都点了,总得吃完。等没人的时候,高赫才问道:"你是不是该跟我解释一下?"

汤曼蓉擦了擦嘴,在心里把事情润色了一下,"明明是我帮了她,现在她却翻脸不认人,所以我担心很可能就是她在傅寒州那边给了不好的意见。"

高赫没吭声,一直沉默着,看得汤曼蓉也有点忐忑。

"先回家吧。"现在还不知道究竟怎么回事,他急也没用。

高赫将她送回家之后,借口去打听情况就再次出了门。汤曼蓉那种不安感持续蔓延,几乎一整晚没睡。

高赫没有回复她的消息,汤曼蓉熬了一整晚,觉得这样等下去不是办法,决定还是去走走南枝的门路。

南枝晚上睡得很好,尤其是回家后,司机把只只也送过来了。

小奶猫换了个环境,只顾自己在角落里嗅嗅闻闻,竖起小尾巴哒哒哒哒到处乱转,完全顾不得两位主人要去干什么。

晚上气氛好,两人又喝了点红酒,南枝跟傅寒州窝在一起看电影。

他有意无意把玩着她的手指,"明天忙什么?"

南枝看着屏幕上的电影,仰头道:"有几个活动,我去现场看看搭建进度,之后就要开始做商会活动的活儿了。这段时间我估计挺忙的,就不去你那儿了。"

傅寒州知道她不是不能去，毕竟人晚上总是要休息的，她只是不想去。估计上次他突然离开，给她留下了阴影。她这里离傅氏也近，所以傅寒州想了想便决定道："那我过来吧，这两天我不算忙。"

"你下星期不是要出差吗？也没几天了，不用准备东西？"

傅寒州叹了口气，"真不跟我一起去？"

"不是我不想，是我真的出不去。"

傅寒州再次叹气，"那我早点回来，有没有什么想要的？"

他出差一星期，等他回来，各项场地也准备得差不多了。南枝算算时间，直接道："不用了，你平安回来就好。"

傅寒州就知道问了她也不会说，不如自己直接买来送她。现在还分什么你我，也就她固执。

"去洗澡，明天还得早起。"南枝下地，抱着只只往房间走，"你呢？"

"厨房还有碗筷要洗。"傅寒州卷起袖子，人已经去了厨房。

南枝抱着猫看着他的背影，说真的，今晚的傅寒州比任何时候都要帅，都要令人心动，南枝捂着心口，觉得那处又酸又麻。

傅寒州这时候回头看了她一眼，南枝心头一颤，赶紧转身回了房间。

南枝洗完澡出来的时候，傅寒州正在打电话。她看了一下林又夏发过来的文件，不过脑子里却是傅寒州刚才在厨房忙碌的身影。那一刻，她真的有一种他很宠她的错觉，就像是真正的爱侣。

其实傅寒州有些话说得对。他要是想宠着一个女人，是不忍心她做任何事的，愿意伸出羽翼将她护在怀中，更不会有那些公子哥儿的坏习性，比如夜不归宿。可偏偏就是这样细水长流的温存和体贴，才最让人害怕和忌惮。她宁可有时候，他坏得明明白白，也好过他这样温柔体贴。

"在想什么？"

低沉的男声在身旁响起，床铺微微塌陷，傅寒州已经从身后揽住她，将头搁在了她肩膀上。

在一起的时间越久，两个人身上的味道就越接近，此刻他身上那一贯的冷木香，已经变成了她的沐浴露味道。

南枝觉得他这样的姿态和动作，温柔缱绻得让人心里发酸。

微微闪避的动作还没开始,就被他扣了回来。"躲什么?"他一边说着,一边用手操控着电脑,先是看了南枝的工作群聊天内容,接着又挪到了她最近联系人那栏。大部分都是姐妹群和工作群,并没有不该出现的人。

傅寒州满意了,可南枝却不高兴了:"你怎么看我聊天记录?"

"你们讨论的难道不是傅氏的项目吗?最后还不是要给我看。"

傅寒州理所当然的语气让南枝无语,"那这些也要整合之后再拿出最好的方案才能给你看啊。"

傅寒州指着一条道:"就这个还像个样子,剩下的可行性不高,傅氏不喜欢这种花里胡哨的设定,可以新奇,但不能猎奇。"

南枝点点头,"你又给我开小灶。"

"嗯,不行?"傅寒州将她的电脑收走,"可以睡觉了。"

南枝看着他将电脑拿开,摁着她躺下,又将在床边打哈欠的只只提溜下了床,纳闷道:"你今天怎么这么早就要睡?"

傅寒州瞥她,"你这么问,我会以为你是在暗示我什么。"

南枝翻了个白眼,直接将被子一卷,"睡觉。"

傅寒州叹了口气,从身后抱着她,脚边有轻巧的重物跳跃,应该是只只又跳上来了。

他的身体跟个火炉一样,南枝觉得有点热,不耐烦道:"你别老搂着我,很热,等会儿要出汗了。"

"嗯,你身上凉凉的,舒服。"傅寒州咬着她的耳垂,"我走了你会不会想我?"

南枝拧过头,有点不敢置信:"你该不会是在跟我撒娇吧?"

"嗯。"傅寒州承认。

南枝张了张嘴,又不知道说什么,然而傅寒州已经扣住了她的脸,男人的气息瞬间笼罩,南枝呼吸一沉,也伸手搂住了他的肩膀。

这个晚上,她无比热情,就像他说的,他要离开好几天,这几天都没有他。

会想他吗?会的,甚至他还没走,她就开始想念他体贴的照顾了。反正现在暂时不会离开,那放任自己与他温存,就这么一晚也好。

南枝早上先送傅寒州去机场,然后才回活动现场。这段时间万盛的员工都很忙,而南枝作为下一任行政部主管更是忙得像陀螺。商会活动至关重要,但其他客户的需求也不能忽视。

简思娜本就想跟她搞好关系,听说傅寒州出国去了,想着南枝这段时间应该挺清闲,起码不用陪傅寒州了,就干脆带着几个闺蜜来看看现场搭建的进度。

"这羽毛太梦幻了!南枝你真的好用心。"简思娜对现场很满意。

林又夏让人准备了餐点,南枝抽空陪她们坐了会儿。这次简思娜没说什么让人难堪的话,反而真心诚意道:"我们都说万盛现在走下坡路了,现在看来对你们了解还不够,起码专业这一块,确实比一些小公司要做得好,而且创意也不错,就是你们的运营模式太守旧了。"

老牌大公司都有这样的弊端,南枝也没有否认,点了点头说:"能得到你们的认可,也是对我们全体员工的褒奖。"

简思娜嗔怪道:"都这么熟了,别说见外的话。我看你最近这段时间挺忙的,人都瘦了,回头我给你送点我公司开发的即食燕窝。女人啊,保养不能耽误的。"

南枝想拒绝,简思娜已经说到别的地方去了,意思是等她给商会做完活动,自己再给她介绍客户。

汤曼蓉过来的时候,就看到了这幅画面。

的确是跟着的男人不同了,接触的人群也有了不同。想当初南枝跟着江澈的时候,江澈可没办法让这些富家千金亲自来看现场。

汤曼蓉握了握拳,还是朝着南枝走去。她扣了扣玻璃门,对着看过来的南枝笑了笑。

南枝有些诧异,不过还是跟简思娜她们说了一声,起身朝着汤曼蓉走去。

"汤小姐,怎么了?"南枝问道。

汤曼蓉听到这个称呼,心凉了半截,勉强笑道:"你还在生我的气?"

南枝看了眼手表,"如果汤小姐没什么工作上的事情需要交接的话,我得先回去陪客户了。"

"等等,给我一杯咖啡的时间,可以吗?"

南枝道:"如果汤小姐是为了傅总那件事,我觉得可以不用浪费时间了。我没有背后告状的习惯,汤小姐也请不要再插手我的生活和工作。对于现状我很满意,咱们做不成朋友也当不成同事,现在这样挺好的。"

汤曼蓉心里冷笑,如果不是她授意,赵禹又是什么意思,总不能是他不满意要过河拆桥吧?

"那好,咱们就不提那些,我只是想跟你谈谈。"

南枝郁闷,"可我现在有客户要招待,我离开太久会很失礼。"

汤曼蓉忍下一口气,如果这是南枝给她的下马威,那么她赢了。在职场上,汤曼蓉还从来没这么憋屈过。但凡南枝跟的是其他任何一个男人,汤曼蓉都能用自己在万盛的人脉关系压着她,可偏偏那个人是她根本够不着的傅寒州。

"那就五分钟。"

"好。"

南枝随手打开了旁边休息室的门,看了看里面没有人,"请进。"

汤曼蓉看着她,找了个位置坐下来,软了口气问:"工作适应得怎么样?"

"还行,毕竟跟着你也学了很多,对于应付一些麻烦事,也总结出了自己的一套办法。"

"是啊,还记得你刚进公司的时候,一个客户刁难你,你站在那儿根本不知道怎么办。"汤曼蓉从包里拿出买好的钻石手链,"一点心意,我跟你道歉。"

南枝看着那手链出神片刻,抬起头说:"如果你是真心诚意道歉,我接受,但手链不需要了。"

有时候人的关系就是这样,伤害过,就不可能一笑了之,当什么都不曾发生过。南枝曾经将汤曼蓉视为目标,可现在,这个目标崩塌了,她没办法面对现在的汤曼蓉。

为敌,她不会惧怕;贿赂与讨好,也只不过是玷污她心中曾经的领导。不往来,才是她现在需要的。

"是不是我无论怎么做,你都不会原谅我了?"

"言重了,在你真诚道歉那一刻,我已经原谅你了,但我没办法继续跟以前一样。"

"南枝,既然你把话说到这儿,我也打开天窗说亮话,昨天晚上我跟我丈夫也在那家私房菜馆,并且正在跟傅氏的高层谈一桩生意。我丈夫为了这个业务前前后后忙了大半年,可是只因为一通电话,合同就泡汤了,我希望你能帮帮忙。"

南枝就知道她不会无缘无故找她。

"汤小姐,你但凡对我的为人有一丁点了解,就该知道我不可能干涉傅寒州公司的业务,而且他是一个商人,该怎么做生意,他比你我明白。无论你丈夫业务上有什么问题,都绝对不可能是因为我。"

汤曼蓉抬手,"我知道你不会说,也不会主动去提,我的意思是,会不会是因为我做错了,所以傅总才不愿意给这个机会呢?"

南枝想了想,"他没跟我提过这件事,所以我并不知情,但我相信如果你们确实凭实力拿下来,那么傅寒州不会因为私人原因而考虑换人。"

汤曼蓉觉得那都是推诿之词,只要她愿意帮忙,还不是一句话的事儿。但她没想过,南枝凭什么要帮她,傅寒州又为什么不能放弃跟高赫的合作,又不是找不到其他公司合作。

"南枝。"简思娜等不到人,直接过来找人了,看了眼汤曼蓉道,"你客户啊?"

"不是。"

汤曼蓉已经起身,做了自我介绍。

"哦,那就是以前的领导嘛。你们说完了吗?我有朋友想过来商量订婚的事,你们酒店后面的花园我觉得挺合适的,刚好能看江景,或者顶楼也可以,再弄点无人机。"

简思娜已经拉着南枝走了,还顺便客套地问道:"不介意吧?我这边急。"

汤曼蓉还能说什么,"不介意,那南枝,以后电话联系。"

"好的,曼蓉姐。"

等出了休息室,简思娜才问南枝:"来求你帮忙的吧?"

南枝纳闷:"为什么这么说?"

"多明显,我又不瞎,还好你跟寒州哥的关系没爆出来,不然到时候求上门的更多。你要知道,不是别人求你,你就要答应的,尤其是这种心怀鬼胎的。"

简思娜没说昨天她就收到了傅寒州在群里发的消息,这好不容易把傅寒州给拉回群里,没想到他说的第一句话就是让他们在这段时间照顾一下南枝。好了,简思娜现在就是老母鸡护崽子,她得在万盛安居了,时刻盯着才行。

南枝自然是想不到,傅寒州还能替她想到这一层。

简思娜抛出去的话题,当然也不会让它落在地上,"对了,刚才我朋友跟你提的那几个修改意见,你有没有好的想法?现在当面解决会比较好。"

南枝点头,"好的,简小姐放心。"

汤曼蓉目送她们二人离开,心里说不出的郁闷。

简思娜回头看了她一眼,眼神略带警告,再扭头看南枝时又是一脸亲切的笑容。

汤曼蓉待不下去了,直接拿起包起身出去。她刚到门口,就遇到了林又夏一群人刚从客户公司回来。这段时间大家都忙得热火朝天,尤其是万盛拿下了商会活动之后名气更大,业内不少公司都考虑跟万盛合作,所以这段时间各部门连实习生都派出去帮忙了。

大家行色匆匆地路过,都没注意到汤曼蓉,还是苏静怡抱怨穿高跟鞋太累,说走了一天想喝杯咖啡,问大家买不买的时候,差点跟大着肚子的汤曼蓉撞了才注意到她。

"哎呀,曼蓉姐,今天怎么有空来公司啦?"苏静怡诧异。

汤曼蓉生气的表情还没收回去,大家伙一转头就看到了。她赶紧抽了抽嘴角笑道:"刚好还有些事,怎么都出去了?"

"曼蓉姐你不知道,现在公司忙得不行,唉,我已经三天没睡好觉了。"苏静怡抱怨。

大家都过来寒暄,汤曼蓉询问了一下他们的近况,然后不咸不淡地说:"看来跟着南枝,你们忙多了。"

这话若放在平时,大家肯定能听出她话里的酸意,可现在大家哪有空分析她话里的意思。忙还不好吗?忙总比闲着好,这些人拿的可不是死工资,年终的提成才是大头。大家嘴巴里抱怨,心里可满足了呢。

不过听汤曼蓉这么说,也有人赶紧笑道:"是的呀,那曼蓉姐我们先上去了,有空一起吃饭。"

"对的,等你生了宝宝,我们到时候去看您。"说着一群人扭头就往电梯里走,一边走还一边跟客户沟通。

汤曼蓉站在酒店门口,真的气得话都说不出来了。她现在才知道搬起石头砸自己的脚是什么滋味。南枝简直就是一块臭石头,油盐不进,忘了自己对她的知遇之恩!她不会坐以待毙,坐等失败不是她汤曼蓉的作风。

她直接开车去了傅氏,想找赵禹聊聊,结果没想到被前台告知傅寒州跟赵禹都不在。

汤曼蓉这种级别的来访者,自然不可能被告知傅寒州的具体行程,她只能失望而归。

南枝刚跑了会场,回到公司就打开电脑查看公司内部员工邮件。她发现需要给搭建方结的款项卡在财务部了。显示财务部那边已阅,而且是昨天晚上8点就看了。也就是说,那么长的时间,财务部主管都没有回复。既然如此,南枝也不打算找她废话了。想给人下马威,也得看她接不接,明显南枝现在也不打算管了,只让下面的员工继续做。

"那这款项?"

"不用管,负责搭建的收不到尾款,自然找他们财务部,跟我们行政部有什么关系。"

摆烂?谁不会?

南枝可没打算大事化小,原本她就不想干了,基于汤曼蓉的原因,到现在还继续坐在这儿,也是想对自己的项目负责。既然他们给自己使绊子,那出了事也别想撇干净。

简思娜和蒋哲的项目就是这两天收尾,有些材料还没到,万盛这边财务部不批,等客户问责?对方置之不理就是想让她着急,她还偏不如他们的意。

事情到了下午果然发酵了,原因是有一批拉过来的材料要结算,而万盛财务部这边直接说不归他们管,并没有收到相关文件。简思娜是什么人,所用的东西都是从国外订购来的,送货的可不管他们钩心斗角,见万盛不给钱,直接打电话给了订货方。

这下算是捅了马蜂窝了,简思娜直接打给了高副总,问他们万盛的财务部是怎么回事,当初为了怕南枝难做,简思娜都是直接跟高副总联系的,让他先跟财务部商量好,结果闹出这事。

人还在商会活动现场亲自验收的高副总也是一脸蒙。下午回到公司了解情况后,高副总直接把南枝跟财务部主管乔慧给叫到了办公室。

"客户给我打了投诉电话,乔慧你怎么说?"高副总喝了口茶,等她开口。

乔慧扶了一下眼镜,"我也是按照公司的规章制度办事,我手底下的人会根据公司规定核对完明细后递到我手上,"

高副总看向南枝,"你呢,财务部驳回的明细,你看了吗?"

"高副总,我在昨晚已经给乔主管发过一封邮件,乔主管应该已经看到了,我希望与她私下沟通,但乔主管并没有理会我。"

乔慧蹙眉,心想汤曼蓉还真的是一手提拔上来一个白眼狼。她本想给她一个下马威,她倒好,一直不说今天是最后缴款日期,人家材料商又不懂,直接联系了客户!如果南枝早点来找她说明情况,她也不可能把这个单子卡这么久。

高副总已经看向了乔慧,"给我一个解释。"

乔慧道:"估计我没注意吧。"

"乔主管,我是在规定的工作时间内给您发送的文件,希望与您沟通,您不能在已经阅读的情况下说自己没注意啊。"南枝直截了当。

高副总不动声色,乔慧也不舒服了,"你这是说我是故意的?想把责任都推到我们财务部?"

"高副总之前已经下达过指令,我也在邮件中提出了这一点,乔主管难道觉得这事情还跟我们行政部有关系?"

乔慧在这事情上确实理亏,她没想把事情闹大,只是想卡一卡项目,让南枝知道这公司不是她一家独大。哪知道会闹成这样。

高副总直接道:"该处理的处理,写一封道歉信。"

这处罚已经很轻了。

乔慧红着脸点头,"知道了。"

南枝道:"客户那边,我也会亲自给他们致歉,再多赠送一点东西。"

高副总颔首,让乔慧出去。乔慧走的时候还狠狠瞪了南枝一眼。

等乔慧出去后,高副总让南枝坐到了他对面。

高副总沉吟了一会儿才问:"你是不是觉得自己做得很对?"

南枝面无表情,"古人云,吃一堑长一智。我以为乔主管混到今时今日这个位置,也该知道将集团利益放在个人恩怨之上。我只是用自己的方法解决问题,不然怎么配坐在行政部主管的位置上?"

高副总倒是很久没在主管阶层遇到这样的刺头了,于是他又想起了汤曼蓉之前发给自己的照片。说实话,南枝到底跟傅寒州有没有关系,高副总其实不是很在乎。他只关心能给集团和自己带来多少利益,至于她爬上谁的床,他管不着。何况商会活动举办权不是到手了吗?

汤曼蓉想利用他打压南枝,他也看得出。不过像他这样的老油条,当然懂得取舍。

"去写一份检讨书,我不希望再看到你们两个部门为了这点小事,闹到客户面前。"

南枝早就做好准备了,从一旁拿出了自己的检讨书。

高副总气结,"做好准备来的?你这是什么态度!"声音都拔高了不少。

南枝继续道:"这不是按照您的要求做吗?"

"有恃无恐了是吗?出去!"

南枝扭头就走。没一会儿,南枝跟乔慧被高副总叫到办公室骂的消息就传开了,两个部门的人现在都对对方很不满。

南枝去了天台,打算先透透气,恰好傅寒州打来电话。

"怎么心情不好的样子?"

南枝看着对面的大楼,"哪有。"她转身道,"就是觉得挺迷茫的,你不是在出差吗?怎么这个点打给我?"

傅寒州本来就是想她了才打给她,闻言放下文件,起身站到窗边,看着外头的风景,"工作遇到难题了?"

"就一点人际关系问题。"

傅寒州了然,"你刚刚升职,接下来的问题只会更多,可就这么被打败,也不像你。"

南枝不服气,"当然不会被打败,我只会证明我自己!好了,不说了,我要工作了。"

傅寒州挂了电话,看了眼赵禹的电脑,里头有申请信。

"人事部那边在干什么?"

"哦,人事部那边说咱们秘书办的事情他们不好管,想申请我的同意,便提交到我这儿了。"

"为什么申请年假?"

"小慧在总裁办三年了,一直没休过假。前段时间看她工作频频出错,我建议她休息一段时间,估计她也想明白了,但还是怕我们辞退她吧。"

"同意,并且给公司全体员工发一份邮件,请大家畅所欲言,给公司提意见。"

这一封邮件,震惊了整个公司。

chapter 14

逐渐沦陷

一直以来,傅氏的行为准则都是高效率高回报,女人当男人使,男人当牲口使,连傅寒州自己都是连轴转,出差回来从没休息过,都是直接回公司处理事情。

现在竟然让人畅所欲言?

一开始大家都抱着只说好话的心态在写邮件,毕竟傅氏除却工作压力大之外,福利方面确实是远超其他公司的。

直到傅寒州把这事交给赵禹处理,大家才品出来这竟然不是说说而已,是真的让他们畅所欲言。反正也是匿名,不追究责任,有些人也就真的大胆直言了。

第二天,傅寒州收到赵禹的反馈,反映最多的问题竟然是男同事跑到母婴室抽烟。

"这事情一直有吗?还有哺乳期的女性遭遇职场歧视是怎么回事?"傅寒州将东西丢到桌面上。

赵禹道:"部分男同事认为公司里的哺乳期女性很少,母婴室基本没有人用,而吸烟室太远了,他们认为在母婴室抽烟后只要开窗通风就好了,不会影响什么。"

"怎么?他们也需要哺乳?他们都没老婆孩子?"傅寒州直接问道。

赵禹哑口无言,"我会把这一条明确列出。"

"傅氏的企业文化,是尊重每一位员工,但也请他们自重。"傅寒州一摆手,让赵禹用总裁办的名义给每一位员工都发了一封邮件。

邮件里明确规定:办公室禁止性别歧视和搞对立分裂;禁止男同事

剥夺母婴室原有的用处；公司会在16层员工休息区的A区，设立傅氏内部员工幼儿园，更方便员工值班带娃，在孩子上小学前皆可免费入园，傅氏会请最专业的老师照看；傅氏集团旗下的国际小学部，也会在明年正式搬迁到公司附近，员工上下班时就可以直接接送孩子，减少在路上耗费的时间；合理请假不扣除工资。

这封邮件瞬间被人转发，别说女性员工了，连男性员工也开心得不行。毕竟总是出去应酬或者加班，家里人也会抱怨他们缺席了孩子的成长。如果能在办公区随时看到孩子的话，他们也放心，这辈子都愿意给傅氏卖命。

不仅傅氏内部在集体狂欢，这封邮件还被传到了网上。

"娘啊，怪不得都说傅氏是顶层企业，人人削尖脑袋想进，看这福利就知道，这傅氏还能再屹立个几百年。"

林又夏把刚上热搜的傅氏新福利给南枝看。

南枝扫了一眼，"看得我都心动了。"

林又夏笑道："那还不简单，直接吹个枕边风，进傅氏顺带捎上我，买一送一。"

南枝走出行政部的时候，高副总一行人也刚到楼下。他今天跟傅氏有个饭局，便叫南枝一起。饭局定在老字号海鲜酒楼，听说这位傅氏集团的小领导酷爱吃海鲜，高副总也算是投其所好。

双方在酒楼碰头，南枝因为落后了一段，所以她到的时候就只剩下那位傅氏小领导边上的位置了。

乔慧一边倒酒，一边道："坐下吧，别让人久等。"

南枝敛眸，坐了过去。

高副总坐在了对面，"给大家介绍一下，这位就是傅氏的马总。"

马建军笑着听着周围人的奉承，却没喝酒，倒是看向南枝道："这位今天倒是初次相见。"

高副总道："小南是我们公司的骨干员工，很努力，小南，给马总敬一杯。"

南枝知道自己敬酒这一茬肯定是逃不掉的，便道："马总，我最近胃炎发作，本来医生说让忌酒；但是今天您在，这酒我是必须喝的，不过我不能多喝，所以我先敬您。"她笑得得体，说的话也不至于让马建军没面子。

马建军的目光从她脸上挪到身上,若有所思地从她手里接过酒杯,手还故意在她手上碰了一下。

南枝笑容变淡,迅速抽回手,直接坐了下来。

乔慧笑道:"马总您不知道,我们南枝以前在酒局上,就没有搞不定的老总,今晚估计是跟您开玩笑呢。"

南枝突然扭头看着乔慧,高副总也没什么反应。

马建军喜欢美女,南枝跟谁不是跟,要是能顺顺利利让马建军同意在合同上盖章,他们这商会活动也算是板上钉钉,可以交差了。喝两杯酒怎么了,这不都是为了集团么。

"是吗?原来南小姐刚才是在跟我开玩笑啊。"马建军说完,在场的人都看向南枝,她要是懂事点,这时候就应该再敬一杯。

南枝掀起眼皮,直接看向乔慧笑着道:"乔主管才是厉害呢,我刚进公司的时候,她一个人能喝遍全场,在我看来,她才是我的老前辈。马总,您还不知道吧,乔主管外号可是千杯不醉呢,能把她喝倒的人,我到现在还没见过。"

她说着,又凑近了几分,挑衅地看着乔慧那张脸,对着马建军道:"要是能把她喝倒,那您可就一战成名了。乔主管,不会这个面子都不给马总吧?"

乔慧气得差点开口骂人,这南枝当着她的面就胡说八道了?还什么老前辈?什么意思?说自己老?居然敢在这儿给她下脸子!

乔慧咬唇,死死盯着南枝,差点拍桌子了。

南枝冷笑。她敢不要这份工作,乔慧敢吗?想恶心她,她就百倍还回去!今晚谁也别想好过!

马建军看着面前这局面一言不发。桌子底下,乔慧被人踹了一脚,只好苦着脸站起来,给马建军敬酒。

"乔主管,那么远让马总怎么接您的酒啊,小陈,过去点。"南枝站起来,走到那个被乔慧推着坐在马建军身边的实习生旁边,那小陈一看就是刚入社会,满脸青涩,坐在那儿尴尬得要死。南枝让她换位子,她简直如蒙大赦,立刻站了起来。

南枝拉开椅子,没面对马建军,所以脸上的笑容也不装了。她面无表情地盯着乔慧,语气挑衅:"乔主管,来这儿坐呀,别让马总久等。"

乔慧直接将酒杯重重放在了桌上。

高副总清了清嗓子,"小陈跟乔慧换个位置吧。"

乔慧皮笑肉不笑,"不愧是我们南枝。"

"乔主管客气,今日的主角可是马总,我哪敢争锋啊。"她拍了拍椅背,眼瞧着乔慧走过来。

乔慧走到南枝身边,两个女人眼底全是针锋相对的火花。

"你以为你能笑多久?"乔慧轻声道。

南枝将椅子拉开了点,"总比有些人恶心到让实习生去陪客户强。"南枝说完,甩都不甩乔慧,直接坐了下来。

就在两边剑拔弩张的时候,包厢的门被人打开了。南枝抬眼看了过去,来的女人看上去20多岁,是现在网络上很流行的纯欲风格长相。

高副总刚想问是不是走错了,就见马建军朝她招招手,"南晚,过来。"

女人笑靥如花地朝着马建军走过去,还撒娇道:"好远啊,让我好找。"

马建军拍了拍她的腰肢,"坐。"

在场的男人都笑得意味深长。

南枝觉得这名字很耳熟,回想了一下,就想起这南晚是打哪儿来的了。

南晚毕竟是久经这种场合的,不一会儿就把场子热起来了。

大家都很聪明地没把南晚跟南枝混为一谈,倒是乔慧突然笑着道:"可不就是巧了,听南晚小姐这名字,我还以为是遇到南枝的姐妹了。"

南晚其实一直有注意南枝这边,人爱看美女本就是天性,何况她又是做这行的。南枝比自己长得还漂亮,坐在那儿好像自带滤镜,跟周围有点格格不入,自然能引起她的注意。

南枝慢条斯理吃着菜,乔慧继续叨叨:"其实仔细看看,你们两个人的气质也有点像呢,南枝,你该不会还有什么姐妹吧?"

南晚也看得出乔慧跟南枝不对付,但是这跟她又有什么关系呢?

所有人都在看南枝的热闹,高副总这时候也在装死。

乔慧看她沉默,心里更加得意,"哎呀,南枝,你没看到马总酒杯空了吗？"

"我来吧。"南晚来就是负责陪马建军的，这道理她懂。

乔慧却摁住了她的手，笑着道："南晚小姐客气了，今天是我们高副总请人喝酒，哪能让您动手呀，您就坐着吧。"

南枝继续吃菜，乔慧不悦道："南枝，你听到没有？"乔慧将一瓶酒摆到了南枝面前，"倒酒呀。"

南枝慢条斯理地放下筷子，拿起了酒瓶，又从桌上拿起了开瓶器，笑着道："马总，说起来我这儿还有图纸您没确认过，不如先看看？"

她一边把手机挪过去，一边准备开酒瓶，高副总见状也没阻拦，毕竟这酒局的目的就是想让马建军快点头，确认工期合同。

马建军不悦南枝的反应，不过等看到南枝手机屏幕的时候，整个人都愣住了。上面显示给她打电话的，除了一个叫狗男人的，剩下是陆星辞、赵禹、蒋哲……这帮人无论哪个，都不是他能得罪得起的！而且通话频率不低，光是陆少的未接来电就有40多通，难道这南枝是陆星辞的人？

"马总，这酒的味道不错，客户上次还送了我一瓶，您要是喜欢，回头我让人给您送去。我这胃啊实在不好，喝不了那么多的。"

马建军笑容一凝，"你这太客气了！我平时也不常喝酒。"

南枝笑得自然，"可不是，我老早就听说了，您的风评是最好的，为人谦和又尊重女同志，我今天见了才知道确实跟其他人不一样呢。这杯酒，我必须敬您。"

马建军的态度立刻180°大转变，干脆站起来接过南枝手里的酒，"你胃不好，就别喝酒了。"

南枝拿着开瓶器，"别别别，我喝不了，但我得尽尽心意，免得有人说我不懂事。"

马建军笑眯眯道："可别伤着你的手。"

"哪能啊马总。"南枝起身，那启瓶器一开，木塞子直接冲着乔慧的脑门飞了过去。

乔慧腾一下站了起来，"南枝！你什么意思！"

整桌人都傻眼了，高副总立刻站起来道："乔慧，干什么呢？南枝也不是故意的。"

南枝耸肩,无所谓道:"是啊,乔慧姐,我这力气也不大,不会很疼的。"

马建军抿唇,不悦地看着乔慧,"贵公司这女员工脾气挺大的。"

高副总闻言立刻道:"乔慧,给马总赔礼道歉。"

南枝面色冷峻地看着气得浑身发抖的乔慧。这人想给她难堪,自己今天若是怕了忍了,回头她跟汤曼蓉就能恶心死她!

乔慧的脸色十分难看。今天去展厅的时候,马建军那手就一直不大老实,动不动就想占她便宜。她想着,反正南枝是靠潜规则上来的,那多陪一个又怎么了!所以今天她故意将南枝安排在了马总旁边,没想到南枝让她如此丢脸。

乔慧就跟没听到高副总的话似的,愤愤地瞪着南枝,整桌人就只有南枝脸上还保持着笑容。

马建军撂下杯子,这是不想谈了。

高副总奉承了一天,哪能让乔慧在这节骨眼上坏事,当即语带警告地道:"乔慧,你身体是不是不舒服?"

旁边有人拉了乔慧一把,乔慧强行扯出一个笑容,"马总,我敬您。"

南枝继续吃自己的菜,无视乔慧落在自己身上的视线。

中途南枝借口上厕所出了包厢。她的手机隔一会儿响一次,是高副总打过来的。南枝忍着气没接。要不是刚才自己拿出了通话记录,现在指不定怎么被灌酒。

不过再怎么难熬,也得回去坐着。

刚推开包厢门,南枝就从心底油然而生一股烦躁。包厢的人也就转头看了她一眼,就继续吃自己的了。没想到下一瞬,马建军的手机响了。

"傅……傅总!"马建军受宠若惊,直接松开了乔慧跟南晚。

一桌子的人都看了过来,谁也没说话。

马建军也纳闷呢,傅寒州是什么人,还是头一次给自己打电话呢。他下意识看向了南晚,难不成那南晚真的是傅寒州喜欢的?这下可糟了。

这边听汤曼蓉说过傅寒州跟南枝关系的乔慧跟高副总心里都在打鼓。难不成,傅寒州是因为今晚南枝受委屈才打电话来的?她刚才出去告状了?

"您有什么吩咐?"马建军忐忑询问。

"听说你打着我司名号在外头作威作福啊。"傅寒州声音低沉。马建军心里一跳,"这,这是哪里的话,傅总您可千万别误会啊。"

"万盛的高副总在吗?"

马建军立刻把手机外放,"在的,在的。"

"正好我想问问,万盛的酒桌文化就是这样的?"傅寒州轻飘飘的一句话,愣是把高副总和马建军的冷汗给吓出来了。

乔慧被高副总瞪了一眼,张了张嘴,尴尬地笑道:"傅总,南枝也在呢,我们刚才只是开玩笑,您跟南枝是老交情了,别误会我们,我们也是想加深合作。"

"听谁说的?什么交情?展开来说说。"傅寒州慢条斯理把话说完,把问题抛给了乔慧。

马建军蹙眉道:"乔小姐刚才不是很能说会道吗?"

要不是这女人一直跟南枝别苗头,他会得罪南枝?这么一想,傅寒州这电话是为了谁打的已经很明显了。

可惜乔慧完全没明白傅寒州的意思,直接看向了南枝,"南枝,你自己说啊,你是不是跟傅总有点交情?"

南枝淡淡一笑,"傅总,大家谁不认识啊。可傅总未必认得我,我也不知道乔主管是从谁那里听说的,您说我没关系,但傅总是什么身份,您可别给傅氏抹黑啊。大家也都知道的,咱们公司跟傅氏能一起合作办商会活动,是政府的信任和全体员工的努力,是吧,高副总?"

高副总现在也摸不清南枝到底跟傅寒州有没有关系了。

高副总不管心里怎么盘算,面上却是很镇定,说:"是啊,两家公司合作是大家共同努力的成果,我们乔主管不大会说话,傅总别介意。"

"不会说话就不要说,刚才那话的意思,是质疑这商会活动的投标结果有问题?"傅寒州并没有给高副总面子,直接质问。

高副总吓得赶紧站了起来,"傅总,我绝对没这个意思!是我没约束好手底下的员工。"

乔慧脸色顿时惨白,心里大骂南枝,明明背地里跟傅寒州有一腿,现在却装不认识了。与此同时,她也担心这事儿是汤曼蓉胡说八道。

但她为什么这么做?自己可是把她当好姐妹的。要不是为了给她出气,她跟南枝过不去干什么?两个部门以前哪有这么大的矛盾?

"傅总,我没有那个意思。"

"那是什么意思?"傅寒州压根儿没准备给这群人脸面,"不用跟我说场面话,把话给我说明白了。"

万盛其他员工都傻眼了,全部都看向了乔慧,心想要不是这女人瞎闹腾,他们哪需要被人训得跟孙子似的。

马建军知道傅寒州的脾气,今天要是不让他满意,恐怕他也得卷铺盖走人。

只是他还得先搞明白,自己刚才到底是哪里做得不对……

"很难说?"傅寒州步步紧逼。

乔慧浑身发抖,"不是的傅总,我就是看我们公司的南枝她会说话又会应酬,而且商会的活动方案都是她在前后忙碌,我没有别的意思,我就是觉得她聪明能干、德才兼备,我们公司很多客户都是她拉来的。"

"让女员工给人陪酒应酬,你这是侮辱你自己,还是在侮辱你们公司?如果万盛是这样一家作风不端的公司,我个人觉得,合作取消更好,我傅氏集团,可不敢有这样的合作伙伴,商会也应该有更好的合作对象。"

这话太严重,若是现在傅寒州取消合作,那么接下来H市跟万盛有生意往来的企业估计全部会跟着解约,万盛将会陷入前所未有的危机。

而商会完全可以重新寻找合作方。毕竟这商会活动举办权谁不想抢?傅寒州要真这么做,这活动立刻有人接盘!

"傅总!傅总对不起,我绝对没有这个意思的!"

傅寒州冷笑,"你该道歉的对象不是我。"

乔慧咬牙,转头立刻给南枝鞠躬,"南枝,你原谅我,你跟傅总求求情。"

傅寒州冷声,"怎么,你是听不懂人话吗?她是我什么人,你凭什么觉得她求情有用?还是说你觉得我在故意针对你?"

高副总也跟着鞠躬,"傅总,是我没管理好员工,乔慧就是财务部的一名小员工,她这人不太会说话,绝对没有这个意思,万盛也绝对不会让女员工在酒局被骚扰!更不可能存在陪酒行为。"

"可我听你们三番两次说我跟你们公司的女员工有不正当关系,这黑锅扣我脑门儿上,我问清楚不过分吧?"

高副总咽了咽口水,"不……不过分。"

"我看你们连话都说不清楚,不如直接叫你们领导过来,总这么造谣,我是不是该给你们发律师函?"傅寒州说完,乔慧已经快哭了。

马建军也不想把场面闹这么难看,毕竟他也是收了好处的,便一直给南晚打眼色。

"傅总,我是南晚,我看这位乔小姐应该也是无心之失,咱们就别计较了吧。"

乔慧猛然抬起头,感激地看着南晚。都姓南,南枝就跟人家完全没法比。

傅寒州语气不悦:"你也是万盛的员工?"

南晚笑容一僵,"我……"

"不是的话,有什么立场在这儿插嘴?"

南晚讪讪,"傅总,我是怕您气坏了身体。"

"我还年轻,暂时死不了,用不着你操心。"傅寒州语气淡淡,虽然看不到他的表情,但所有人都能感觉到他的不悦。

傅寒州继续道:"这不是两家公司在谈合作的事吗?为什么会有外人?是不是我今天不露面,你们就把我们傅氏当傻子了?"

南晚脸红得没办法,起身往外走,经过南枝身边的时候,尴尬地低下了头。

南枝觉得今天傅寒州火气有点大。平时遇到这种情况,他不至于这么不依不饶。

傅寒州可不就是火气旺吗。他在家伏低做小的,才能哄得南枝给自己好脸,这群人凭什么作践她?

南晚一走,更没人敢吭声了。乔慧已经绷不住哭了。

傅寒州是不知怜香惜玉为何物的,不然也不会被人背地里说不近女色。

"哭什么?你造我的谣,我还没哭呢,我今天时间也多,你干脆一次性说清楚。不然我怕今天说我跟这个,明天说我跟那个,我私生活都被你们编排完了。当个合作方,还得被你们当成茶余饭后的谈资,我要

-241

个交代不过分吧?"

傅寒州说完后,一阵静默,好像真的是在等她解释。所有人的视线都扫向乔慧。

高副总也直接道:"乔慧,谁告诉你傅总跟南枝有关系的?"

乔慧一脸哀求,明明高副总也清楚,干吗抓着她一个人不放?然而这时候,高副总只想甩锅,又怎么会为她解围。

"我看也是无稽之谈,我回公司立刻上下严查,绝不让谣言损害您和公司女员工的名声。我绝对会给您一个满意的答复!"高副总想了想又说。

"这还像句人话。"傅寒州松了口,"得了,这事情有个交代之前,傅氏暂时保留对你们公司的合作意向。"

高副总傻眼,没想到傅寒州如此不近人情。

傅寒州挂断电话后,马建军自然不可能继续待下去,他带人一走,这酒局也就散了。

"妈呀,总算走了,刚才我都吓得不敢说话了。"

"我以为我今天晚上走不了了呢,到底是谁说谢家最可怕?傅寒州只是打个电话而已,我都吓得出了一身冷汗。"

"话怎么那么多!行了,今天都先回去,该说什么不该说什么,心里得有分寸。"

大家心里都骂那乔慧没事找事,想整南枝就用点高明的手段,非要把南枝跟傅寒州扯一起,这不是找死吗!所以一个个也都是带着怨气走的。

乔慧到现在还在发抖,根本控制不了。

南枝拿上包,"高副总,我先回去了。"

高副总哪敢留她,现在他也不敢再去探究她到底是不是傅寒州的人了,只想保住跟傅氏的合作。

"好,你路上小心,找个代驾。"

"好的。"

南枝刚打开包厢的门,乔慧就在她身后问道:"你到底有没有?"

南枝轻笑,"乔主管,你今天的行为让我觉得,财务部主管这个位置你不配。"

"你!"

南枝直接甩门走了。今日无论是高副总还是乔慧,她都不想再忍。

等人全部都走了,乔慧才委屈道:"高副总,我……"

"明天把辞职报告交给我,你离职的原因我不会在你的履历上写,也会给你推荐个不错的去处。"

"什么?"乔慧如遭雷击。

从酒局离开后,乔慧疯了般冲进汤曼蓉家,"汤曼蓉呢!叫她出来见我。"

"乔小姐!您这是有什么急事?"保姆阻拦不及,急急地问道。

汤曼蓉也听到了动静,从楼梯上下来,"乔慧?"

乔慧已经冲到了她面前,"汤曼蓉!我跟你没完!"她说着,一巴掌打在了汤曼蓉脸上。

"乔慧!你疯了!"汤曼蓉捂着肚子,怒瞪着乔慧。自己和孩子要是有个三长两短,她跟这女人没完。

"汤曼蓉,你还跟我装是吧,都是你撺掇我跟南枝过不去,现在好了,公司要开了我!要不是你一直怂恿我,我怎么会跟南枝过不去!你还跟我说傅寒州不过是玩玩她!要是玩玩,今天他能特意给她出头!汤曼蓉,我跟你无冤无仇的,你这事做得是不是太不地道了!我那么相信你!"

乔慧没想到,不过是跟南枝闹了一点口角,高副总竟然要直接开除她。要不是汤曼蓉,她怎么会这样?离开万盛,她再去找一份工作,未必能比万盛好。最窝火的还不是这个,而是她失去了工作,汤曼蓉呢?她凭什么好好地在家当富太太?汤曼蓉要是早跟她说南枝后台这么硬,她哪里会故意针对她!

汤曼蓉立刻明白了乔慧的意思,她也没想到乔慧会被开除。

"难道我告诉你的消息有问题吗?傅寒州要不是跟南枝有一腿,为什么帮她出头?"汤曼蓉不觉得自己有什么问题。即使有,那也是乔慧这蠢货办事太激进,不然能搞到自己被开除?

乔慧听出来了,她这是想甩锅呢。

"哈。"乔慧扭头一笑,"汤曼蓉,我今天可算是认识你了。我把你当朋友,可你却利用咱俩的关系,用话误导我,故意让我针对南枝,却不告诉我傅寒州对南枝很在乎,你就是故意的!"

乔慧一语中的,汤曼蓉的脸色也难看了起来。

"因为你知道只要告诉我,我就不可能帮你了。你以为你现在想甩锅,就能甩得掉了?我告诉你汤曼蓉,没门!你跟我的聊天记录,还有发给我的图片我都还保存着呢,你故意害我,你觉得我会善罢甘休吗!?反正我现在没了工作,我会把这些东西交给傅寒州,你等着吧。"

乔慧说完,得意地看着汤曼蓉,"还有你老公的公司,我相信出了这件事,别说在H市,你们就算换到任何地方,傅寒州一句话就能让你们倾家荡产!"

汤曼蓉立刻拉着她,"小慧,这件事情也出乎我的意料啊,你想一想,我害你,对我有什么好处?"

"你早就知道会有什么结果,你只是存着侥幸心理,觉得就算出事了,也有我顶着,汤曼蓉,你别跟我来这套,我说到做到!"乔慧一把甩开汤曼蓉,头也不回地走了。刚到门口,就遇到了回来的高赫。

高赫现在早出晚归,见到乔慧气势汹汹地从自己家出来,蹙眉问:"乔慧,怎么了这是?"

乔慧站定,看着追出来的汤曼蓉道:"高赫,你是不是很好奇,自己跟傅氏那边,原本谈得挺顺利的,怎么后来就崩了?"

高赫脸色一变,"你什么意思?"

"你问问你老婆,三番两次得罪傅寒州,还跟个阴沟里的臭老鼠似的暗中动手脚,是不是真当傅寒州是吃素的?我劝你啊,还是别白费功夫了。"

高赫看向汤曼蓉,只见她面容紧绷着,乔慧冷笑一声直接离开。

而赵禹这时候,也收到了来自万盛的道歉信和公告,还有一封乔慧的手写道歉信。乔慧在信里详细陈述了她做的一切都是受到了汤曼蓉的撺掇。

赵禹没想到这女人手还伸得挺长。不过汤曼蓉一直给她老公铺路搭线傅氏,他也是知道的。所以不需要傅寒州吩咐,赵禹已经下了命令,傅氏不会跟高赫名下的公司合作。

所以高赫还没来得及质问汤曼蓉,就收到好几个客户拒绝合作的消息,结合乔慧说的话,高赫看着汤曼蓉那平淡的面容,终于动了怒。

"你一直瞒着我,你到底想干什么?你知不知道那个人是傅寒州!你动傅寒州的人,你脑子有病吗?一副好牌让你打得稀烂!"

高赫纵然拥有高学历,本身也有能力,还能开一家规模不小的公司;但跟傅寒州那种人根本不是一个阶层。

他当初选了汤曼蓉,追求她,也无非是看中她的各方面条件。成年人的世界,不是只有脸和心动就可以的。

他一直觉得汤曼蓉会是他的贤内助,原本一切也都如他所愿!可汤曼蓉拿着南枝这么一张王牌,竟然打成这副鬼德行,还连累了他。如果他再继续跟她在一起,会不会被傅氏打压得连H市都待不下去?难道真要换个城市从头打拼吗?

晚上10点多,南枝回公司加班,一直忙到12点多才结束。

她下意识看了眼手机,傅寒州两个小时前给她发了消息,让她有空回复他。南枝不知道他现在方不方便,一边拿起包,一边给他发了消息:"刚下班,你呢?"

傅寒州的消息回得很快,不过这次是直接打了视频过来,南枝没注意,直接点了绿色的接通键。直到看到他的脸,才意识到这是视频。

"怎么这副呆样?"

南枝加班的时候直接将头发用抓夹夹起,脸上架了一副眼镜,长时间加班让她的表情中带了点茫然。乍一看到傅寒州,这家伙脸上就像加了滤镜一样,再看看右上角的自己,南枝干脆反转镜头,让他看公司的地板。

"得了,不笑你,让我看看。"傅寒州的声音在寂静的走道里回荡。

她戴上耳机,"你怎么还没睡?"

"今晚发了一顿脾气,睡不着了。何况女朋友大半夜还在加班呢,我哪敢去睡觉?你刚才不还跟我说回家睡觉吗,怎么又去加班了?"

"哎,今天这个东西弄不出来我心里不舒服嘛。傅总,今天你很威武!"

傅寒州冷笑,"还得谢谢你,Vicky。"

"嘶,你这人,怎么还翻旧账?"什么Vicky?都哪年的老黄历了?

南枝出了电梯,直接来到地下停车场。

"我现在就回家,你放心!已经叫了代驾。"

"到家了给我电话。"

"遵命!"

傅寒州挂断电话,出了浴室,寻思着南枝没这么快打给他,便走到窗台旁边点了根烟。看着楼下的万家灯火,任凭夜风吹拂。

傅寒州翻看着手机里与南枝的聊天记录,南枝大部分时间会选择打字,有时候腾不出手,才会发语言给他。

每次点开语音听到她的声音,他的心情就会变得有点微妙,就想让她一直待在自己身边。

赵禹过来的时候,就看到这样一幕。

"傅总。"赵禹尽量让自己忽视傅总手机里传出来的属于南枝的声音。

"怎么?"傅寒州问道。

赵禹恭敬道:"柳井先生预约了您明日的行程,还有伊藤惠子小姐听说您来了,正在楼下等候,说是想让您看看她们公司的方案。"

傅寒州蹙眉,吸了口烟道:"让她在会客厅等,我换下衣服。"

"好的。"赵禹应声。

傅寒州选衣服的时候,南枝的视频电话打了过来。傅寒州直接按了接通键。

南枝正捧着一碗酸奶钙片,见他套上了衬衫,问道:"你要出去?"

"嗯,有客户来了。"傅寒州忙起来是真的忙。

南枝道:"那我挂了吧,不耽误你。"

傅寒州瞥着她,"乖,等会儿我联系你,很快就好,你去把头发吹干。"

"不用,很快就自然干了。"

"听话。"傅寒州对着镜头说道,虽然是温柔的语气,可那语气里分明带了不容置喙的命令。

南枝还挺怵他这样的,点点头,"嗯。"

傅寒州这才挂断,换好衣服后去了会客室。

女人身穿红色丝绒吊带长裙,小巧的身形被勾勒得凹凸有致,大红唇配上长卷发,如此打扮显然并不是单纯为了工作。

傅寒州敛下了然的神色,在她对面坐下。

"寒州,好久不见,会不会打扰你?"伊藤惠子笑道。聪明又努力的女人,自然是会散发出魅力的。何况她背后还有个伊藤集团。

"不会,最近还好吗?"傅寒州礼貌回应,语气疏离又客气。

伊藤惠子搅动咖啡,将桌面上的文件挪了过去,"我知道你已经决定了合作伙伴,但我还想再争取一下。伊藤集团的综合实力虽然有些薄弱,但我们愿意降低利润,这是我们的方案。"

傅寒州接过,甚至都没给她一个眼神儿。

伊藤惠子眼底有不加掩饰的失落。想当初她也是追求过傅寒州的,可惜他拒绝了。这些年,她始终没能再找到让她心动的男人。

"听说你还单身。"

傅寒州端起茶杯,微微挑眉,冷淡道:"不是。"

伊藤惠子脸上的官方笑容还没收回去,就瞪圆了眼睛,随即问道:"你有女朋友了?"

傅寒州的目光落在她脸上,嘴唇微微勾起,"嗯。"

伊藤惠子抿唇,"我记得你之前拒绝我的时候说,你喜欢的女人,要让你第一眼就忘不掉。她一定是个很漂亮的女人吧?"

"比她漂亮的不是没有,而且女性各有各的美,我不能说她是最漂亮的,但在我心里,她是最吸引我的。"傅寒州认真地说。

会客室内,落针可闻。

伊藤惠子突然觉得自己失去了全部的力气,"这是我坐下来后,你跟我说得最长的一句话。"

"她脾气不是很好,我需要花很多时间去哄她,所以我会杜绝一切产生误会的可能。"

伊藤惠子扯了扯嘴角,"恭喜你,终于找到了你想要的女人。只是你以前说有忘不掉的人,会遗憾吗?"

傅寒州这次是真的发自内心的满足,"就是她。"

伊藤惠子错愕。

不过傅寒州没再继续解释,他将方案看了一遍后道:"对不起,你们这次虽然很有诚意,但傅氏不会轻易更换合作伙伴,不好意思了。"

伊藤惠子问:"是因为想拒绝我,才拒绝伊藤集团吗?"

傅寒州靠回椅背,"不是,私人感情我不会带入工作,以上是我的真实想法。时间不早了,我让助理送你下去,回去的路上小心。"

他伸出了手,伊藤惠子无奈起身,也握住了他的手,"如果有结婚的那天,我很期待能见见她。"

傅寒州没回应。等到伊藤惠子离开,他联系了南枝。

南枝这时候已经昏昏欲睡,"喂?"

傅寒州喝了口水,起身回到卧室带上门,问:"准备睡了?不想我?"

南枝觉得他好黏人,干脆跟他扯今天的工作,"你要懂得用人,如果事事亲力亲为,招聘员工干什么?还要懂得放权,给他们一定的权力,他们才能成长。"

傅寒州就这么看她,也不吭声。

只只就窝在她边上。一大一小对着视频,傅寒州就这么静静看着她们。

"你以后要是经常出差,只只怎么办?"

"你是它妈妈,自然你来带。"傅寒州回答得理所当然,"如果你出差,我也会照顾它。"

南枝将脸埋进被子里,半晌没吭声,只剩下一双眼睛亮晶晶的。

他将手机摆在边上,侧躺看着她。

南枝嘟囔道:"我要睡了,明天还得早起。"

傅寒州点头,"那就这么睡。"

南枝无语,"那你晚上睡觉打呼噜吵到我怎么办?"

傅寒州觉得好笑,"我什么时候打过呼噜?"

刚说完,一旁的只只眯着眼睛,发出了咕噜噜的声音,都说猫咪这样是代表愉悦。两个人突然相视一笑。难得的温馨气氛,谁也不想打破。

"那我睡了。"

"好。"

南枝给手机连接上充电器,然后闭上了眼睛。

傅寒州一直看着她。过了会儿,南枝翻了个身,又猛地转了回来,睁开眼,发现傅寒州还在看她。

"你这么盯着我,我哪睡得着?"南枝不爽道。

傅寒州无奈,"我认床,在这里我睡不好,想跟你说说话又怕打扰你休息。"

听着自己怪不是东西的。南枝想了想,"那陪你看个电影?"

"所以,你是在哄我?"傅寒州问道。

南枝别扭,"爱要不要。"

傅寒州轻笑,低低哑哑的声线仿佛就在耳边。

"嗯,好。"

两个人同时起来,选了半天,在同一个页面点击了同一部电影。

"你以前看过这类型的影片吗?"

傅寒州摇头,"并没有。"

所有的爱情片都免不了歌颂爱情的伟大,抑或其中的卑劣,会让人变得自私、自卑、被情绪掌控。他并不喜欢,而且看多了,也不利于静下心来思考。

南枝看到男女主在不同的时间过着不同的生活,相聚又分别,有一种她与傅寒州的感觉。就像现在,他在东京,而她在国内,但他们此时此刻,在欣赏同一部电影。

对他这样的男人而言,如果想念能够具象化地变成陪伴,远比一句我想你了,要来得深刻和温情得多。

南枝在很早以前就习惯了孤独地面对生活,也很早就明白,人生在世,都是一个人来,一个人走。陪伴一时与陪伴一世,都是极其艰难的事。但与傅寒州在一起,好像无论什么模式,她都觉得不错。

影片在不紧不慢地进行,南枝突然开口,"如果女主角没死,他们回到最初,结局会圆满吗?"

傅寒州的嗓音在耳边响起,"没人能够回到过去,能做到当下不留遗憾,已经是不容易的事。明天发生什么无所谓,重要的是我们拥有今天,所以要把握好今天。"

真是傅寒州式回答,他好像永远能找到对自己最有利的回答方式。

这点她就很难做到。她是个相当情绪化的人,甚至在做决定前,总会将自己的后路堵死,这样才不会有机会后悔。

"好了,差不多了,快睡。"

看完电影,两个人都困了,也没说什么,直接将手机搁在床上,互相道了晚安后进入梦乡。

睡之前,南枝甚至在想,如果年少时就遇到傅寒州,那两人会走到哪一步?

隔天一早,她打着哈欠进公司,差点迟到。可是刚到工位就傻眼了。

林又夏赶紧道:"高副总让你换办公室呢,曼蓉姐那间给你了,你看看要不要买几盆绿植?我给你买了个金貔貅,你可别嫌土,咱就是要招财。"

"什么时候的事?昨天也没说啊。"南枝郁闷。

"我们也是刚收到的通知,寻思着你最近都来这么早,今天估计也是第一个到。你昨天是不是没睡好?"林又夏道。她神秘兮兮凑过来,"傅总出差,你该不会又找了一个吧?"

南枝一把将她的脑袋推开,"想什么呢你,昨晚看了部电影没睡好。"她放下包,"我还是喜欢跟你们在外面办公,讲话也方便。"

这边苏静怡直接起身道:"哎呀,南枝呀,我帮你搬吧,东西不少呢。"

"没事儿,就一点儿,你们先忙吧,大家最近都累坏了,等活动搞定,我请大家吃饭。"

"谢谢南枝姐。"

得,这职位一升,连称呼都升级了。

南枝拿着自己的物品进了办公室,还有点感慨。汤曼蓉的私人物品都已经带走,只剩一些绿植和相框。

南枝将那些东西收拾了一下,打开电脑准备先工作。她刚打开电脑,苏静怡就来敲门了。

"怎么了?"

"门口有鲜花配送员送花,要你本人签收呢。"

南枝纳闷儿,谁会给她送花呢。她起身出去,发现办公室的人都在往她这儿看。南枝还以为就是寻常的一捧花,结果到门口才发现那花大得需要用推车来运。

"您好,请问您是南枝小姐吗?请您签收。"

南枝看着这些花,简直一个头两个大,不知道的还以为是用来布置场地的。

"这是谁送的?"南枝拿着订单,满脸茫然。

鲜花配送小哥热情地说：“我们是前两天收到的订单，要预定朱丽叶玫瑰，本市的存货不够，还是特地从产地空运回来的，花朵上面还有最新鲜的晨露。预定的是一位先生，但没有留下姓名，这里有他赠予您的祝福卡片。”

南枝接过卡片，就看到上面龙飞凤舞的几行字：

祝枝枝：

达成所愿，工作顺遂，希望这些花能陪伴你度过美好的一天。

署名是傅。

chapter 15

全面失守

　　南枝心头一颤，竟然是傅寒州送来的。

　　在大家的帮助下好不容易才运进办公室，办公室瞬间就成了个小花房。好在这花的香气并不是特别浓郁，不然她一准得打喷嚏。

　　正当她想联系傅寒州，问问他为什么送这么多花的时候，他倒是主动联系了她，"还喜欢吗？"

　　南枝把手上的钢笔转了一圈后，诚实道："噎住了。"

　　"？"傅寒州显然很不理解这个回答。

　　南枝直接拍了一张照片，"傅总，我明白以你的经济收入情况，买这些花连眼都不用眨一下，就是下次能不能少点儿？"

　　另一头，傅寒州看到照片后直接无语，发给了陆星辞，"这就是你说的帮我让她高兴？"

　　陆星辞还在游艇上，被傅寒州一条信息吵醒，整个人都是蒙的，他揉了揉眼睛看着照片，回复道："花团锦簇的不好吗？"

　　他朋友圈里的那些妞都这么拍的，太小捧的还不稀罕呢。

　　傅寒州无语。

　　陆星辞直接问："南枝妹妹不喜欢？"

　　"谁是你妹？"

　　陆星辞真是被气笑了，怎么这人还翻脸骂人呢。

　　"起码她没拒绝不是吗？那明天送11朵就是了。"

　　傅寒州没回答。

　　陆星辞问他："说实话，你到底有没有想跟南枝妹妹长期发展的意思？我还是头一次看到你为了这种事烦恼。"

　　傅寒州却回答："不靠谱。"

　　陆星辞摸了摸耳垂，不靠谱，是哪方面不靠谱？南枝不靠谱还是他只是图新鲜？如果两者都不是，他又在坚持什么？该不会相信，只要不在一起，就不会有分开这种说法吧？

"傅总，15分钟后会议开始。"赵禹进来提醒。

"嗯。"

"还有，您上次让我调查南小姐的过去，但她的过去好像被人刻意抹去了，调查到的不多。"

傅寒州一直在等赵禹的调查结果，闻言抬眸道："继续查。"

"是。"

傅寒州把玩着手机，又给南枝发了一条信息："我先开会，嗯？"

南枝都开机处理文件了，看到他发过来的这条信息，莫名觉得最后一个尾音好像是在哄她。她是那么好哄的人吗？

紧接着，傅寒州又发了一条："下次不会这么多。"

南枝这才满意。

有人追求南枝的消息已经传遍了万盛。本就风头正盛的南枝，这下子引起了更多人的关注。唯一的好处就是这两天来献殷勤的男同事明显少了。这让南枝松了口气的同时，又琢磨着傅寒州那厮是不是故意的。

南枝回了家，只只已经在门口乖巧等着了，见她回来，用小尾巴卷着她的脚踝蹭了蹭。

南枝撸了一会儿猫，打算先去洗个澡。今天有点累，加上傅寒州也没消息，她就直接睡了，又怕他晚上骚扰自己，所以提前将手机开了飞行模式。

凌晨3点多，家里的门突然被人打开，修长的身影在黑暗中脚步急切，径直走到了她的床前。

傅寒州看着床上睡得毫无防备的女人，暴躁的内心总算慢慢平复下来。

只只比较警觉，冲站在床前的人叫了两声，待闻到熟悉的气味后，翘着小尾巴去蹭傅寒州的手。

傅寒州反手将它捞起，然后在客厅角落里找到了猫咪外带包，将它塞了进去。

随后他转身进了卧室，先去衣柜里选了个长外套，然后掀开南枝的被子用外套将她裹住。南枝身上突然一凉,睁开眼就看到一个黑影掀开了她的被子,吓得心脏都停了,尖叫声刚冲出口,人已经被傅寒州俯身抱了起来,"省点力气吧你。"

南枝惊恐片刻后挣扎起来,手直接往傅寒州身上招呼,"傅寒州!?你是傅寒州!?"随着走到客厅的灯光下,看清楚男人的样子,南枝才真的确认。南枝在深度睡眠时被人闹醒,又被吓了一跳,人还有点蒙。"你怎么回来了?现在一星期以后了?"

"没。"傅寒州抱着她,直接走到门口,对赵禹道:"把猫带上。"

南枝连个拖鞋都没穿,"我们要去哪儿?"

"去东京。"

你没事吧!

被塞进车里的南枝拒绝道:"不行,我明天要上班!"

"赵禹会处理。"

"什么?"

"还有五天,我会让傅氏的人时时向你汇报工作进度,但我要看到你,我要你在我身边。"

南枝是真傻眼了。当然,她的反抗在傅寒州这里根本无效。

上了私人飞机,傅寒州还心情大好地将猫放出来,顺便带着她进了卧室,然后一边脱衣服一边道:"睡吧。"

她现在哪里还睡得着!?她连胸衣都没穿!只穿了件睡衣和风衣好吗!

"不睡就做点别的。"傅寒州躺了下来,一把将她搂在怀里。

"放心吧,那些东西有人安排,不会少。"

南枝现在没安全感极了。这连个卡也没让她带啊。她扭头死死盯着傅寒州,心想他在抽什么疯呢。

"心里骂我呢?"傅寒州睁开眼,狭长的眼眸直勾勾盯着南枝。

不然呢?南枝扭头不想跟他说话,直接打开了三人小群。

"你们敢信吗?我现在在去日本的飞机上。"

当然,凌晨三点,鬼才会回复她。

南枝气得不行,又找出傅寒州的微信准备拉黑。

男人从身后看着她气呼呼的操作,慢悠悠来了一句,"友情提醒,你拉黑了我,在日本寸步难行,到时候还得乖乖低下头求我,为了避免这种丢面子的行为,你现在还是别动得好。"

南枝手一顿,猛然转身,却磕到了傅寒州的鼻头。

他捂着鼻子,"真不困?"

南枝气得扑过来在他脸颊上狠狠咬了一口,傅寒州将她扒拉开。

南枝翻了个白眼,翻身直接用被子把自己裹成了蚕蛹,心想,去死吧,傅寒州!她睁着眼睛望着外面的夜空,还觉得跟做梦似的。也不知道过了多久,或许是他的呼吸喷在她耳边,让她莫名产生了一种依恋感,在他的怀抱里,她竟然也闭上眼睛沉沉睡了过去。

巡逻领地完毕的只只轻巧地越过机组人员,在卧室门口窝了下来,闭上眼睛也进入梦乡。

飞机在东京落地的时候,南枝被失重感吓到清醒。傅寒州已经起身,看着她说:"衣服在衣柜里。"

南枝蒙圈,打开了被傅寒州拉上的挡板。太阳初升,光线突破云层,随着飞机降落,整个卧室都被外面的光照耀得像是镀上了一层金光。她从未见过这样的美景。

傅寒州本来已经在穿衣服了,看她那呆样,走过去将她抱到自己腿上,"喜欢看?"

南枝哪里顾得上他,呆呆盯着外面的美景说:"很漂亮。"

傅寒州微微偏过脸,从这个角度欣赏她,还能看到她脸上的细小绒毛,就像是在阳光底下发光的骄傲小天鹅。他在她脸上亲了一下,"喜欢的话,以后机会多的是。"

南枝被他偷袭,欣赏美景的好心情瞬间消散殆尽,她直接道:"你别以为来这套我就能原谅你大半夜绑架我!"

她气呼呼从他腿上起来,"我现在正式通知你,我要跟你冷战。"

"多久?"

"什么?"

"哦,看起来没多久。据我所知,男女冷战是以彻底无视对方为手段,达到让对方低头道歉的目的,从而满足心理慰藉的一种相处方式吧。然而我问你话,你还是会好好回答。"傅寒州看了眼手表,"一秒都不用呢,还是说,你的冷战就这么短暂?"

南枝眨了眨眼睛,不敢置信自己听到了什么。

"你这是在挑衅吗!"她本来就有起床气,这下更是被这狗男人气狠了,"那你等着瞧。"

傅寒州见她光着脚下了床,也没去衣柜里找衣服,直接拿起床上的风衣,打算就这么光脚走出去。

傅寒州见状,赶紧起身拉住她,"做什么?"

南枝不看他,冷着脸继续往外走,傅寒州从背后抱着她,"好了,别生气了,嗯?光脚下地凉。"

南枝要挣扎,傅寒州哄道:"我错了,嗯?能不能原谅我?"

傅寒州也不知道她吃不吃这套,但眼下这种情况显然硬碰硬是行不通的。他大半夜接她来,可不是为了跟她吵架的。

这边赵禹刚走到卧室门口,就听到傅寒州在道歉。原来傅总谈恋爱是这样的吗?没看出来啊!

南枝刚想骂他,就看到了门口有人影晃动,她立刻从他怀里扭身出去。

外头的赵禹立刻清了清嗓子提醒:"傅总,早餐已经准备好了。"

傅寒州应了一声,"知道了。"

南枝已经在脚趾抠地了,不知道赵禹在外面听到了多少。都怪傅寒州!她在心里骂了他几千遍,见他进了浴室一时半会儿出不来,干脆去看看衣柜里有什么衣服。好在傅寒州准备的衣服倒是齐全,且以商务装和休闲装为主。

南枝还是习惯性地选了一步裙,又选了双差不多的高跟鞋,刚穿好内衣,就感觉背后毛毛的,一扭头,果然看到傅寒州靠在柜子旁,双手抱胸看着她。

"我告诉你,大清早别惹我。"南枝没好气地下通牒。

傅寒州立刻举双手投降,"牙膏帮你挤好了,等会儿出来吃早饭。"

南枝不傻,他这么争分夺秒回来可不是为了看日本的日出的。所以她直接问道:"今天有什么行程?"

傅寒州有些意外,以为她还要闹一会儿脾气呢。

"跟合作的公司约好了参观厂房。"

"稍等。"她得化个得体的妆容,顺便当来出差了,也好看看傅氏接下来的合作方案。

傅寒州有时候还就喜欢她这种"适可而止"的小作。有脾气,但不会没完没了。

他打开门出去,等了一晚上的只只正在角落里吃猫粮,见到他来了,哒哒哒迈着小步伐蹭了过来,贴着男人的西装裤打转。傅寒州将它捞起来,放到了餐桌旁边准备的小垫子上。

南枝扎了个马尾,又化了个淡妆,再出来的时候,已经是一副职场精英的模样了。

傅寒州见她浑身上下也没个首饰,便将餐桌上放着的盒子递了过去。"不算礼物,借你的。"只不过不要你还罢了。

南枝打开盒子,是一只女士手表,看款式和设计纹样应该跟傅寒州那只全球独一无二的腕表是一对。

"不愿意?"傅寒州问道。

南枝二话没说,直接戴上了。

傅寒州有些讶异,不过眼底还是添了一丝笑意。

南枝主要是怕给他丢人,怕让日本的客户觉得他身边的人拿不出手。给人添麻烦,是她最不想做的一件事。

早餐做得很入味,荷包蛋也很美味,一切都很好。只是在旁边侍立的空乘让南枝有点不习惯。

"傅总,车已经准备好了。"赵禹过来说。

傅寒州颔首,"知道了,辛苦。"

南枝快速吃了两口,不想让傅寒州他们等自己,"走吧。"

"等会儿。"傅寒州说完,起身走到她跟前,俯身端详她的脸。南枝有些慌,"怎么?我脸上浮粉了?"难道昨晚上卸妆没卸干净?

她刚想找面镜子照一下,没想到傅寒州轻笑一声,俯身在她嘴唇上亲了一下。赵禹立刻去看天花板,那个空乘直接傻眼,南枝也愣了。

傅寒州凝视着她,轻声道:"觉得你很可口而已。"

南枝瞬间从脸红到了脖子。

傅寒州已经起身往外走,赵禹立刻跟上,将今日的行程安排递给傅寒州,由他筛选。

"昨晚拍卖行在您回H市的时候,将拍品都送来了,直接送回国还是？"

"把脚链留下，其他你安排。"傅寒州淡淡地说。

南枝跟在后面，发现停机坪旁边停了不少车。傅寒州的保镖跟团队都已经在那儿等他。待傅寒州走近，众人齐刷刷地一鞠躬。

此刻的南枝突然意识到，这个会对她小意温柔的男人还有她不了解的一面。然而她现在就站在他的身侧，与他并立而行。

这次日本陪同的团队有四男二女，而这群人显然早就知道南枝的身份。知道这是能让傅寒州连夜回国带回来的心肝宝贝，态度越发恭敬。

虽然傅寒州本意不是如此，奈何别人的眼睛也不是瞎的，这样明显的特殊和偏爱，但凡长了眼睛都能看出来。

等上了车，傅寒州身边的位置也早就留给了南枝。

开启上班模式的傅寒州，显然比昨天晚上要有魅力得多。修长的手指翻着文件，高挺的鼻梁下，薄唇抿起，西装扣子扣到了最上面一颗，喉结随着他低沉的嗓音微微上下滚动，南枝别开视线，尽量去看风景。

跟几年前她来旅行的时候比，日本变化不大，阳光大得刺眼。从机场出发，街道上行人行色匆匆。看着不同于国内的景色，南枝紧绷的神经放松下来。直到手被人握住，她才扭过头。

"会在这边待几天，有没有想去逛逛的？"傅寒州问道。

"你有空吗？"哪怕没看过，她也知道他的行程一定排得非常满。

"嗯，有你在就有。"有一些非必要的应酬，他能推就推了。

南枝见他升起挡板，两个人的对话不会被前面的人听到，才低声道："你不是来工作的吗？还是先顾好这个吧，我不要紧。"

傅寒州挑眉，"这么善解人意？"

南枝瞪他，傅寒州轻笑，"放心，有些场合需要带女伴，接你来也合适。"

"你也不缺女伴吧？"南枝问道。

傅寒州凝视着她，"不一样。"

南枝心里仿佛有一片羽毛，随着他的话，飘飘然升高，心里又酸又痒。

"加贺集团快到了。"前头赵禹开了口。

南枝看向外头,车已经驶离主干道,傅寒州的车毫不客气地直接停在了对方公司门口。

他捏了捏她的手,随后放开,迈出车时,已经是矜贵霸气的傅氏总裁,刚才在车里的小动作,唯有她知。

加贺集团的社长柳井先生亲自迎接,他年纪比傅寒州大了一轮,但是态度十分恭敬。

南枝跟其他几位女秘书走在一起,也没人觉得有什么奇怪的,只当她也是随行秘书。

南枝上大学时也修了日语,加上这些年偶尔也会有日本客户来酒店下榻,因此基本对话她还是能够听明白的,但如果涉及更专业的层面,她就有些力不从心了。

本来以为傅寒州会带随行翻译,但一路走下来,南枝发现基本是傅寒州自己与那位柳井先生交流,而且两人谈笑风生,看起来是老交情。

赵禹看她有点无聊,低声解释道:"傅总精通各国语言,所以我们出去谈生意,基本不会叫翻译。"

南枝这段时间跟傅寒州的相处,已让她忘了傅寒州原本就是站在金字塔顶端的人。这一瞬间,南枝又觉得傅寒州高不可攀了,不断寻思着自己当初是怎么跟他走到这一步的。连她自己都觉得不可思议。

恰在此时,她的手机开始震动,三人小组终于有人回应了。

率先回应的是早起上班的林又夏。

"啥啊?你半夜被什么人抓走了?"

"不是,你怎么没上班呢?"

"你真上飞机了?!这个节骨眼儿你跟人事部请假了吗?"

南枝看着她的消息轰炸,默默在群里发了一个定位。

"你说呢?"

林又夏又发送了一连串表情包攻击。

"这霸道的空降手法,莫不是我们的傅总吧?"

"你逃,他追,你插翅难飞!?"

南枝直接问:"公司怎么样了?"

"公司没事啊,不过你怎么半夜被傅寒州抓走了?难不成傅总半夜寂寞?"

刚上线的宋栩栩也在群里发了一行感叹号。

南枝翻了个白眼,直接对她们大吐苦水,最后总结陈词:"虽然这男人总是让人想不到他下一步的行动,但是专业起来,还真是一条帅狗。"

南枝都想趁人不注意偷拍一张照片了。

傅寒州也给她发了一条信息:"无聊?"

从刚才就看她在玩手机,傅寒州担心她因听不懂而觉得无聊。

南枝想说不无聊,还能学点谈判技巧,然后把聊天记录截图一下,准备发到朋友圈,再屏蔽傅寒州吐槽一波。哪知道给傅寒州回完信息之后,下意识点击了发送图片。

南枝反应过来后立即点击撤回!然而还没来得及,傅寒州已经抬头深深看了她一眼。

南枝感觉自己的脚趾已经抠出了一座东京迪士尼城堡外加整个加贺集团。

"Vicky。"傅寒州很突兀地出声。

所有人都面面相觑,谁是Vicky?

只有南枝闭了闭眼,这狗东西……果然报复心很重。

"我想喝杯咖啡。"傅寒州面无表情地吩咐。

南枝咬牙,但还是起身去了。不过这里的员工哪里会让南枝去不熟悉的茶水间呢。南枝出了会议室,已经有人将咖啡准备好交给她。

"傅总,您的咖啡。"南枝将咖啡放下。

傅寒州看着她,用只有两个人才能听到的声音恐吓道:"晚上等着我收拾你。"傅寒州说完这句话,又转头跟柳井先生聊起来。

放下咖啡的南枝本想回原位,傅寒州能让她继续在她的姐妹群里说自己坏话?

狗男人?

背地里她就是这么叫自己的?

傅总不舒服,傅总十分不舒服。

"Vicky,坐在这里记录。"傅寒州抿了一口咖啡就放下了,日本的东西什么都爱加冰块,他不喜欢。

南枝差点翻白眼,后面坐了那么多秘书,偏要让她记录,他是故意不让自己玩手机吧?还有Vicky,见鬼的Vicky!当初胡诌的名字被他念叨到现在。

心里吐槽归吐槽,可是现在会议室所有人都看着她,南枝只能僵硬地笑着坐下来道:"好的。"

傅寒州的唇角微微勾起,若是仔细看,会察觉到那抹几乎淡得察觉不到的笑意里蕴含了宠溺。

好在这次合作在傅寒州来日本之前就已经与加贺集团谈得差不多了,这次过来也就是走个流程,顺便实地考察。

南枝听得有点吃力,还得端正坐姿,坐得屁股都麻了。她真的很好奇傅寒州是怎么保持这个坐姿一动不动,还不显疲惫的。

在南枝有些忍不住想换个姿势时,后背被人一托,傅寒州已经起来了,顺带着将她也带了起来。

等南枝反应过来,他已经跟柳井先生有说有笑地下楼参观了。

南枝动了动脚踝,跟了上去。

加贺跟傅氏一样,都是老企业,但并不守旧,还大力吸收新兴产业,不断开拓和发展新业务。这一点跟傅寒州经营傅氏的理念是差不多的,所以二人才能一拍即合。

柳井雄川看向南枝,又看看傅寒州,"是你的女朋友吗?很可爱。"

傅寒州想起她有时候别扭的样子,没跟柳井说那些复杂的私事,也算是默认了这个说法。

"听说伊藤家的千金中意你,难道不考虑吗?"柳井问道。

傅寒州在日本下榻的酒店,并没有保密,因此伊藤惠子半夜来找他,自然也躲不过柳井的耳目。

他这一番试探,也是怕傅寒州被伊藤惠子说服,转而放弃和他们集团的合作。

这也是傅寒州突然半夜去把南枝接来的另一个原因。除了怕楚劲挖墙脚——这小妮子不设防,也是想让柳井能定定心,他没有换合作对象的打算,更不会对伊藤惠子有兴趣。

"我已经有女朋友了,就不耽误彼此的时间了,而且伊藤家已经为她选择了合适的联姻对象。"

柳井笑了笑,"也是,想必未来伊藤家的规模也不容小觑,会成为我的一大劲敌。"

傅寒州不置可否,没有什么企业是可以长盛不衰的,全看领头之人怎么做。伊藤家那样的家风,早些年荤素不忌,跟柳井这种实干派商人没法比。

傅寒州跟他聊了一会儿,想回头找找南枝,却发现她正跟一个陌生小伙子聊得开心,那笑容格外刺眼。

从昨晚上到现在,她都没对自己这么笑过。对着个野男人有什么好笑的?

傅寒州脸都沉下来了。

赵禹疯狂给南枝使眼色,然而南枝不知道问到了什么东西,好奇得不得了,完全没看到赵禹的疯狂暗示。

赵禹观察傅寒州的脸色,觉得自己不仅季度奖没了,怕是连年终奖都没了。

就在南枝打算询问一下日本小哥附近有哪些美食的时候,赵禹突然横插了进来。

"南枝小姐,上午这边已经结束了。"赵禹说着,隔绝了日本小哥的视线,暗示南枝赶紧去傅寒州身边顺毛。

南枝当然明白赵禹在干什么,她慢吞吞地走到傅寒州身边,结果傅寒州不理她,直接扭头跟柳井说话去了,约定好了过两天签合同。

"如果不介意的话,过两天请来我家中做客,我与妻子会非常欢迎你的到来。"

傅寒州没有拒绝。柳井看向南枝,并且注意到了她手上的情侣腕表,"这位可爱的小姐意下如何?"

面对柳井先生的询问,南枝赶紧回答,"多谢您的邀请,如果有机会的话,一定登门拜访。"

上车后,南枝还特地跟柳井先生还有刚才说话的日本小哥道别,傅寒州就用居高临下的眼神盯着南枝。

南枝跟着他晃了一上午,经过加贺集团员工餐厅的时候,她闻到味噌汤的味道,瞬间觉得很饿。现在她又累又饿,才不给他好脸色。

"白眼狼。"傅寒州幽幽道。

南枝面无表情地看着车窗外,"担不起。"

"呵。"傅寒州冷笑,"怎么,对着别人能笑得一脸花痴相,对我就摆脸色?"

南枝扭头朝着他咧开嘴,"拿去吧。"

傅寒州直接上手,将她的脸往外扯。

南枝小爪子往他手上招呼,"你松开!"

"不松。"

"你松不松?"

"不松!"

赵禹捂着额头,默默降低自己的存在感,他到底为什么要在这儿吃狗粮?

南枝气得不行,"我脸上有粉底,妆会花的!"

"那你就顶着花猫脸好了,我不介意。"傅寒州看着她这样,愉悦得不行。他将南枝的脸搓圆捏扁,又将人拉到怀里,就着她的小嘟嘟嘴亲了一口。"嗯,还是这样乖。"

南枝想拧他,可他西装硬得很,根本抓不住。

"脚怎么了?"傅寒州见她总是动脚腕,出声问道。

南枝没好气道:"新鞋子磨脚。"

"娇气。"傅寒州说着,却俯下身将她的鞋子脱了,又把她的脚搁在自己膝头,看到脚后跟都红肿破皮了,蹙眉对赵禹说:"等会儿在路上看到药店停车,去买点创可贴。"

"好的,傅总。"

南枝有些不自在,傅寒州却不让她把脚收回去,用指腹缓缓摩挲,"疼怎么不说?"

南枝瞪了他一眼,刚才那是什么场合?那么多人看着呢,她怎么可能因为这么点小事向傅寒州开口?

如果她真的那么做的话,傅氏的企业形象谁负责?再说他难道真能撂下合作伙伴先管她的脚?

"新鞋子都有点磨脚,很正常的。"南枝想把脚缩回来,傅寒州却用手贴在上面,轻柔地摁压,"下次换平底鞋。"

"那不是矮人一截。"

"你要那么高干什么,准备打NBA?"傅寒州无情吐槽。

既然穿高跟鞋受罪,那为什么要穿?再说她本来腿就又细又长的,穿上还招人。傅寒州想到这儿,手微微往上,揉捏着南枝的小腿。

南枝不知道他在想什么,只觉得车突然停下,然后赵禹下了车,过了会儿送了创可贴过来。

傅寒州将车窗打开,赵禹将手上的东西递进来,还有碘伏什么的,南枝有些尴尬。

赵禹看到傅寒州膝盖上放着一双白嫩嫩的脚丫,当即挪开视线不敢多看。每当赵禹觉得南枝在傅总这里已经够特别的时候,她总能刷新自己的认知。

傅寒州给她将创可贴贴好,又左右看了看。她还真是从头到脚,都长在他审美点上,每个脚趾他都喜欢。

傅寒州想起那条脚链,开口道:"先带你去吃饭,稍后有个商会活动,让人去给你买双平底鞋,或者你回酒店等我?"

回酒店多没意思,南枝直接问道:"我能不能自己出去逛逛?"反正她也会日语。

傅寒州本来想点头同意,但一想到她可能会被人搭讪,果断拒绝了。"不好,很不方便。"

南枝倒也没坚持,她下意识怕自己给别人添麻烦。

"那跟着你去商会活动吧,长长见识也行。"她一个人回酒店也睡不着。

"一个人害怕?"

"有点,还是在你身边吧。"

傅寒州动作温柔地抚摸着她的头发,因为她这句话心底升起一股愉悦。

此时此刻,她就像是一只乖巧可人的猫,傅寒州干脆将她扯到怀里,嗓音里噙着几分笑,"撒个娇听听。"

南枝在他怀里瞪他,"我又不是你的员工,我没义务满足你的恶趣味。"

"那我给你发工资,什么时候来上班?"

"对方拒绝了您的邀请并且开启了好友验证。"南枝说完,傅寒州的手抄入她腿弯,"这样也不能满足?这么小气?"

"这要求很恶趣味好不好?"

傅寒州想了想,"你有点情趣行不行?"

"你这么玩物丧志,傅氏不会倒闭吗?"

傅寒州直接拿起手机,将朋友圈里分享的新闻都给她发了一遍,仿佛在说,看吧,看看我的产业,我就算不吃不喝躺在家也是数钱的命。

中午由赵禹安排,所有人在一块儿吃了一顿怀石料理。南枝实在无法接受日本的酒水饮料都放冰块,她的胃受不了,傅寒州中途让人给她烧了一壶热水,这让南枝又小小感动了一下。

准备出发去商会活动前,赵禹还是凑到傅寒州身边道:"这次活动,伊藤惠子小姐估计也会去。"

傅寒州听完后没什么表情。他也料到既然来到日本,估摸着会经常遇到对方。

傅寒州拉开车门,坐了进去,南枝正在懊悔自己刚才怎么没忍住吃了那么多生鱼片,现在小腹微微凸起。

一见傅寒州进来,她佯装没事,背地里却拿出手机开始计算卡路里,想着回去要做多少有氧运动。

南枝翻看着三人小群里的聊天记录,因为南枝的消失,那两个人可算是把天给聊没边了。

真是谢谢亲闺蜜。

傅寒州低沉的嗓音在耳边响起,"又说我什么呢?"

南枝悚然一惊,"你干吗看人家聊天记录?"

"哦,我看归看,可不会叫你狗女人。"

傅寒州说到这儿,决定晚上得多讨点利息回来,并且用眼神强烈谴责南枝。

南枝被他的目光看得毛骨悚然,默默打开手机改备注,"您看,还满意吗?"

傅寒州寻思着她能给他备注个亲密点的名字,结果定睛一看,在他头像边上赫然是三个大字"大表哥"。

傅寒州掀起眼皮阴恻恻地问道:"你欠的吧?"

南枝手一抖,之前惹怒了他一次,隔天自己上班腿都在抖。头顶的警报器正响,南枝立刻手动输入:伟大的合作伙伴。

结果自然是被傅总驳回。

他在她身上花了这么多时间和精力,就只是一个合作伙伴?

南枝缩在角落里装鹌鹑,寻思着到底要什么备注他才满意。

前头,赵禹竖起耳朵,想听听他们到底在说什么,这两人刚才还唇枪舌剑的,现在怎么消停了?

傅寒州直接夺过"南鹌鹑"的手机,长指轻点,随后将手机甩给了南枝。

南枝拿起来一看,一口口水差点哽住。

心肝宝贝大男神,是什么东西!? 男神就男神啊。

她再抬起头,看傅寒州的眼神都不对了。

傅寒州看她不服气的样子,直接拿起自己的手机,给她看自己给她的备注。

"将心比心。"他还友情提示了一句。

南枝看了一眼,他这界面也真够简洁明了的,而且联系人竟然只有陆星辞那几个,满打满算不超过20个人。她的是置顶的,备注显而易见——甜心大宝贝。

很好。没想到傅寒州是走恶心肉麻路线的。

她注意力倒没一直放在这上面,反而对着他的好友申请列表道:"这么多人申请加你,你怎么都不加?"

"我为什么要加?"

"你一直不轻易加好友吗?"她记得当初初见傅寒州的时候,刚发送好友申请,他就加上了呀。她那时候还觉得他挺平易近人的。

傅寒州似笑非笑,"每个人都加的话,我每天还不得被烦死?"

而且他的聊天软件还是当天她要加人的时候才下载的。在那之前,陆星辞那小子怎么推荐,他都没兴趣。

南枝瞳孔微微一缩,有个想法不知道该不该说。

她看着傅寒州的手机,界面简单干净到除了一个突然冒出来的微信,其余都是手机内置软件。

她瞬间觉得,自己拿着的不是手机,而是一个烫手山芋。一如当初傅寒州与她第一次对视时,那目光中的火像是在油锅里滴落了水,发出了"滋啦"的声响,烫得她心口有一股灼热感。

她告诉自己,不要把他的话当真,他或许只是说说而已,更或许……他只是无心之言,只是凑巧。

"为你下载的软件。"可他仿佛看穿了她的心里话,将这句话抛了出来。

南枝手一紧,却不愿意重蹈覆辙。她离开别墅的那一天,她也问过他是不是爱上了自己,得到的答案是:只喜欢,并不爱。

南枝不想再面对那种处境。这让她无力又厌烦,突然不想面对傅寒州。如果这是他的诱饵,那么他成功了。至少她上钩了,但也仅此而已了。

毕竟她在这世上就只有自己了,没理由为了个男人走上99步,然后卑微地等他纡尊降贵施舍那点喜欢。她要,就要百分百,缺一点都不行。

傅寒州伸手想摸摸她的头发,却见南枝突然冷下脸,直接闭目靠在了座椅上。

傅寒州的手停在了半空中,随后将她整个人搂在怀里,霸道得根本不允许她离开自己的怀抱。

南枝被他的气息包围,不耐烦道:"傅寒州你箍得我喘不过气了。"

"为什么不高兴?"傅寒州问道。

"我哪有!"

"你怕是不知道你的喜怒哀乐都是摆在脸上的吧。"这么明显,他又不傻。

不过他并不介意,至少她那层面具,正在他面前慢慢卸下,而不是不论他怎么做,说什么话,都是那一句客气疏离的"傅总,傅先生"。

"想休息就休息吧,路程有点远。"傅寒州给她调整了一个舒服的姿势,让她靠在他怀里躺着。

南枝其实并不是个娇气的人,因为早早失去父母,她已经很久没有尝试过依赖一个人,也很怕麻烦人。但每次傅寒州宠溺地说这些话的时候,她都分不清他是真心的,还是随口说说。因为她输不起。

江澈跟傅寒州在她心里到底还是不同的。

前者来的时间对,在她合适的年纪,合适的地点,给了她一份慰藉。所以明知道他有点不对劲,她也不想去深究,只看眼下。但傅寒州,她总是忍不住想要更多。得到了他的关注,就想得到关心;得到了关心,就想得到关爱。明知道难上加难,内心的贪婪依旧丑陋得让自己厌恶。

比如此刻,他纵容她的小脾气,而自己更像是因为得不到自己想要的东西而闹别扭。

就算否认过再多遍,此时此刻,在这样安静的环境下,南枝还是不得不承认,她的心离他越来越近。

傅寒州把玩着她的发丝,闻着她身上熟悉的温暖香气,侧过头看向车窗外的风景。

她的长发微微卷曲,从他冷硬的西装外套上轻轻拂过,却不留痕迹。

窗外的风景,傅寒州早已熟悉。日本这座城市好像很少会改变原本的风貌,不同的是,那时候的他身边没有她。

时光不负深情久

第四卷

艰难抉择

chapter 16

她是不可取代的

商会酒宴定在了私人会所。

傅寒州让南枝自己去拿点东西吃,并且让赵禹跟着她。

南枝刚到甜品区,一扭头,高级香水的味道就涌入她的鼻子,面前已经站着一个漂亮的女人——妆容精致,头发盘起,很有风情。

"赵特助。"伊藤惠子笑着见礼。

赵禹没想到伊藤惠子会在这时候冒出来,还是直面南枝。

"伊藤惠子小姐。"

"寒州没带你上楼吗?"

伊藤惠子问的是南枝,从她跟着傅寒州一起入场,再到手上的那只腕表,都令她觉得刺目无比。

"不知道这位小姐怎么称呼?"伊藤惠子用一口流利的中文询问道。

南枝赶紧放下手上的东西,伸出手,"伊藤小姐,你好,我叫南枝。"

伊藤惠子盯着那腕表,笑容愈发灿烂,"不知道这次你也来了,早知道约你出来转转,毕竟之前我找寒州的时候,他没提起你的存在。"

南枝又不傻,她这话的意思是在表示自己的存在不值得傅寒州提一嘴。

伊藤惠子轻飘飘掠开了南枝的手,"不好意思,我与寒州认识很久了,这样称呼他,你不会介意吧?"

南枝心想:不介意,反正我都叫他狗子。

赵禹额头上冷汗直冒,寻思着这伊藤惠子还真是找茬儿来的。

南枝偏不如她的意,反倒是扭头轻声询问赵禹:"她跟傅寒州是合

_271

作关系?"

赵禹摇头,"伊藤集团并不在傅总的考虑范围内。"

"那她是傅寒州前女友、追求者,还是暧昧对象?"

南枝自问询问得很详细了。谁知道傅寒州这厮会不会国内弄个她,国外再弄几个红颜知已,日日不落空。

赵禹赶紧道:"绝对没有的事,伊藤小姐此举纯属个人行为,傅总从来没给过正面回应。"

"那我要是得罪她会怎么样?"

"应该也不会怎么样。"

南枝了然,那就好,不然本来就郁闷,还被个莫名其妙的女人上来挑衅,小甜品都吃不下去了。

"不好意思,我现在要去二楼,南枝小姐要跟我一起去找寒州吗?"

"不了。"

"哦? 这是为什么?"伊藤惠子明知道她是傅寒州藏着的女人,但就是想看看,那高冷的傅寒州是不是对所有女人都一样。还是说,这个女人会特别点。

灯光下,南枝眉目璀璨,眼波流转,带着股故意的娇憨,"我怕我一上去,他的注意力都不集中了,我有时候也很没办法,他总黏着我。"

伊藤惠子得体的笑容突然有点绷不住了。她就没听过这么……这么自信又无耻的话,更不敢相信是眼前这个女人说出来的。

赵禹也闻到了硝烟味儿,但南枝说的又是真的。虽然南枝自己也不知道为什么,但傅寒州每次遇到她的事,的确是完全大变样,也不算是说大话。

伊藤惠子还真的不信,她觉得南枝就是个依附男人的小金丝雀,只是在强作镇定。

"是吗? 真是没看出来,那我先告辞了。"伊藤惠子说完,脸上的笑容瞬间收敛,与南枝擦肩而过时用日语轻轻嘟囔了一句:"走着瞧。"

南枝眉头微微蹙起,傅寒州的烂桃花能不能少点?!

这边赵禹已经通风报信,发短信告诉傅寒州伊藤惠子上楼去了,而且已经向南枝小姐挑衅过。

傅寒州没看手机,不过在伊藤惠子不请自来的时候,眼眸还是暗了暗。

"我来得不巧。"伊藤惠子说着,径自朝着傅寒州走去。

傅寒州正跟黑川谈事。

伊藤惠子仿佛看不到两个人之间的机锋,坐下来的时候,下意识将手从傅寒州大腿上擦过,隔着傅寒州给黑川敬酒,"黑川先生,又见面了。"

"伊藤惠子小姐今天真是明艳照人。"

伊藤惠子喝了一杯,才看向傅寒州,"寒州,不介意我来吧?"

一句话,在场其他的男人眼神都带了点暧昧,毕竟伊藤惠子有家世有美貌,可是俘获了不少男人的心。

"谁不知道伊藤惠子你是伊藤集团的灿烂玫瑰,听说与傅先生也是老朋友了。"

伊藤惠子捂嘴浅笑,手假装不经意地落在傅寒州边上,身上的香气传来,保持着坐姿的同时,身体微微向傅寒州倾斜,"刚才在楼下好像见到了你的女朋友。"

傅寒州掀起眼皮,嘴角噙着一抹笑,略带了几分凉意。

伊藤惠子注视着这个自己一直得不到的男人,无论什么时候,他总是对自己以礼相待。

被嫉妒冲昏头的伊藤惠子故意不去考虑他眼底的那层深意,自顾自道:"好像,她误会了我们两个人的关系,等会儿你要好好跟她解释了。"

傅寒州不动声色地转动着手上的杯子,"是吗?"

伊藤惠子好像很苦恼的样子,"是啊,如果给你带来了困扰,那我只能说一声抱歉了。不过你经常出席各种商务活动,她要习惯跟各色各样的人接触才好,不然不熟悉她的人,会以为她对人有敌意呢。"

伊藤惠子眨了眨眼睛,笑得十分可爱温和,但说出的每个字,都让人很不舒服。

她这话的意思,一是在贬低南枝待人接物不成熟,对人有敌意。二是说这样不得体的女人,不该留在他身边。他该有更好的选择。

傅寒州当然能听出对方的潜台词。

如何待人接物,南枝作为一个服务行业工作者,只要她想,就没有做不好的可能。

伊藤惠子见他好像在思考的样子,心想,就算是他喜欢的女人,好像也不过如此。

她的指甲缓缓从宝石袖扣上落下,微凉的指尖顺着他的腕表,落在他的指节上,然后拿过他手里的杯子,转过手腕,用红唇贴在杯壁上,舌尖缓缓划过。

"伊藤惠子小姐。"男人低醇的嗓音在她耳边响起。

伊藤惠子心念一动,有些激动地看向傅寒州。

男人略带嘲讽地说道:"背后说人,不是名门淑女的做派。我希望你以后对我的女朋友客气一点,如果她待人接物有什么不对,那错的也绝对不是她。"

傅寒州说完,伊藤惠子的脸色已变得苍白,几乎不敢相信她听到了什么。

男人起身。众人看了过来,傅寒州抱歉道:"我女朋友还在楼下,我怕她一个人待着不舒服。"

傅寒州要走,没人会去拦,甚至还有人表示如果有时间到中国,希望能再约他一谈。

傅寒州欣然应允,而伊藤惠子坐在角落里,失望与错愕仿佛藤蔓,顺着她的脚尖往上缠绕。终于在傅寒州离开后,她也顾不得其他人,直接跟了出来,在走廊尽头叫住了他。

"寒州!为什么?"她问出这句话的时候,已经抛弃了身为女人最后的骄傲,泪水在眸中打转,"为什么你要这样拒绝我,我又输在哪里呢?"伊藤惠子朝他走近。

傅寒州沉了口气,看着对面的灯光,声音淡漠:"你真要听?"

伊藤惠子看他这冷淡的态度,其实下意识已经不大想听了,但还是不死心地咬唇问道:"你是要再一次残忍地告诉我,你已经有了女朋友吗?"

傅寒州刚想开口,伊藤惠子立刻打断:"这些年,我一直没有放弃过。当初我第一次向你表达爱意,我觉得不够直接,你也没有正面拒绝。"

事实上,男人面对女人的追求和示好,没有立刻同意已经算是一种委婉拒绝。

"你说你一直在找一个人,可是凭着你的能力,什么样的人你找不到呢?我觉得那是推诿之词。"

傅寒州掀起眼皮,静静等她说完。

"今天我见到她了,如果她就是你一直想找的人,那么我觉得,我并没有输给她。我会比她更适合你。"

"说完了吗?"傅寒州直接打断她。他有些不耐烦地揉了揉眉心,"有些话原本我并不愿意说,但现在你听好,伊藤惠子,看来以后我们不适合再见面了,我会知会我的助理,将来有你的场合,我不会再出现,你也不用想尽办法出现在我跟前,你知道我做出的决定,是不可能更改的。"

傅寒州淡漠得仿佛是在对空气说话,不留情面。

"你不要再问我为什么,天底下适合你的男人还有很多,你觉得她不如你,我觉得你不如她,就这么简单。"

伊藤惠子的眼泪已经控制不住地滚落,双手握成了拳头,身体忍不住颤抖,"你一定要这样羞辱我吗?"

"事实上,这世上能羞辱到你的,只有你自己。"

如果她不是这样自信满满来诋毁他的女人的话,又怎会被自己羞辱?

傅寒州也实在搞不懂,为什么这世上总有人认为自己可以取代别人,总以为自身条件好别人就该喜欢。可喜欢就是喜欢,哪有什么为什么。

"如果你觉得我侮辱了你,那很抱歉,但我这些年只喜欢过这一个人,所以我不允许任何人影响我和她之间的关系。在这一层面上,她是我的必需品,不是你嘴里靠条件可取代的存在。"

伊藤惠子怔怔看着他,"你会跟她结婚吗?我记得你很多年前说过,你是不婚主义者。"

傅寒州不咸不淡地说:"这好像与你无关,我与什么女人在一起,跟什么女人结婚,都跟你无关,请你记住这点。"

说完,他直接转身下楼离开。

伊藤惠子一直站在原地,看着自己精心挑选的礼服、搭配的饰品,在刚才他那一番话后,全部都成了笑话。他刚才的那番话,无非就是告诉她,南枝是不可取代的。

傅寒州回到席上,拉起南枝就走。回到酒店,才说带她去泡温泉。

南枝没好气道:"怎么不跟那伊藤小姐一起来泡?"

"这种醋你也吃?"

"才没有!"南枝死不承认。

"行,那我吃。"

温泉别馆的私人小院,看得出设计师很用心,正值深秋,红色的枫叶伴随着夜风缓缓飘落。傅寒州将她的长发拢起,在她背上烙下一吻。

南枝看着头顶落下来的枫叶,伴随着热气氤氲,突然觉得这一年过得好快,尤其是遇到傅寒州后。

从云层到小院,就像是傅寒州为她打造的一场脱离现实的幻境。

按照正常的轨迹,她应该在公司加班,跟着汤曼蓉到处奔走,还得防备办公室那些小人给自己使绊子。

南枝不忍辜负眼前的美景,拿起放在托盘上的手机,拍了一张头顶的枫树。

傅寒州从后面贴着她,"我帮你拍?"

南枝道:"我不自拍。"

傅寒州纳闷:"为什么?"

虽然他自己微信没加几个人,但简思娜那群女的,几乎能把他那少得可怜的朋友圈状态刷爆。他每天打开朋友圈就是想看看她在干什么,结果她每天就是工作。

傅寒州想到这儿,伸出胳膊将她箍到胸前,"一起拍。"

南枝错愕,傅寒州已经打开了相机,将她的呆样拍了进去。

照片里,南枝贴着他的身体,傅寒州虽然在拍他们两个,可他的眸光却注视着她,留下她错愕地看着镜头,就像是误入了狼人领地的一脸茫然的小白兔,等待着被狼人吞噬干净。

埋在角落里的昏黄灯光配合着水面的波光,在他身上显出一种强烈的侵略感。喉结上的一滴水顺着他说话的空档滚落,落在她的肩头。

作为傅氏集团的掌舵者,就算到了这个时候,他的电话也是不间断的。不过这次电话响起来的时候,看到来电人的名字,傅寒州眼眸一沉,随后从南枝身边起来,走到了外头。

他下半身只围了一条浴巾,接电话的时候,语气也很淡漠:"有事?"

电话那头显然没想到他会是这个反应,但依旧小心翼翼地问:"寒州,听说你来日本了,妈妈正好也在这儿,要来跟我见一面吗?"

"没这个必要,钟女士。"

钟宣舒没想到,时隔半年自己给儿子打电话,会听到这样的回答。

不过这孩子从小就跟自己还有傅时廷不亲近,小小年纪就总冷着一张脸,也不会给他们任何回应。钟宣舒以前不觉得有什么,到了如今这把年岁,突然很羡慕好友与孩子们之间的感情。因此,钟宣舒没因为傅寒州的冷淡而打退堂鼓,反倒是温和地说:"我问过你的助理了,明天上午到中午你有一段时间是空闲的。妈妈订好了餐厅,等你好吗?"

"钟女士。"

钟宣舒心一沉,"我是你的妈妈,不是你嘴巴里的钟女士。"

傅寒州嘴角轻勾,眼底不含一丝温度,"钟女士到了如今这个年纪才记起来自己是个母亲,是不是有点晚了?"

"你一定要这么跟我说话吗?"

傅寒州吸了口烟,"你们为什么不离婚?"

钟宣舒一愣,随后道:"你父亲跟你说什么了吗?"

"我不会联系他。"傅寒州淡漠一笑,"你和他,我都不想联系。钟女士要是觉得我这个儿子不听话,可以再生一个,你的年纪还能拼一拼。"

钟宣舒果然被激怒,"你跟你父亲倒是一个样。"

"钟女士不要说得好像很了解傅时廷一样,据我了解,你们结婚后连一个被窝都没睡过,新婚夜就跑出去各自找情人了,不是吗?"

这是钟宣舒无法宣之于口的难堪。她跟傅时廷当年互相看不上对方,结婚也不过是为了联姻。两家长辈只要求他们生下继承人,至于用什么办法,不重要。

她这些年跟傅时廷见面的机会极少,傅寒州小时候,夫妻俩只在过年那一天露个脸,其他时间都是一个在国外,一个到处飞,各自经营自己的公司。他们二人还签了合约,不能在外面有私生子,不然就得接受无法承受的惩罚。所以,傅寒州是他们唯一的孩子,而且是靠着试管得来的孩子。

"没事就挂了。"傅寒州说完就要挂。

好不容易能联系上他,钟宣舒自然不会放过这个机会,"寒州,我只是想你了。"

傅寒州这回是真的笑出声了,"3岁前的傅寒州或许需要这份虚假的母爱,但那时候的你没给。现在我都快30岁了,钟女士,你觉得我需要一个陌生女人的关怀吗?"

说完她不等钟宣舒反应,直接挂断了电话。他又在庭院里抽完一支烟,才折返回去。

南枝已经睡熟了,傅寒州将她拢进怀里,估计她有点冷,瑟缩了一下,傅寒州又紧紧贴上。

他不需要那些虚无缥缈的利益关系,所谓婚姻,所谓恋人,感情是靠不住的,只有牢牢抓在手里的,才是最稳妥的。他想要的就在身边,不是吗?至于那些不曾拥有就失去的东西,他也不会稀罕。

他紧紧与南枝贴在一起,彼此的体温互相传递,他感觉到了心安,也臣服于这种感受。任何人想要打破他的舒适圈,他都会让对方付出代价。隔天醒来,南枝看了下天气,选了一套比较适合出游的衣服,外带一条坠着毛球的薄披肩。她倒是很适合这种温软又不张扬的风格,虽然脾气又倔又硬。

傅寒州也穿了一套休闲服,他本身就是衣架子,穿什么也不会让人觉得突兀。

南枝跟他走到玄关处,傅寒州拿出了一个鞋盒,是赵禹昨天新买来的,听说绝对不会磨脚,很舒服。

他蹲下身,抓住了南枝的脚踝,摩挲着她细软白皙的肌肤,将鞋给她穿上。

南枝看着男人头顶的黑发,心口突然一窒,想把脚缩回去,又被傅寒州拉了回来。

"腕表怎么不带了?"

"不是工作场合。"

"不是工作场合更要戴。"不然别人怎么知道你是有对象的?

傅寒州不满,南枝只能折返回去从床头柜上把腕表拿来。傅寒州给她戴好后才满意一笑,拉着她的手往外走,今天他给其他秘书助理都放了假,让他们出去逛逛。所以,他可以跟南枝单独度过一天,而且这里没几个人认识他们,可以肆无忌惮地牵着手走在街上。

南枝被他拉着出门,看着男人笔挺的背影,这种又宠她,又霸道不讲理的态度,让她生出了傅寒州很喜欢她的感觉。

等到了停车场,南枝才发现没有司机,她诧异地问:"今天你自己开车?"

"嗯。"

她很少看到傅寒州自己开车,大部分时候都是司机开。

她上了副驾驶,刚系好安全带,傅寒州的手便伸过来扣住了她的手。

"单手开车危险。"

傅寒州回想着昨晚宋嘉佑他们给他发的恋爱指南。他们开车都是这样跟女孩子十指紧扣的。所以是他的问题?不,当然是南枝的问题。

"你是跟浪漫这个词绝缘吗?"

南枝将手举起来,男人的手指节分明、手指修长,作为手控,南枝还是很喜欢的。前提是主人能变成哑巴最好。

"你管这叫浪漫?是哪年的土狗台词啊?"

傅寒州真没想到有一天自己会被人叫土狗。倔劲上来了,他就是死扣着不放,然后单手开车出去。

"咱们去哪儿?"

"你听我安排就行。"

他昨晚上在她睡着后弄好了一份情侣旅行清单。虽然有些著名的旅游景区太远了,今天去不了,但附近也是有不错的风景可以看的。

不知不觉,车子已经驶到一片湖泊附近。

停车位很好找,傅寒州停好后,带着南枝往湖边走,已经有不少家庭坐在野餐的地垫上欣赏风景了。

南枝的披肩被湖边的风吹得扬起,傅寒州将她拢进怀里,高大的身子替她挡着风。

陌生的国度,陌生的环境,不得不说,真的很让人放松。

傅寒州一直没放开她的手。某个人看起来冷着脸,其实是在想还有什么约会和讨女孩子欢心的办法。

昨晚宋嘉佑强调了很多遍——买甜品。可这湖边哪里来的甜品?

两个小朋友从他们身边跑过去,笑声绵延了一路,手上还各拿着一支甜筒。

傅寒州立刻回头,看到喷泉附近有人在卖甜品。

"要吃甜筒吗?"

南枝正在沐浴阳光,闻言扭头,以为自己听错了,"你给我买甜筒?"

"不然你给我买?"傅寒州接着说,"在这儿待着。"

南枝还在纳闷,男人已经朝着那卖甜筒的地方去了。

南枝一边等傅寒州,一边欣赏周围的景色,看到后头的小廊庭里,有几个人正脱了鞋袜泡着脚。南枝好奇,也凑了过去。这里温泉多,开发商将路边的温泉、小溪流都保留下来,规划成了专供游客泡脚休息之处。

傅寒州在买甜筒的时候,也留意着南枝,可是一扭头人就不见了,这让正在排队的他有些焦虑。

正在排队的一个女生发现眼前这个男人身材优越、长相俊美,忍不住出口问是不是艺人。傅寒州表示不是后,又有几个胆子大的女高中生问他要电话号码。

傅寒州的目光还在搜寻南枝,终于发现她脱了鞋子在泡脚,才松了口气,随后指着南枝的方向道:"我的爱人在那儿。"

女高中生们有点失望,眼瞧着傅寒州买了个甜筒朝着南枝走去,都羡慕地发出了遗憾的喟叹声。

南枝没想到他还真的去给自己买甜筒了。

"你要泡吗?"她抬头问道。

傅寒州哪会在这儿脱鞋泡脚,"不用。"

南枝低头吃了口甜筒,超级浓郁的奶香味席卷味蕾,"嗯……好好吃哦。"

傅寒州唇角微微勾起,"真的?"

"嗯,谢谢。"她说罢,男人已经俯身,挑起她的下巴,一个吻盖了下来,旁边泡脚的老太太捂住了嘴。

男人一吻即离,南枝捂着嘴瞪着他,这里就算没人认识他们,也不能在大庭广众之下做出这种举动呀!

"是好吃。"傅寒州伸手抹了一把唇角。

南枝待不下去了,她得赶紧逃离这个社死现场。傅寒州见状直接把人捞了起来。

"你们的感情真好啊!"一旁的人感慨道。

傅寒州难得露出点微笑。南枝拉着他赶紧跑,傅寒州戏谑道:"不吃甜筒了?"

吃什么吃!狗男人动不动就撩她。

傅寒州突然问她:"要不要拍照?"

宋嘉佑那买甜品的办法好像真的不错,姑且相信他第二招,给小姑娘拍美照。

南枝诧异,"你行不行啊?这可不是自拍。"自拍但凡有手也丑不到哪里去,但拍风景照,直男摄影师会很可怕吧?傅寒州挑眉,"我有什么学不好的?"从小他学什么都很简单好吧。

南枝半信半疑,傅寒州已经开始指挥了,"那儿不错。"

南枝照他的昐咐站了过去,并且摆了个假装看风景的侧身姿势,寻思着再傻的直男也知道怎么拍吧。

"好了。"

她赶紧过去看,一探头,沉默在两人之间蔓延。

"我人呢?"

傅寒州指着照片角落里一个人头道:"这不是吗。"

……

他明明可以直接拍风景,却还给你留了个头呢。

傅寒州暗中觑了一下南枝的表情,忙补救:"失误,再来一次。"

南枝面无表情看着他,"最好是失误。"

她这回换了个姿势,直接指点道:"注意构图比例,你别站这么高,蹲下点。"

傅寒州这次信心满满,"好了。"

南枝满怀期待,"怎么样怎么样,有我的指导应该能拍得不错……"话还没说完,南枝的死亡凝视就射过来了。

"照片里的我,有一米四吗?"她是真的很真诚地问。

"还有这一张,我都虚了。"

"这张是什么,我过来看照片你也要拍,拍就拍吧,我的五官都在飞!"

南枝真的是无语了,"傅总你要是再就业,你建议你千万别选摄影师这个行业,你是真的没天赋。"

傅寒州还觉得有点委屈,"可你就是照片上这样啊。"

"嗯?"南枝笑得咬牙切齿,"你说什么?"

傅寒州心道,好吧,果然宋嘉佑这个人靠不住,删除这一环节。

正在公司看直播的宋嘉佑突然打了两个喷嚏,抽纸巾的时候自言自语:"谁想我?"

一旁的秘书道:"宋少,在我们老家,打一个喷嚏是有人骂你,打两个的话——"

宋嘉佑挑眉,"我知道,两个就是有人想我。"

秘书笑了笑,"不是哦,也许是两个人在骂你。"

宋嘉佑一阵无语。

他将手机放下,"霏霏是吧,出去!"

傅寒州在拍了一堆废片后,终于渐渐上手了,连续拍了好几张不错的照片,南枝总算满意了。

尤其是有一张,附近有孩子在吹泡泡,阳光下,她的裙摆飞扬,拍得有意境又漂亮。

傅寒州伸手从栏杆后面拢住她,将她困在自己臂弯间,"满意了?"

南枝微微偏头,"说话就说话,凑这么近干什么,你这个摄影师是想潜规则我吗?"

傅寒州眼角含笑,"那给不给潜?"

南枝的目光暧昧地在他身上游走,手指刮过他的喉结,"看你表现咯。"

傅寒州搂紧她的腰肢让她贴向自己,俯身吻上。

南枝这次也没推拒。如果这是一场脱离现实的梦,那她就去享受。

南思慧打电话过来的时候,南枝看了一眼傅寒州,才接起来道:"姑姑。"

"枝枝呀,这两天工作忙吗?你蒋莲阿姨说你年纪也不小了,她联系上了以前单位的朋友,说是有个小伙子,比你大两岁,年轻有为,照片我看过了,长得也不错。姑姑想着你有空来家里一趟,大家见个面。"

南枝生怕傅寒州听到,侧过身道:"下次再说吧,我在外面出差呢。"

"啊,你蒋莲阿姨说这人可抢手了,而且他看了你的照片,对你很有意思呢。你总拿工作说事,但总得考虑自己的终身幸福吧。"

南枝敷衍了两句赶紧挂断,一扭头发现傅寒州正盯着自己,那眼神儿就跟当场抓到自己老婆跟人滚上床似的。南枝后脖颈子凉飕飕的。

"我不会去的,你也知道,长辈爱操心。"

傅寒州凉飕飕道:"直接说你有男朋友了不就行了。"

南枝直接摆烂,"你要我怎么说?难不成你跟我回家见我姑姑?若是她问你打算什么时候结婚,你怎么说?"

傅寒州眉头紧蹙,两个人之间的气氛又降到冰点。

"你很想结婚?"良久,男人开口。

南枝也没把话说死,"暂时离我太遥远,没考虑过。"

傅寒州微微松了口气,将她拉过来,在她额头上亲了一下,"sorry,我们不吵了。"

南枝突然心里很不是滋味,也很憋屈,为什么每次都在同一个问题上打转。难道他真的不明白自己到底想要什么吗?她现在不想,但未来未必不会和其他人组成家庭。届时他估计已经腻了吧。

回到酒店,两个人还没坐下吃饭呢,他的手机又响了。

仍是钟宣舒打来的:"我听说你有女朋友了,也带她来了?寒州,我与你父亲的确忽略了你的成长过程,我们都不会干涉你交朋友。这个姑娘的个人履历我看过,你是不是得考虑一下对方是不是适合你?"

傅寒州听完冷笑,"你们当年倒是考虑得很周全,方方面面都比对过了,那么,你对你的生活满意吗?"

钟宣舒哑口无言,"我没恶意,我只是关心你。"

"我说过了,少插手我的事。"傅寒州挂断。

客厅里南枝不知道在看什么东西,不自觉地在咬自己的食指,连傅寒州进来了都没发现。

傅寒州过去,拿过她的手机,"在看什么?"

"这里是五百万,拿上这笔钱,离开我的儿子……"

"五年后,她浴血归来,却再一次沉沦……"

傅寒州挑眉,"你喜欢这调调?"

南枝跳起来,一把夺过手机,红着脸道:"咳,咳,艺术源于生活,这些书火,肯定有火的道理嘛。"

傅寒州坐了下来,南枝突然有点期待地看着他。

"怎么?想跟我一夜风流,然后带球跑去国外,给我生个黑客儿子?"

南枝啧了一声,"你这是在挤对我吗?"

"好奇地询问而已。"

"你有没有什么前女友啊。"

"没有,所以你的肾和你的心脏、眼角膜,连你的手指甲盖都保住了。"傅寒州已经拿起电脑看邮件。

南枝抱着个抱枕,"你还挺懂的嘛,背地里看过?"

"会在网络上刷到。"傅寒州喝了口茶。

"那你说,你妈妈会不会突然出现,然后甩一沓支票给我,让我离开你?"

傅寒州喝茶的动作一顿,看着她,"如果会,那你要怎么回答?"

南枝想了想,"那当然不会同意了。"

傅寒州嘴角轻勾,刚想夸她上道就听南枝继续道:"你想啊,我要真的是为了钱,当然更要死死抓着你啊。比起傅氏集团的产业,你妈给的那点儿都是小钱,我是那么短视的人吗?你好歹也值几十个亿吧。"

"看不起谁呢?"傅寒州被气笑了。

南枝听他语气不对,立刻往旁边的单人沙发挪了挪,离他远点,防止他等会儿对她下黑手。

"不过有一点,你倒是说对了。"傅寒州看着她。

"如果将来真的有一天,有人拿利益跟你换离开我,你只需要知道,我能给你的,比他们多得多,而且我不会害你。"

南枝见他说得认真,也认真问:"真的?"

"当然。"

"你不怕我为了钱跟你在一起?说不定我就是有意接近你,刚刚说的那些就是欲擒故纵,只是为了牟取利益。"

傅寒州低头一笑。

南枝纳闷,"你笑什么?"

"如果你是因为我有钱才接近我,那是一件好事,因为我会一直有钱,这比虚无缥缈的新鲜感要来得靠谱。"

"那万一你没钱了呢?"

傅寒州想也不想就说:"你可以试试,是你败家的速度快,还是我赚钱的速度快。"

张狂、自负,却又笃定。

南枝想杠,心头却随着这句话微微一颤。

"钱我会赚,你想要的忠诚我也会给,所以你就好好护着你的肾吧,别人要出钱让你离开我,先高过我的价码再说。"

他的话里带着蛊惑的意味,南枝觉得,他真是太知道这番话对女人的诱惑了。

南枝的心有点往下沉,想起了宋栩栩说的那句话:"如果害怕被玫瑰刺痛,又怎么配拥有它?爱情也是,不管刚开始你们是见色起意也好,居心叵测也罢,能走到今天,肯定不止这些原因。"

如果没有最基本的喜欢做支撑,早就散了。感情这种东西,脆弱起来不堪一击,可坚定起来又矢志不渝。人真是一种既贪婪又大爱无私的动物。

不过南枝没想到,傅寒州的母亲这么快就找上门了。

趁着傅寒州在忙工作的时候,对方要求跟她聊聊,地点就约在酒店的咖啡厅。

咖啡厅没人,南枝一眼就看到了钟宣舒。她比电视上看起来更加年轻漂亮,多年来的精心保养,使她看不出真实年龄,而且很会打扮,优雅干练,是南枝脑补出来的总裁母亲形象。

南枝那些恶俗的台词还没在脑子里走完,钟宣舒已经抬起头笑着开口了:"冒昧请你前来,一定很意外吧?请坐。"

她这态度,让南枝放松了不少。

南枝坐下,钟宣舒打量了她一番,微微一笑道:"其实本该我请你和寒州那孩子一块儿吃顿饭的,可惜他拒绝了我。"

南枝想了想,说:"他最近比较忙,或许忙完了会联系您的。"

钟宣舒知道这是宽慰自己的话,"你别害怕,这次我突然找你,也是想了解一下他的近况,说起来,我们也有两年没见过面了。"

以前过年还能见一次,现在傅寒州不再渴望过年相见,倒是她开始想儿子了。

钟宣舒的态度很柔和,并不尖锐,也不带令人不悦的审视,南枝确实放松了不少。

相比江澈母亲那种尖酸刻薄的样子,钟宣舒才是真正的大家闺秀,名门之后。

她细细打量钟宣舒,发现傅寒州其实和钟宣舒不太像。她脸上带着一种精明干练,又有被优渥的生活所滋养出来的从容;而傅寒州大抵还年轻,除了让人捉摸不透,那副冷峻的面孔更透着对世间万物的疏离。

她不知道该说什么,又怕太尴尬,便道:"不知道您了解的他是怎样的,但他真的是个很优秀的领导者,跟在他身边,能学到很多东西。"

钟宣舒一直面带淡淡的微笑,认真听南枝说话。

"这是外人的看法。南小姐跟他可不是一般的关系,我想从母亲的角度,听一听我儿子的女伴对他的看法。"

傅寒州很优秀,钟宣舒知道,但这份优秀,与她和她的丈夫关系不大。这孩子本来就不是在祝福下出生的。甚至她坐月子都直接回了娘家,而孩子则丢给了傅家,由傅老爷子跟月嫂照顾。但他依旧成了让她引以为傲的儿子。没有母亲会不想孩子成才,钟宣舒也不例外。

南枝喝了口咖啡,"那我能说真话吗?"

"当然。"

"他性格很古怪,在他说的时候,其实已经把事情做完了。他有时候很霸道,不会顾及别人的感受和意愿;有时候又很有风度,凡事会问问你好不好。总体而言,他是个迷人又……让人猜不透的男人。当然他身为男人,还是很有女性缘的。"

"大家就算不为了他的钱,也会为了他这个人喜欢他,他那张脸就是行走的荷尔蒙。"

钟宣舒没想到会听到这样的回答。

"你很坦率。"钟宣舒什么人没见过,一眼就看出南枝喜欢傅寒州,不然不会提起他的时候,眼里带着亮光。喜欢一个人,是藏不住的。

她其实无所谓接近傅寒州的女人,为的是钱还是人,因为她儿子两样都有,而接近有钱男人的女人,她自己也见得不少。

钟宣舒没把话题继续往傅寒州身上引,反倒是问起了南枝目前的工作,并且给予了意见。

"万盛集团只能作为一个短暂的跳板,整体的运营环境并不适合有冲劲儿的年轻人,时势造英雄,能否抓住机遇决定了一个人到底是成功还是失败。"

南枝也不是缺心眼的,听出来钟宣舒有指点她的意思。这让她太意外了,她原本以为,钟宣舒会像小说里写的那样,拿支票甩她脸上,让她离自己的宝贝儿子远点。

"今天我来找你的事情,可以不必告诉寒州,我怕他生气。"

"我明白。"南枝赶紧道。

钟宣舒起身,"打扰了你不少时间,我还有事情要处理,希望再见到你时,你已经是更好的自己。"

南枝握住了她伸出来的手,"好的,阿姨。"

"再见。"

钟宣舒戴上墨镜,在女秘书和几名保镖的陪同下离开了咖啡厅。上车前,她的目光依旧停留在南枝身上。

一旁的女秘书道:"需要调查她吗?"

钟宣舒摆手,"不需要,没能力的女人,留不住我儿子;有能力的女人,自会知道与他并肩站在顶峰才能长久。傅家的儿媳妇没那么好做,如果她有这个实力,我倒觉得比娶个不喜欢却门当户对的人要强。"

南枝没想到这群保镖速度这么快,估摸着在自己跟钟宣舒聊天的时候就告诉了傅寒州。

男人匆匆下楼来找她,"她人呢?"

"阿姨已经走了。"

"跟你说什么了?"

"没说什么,提了点工作上的建议。"

傅寒州牵着她的手,"真的?"

"当然是真的。"

"以后不准单独跟她见面。"

"你妈妈也没跟我说什么,你不用这么紧张。"

傅寒州直接敲了她脑门一下,"钟宣舒这个人一句话里能有二百种意思,跟你谈工作,无非是告诉你,你还不够优秀,让你努力点,也就你会觉得她是个大好人。难道不知道外界都说她是笑面虎?"

南枝嘟囔:"那她也是你妈妈呀,我总不能转头不理吧。"

傅寒州握住她的手,没再说什么,"反正以后,先打电话给我。"

他不信钟宣舒,傅家除了爷爷,没一个是他的亲人。既然如此,他们就别想插手他的人生。

傅寒州在这边的工作告一段落,决定晚上回国。

飞机落地后,傅寒州让赵禹跟司机先走,他决定自己开车。

傅寒州选了个比较舒缓的音乐,"到家还有20分钟,你睡会儿。"

南枝好奇,"你这么久都不用回家看看?"

"开始管我了?"傅寒州嘴角含笑,扭头问道。

南枝心头一颤,扭过头,"谁要管你。"

傅寒州老实回答:"不是不回家,家里也就我爷爷一个人,他身体不大好,大部分时间在疗养院,周末我会回家一趟。"

南枝很想问他爸爸怎么都不回国,又怕他觉得自己管太多,也就闭上了嘴。

车子驶入铂悦府的时候,南枝已经睡着了。傅寒州将车熄火,倒也没急着上去,只是专注地看着她的睡颜。

只只在猫包里不耐烦的叫声吵醒了南枝。

"到了?"她迷迷糊糊睁开眼,刚想问傅寒州怎么不叫她,傅寒州就挑起她的下巴,凑过来吻了下去。很温柔的一个吻,带着若有若无的叹息,"南枝。"

"嗯?"她的嗓音因刚睡醒软软糯糯的。

见他半晌没说话,她抬眸望着他,清亮的眼眸里倒映着他的影子。

傅寒州突然什么都不想说了,他只想静静凝视着她的眼睛,因为里面有他。良久,他选择低头再度吻住了她,只是这一次,带了点难以言说的渴望。

南枝一直看不懂他有时候的欲言又止。

"从明天起我可能会比较忙,答应我,不准跟其他男人单独见面。"

南枝一边开门下车,一边道:"我也很忙啊,一堆烂摊子等着处理呢。"

傅寒州拿出行李箱拉着走到她身边,牵过她的手往里走,熟练得好像这里是他的家。

一进家门,傅寒州先把行李箱里的衣服整理出来,才对还赖在沙发上的女人说:"先去洗澡。"

南枝懒洋洋地将猫放出来,又给它倒好了口粮,才慢吞吞往房间里走。

傅寒州从厨房出来看到她还在磨蹭,不由笑了笑。这女人有时候真的跟猫没什么区别。

两个人洗漱完毕,都累了,也就匆匆睡了。

第二天起床,傅寒州已经在做早饭,只只也在吃猫粮。家里多了个男人多了只猫,突然觉得拥挤了不少。不过看着西装革履的男人做饭,南枝觉得这样的他比办公的时候还要性感一些。

傅寒州正在煎蛋,南枝从身后抱着他,"什么时候起来的?"

傅寒州有些意外,毕竟她不是个随时随地撒娇的人。

他一手握住她的手腕,一手掌控锅铲,"没有睡懒觉的习惯,洗漱了没有?饭很快就好。晚上想吃什么?我让赵禹先去买菜。"

南枝诧异,"你不是说最近会很忙?"

"是忙,所以你下班早的话,做了饭送到我办公室?"

傅寒州是疑问的语气。如果南枝拒绝,也没关系,意料之中。毕竟她刚回来也不会准点下班。

南枝是有点想的,但又觉得频繁去傅氏不大好,"过两天吧。"

傅寒州捏了捏她的下巴,"去吃面,我看你这两天又瘦了。"

"最近吃不好嘛。"南枝跟个树懒似的凑过去,"真的瘦了吗?"

傅寒州是希望她胖点,"多吃点蛋白质。"

南枝慵懒道:"等忙过这一阵子,接下来就是旅游季,还有圣诞节,你们傅氏有什么活动吗?"她故意问得轻松。

傅寒州将跳上来的猫拨下去,直接开口,"圣诞节想怎么过?"

南枝吃了一口面,有点意外,又有点高兴,"你安排咯。"

傅寒州把她那点小心思看在眼里。"有没有人说过,你还挺傲娇的。"傅寒州下了评语。

四目相对,南枝的心跳漏了一拍。

chapter 17

热恋中的男人

明明傅寒州今天也跟往常一样,可也许是今天早上的气氛太温馨。总之,她的心有点乱。

她快速移开视线,"这话对你也适用。"他还霸道,原本说好了偶尔才来的,现在却把这儿当自己家。

不过这次南枝坚持不上他的车,要自己开车去公司。因为今天用车的地方多,得去那些展会看看,从A区到B区路程可不近;还有简思娜推荐的客户也得去拜访一下。

南枝上了自己的小车,才对傅寒州挥了挥手,"回头见。"

傅寒州远远站着,"我更喜欢晚安。"

南枝反应过来后,已经驶出了停车位。所以他的意思是,想让她每天都在他身边,对他说晚安?

她的车驶入主干道,眼睛一扫就看到了后视镜里的宾利。她仔细看了看,那……那不是傅寒州的车?他一直跟她后头?这人,就这么一直匀速跟着?

好在快到万盛的时候,南枝驶入了停车场,那辆宾利才消失在视野里。

刚停好车,傅寒州的消息已经到了:"专心开车。"

"喊,明明是你干扰我。"南枝笑着回复,然后拿上随身的包包,朝着电梯走去。

估计是好几日没来,同事们纷纷打招呼:"南枝你可算来了,要喝点什么? 老规矩?"

"不用,我等会儿自己泡吧,你们先忙。"

"那我把这两天的文件给你送进来。"

"好。"南枝边说边往办公室里走。

苏静怡等她进了办公室后笑容一垮,"哎,你们觉不觉得她好像变漂亮了?就是那种气色特别好,跟谈恋爱了似的。"

"未婚的年轻人谈恋爱有什么奇怪的。"同事不以为然。

苏静怡拿起手机,"我瞧着有点像昨天路人拍到的傅寒州照片里的人,你们看这个像不像南枝?"

大家看也没看,"看你是魔怔了,南枝如果真的跟傅寒州好上了的话,还在我们这儿干什么?"

苏静怡被他们说得都自我怀疑了,也是!

南枝忙了一上午,中午吃饭的时候,收到傅寒州发来的消息,是一张照片,办公桌上摆了饭盒。

南枝将那张照片放大,直接问道:"爱心午饭?"

傅寒州道:"公司的饭菜。你呢,吃什么?"

南枝还在工地里,直接发了个吐司过去,"我吃这个,喝点开水。"

傅寒州蹙眉,"你就吃这些?能有什么营养?"

南枝道:"包里还有酸奶和水果,吃得挺健康的,也管饱。"很多人忙起来连饭都没得吃呢。

傅寒州不理解,他只知道他不可能看着她吃这些。

"发个位置。"

南枝一顿,盖上一旁的电脑,"你不会要过来吧?"

"位置。"男人的语气不容置喙。

南枝发了个位置过去,傅寒州回复:"等着。"

南枝挑眉,"你不会真的要来吧?不忙?"

傅寒州确实忙,他刚发完信息,赵禹就进来提醒他有一个会议即将开始。

傅寒州饭也没吃完,起身道:"让他们先休息一会儿,推迟半小时。"

赵禹一愣,询问道:"是有什么意外情况吗?"

"嗯,喂个猫。"

南枝看了眼手机,按捺住心中的期待,傅寒州不会真的过来吧?

她寻思着他今天挺忙的,也许会帮她叫外卖,就把手机放在一边,收好了吐司,继续看工人安装和规划场地。

企划部的人也过来了,琳娜给她们带了奶茶,看到南枝又在啃吐司,嗤了一声,掐着她的脸蛋道:"你可真是任劳任怨,自己在这儿啃吐司,你办公室的那群人可欢天喜地在喝下午茶呢。"

"这个时候估计在午休吧。"南枝说,"他们最近也很辛苦。"

琳娜坐下来后突然凑近她问:"你最近跟汤曼蓉有联系吗?"

南枝摇头,"怎么?"

"她好像要跳槽去我们对家公司,现在高层很不高兴,估计要在业内封杀她,加上她之前撺掇财务部跟你们行政部作对的事,也算是给商会活动使绊子,现在估计没人敢要她了。"

南枝心里一咯噔,"这事儿你们也知道?"

"怎么会不知道?稍微有一点风吹草动,上上下下都传遍了。"

"估计她原本是打算让公司在她跟你之间选一个,毕竟你资历尚浅,而汤曼蓉是因为怀孕才退下去,而且在万盛也那么多年了,没点心机她怎么混?哪知道她手段太脏,上头也就不打算留她了。"琳娜点到即止,也怕人看出来她说太多。

南枝若有所思。

"反正你防着点,她现在怀孕了,又闹离婚,又休产假,多的是时间来整你,防人之心不可无。"

"谢谢,我明白的。"

南枝手机震动,是傅寒州打过来的。南枝赶紧起身走到外面,"喂?"

"南小姐,往你左边看。"

南枝诧异,看到熟悉的宾利时吓了一跳,急忙跑过去敲车窗。男人将打包好的食盒还有保温壶递给她,"把你那些面包给我扔了,明天的饭我照样给你送。"

南枝勾唇一笑,工作那么久,还是头一次有人给她送饭,"所以傅总是在百忙之中关心你女朋友的健康问题吗?"

"确实如此,回去吃完,不准剩下。我回去开会了。"

"遵命,傅总慢走,路上小心。"

南枝笑吟吟地回来,琳娜跷着腿戏谑道:"男朋友?!这么心疼人呐,大中午给你送午饭。"

南枝低下头没反驳,琳娜感慨道:"行啦,我去帮你盯着,你赶紧把饭吃了。"

南枝一直在展厅待到下午,然后给高副总发了一份今日的现场照片。她刚收拾起电脑,准备下班的时候,就看到倚靠在门边的男人。

南枝诧异,朝着他快步跑去,"你怎么来了?"

傅寒州轻笑了一下,揽住她的腰,"慢着点。"

工人们都在忙,做完了就能下班了,也没人注意到这边。南枝跟傅寒州一块儿往外走,"你晚上不加班?"

"要加,但吃饭的时间还是有的。"傅寒州中午饭没吃几口,又操心她不好好吃晚饭,干脆决定跟她一起去外面吃了再回去加班。

最近的天气昼夜温差大,傅寒州将外套脱下披在她身上,顺手拉起了她的手。

"今天工作可还顺利?"

南枝想了想,"也有不顺利的,不过我觉得自己能解决。"

这世上哪来一帆风顺,而且她也早就过了有一点事都要闹得天翻地覆的年纪。

如今已是深秋,树叶扑簌簌落下,环卫工人还在路边清扫落叶。到停车场还有一段距离,他们两个也不着急,心照不宣地并肩慢走,好似为了享受这相处的时光。

南枝记得,两人刚在一起时,她是跟不上傅寒州的步伐的。他人高腿长,走起路来速度也快,经常忘记身边还有个人。毕竟他这样的人,从来只别人配合他的步调,他不需要迁就任何人。而现在,他会刻意配合她放慢脚步,二人的默契也渐渐养成,这种隐秘的和谐,让南枝内心有点小小的窃喜,却不打算说出来。

宋嘉佑开车路过,就看到窗外正在行走的男人。他拿起手机拍了一张照,仔细一看就发现他怀里还拥着一个,看样子应该是南枝。

宋嘉佑笑了笑,直接把照片发到了群里。

惊!傅氏总裁当街轧马路!幕后的真相是道德的沦丧还是人性的毁灭?

陆星辞估计还在睡觉,没吭声。

蒋哲一群人倒是出来直发"666"。

简思娜嗔怪道："寒州哥原来是这挂的,果然跟咱们在一起的时候不一样啊。"

宋嘉佑生怕傅寒州回头找他算账,把照片撤回后做了个嘘的手势,然后驱车离开。

"那好像是宋少的车。"

"这么关注他?"傅寒州挑眉,"我有哪些车你记得住吗?"

南枝无语,这醋真是吃得毫无道理,"拜托,你的车那么多,我得记到什么时候。"

"喜欢哪辆你可以开,不然老放在那儿也是落灰。"

傅寒州出行基本上都是坐公司的商务车,自己开车的时间很少。

"我连车门都不会开,你还让我开车。"南枝嘟囔。

傅寒州挑眉,俯身,"那选个日子,我教你。"

南枝看着他,"你车技很好吗?我倒是听你说过陆星辞爱飙车。"

傅寒州眼底带着笑意,"你在我车上,我当然是安全至上,而且我早就过了逞强的年纪,陆星辞也不玩赛车了。"

南枝笑道："那我以后岂不是得叫你一声老傅?"

傅寒州顿住脚步,听她这意思,嫌自己老了?

也是,这个女人身边不还有楚劲那小子?想起那小子向自己挑衅,傅寒州就烦得很。

"嫌我老了?"男人薄唇抿起,有点不悦。

南枝错愕,他这个年纪坐在这个位置上已经相当年轻了,跟他身份比肩的都是中年大叔。

"傅总,你这是——没信心了?"南枝眨巴了一下眼睛,揶揄问道。

傅寒州眼眸一冷,用力掐住她的腰,"你确定要说下去?"

"不是说过了逞强的年纪?"

"某些事情上,该争取的还是要争取。毕竟我不需要向其他男人证明我的车技好不好,反正证明了又不能带给我什么收益。但你,对我的日常生活还是很重要的。"

被自己的女人嫌弃老,哪个男人能忍?若这都不在乎,他还能在乎什么?

南枝看着他,突然踮起脚在他脸上亲了一下,"当哄你了,不要生气了。"

傅寒州显然觉得不够,不过来日方长。"先收一点利息。"

"你也太斤斤计较了。"

"资本家都是这个作风,你身为'韭菜'这点觉悟都没有?"

两个人一路拌嘴一路走,跟在后头的赵禹突然觉得,自己是不是该找个对象了?

天气冷了,火锅店的生意也好了不少。傅寒州这次带南枝去的是闹市小巷里的一家火锅店。

南枝真的很好奇,他怎么总能找到这些奇奇怪怪的店,而且从口感上来说,傅寒州比宋栩栩更讲究。

傅寒州选了靠窗的位置,"等天气再冷一些,临窗赏雪,自有一番意境。"

南枝顺着他的话看向窗外,正巧就能看到H市地标的湖景。若到了下雪时节,厚厚一层积雪覆在菱花窗格上,配上白墙灰瓦红灯笼,确实很有意境。

"H市下雪得等到过年了吧?"

"嗯,差不多。"

"那我估计到时候不在这里。"南枝随口一提,傅寒州刚把牛肉下锅,闻言看着她。

南枝解释道:"我好像没跟你提起过我父母,他们都不在了,我过年得回去扫墓。"

男人的眼镜片被热气氤氲起雾,他直接摘下,温声道:"今年我陪你回去。"

南枝错愕,"你不在H市过年吗?"

"也许会回来陪老爷子吃顿年夜饭。"

"那太麻烦了,我也就回去一两天,家里也没什么亲人了,待不长的——"

"到时候再说,先别急着拒绝。"傅寒州打断了她的话,在这件事上,他有种莫名的坚持。

南枝很怕他问父母的事,好在他并没有提,只是一直给她碗里夹菜。

火锅店这个点人还不是很多,而且有屏风挡着,他们的位置还算安静。老电视里播放着天气预报,提醒明日起会降温。

"听到了?"

南枝正在跟虾滑做斗争,"嗯?"

"穿多点,露着两条腿不怕冷?"知不知道有多招人。

南枝看了眼自己的腿,"我穿了丝袜。"

傅寒州瞥了一眼,"能遮住什么?"他实在弄不懂现在的女孩子在想什么。

吃完了牛肉和虾滑,又下了点羊肉卷,南枝就有点吃不消了。傅寒州给她投喂上瘾了,眼瞧着碗里都要堆成小山了,南枝抱怨道:"真不行了。"

傅寒州这才肯放过她。

好不容易吃完,赵禹已经忙不迭过来说公司里的人都已经等着了。

傅寒州颔首,"我让司机先送你回家?"

南枝道:"附近是商场吧?"

赵禹点头,"是的,南小姐。"

"那你们先走吧,我也得回公司加班,顺便先去商场转一圈。"

傅寒州捏了捏她的手,"我如果回去晚了你就先睡。"

"知道了。"

傅寒州上了车直接离开,南枝则去了商场。倒不是她自己想买东西,而是傅寒州总是往她家运东西,一会儿是手冲咖啡机,一会儿又是别的,她寻思也该给他买点什么。

不过就她这点工资,加上积蓄,想给他买点什么都很寒酸,南枝努力说服自己,这纯粹是心意。傅寒州应该不介意。

她直奔男装店,傅寒州的衣服基本上是私人定制,南枝也不知道是什么设计师,但都说天气转凉了,便想给他挑一条围巾。

南枝也不知道他适合什么样的,但家里的衣服基本就是黑白灰三色,很少见他有其他颜色的衣服。

那些导购看到南枝进来,不远不近地跟着,毕竟一眼就能看出消费水平。

南枝看着挂在模特身上的围巾,也不完全是黑色,设计师很巧妙地用图案提升了质感,手感是不错的,感觉很保暖,脑补一下围在傅寒州脖子上的样子,好像也很好看。

"帮我把这条包起来吧。"

"好的。"

南枝到柜台结账,看到柜姐拿出了一条小的,"这条迷你的也给我包起来吧。"

"这是宠物款哦。"柜姐提醒。

"就是要这个。"

傅寒州下班回来的时候,南枝已经回来半小时了。她十一点半才下班,傅寒州比她更晚。

看到南枝已经进入梦乡,傅寒州把换下来的衣物都拿去洗了,才折返回来亲了她一下,"晚安。"

南枝迷迷糊糊应了,傅寒州轻手轻脚去洗了个澡。

洗完后,傅寒州照例去看了一下只只,自动猫粮机里还有存货,猫崽子撒着娇过来蹭他的裤腿。

傅寒州将猫捞起,去给自己烧了点开水,回来的时候看到客厅的沙发上摆着一个购物袋。

他也好奇她今天去买了点什么,过去一看是两个礼盒,还有一张便利贴,"送给老傅。"傅寒州对于这个称呼,是真的有点不舒服,不过还是打开礼盒,看看她到底给自己买了什么。

傅寒州本就含着金汤匙出生,收到过的礼物太多,他自己能记得住的也没几件,但头一次收到南枝的礼物,自然重视。

当他打开大礼盒发现是一条围巾的时候,脸上的笑容便止不住了。

只只伸爪子想挠,傅寒州避开,又打开了旁边的小盒子,发现是一条迷你的小围巾。随后他看着猫,一脸凭什么你也有的表情。

他想看看效果,直接穿着睡衣就站到了全身镜前面,感觉怎么围都挺好看的。

傅寒州自己也没料到,有一天自己能站在镜子前端详大半天,想了想不如换上西装试试。

在卧室酣睡的南枝毫无察觉,与此同时,群聊内傅寒州发了一张没有脸的自拍,还围着围巾,下头是西装配黑色大衣,一股老干部风范。

陆星辞:"?"

宋嘉佑:"?"

谢礼东:"?"

……

所有人都是问号,不知道这男人到底在发什么骚。

是想说自己在女人家?毕竟光看那露出来的沙发上的小熊就知道了,绝对不会是他自己的地盘。

不要脸,堂堂傅氏总裁,住人家的、吃人家的、睡人家的。

还是简思娜懂事,彩虹屁立刻跟上,顺带夸了一句南枝的眼光真不错。

傅寒州满意了,发红包!

不过,这APP的红包最大额度是不是有点小?这么点就超额了。

傅寒州炫耀完了,满意地把围巾挂好,随手脱下衣服。

见只只还在包装袋里打滚,傅寒州将它提起来,才看到了包装袋底下洗得干干净净的饭盒。

傅寒州将饭盒拿出来,才把包装袋给猫玩,然后走到餐桌附近开始帮她收拾包包,等看到客户名单和笔记本的时候,顺手打开看了看。

率先飘出来的倒不是名片,而是一张便笺,是他写的。

傅寒州突然觉得一天的疲劳瞬间烟消云散,可惜这个不能发群里去炫耀。傅总有些不悦,干脆又在群里发了一个句号。

大家都想等他的后续呢,结果他没下文了。

陆星辞:"就这?没了?"

宋嘉佑:"持久度不行。"

谢礼东:"渣男罢了。"

傅寒州觉得跟这群俗人没什么好说的。

他掀开被子躺到南枝身边,南枝感觉到他回来,闭着眼睛自动滚进了他怀里,温软的小身子紧紧贴住了他。

傅寒州喉结滚了滚,凝视了她一会儿,其实一开始没什么想法的,但是当她靠近,身上的香气传来,鼻息间全是她的味道,浓密的长发软软地贴在他的手臂上。他轻轻抓握,好像是将她把控在怀中。她睡得香甜,傅寒州就这么看着她,眸色渐深。

……

第二天南枝怕迟到,急吼吼地出了门,还差点在电梯口扭到腰。相比较起她的腰酸腿疼,傅寒州可真是神清气爽。

"你还不去上班吗?"傅寒州将她送到停车场,南枝上了车忍不住问道。

傅寒州慢条斯理道:"总裁可以迟到,所以你赶紧当上总裁,就有这个权利了。"

可恶,总裁不应该以身作则吗?

傅寒州等她走了才回到楼上,中途有女生也进了电梯,看到傅寒州的时候吃了一惊,"那个……能不能……"

傅寒州淡漠的眼眸看了过去,女生红着脸,"可以要个电话号码吗?"

"不好意思,我家教比较严,不能。"傅寒州说完这句话后,女生尴尬地笑了笑。

等男人出了电梯,她立刻去物业群呜呜呜了。我们这儿什么时候搬进来一个大帅哥?! 好帅啊! 重点是他好苏!

南枝刚下车,就看到了物业群的消息,她还以为又出什么事了,赶紧打开来看看,随后就石化在了楼下,论吃瓜吃到自己枕边人是什么心情。

"那个小哥哥帅就算了,还说自己家教很严格,不随便给号码的! 呜呜呜,我想知道他的小仙女得多好看啊!"

"万一是小哥哥呢,哈哈哈哈。"

南枝看到这句话,脸微微发红,有点不敢相信那话是傅寒州说的。她截了图,然后找到傅寒州发了过去,"这说的不会是你吧?"毕竟爆料的姑娘跟她同一幢,这个时间点,她想不出别人了。

傅寒州正在戴围巾,见到手机震动本来不想管的,但看到是微信,生怕是南枝找自己。一打开还真的是她。

他淡漠地扫了一眼后回复:"没男人。"

南枝刚开始有点没看懂,后来才反应过来他在说能管到他的是她,才不是聊天里猜的小哥哥。

这男人……是怎么做到一本正经却让人脸红心跳的?

"到公司了?"傅寒州的语音发送了过来。

听着手机里的声音,南枝轻声道:"到了,你呢?"

男人还在照镜子,想着这围巾怎么样才能让所有人都看到。

已经等得着急的赵禹终于等到了傅寒州现身,却发现傅总居然带了个猫包。

"今天要带小猫去公司吗?"赵禹问道。

"嗯。"傅寒州上了车,目光看向赵禹。

赵禹将猫包放在傅寒州脚边,一抬头就发现男人正专注地盯着自己。赵禹心跳漏了一拍。

"傅总,怎么了?"难道自己今天哪里做得不好?

傅寒州不悦地蹙眉。真没看出来?

赵禹额头上已经有冷汗了,上次傅寒州这么看他的时候,是他刚入职时,有份文件出了一个错误。自己的职业生涯差点都要毁了。

赵禹这边还在脑补,傅寒州已经不耐烦道:"开车。"

没眼力见儿,这都看不出来!

赵禹点点头,去了副驾驶,发现傅总还在盯着自己。赵禹这回连穿在里面的衬衫都要湿了。他舔了舔嘴唇,开始找补,"听说马上要来冷空气了。"

傅寒州还是那副表情。

只只在猫包里待得不舒服,闹腾着要出来。傅寒州微微俯身拉开拉链,将它捞到了怀里。

赵禹眼尖,看到了猫脖子上的小围巾,虽然已经摇摇欲坠,但还是能一眼看出跟傅总脖子上的围巾是同花色。

傅总什么时候有少女心了,跟只猫戴父女围巾?

突然,赵禹福至心灵,扭头笑着道:"傅总这条围巾真好看,特别衬您。"

司机见了鬼似的瞥了一眼赵禹,觉得赵禹是不是吃错了药,青天白日地扯什么犊子?说这个不怕傅总骂他?

平时赵禹若是说这种话,傅寒州绝对就一个反应——"我给你开工资,是要你给我说这些废话的?"

司机还在等着赵禹吃瘪,结果傅寒州居然唇角微微勾起,一脸你小子有眼光的表情道:"嗯。"

虽然就一个嗯字,也已经代表傅总心情十分愉悦了!

赵禹第一时间就猜到,这围巾绝对是南小姐买的。

傅寒州将只只搂在怀里,父女俩这状态还挺安逸,连到了公司,也没把猫塞回去,依旧抱在怀里。

公司所有员工都看到自家总裁跟一只奶猫系同一款围巾,还美滋滋地上楼去了。傅寒州的粉丝团更是炸了毛,到处求偷拍图,毕竟她们没看到。

花里胡哨的傅寒州喜滋滋了一整天,来接南枝下班的时候还挺开心。

南枝一上车,就发现脚边有一个袋子。

"这是什么?"南枝问道。

"高中同学纪念册。"傅寒州随口道。

今天下午刚寄到公司的,他自己也没看过,都是好久没联系的人了,听说要举办同学聚会,又没有他的私人号码联系不到他,这才寄到了公司。

南枝产生了强烈的好奇心,"我能看看吗?"

"看吧。"

她将那沉重的相册打开,"好沉啊,你以前是不是跟同学的关系特别好,才有这么多照片。"

傅寒州连学校都没去过几次。

南枝已经兴致勃勃在看照片了。厚重的相册里,第一页就是学校操场上的大合照。

"咦?你跟我同一所高中?"南枝诧异,"可是我怎么从来没见过你。"

"我不怎么去学校。"

南枝还在惊讶他们的缘分,"原来你还是我学长啊!不过也是,那时候我是艺术特长生,也经常不在教室,大多数时候在练琴。"

她在人堆里寻找傅寒州,很快就找到了,无论在哪儿,他都是鹤立鸡群的存在。眉眼与现在差不多,只是现在褪去了少年的锐气。

她父母出事的时候,傅寒州应该已经出国了,所以恰好她最艰难的那两年,她与他毫无交集。但曾经在一个学校,依旧令南枝觉得奇妙。

第二张也是班级的合照,可惜没看到傅寒州,再往后翻,一组篮球比赛照映入眼帘。

少年穿着白色的球服,头上绑着运动束带,手腕上也有同色系的腕带,汗水顺着肌肤滑落,少年将篮球服掀起一个角来擦汗,结实的腹部和窄腰被镜头记录。

他那时候还没戴眼镜,一头黑发极短,随意瞥向镜头,却被记录下了最青春年少的一幕。热血、青春,充满了荷尔蒙气息的未成年的傅寒州。

南枝的目光在这张照片上停留了许久,还是想不通这样耀眼的人她以前在学校怎么没听人提起过。

南枝继续往后翻,有傅寒州的照片不多,他很多时候都隐匿在大型活动的人群中。最后一张应该是班级聚会的照片。在一群青涩的学生里,他的鼻梁上还有伤,随便贴了一张创可贴,眉眼冷厉,桀骜不驯。

她在这时候才意识到,也许他之前跟她说的是真的。

"你以前可不像好学生。"

南枝说着又去看他,眼前的男人哪里还看得出少年时期的样子。镜片下的眉眼虽然依旧,但没了那种如狼崽般呼之欲出的要跟人干架的气势,更多的是沉淀后的男人味。他修长的手指把控着方向盘,身姿挺拔,鼻梁线条流畅。

南枝看得有点呆,单手撑着下巴打量他。

"傅总,怎么不回答我呀?"

傅寒州没看她,"喜欢那样的?"

这女人,一看到小男孩就两眼放光,再想想楚劲那小子老穿得跟个大学生似的,傅寒州就觉得南枝估计是好这口。这么一想,脚下的油门都踩得用力了。

南枝还不知道他生气了,认真地点点头,两只眼睛都快放光了,"要听真话?"

傅寒州不咸不淡,"我不爱听的就别说了。"

南枝两根手指顺着他的胳膊往上走,轻声道:"傅总,你那时候,好可爱啊。"

傅寒州差点踩错刹车,他眼神又欲又危险地在她身上打了个转,"取悦我?"

南枝小声哼哼,"嗯,你这么没信心啊?"

"是你太肤浅。"就喜欢那种乳臭未干的小子。

傅寒州现在确定这女人就是喜欢年纪小的。可自己呢,偏偏比她大好几岁。一想到这点,傅寒州气都不顺了。

南枝听了这话也不高兴了,夸他呢,怎么成了自己肤浅?呵,狗东西,早知道今晚自己去办公室加班,也不回来给他做饭!

她这么一想,便重重合上相册,重新塞回了后座,随后看着窗外的风景发呆。

傅寒州也没哄她。

一直回到铂悦府,南枝直接开门准备下车。

傅寒州看她发脾气,一把扣住她的手腕将人拽了回来。

"干吗?"南枝没好气。

傅寒州被气笑了,"脾气见长,嗯?"危险的气息在车厢内蔓延。

南枝委屈地小声道,"人家夸你,你却说人家肤浅。难不成我还得夸你说得好,说得妙,说得呱呱叫?"

傅寒州捏住她的下巴,将她的脸拉过来,低低哑哑地笑道:"你夸我可爱?哪个男人听了这个能高兴?确定不是嫌我老?"

南枝蹙眉,"你真的好敏感,好像特别在乎我的看法。"

"如果我说是呢?"

南枝一愣,轻轻地啊了一声,恍然大悟道:"你很在乎我对你的评价?"

傅寒州的脸色有些不自然,"很奇怪?你每天跟我睡在一起,要是讨厌我,我还在这儿自讨没趣做什么?"

"那我讨厌你,你就不来了?"

有时候男女之间真的很奇怪,明知道对方不是这么个意思,就是想尝试无数种可能,来确定对方不会离开。

傅寒州没安全感，她亦然。有时候开玩笑说的话往往最真心。

傅寒州听了这话，呼吸沉了不少，随后说了一句气死人的话，"你先来挑逗我，还想我就这么放过你？我可从不做亏本的买卖。"

南枝心头一颤，仿佛有电流缓缓蹿过耳际。

傅寒州继续道："既然游戏的开始键，你不怕死地摁下了，那现在就不是你一个人说了算，主导权，是我的。"

他慢条斯理地解开安全带，"回家再好好盘问你。"留下这么一句，他打开车门下了车。

南枝还愣在原地，傅寒州已将她这一边的车门打开，看着她呆呆的，挑眉道："傻了？"

南枝能说被他刚才那句话震慑得有点腿软吗？

"你以后不会玩什么古堡囚禁、打断狗腿……"

傅寒州无语，"少看点乱七八糟的，"一把将人搂进怀里，"有工夫胡思乱想，不如回家跟我看个电影。"

南枝被他半搂着，脚都差点离地，气恼道："最近又没有什么好看的电影。"

"不看电影就做点别的。"

南枝很识相地闭上了嘴，不过还惦记着那本同学纪念册，"那个相册你不带上去？"

"都不知道哪里冒出来的同学，参加什么同学会。"

南枝也想起了自己收到的邀请函。

"一中同学在H市的同学聚会是不是不分班级？"类似于人脉搭建一样的性质。

"不太清楚。"这类聚会在傅寒州眼里都是无效社交，赵禹甚至都不会给他安排到日程表里。

本来傅寒州去那儿上学，傅老爷子就是强烈反对的。毕竟从小结交的人脉对于他们这样的家庭而言也很重要。那地方对傅寒州并没有任何意义。但是他那时候就爱跟家里拧着来，也不爱待在家里，所以选择了一中。

毕业后出国，他也没联系过那些同学，至于他们怎么会把东西送到傅氏的，他只能理解为刻意为之。

"我也收到邀请了。"南枝嘟囔着。

傅寒州蹙眉,"你要去?"

南枝有点纠结,以前在学校的经历着实算不得美好。

傅寒州冷下眉眼道:"无效社交,没意义,那些同学以前不联系,现在突然让你去,无非是有利可图。"

她在高中过得并不好,傅寒州并不想让她去。本来她就在犹豫,傅寒州这么一提,她更加坚定了不去的决心。

"嗯,本来也没特别想去。"她不想让自己愉快的心情泡汤。

两个人提着一大袋晚饭要用的东西上了电梯,下一瞬,傅寒州直接将她拢到怀里,冷眼去看刚刚还在电梯外的人。

与此同时,他打电话通知一直跟着自己的保镖,"小区内有人偷拍,把人抓住。"

"是!傅总。"

南枝还没回过神儿,抬起头道:"什么人偷拍?"

傅寒州冷着眉眼,"保镖会去查,先回家。"

南枝被他说得心里七上八下的,回到家之后,连灯都不敢开,鬼鬼祟祟地探头探脑。她就这么一套房子,还有好多年的贷款呢。这被人盯上可怎么好?

傅寒州跟在后面进来,"怎么不开灯?"

"嘘,我检查一下有没有人登门入室。"她拿起柜门抽屉里的扳手,蹑手蹑脚往里走。傅寒州无语,直接一把抢下来,"想什么呢,去洗个手,我去做饭。"

南枝像个小尾巴似的跟在男人后面,"那你刚才说什么偷拍,我能不怕吗?"

"应该是冲着我来的。"傅寒州说到这儿,"要不换个地方住?"

南枝发愣,"啊?"

"不想去我的别墅也可以,在附近找个安保措施更好的小区?"

这地方还是不行。江澈能混进来,狗仔也能,还是不安全。

南枝第一反应是排斥的。她摇了摇头,"不想搬,我……我还是想住在自己的房子里。"

她知道自己的自尊心又在作祟,但她再也不想大半夜提着行李箱离开男人的家了。这样的经历,有一次就够了。她告诉过自己,不要再落到那种境地第二次。

"要换的话,等我攒够钱买更大的吧。"她还想跟宋栩栩做邻居呢,虽然梦想很遥远。

傅寒州没勉强,"好。"看来是时候做点什么了。

等南枝去了房间换家居服,傅寒州接到了保镖的电话。

"傅总,那两个狗仔说,是有人给了消息,说您包养了万盛集团的职员,我们在他的电脑里还发现了一则关于商会活动内幕的新闻报道,矛头直接对准了您和南小姐。"

傅寒州眼眸一冷,"别把人放了,问问他们到底是谁给的消息。"

"好的。"

挂了电话,傅寒州给赵禹发了消息,让他安排更换铂悦府的物业公司。既然这里的安保不行,他只能自己来了。

南枝换了衣服出来,打算做咖喱鱼丸。

"家里酱油好像没了。"傅寒州道。

"啊？那我去买吧,路口就有个24小时便利店。"

"嗯,早点回来。"傅寒州嘱咐。

"好。"她拿上手机,"对了,偷拍查出来了吗？我现在可以下去吗？"

"人都抓起来了,冲我来的,你放心。"

"那你会不会有事啊？"

傅寒州将她送到门口,"能有什么事？我可是守法公民,去吧。"

南枝这才出了门,到楼下的时候,还有点疑神疑鬼。等从便利店买了酱油回来,走到楼下的时候,肩膀突然被人拍了一下。南枝尖叫一声,扭头一看,楚劲正错愕地看着她。

"你要吓死我啊！"南枝拍了拍胸口。

楚劲茫然,"我下手好像也没很重啊,怎么怕成这样？"

南枝没好意思说自己现在有点草木皆兵,"你是来找我的吗？"

楚劲笑着点头,还拎起一袋水果,"我爸爸回来了,让我给你带点海城的特产,还有海鲜,我嫌臭没带,我妈说用同城速递给你寄来。"

"你们这也太客气了。"南枝生怕楚劲要去她家坐坐。

怕什么来什么,楚劲直接上手揽着她的肩膀,"客气什么,我妈可是把你当半个女儿呢,走吧。"

南枝避开他的手,"那个……今天不大方便。"

楚劲纳闷,"你不是一个人住吗?有什么不方便的?"

南枝心虚一笑,"今天家里有客人,而且你都不认识,上去不合适。"

楚劲有些失望,"那是我来得不巧了。"

南枝也有点不好意思,"我也没想到你会来,下次你好歹先打个电话嘛,万一我出差或者加班,你也不至于白跑一趟。"

楚劲点点头,"行吧,我是想给你个惊喜。"

南枝觉得眼前这情况有点棘手。

"那个,我还有事想问你。"楚劲挠了挠头。

南枝赶紧道:"你问。"

"我妈之前说给你介绍相亲对象,你怎么想的?"楚劲小心翼翼地看着她的脸色,直接表明立场,"我觉得吧,相亲完全没意思,都是不认识的人,你应该不喜欢这种方式吧?"

南枝笑着摆摆手,"我都拒绝了呀。你让蒋阿姨别忙了,怪尴尬的,而且我现在处在事业上升期,我想把全部的精力放在工作上,至于谈恋爱,我觉得太耗费时间了,暂时不考虑。"

楚劲眼底闪过失望,"谁都不考虑吗?"

南枝点头,"你小子也是,才刚毕业怎么这么八卦!"

傅寒州在楼上看了眼时间,纳闷南枝怎么去了这么久还没回来,不就是去小区门口买个酱油?

他来到阳台往下看,就看到了楚劲跟南枝说话的画面。

楼下,南枝还一点危险意识都没有。

问了楚劲这两天在忙什么,知道他们公司业务现在还是很忙,便道:"那等你忙完这阵子,我请你吃饭。"

楚劲道:"那姐姐别骗我。"

傅寒州嗤笑,虽然听不到他在说什么,但那求偶的狗德行,隔着老远都闻到味儿了。

南枝点点头,"保证不骗你。"

楚劲想了想,"那我这次又跑空,要点鼓励不过分吧?"

"你要什么鼓励?"南枝还在寻思给他的游戏人物买个皮肤什么的,冷不防朝前一个踉跄,已经落入了楚劲的怀抱中。

楼上,傅寒州的手骤然握成了拳头,手里的烟头烫入掌心,他却好像完全感觉不到痛一样。

chapter 18

我想分手

楚劲总算把人抱到怀里了。闻着南枝身上的香气,他闭了闭眼,在她察觉到不对劲之前松开了她,然后故作轻松地笑道:"行了,得到了你的鼓励,我现在斗志满满,回去吧。"

她抿唇道:"下次别这样了,我不喜欢别人突然抱我。"

就算再把他当弟弟,那也不是亲弟弟,大家都二十几岁了,大庭广众之下这样不合适。南枝有什么说什么,也不想让楚劲心存幻想。

楚劲笑容微微收敛,"知道了。"

南枝这才扭头走人,还回头催促他,"快走吧。"

"嗯。"

南枝决定下次还是要跟他说清楚。她看着手里的一袋水果,觉得这人情有点还不起。

她上了楼,开门进去,却没听到厨房炒菜的声音。只只正在沙发上玩球,铃铛声叮叮当当的。她把酱油放在桌上,又把水果提到了厨房,才看到男人背对着自己站在阳台上。

南枝推开阳台的门,隐约闻到了烟味,不悦道:"不是说了家里禁烟吗?"

傅寒州没吭声。

南枝刚想问他干吗呢,手腕突然被他扣住,直接被拖到了栏杆处。南枝仰面看到了男人带着怒气的眼眸。

傅寒州将她困在自己和栏杆中间,面无表情地盯着她。

"你……怎么……"她不知他的怒气从何而来。

傅寒州咬了咬后槽牙,"出息了,当着我的面,跟别的男人抱在一起？"他说这话的时候,一丁点儿情绪起伏都没有。但南枝知道,他这是生气了。

"我已经说过他了,以后不准他随便抱我。"南枝也知道自己理亏,但同时也有点委屈,事发突然,她哪能预料到,而且速度太快,没等她反抗人家已经松手了。非说人家故意她也开不了这个口,何况楚劲在她心里一直跟弟弟差不多。

"就这样？"傅寒州轻笑,伸手捏住了她的下巴,"为什么不跟他说你有男朋友？还是说,你不愿意说？"

傅寒州一想到那个画面,就恨不得拧断楚劲的脖颈。他的视线仿佛淬了冰霜,冷得让南枝的心都跟着颤抖了一下。她从来没见过这样的傅寒州,刚想张嘴解释,男人的吻已经落了下来。不过这次的吻不再温柔,而是带着狠狠惩罚的意味,像是要在她的身上烙下独属于他的烙印。

南枝怕邻居出来看见,推搡着想让他进去再跟他解释。傅寒州见她反抗,眼底的怒意更甚,嘴上的力道也更重。很快,两个人的唇齿间都沾染了一点血腥气。

南枝也来了火气,用尽全身力气推他,推不动那就直接咬。她咬得用力,傅寒州皱眉吃痛,刚松开一点,南枝猛地推开他就往客厅走。

傅寒州跟上去还想拉住她。

"你够了！"南枝回头吼了一句,手指着门口,"你要是想听解释就好好在这儿听,不愿意听还要对我施暴的话,那请你出去冷静了再说！"

傅寒州伸手抹去唇上的血,"施暴？在你眼里,我就是对你这样的？"所以他连吃醋的权利都没有？

南枝眼睛有点模糊,"你刚才难道不是吗？何况一开始就说好了的,我们的关系不对外公开。"

傅寒州点了点头,"行。"说罢,直接从南枝身边走过,连外套也没拿,直接出去了。门被重重关上,把猫都吓了一跳,睁着眼睛朝她看来。

南枝呆呆站在原地,也没了做饭的兴致,直接回了房间,把被子往头上一蒙。她心里也有委屈。她不喜欢被他误会。她难道能预料到楚劲来吗？无缘无故跟人绝交？就算是男友,也不能这么霸道。

傅寒州回到车里,倒也没直接开车走人。一想到一旦自己走了,那女人连个电话都不会打,傅寒州的心里更憋屈了。

"哟,今天不在家陪你的小玫瑰小野猫来找我?是不是不行了?"陆星辞欠扁的声音从电话另一头传来。

傅寒州自打跟南枝在一起后,就成了标准好男友,他们这帮子兄弟想找他,比登天还难。而且他每次的借口都令人无语,不是要给小宝贝做晚饭,就是要陪小宝贝在家看电影。

陆星辞看在兄弟27岁总算谈对象的份上,最近也没去打扰他,所以这个时间点接到他的电话,还真的是纳闷。

"少废话,滚出来喝酒。"

陆星辞从床上爬起来,"行,老地方见。"

他到酒吧包厢的时候,傅寒州一个人坐在那儿。嘴角还有伤,一杯一杯的酒往下灌,好像喝的是白开水一样。

陆星辞来了,那经理也懂事,叫了不少会来事的来热场子。宋嘉佑他们也收到了消息,这场子一下就热了。然而傅寒州就只是坐在那儿喝闷酒。

平常傅寒州虽然不似他们那般笑闹,但这样的失态也很少见。他就这样坐在那儿,无形之中,给人一种强大的压迫感。

有女人大着胆子给他敬酒,傅寒州看也没看就喝了。

"嘶,你这是干什么?"陆星辞一把夺了过来,"跟我说说,怎么了?"

傅寒州这回不想说,也没脸说。说什么?亲眼看到别的男人抱自己的女人,自己连脾气都不能发?

"喝你的酒。"

有人来搭讪,"傅总,又见面了,我是南晚。"

男人的酒杯一顿,眸光淡淡地凝视着她的脸。"你是哪位?"

陆星辞挑眉,这小子以前对来搭讪的女人都爱理不理,现在因为对方姓南就多问了一嘴?

南晚笑容不变,朝他靠近了几分,"之前江公子生日宴上,我们见过的。上次万盛,您打电话找南主管的时候,我也在场。"

傅寒州压根儿想不起来有这号人。

南枝在床上躺了半天,又一把掀开被子,越想越觉得自己这次真的很冤枉。

傅寒州出去了也没再回来,她拿起手机,看了看,没有任何消息。南枝觉得既委屈,又憋屈。

就在这时,南枝的电话响了,她低头一看,是陆星辞的号码。南枝先愣了一下,才接了起来。

电话里传来震耳欲聋的背景音乐,南枝心就跟着一沉,也不等陆星辞开口,直接说:"傅寒州去酒吧了。"这是个肯定句。

陆星辞都不知道怎么说了,只好轻笑道:"姑奶奶,你到底把他怎么了,一个人喝闷酒呢,地址我发你了,赶紧过来劝劝,酒喝多了伤身伤情,可就没意思了,谈恋爱嘛,各退一步。"

南枝揪着被子,"他出去喝酒,我去了他不是更不高兴?"

"你看你这话说的,解铃还须系铃人,你过来他就开心了。"陆星辞把电话挂断,发了个地址过去。

南枝也只犹豫了五分钟,就换了衣服出门了。

南枝到的时候,本想打电话问问陆星辞他们在哪个包厢,就听到路过的两个女服务员在说话。

"真的是傅氏集团的傅总?"

"那还能有假,一帮人都在上面呢,还有个叫南晚的小明星,不会是他女朋友吧?"

"还说呢,光是刚才叫的那瓶酒,已经这个数了,傅总这是千金博美人一笑。"

南枝听完女服务员的对话,一言不发,目光已经朝楼上的包厢搜寻。

"南小姐是吗?"南枝身后有人询问,南枝看了过去。

"我是陆少的保镖,他让我在这儿等您。"

南枝凉凉一笑,"我看傅总已经佳人有约,就不过去了,麻烦你帮我转告他,放在我家的东西,请尽快拿走,明天还在我家的话,我一律当垃圾处理。"

南枝说完,直接走向吧台,"给我一杯酒。"

酒保是个银发帅哥,看到南枝的时候眼前一亮,"随便什么都可以?"

南枝看了眼旁边的,"就那个吧。"

"好。"

保镖见南枝坐下来了,又怕她被人骚扰,只好让人在旁边盯着,自己到一边给陆星辞打电话。

陆星辞看了眼来电,又看了眼旁边的男人,伸脚碰了碰傅寒州的腿,清了清嗓子,"南枝来了。"

傅寒州冷眼看着他,"多事。"

"傅总。"南晚借着敬酒,一屁股坐到了傅寒州的腿上。

刚坐下去的那一刻,南晚还有点忐忑。傅寒州微微蹙眉,本想推开她的,下一瞬却没动。他知道陆星辞去找南枝了,也知道她或许马上就来了。他就是想让她看看,自己跟别的女人抱在一起,难道她还能保持冷静吗?

陆星辞眉心一跳,把电话接了起来,"喂?"

"陆少,南小姐不上楼,在楼下喝酒呢,还让我转告傅总,让把留在她家的东西拿走,不然她回头就扔了。"

陆星辞蹙眉,这发展不对啊。这也没看到什么,怎么就发飙了?

南枝将那杯辛辣的酒一饮而尽,起身结账。

保镖上前道:"记在我们账上。"

酒保认识他,"好。"

南枝一拍桌,看着酒保道:"我喝的酒,我要自己给钱。"她拿出钱包甩了几张红的,拿上包就走。

保镖傻眼了,赶紧追了上去,"南小姐,傅总在上面呢,您别走啊。"

南枝被气笑了,"你在这儿拦着我,佳人有约的傅总知道吗?"

保镖咽了咽口水,"您来都来了,就上去吧。"

"我现在后悔了,不想上去了,你们爱怎么样就怎么样,我不伺候了。"南枝从保镖身边走过,见他还要跟上来,南枝直接道,"你再拦着我,我就叫非礼。"

保镖刚想说您别开玩笑,就看到陆星辞下来了。

南枝没走几步,就被陆星辞扣着手臂扯了回来。南枝一个恍惚,在迷离的灯光下看到了陆星辞那张脸。她掩住心底的失落,随之而来的是更大的愤怒。

"原来是陆少啊。"

陆星辞拉着她直接往楼上走,"得了,闹什么,两个人没一个让人省心的,有什么直接说不就完了。"

南枝的力气哪里抵得过陆星辞,她又不好对他动粗,加上陆星辞亲自来抓人,谁敢拦着,就这样,南枝被他拉上了楼。

傅寒州正在发呆,想着南枝那女人到底上不上来,南晚的胳膊已经搂住了他的脖子,红唇朝他贴了过来,仔细看,嘴里应该还含着一口酒,想渡给他。就在南晚的唇马上要贴上傅寒州的时候,男人避开了。

南晚一愣,今天一晚上,这个传闻中很难接近的傅总都没拒绝过她,她原本还有一丝窃喜,为什么到了这个节骨眼儿上又拒绝了?

两人此刻姿势暧昧,除却他们两个人,谁也不知道他们到底接吻了没有。

陆星辞带着南枝推门进来的时候,恰好看到了这一幕。

南枝面无表情地将胳膊从陆星辞的手里抽了出来,平静道:"陆少,您拉我上来,才叫不合适。"说完她扭头走了出去,这次的速度很快,防止再被人给抓上来。

陆星辞直接无语了,怎么好死不死就在这时候进来呢?

傅寒州不耐烦地将那南晚给推了下去,还掸了掸被她坐过的膝盖,掀起眼皮时看到了站在门口的陆星辞,只有他一个人。

谢礼东凉凉道:"南枝刚走,你可以继续了。"

宋嘉佑道:"嗯,挺好。"

傅寒州眼皮急速跳了起来,腾一下站起身。南晚知道如果让他走了,今晚的功夫就白费了,她伸手拉住男人衣袖,"傅总!"

傅寒州蹙眉看着拉着自己的女人,"我不管你是真名还是艺名,马上给我改了,以后不要再出现在我面前。"

南晚脸色瞬间苍白,其他人见状连话都不敢说了。

傅寒州已经朝门口走去,眼瞧着高大的身影消失,南晚的脸红一阵青一阵,有点下不来台。

南枝从酒吧出来后,直接打车离开,等保镖开车跟上来的时候,她已经让司机调转了方向。

傅寒州冷着脸问道:"人呢?"

保镖也有点无语,"南小姐估计回家了吧。"

傅寒州揉了揉眉心,"你确定她回家了?"

他也懒得等保镖回答,直接让人替他开车,先去铂悦府。然而到了小区,看到楼上压根儿没灯光时,他就知道她没回来。

傅寒州还是上楼确定了一下。家里除了猫还在跑酷,并没有南枝。

保镖跟进来扫了一眼,"傅总?"

傅寒州直接道:"愣着干什么?去找!"

南枝的手机在振动,有陆星辞打来的,也有傅寒州打来的,最后谢礼东都打过来了。她一个也不想接,她现在就想一个人待着。她知道只要自己待在H市,早晚得被傅寒州找到。

"师傅,能出市吗?"

司机道:"能啊,你要去哪儿?"

南枝想了想,"您知道水月云亭吗?"

"哦,万盛集团新开发的酒店吧,概念酒店?"

"对,就是那儿。"

"那距离有点远。"

"没事,您开。"南枝闭上眼睛,想了想还是给宋栩栩发了个消息,把车牌号发给了她,还说两小时后要是没联系上自己,就替自己报警。

宋栩栩吓了一跳,直接微信里问:"刚傅寒州还打给我,你们怎么了?你这是离家出走了?"

南枝纠正,"我跟他委实用不上'离家出走'这四个字。我只是不想回去看到他的东西,给他时间搬走,而且明天本来就要在水月云亭开一个员工会议,我提前到也没什么奇怪的。"

不过那会议是下午,也就是今晚她得自费在那儿住一晚。

宋栩栩看到傅寒州又打了过来,直接问她怎么办,"我这电话是接还是不接啊?你们搞得我很被动。"

"干吗要接？不接。"南枝说完，就没再管手机。

这边傅寒州找人已经找疯了。

"各大酒店都没有南枝小姐的入住信息，车还停在酒吧，现在只能查监控，查一下她坐的那辆车去了哪儿。"

陆星辞没想到事情能变得这么复杂，原本好好的，怎么南枝直接玩起失踪了？

林又夏显然不知道南枝的下落，她正在家里跟父母一起看电视。至于宋栩栩，一个小时前还在网上直播，更不可能撒谎，而且她那个小区出入人员都需要严格登记，并没有南枝出入的记录。所以她们两个人都没撒谎，南枝没去找她们，但她们未必不知道她去了哪里。

傅寒州再次打给了宋栩栩。

这次宋栩栩过了好久才接，态度也完全不同了，"傅总，您到底有什么事？我这还得洗头睡觉呢。"

"南枝在哪儿？"傅寒州也没跟她废话。

宋栩栩到底欠了他一个人情，但他把自己闺蜜气跑也是事实。

"我不知道。"

"她一个人在外面，你不怕她遇到什么事？"

宋栩栩一噎。

"你要真把她当朋友，赶紧把地址告诉我。"

宋栩栩咬手指，犹豫着要不要说，就见电视上正在播报单身女子坐计程车出事的新闻。

宋栩栩直接开了口："水月云亭。"

傅寒州挂断电话，"去水月云亭。"

陆星辞一听，"那不是都出市区了？"这女人还真是能跑。

车上了高速，眼前黑漆漆的一片，偏偏司机还是个特别爱唠嗑的大叔，"姑娘，你在万盛上班呐，我闺女刚上高中呢，万盛这么大的公司，不知道她以后进得去进不去。"

南枝笑了笑，"当然可以了。"

"我也希望她争口气，等把你送到了，我也早点回家。

"姑娘，是不是失恋了？像你这样的女客人我拉过很多，上次有个小姑娘哭得可惨了,亲眼见到她男朋友跟人家开房去了。你说现在的年轻人吧,在一起不珍惜,就知道闹腾。

"像我们那个年代,哪有这么多复杂的事情,这样的人要被骂死的呀。"

南枝不知道说什么,倔强道:"我没失恋。"

"你脸上都写着呢,那男人对你不好,咱就不要了!没什么大不了的,男人嘛,没了这个,再找下一个就是了!

"你看你又漂亮又年轻,工作还是吧,我还有个侄子,跟你就挺般配,你那男朋友没戏了,我立刻给你介绍。"

南枝被他逗笑了,"谢谢你了。"

南枝看着窗外,回想这段时间跟傅寒州发生的一切,越想越觉得,分开也不是一件坏事。起码自己能回到过去平静的生活,不用大半夜被人捞起来飞到日本,又被人跟踪偷拍。

她也不敢睡,怕司机半道上起了歹意,只能睁着疲惫的眼睛强撑着。电话也没人再打了,估计知道她不会接。

傅寒州这边,则是一直低气压。保镖们连话都不敢多说一句。

好在已经查到了南枝上的那辆车,也确定对方在高速上,并没有把南枝载到奇怪的地方,傅寒州的死亡凝视才稍微收回来一点。

"傅总,南小姐已经抵达酒店了。"

南枝是内部员工,开一间房自然方便。这酒店建好后她也不是头一次来了,不用人带路,直接去了自己开好的房间。

水月云亭以远离市区、风景秀美为标签,但目前,这酒店并不盈利,主要是太远了,最近的旅行村落还在打广告,算是亏空的项目组。

所以万盛才着急,想借着商会活动,拉点赞助商入驻,赶紧把品牌打出去,吸引游客前来体验。

南枝进房间后,将包一甩,直接去了浴室卸妆。

镜子里,眼泪顺着她的面颊汇聚到了下巴,她一边伸手抹掉一边暗骂自己不争气。

什么所谓的争取,所谓的忠诚,大骗子。包厢里的画面,一次次重演,一次次播放,忍了一路,她到现在终于可以清醒了,也终于决定了,她不要傅寒州了。

拳头捏得越紧,心也越坚定。过了今晚,桥归桥,路归路。

傅寒州抵达水月云亭的时候,保镖已经拿到了南枝的房卡。男人伸手接过,大步流星朝着电梯走去。

"那不是傅总……"有半夜来这边逍遥的人还以为自己眼睛出问题了。

"什么傅总?"

"没事。"

房间很安静,浴室有水汽,傅寒州将房卡放在一边,快步朝里面走去。她开的是大床房,还附带一个阳台。

床上没人,傅寒州瞳孔一缩,才看到阳台的躺椅上有一道纤细的人影。她只穿着浴袍,就这么躺在那儿,长发垂落着,有种落魄又颓丧的美。

傅寒州叹了口气,推开门,南枝没什么反应,好像早就知道他能追上来似的。傅寒州走到她跟前,蹲了下来,"为什么在外面吹风?"

晚上的温度低,她还穿成这样,他伸手一碰,那脚冷得刺骨。

男人掌心温热,平时在家里的沙发上,他也会用手裹着她的脚,替她暖暖。

南枝一想到这儿,鼻尖微微发酸,但很快压了下去,只是语气冷淡道:"傅总来了啊。"

傅寒州蹙眉,"我们不闹了,刚才在包厢,我没跟那女人接吻,是视觉错误,我可以调监控。至于为什么没推开她,我承认我有报复心,想让你也感受下我跟其他女人接触,你会不会同样难受。"

南枝听到了这回答,只觉得好笑。因为想笑,所以她也笑出来了。

傅寒州凝视着她。

南枝拢了一下头发,平静地看着他,"我想一个人静静,你走吧。我知道你有手眼通天的本事,所以拿走留在我家的东西,不难吧?"

傅寒州瞳孔一室,呼吸跟着一沉,"你在说什么?"

"结束了,我的意思是,我们到此为止。"

傅寒州看着她的眼睛,"你不信我说的话。"

"不是我不相信你,是你从来没相信过我。"南枝将脚从他的掌心抽了出来，起身。

可惜男人挡在她的身前，她也不跟他正面起冲突，"你从来没相信过我，既不相信我不会跟其他男人有什么，也不愿意听我解释。"

"那难道你愿意跟楚劲断绝关系？"

南枝觉得好笑，"我为什么要跟他断绝关系？这是我的社交圈，我个人交友需要向你报备吗？因为你不高兴，所以我就该跟所有异性断绝联系？恕我直言，办不到，我这人一直如此。我要是真的跟别的男人有什么，我绝对会跟你说清楚，也让你明白。"

傅寒州怒到了极致反倒看不出情绪。

"难道你现在不是在跟我切割？让我明白？"

"随便你怎么想，你就当我要跟楚劲在一起好了，而且只不过是提早分开而已，有什么区别呢？我终究会结婚的，你给不了我婚姻。"

傅寒州薄唇吐出两个字，"理由。"

南枝觉得好笑，"什么理由？我要结婚的理由？我没那么大的勇气一个人过一辈子，这就是我的理由。我没有要求过你不跟任何女人联系，你现在很影响我的情绪和生活，甚至在耽误我的工作！我只是想一切都回到从前。"

"跟我在一起，你哪里不像从前？我干涉过你的自由，还是不让你去上班了？"傅寒州的语气越发冷。

南枝觉得他靠得有点近，属于他的气息逼近，她有点不能呼吸，可惜刚一动，腰就被他扣住，非要让她注视着他说话。南枝蹙眉，忍下想发飙的冲动，"你心里清楚，你不过就是借题发挥，凭你的脑子，你觉得我要是喜欢楚劲，或者想跟他有什么的话，我还会让他出现在你面前吗？"

"我是不高兴你不相信我，也讨厌被人冤枉的滋味，我更厌恶你处理这件事情的方式。"南枝越说越激动，也因为音量拔高将两个人之间的气氛弄得更僵硬。

"你现在要报复我，我也看到了，所以我单方面决定结束，又有什么问题？我是卖给你了吗？我不能说不行？"南枝质问。

"结束？"傅寒州声音冷凝，"所以，你没有一点点不舍，南枝，每次都是你提分开,每次都是我在挽留,我在道歉。"

南枝咬唇,又听他说,"好像只有你一个人会伤心,会委屈,会难过一样。你看到我和另一个女人差点接吻,可以掉头就走,生气跑出市区。我要在你上楼的时候,夸他抱得好?我不可以生气是不是?我放手了,你就开心了?是不是这段感情,这段时间的相处,只有我把你划进了未来里,而你从来没有?"

"南枝。"傅寒州眼底浮现起淡淡的嘲讽,"你但凡有点心,都能感觉到,我到底对你用没用过心思,我不是每次都在原地等着你的。"

"我在你的未来里?"南枝听了都快笑了,"傅总,我没见识,从来没听过哪个不婚主义者的未来里,会有另一个女人作为伴侣,出现在他的生活里。"

傅寒州出声喝断她的话,"南枝。"

他的话语里,已经有浓浓警告的意味,又带着几分无奈。可她最讨厌的,也不过就是他自以为是的无奈!

"你不会站在原地等我,那就希望,你说到做到。"南枝没有再看他的眼睛。

良久,久到南枝以为他好像不存在了。

"傅总如果想明白了,出去的时候请帮我带上门。"

傅寒州看着她,女人的脸卸了妆,干净又简单,长发垂在两侧,整个人看起来温温柔柔。她甚至已经收敛起了刚才爆发的脾气,就这样冷静而又平静地说出了她的决定。

傅寒州从来不会在一件事情上妥协两次,但这次,他还是问出来了。

"你爱上我了!"他语气肯定。

南枝身形一顿,她当然可以否认,但好像也没有否认的必要。她是贪心了,因为她爱上了他,所以不满足,也不想就这样跟他过一辈子,爱就是贪恋,就是占有,就是独享,它会让人面目全非。

"是的,我爱上你了,傅寒州。"南枝承认了。

明明已经猜到,但是等她真的说出口的时候,傅寒州仍是瞳孔一滞,喉结滚了滚,想说的话干涩地卡在喉间说不出来。

"我不强求你爱我,更没有逼你要和我永远在一起,永远这个词,我早就不相信了,但是我会想占有,我不想看到你跟其他人在一起,也不想只做你的女朋友。"

南枝坐了下来,她觉得今晚确实好冷,冷得她的声音都有些颤抖。

"你不会跟我结婚,我们也没有未来。既然对未来的理念不合,那就没必要在一起,反正相处的时间还短,忘记一个人,也并不难。以后只要不去刻意接近,我们恐怕也不会遇到。"

傅寒州看着她,"连分开后不会再遇到我,你也想到了。"

南枝撩开头发,"事实而已,傅总,我们都不是小孩子了,成年人没有那么多老死不相往来,如果以后在工作场合遇到,咱们还是能当个点头之交的,你也不会跟我计较吧?"

傅寒州加重了语气,"所以,你不要我了,还要我放过你,将来跟你当个点头之交,允许你出现在我的视野里?"

南枝看着他,"傅总,你不会这么小气吧,不跟你继续了,你就要我在H市混不下去吗?"

傅寒州俯身,将手撑在她两侧,"如果我说是呢?"

南枝脸上那淡淡的凉笑也没了,"别做个混蛋。"

"想要的女人得不到,对她好她也不在乎,我为什么还要当个好人?"

南枝死死盯着他,"你这样很没风度。"

傅寒州冷笑,"我要风度干什么?既然爱我,就好好留在我身边。"

他就像是忘记了之前她说的话,强势又霸道地将她直接从躺椅里抱了起来。

"傅寒州!你放开我!"南枝被他直接打横抱起,看着他冷峻的眉眼,心里一阵慌乱。

傅寒州直接将人往床上一丢,扯了扯领口,却没对她怎么样,只是看着她防备的双眼,一屁股坐在了沙发上,就这么眼睛一眨不眨地盯着她。

南枝等了好一会儿,但他保持那个姿势就没动过。

"你到底想干吗?"南枝质问道。

-321-

她现在就想一个人待着,这狗男人既不走,也不答应,就这么盯着她干什么!

傅寒州没回答她,依旧像个雕像似的坐在那儿。

南枝掀开被子想离开,既然他不走,她换间房就是了。

"你再动一下,我不保证我会做点什么。"男人警告的声音在房间里响起。

南枝扭头,抓起枕头就砸了过去。

估计没想到她会发脾气,傅寒州被砸了个正着,眼镜的鼻梁架受到重力,在眼下肌肤上划过痕迹。他直接将眼镜摘下来,丢在了茶几上。就算这样,也没有起来离开的意思。

南枝有些无力了,"你到底想怎么样?"

"我已经接受了我的未来会有你,那么,我就不允许你单方面决定离开。"

南枝抚额,"你是不是有毛病啊?我真的不理解你的脑回路。"她看着他,"结了婚还能离婚呢,你是我谁啊,我现在不想跟你继续了!"

"你爱我。"

南枝一阵无语,"爱你又怎么样?我还可以爱上其他人,我也能跟其他人在一起。"

她刚说完,就见到男人抬眸,那双眼睛里一点情绪都没有。她被吓到了,瞬间什么也不敢说了。

"不管你怎么说,我不会改变心意的。"南枝直接蒙上被子,也不打算理他。

傅寒州一直没离开,她知道,所以一开始也无法入睡,脑子里乱哄哄的。不过脑子里再多的纷纷扰扰,也在外头的风声中,渐渐沉入了梦乡。

在她睡着后,傅寒州才蹲在了她面前,在她的脸上印上一吻,随后起身离开。

陆星辞一直在大厅打游戏,看了眼时间,估摸着二人已经和好了,他可以功成身退了,哪知道刚起来就看到傅寒州冷着脸下来了。

"怎么?没谈拢?又搞砸了?"陆星辞问道。

傅寒州不知道说什么,"去喝酒。"

这水月云亭再标榜世外田园,也是营利性质,自然有酒吧。

傅寒州一杯接一杯,看得陆星辞有些头大,"直接说,怎么了?"

"她爱上我了。"

陆星辞一阵无语。

"很奇怪吗?爱上你的女人少了?她天天跟你这么相处,你对她做得比一个丈夫还要多,爱上你,那是很自然的事情,除非她不是人。"陆星辞说完才反应过来,"难道你不想她爱你?"

傅寒州摇了摇头,"我不知道。"

陆星辞也喝了一口酒,"兄弟,你这样是哄不回来女人的,你喜欢她吗?"

"我说不喜欢你信?"傅寒州反问。

陆星辞耸肩,"我看你不仅仅是喜欢。"

傅寒州一顿,又听他淡淡道:"你爱上她了。"

"你们既然都爱上了彼此,为什么不在一起?还是说,你宁可失去她,也不愿意打破自己的原则?"

傅寒州不想结婚,也不想跟人建立恋爱关系,这些陆星辞都了解,但他不认为原则不可打破,只是看本人是否能接受罢了。

"如果你有信心跟她走完这一生,那么为什么不愿意为她放下原则?"陆星辞喝了口酒,"比起那些爱而不得的人,你遇到了想要的人,还能跟她在一起,难道不是一件很幸福的事情吗?大家兄弟一场,我不想你以后后悔。"

傅寒州看着他,一言不发。

陆星辞扯了扯唇角,戳了戳他心口,"问问你自己,比起失去她,你更期待什么?"

有些话说到这儿也差不多了。两个人要怎么走下去,剃头挑子一头热也是没用的。何况两个人现在都在气头上,彼此给对方一点冷静的空间也好。

心里有事,南枝也没睡好,很早就醒来了。

傅寒州不在房间里,也不知道什么时候走的。

陌生的地方,南枝心里有种说不出的失落,她也没什么力气,就这么呆呆地看着窗外。

房门突然被打开。她眼珠子动了动,就看到傅寒州进来了。他还穿着昨晚那套衣服,不知道是不是整晚没睡,整个人透着疲惫。

南枝很少见到他这副样子。她没开口,傅寒州也没说话。南枝先别开了视线。

"先吃早饭。"傅寒州说着,酒店的服务人员把餐车推了进来,他亲自动手把早饭摆在桌面上。

南枝蹙眉看着他,"我昨晚说得很清楚了,我不会改变主意。"

傅寒州点头,"我考虑好了。"

南枝凉凉一笑,"那你为什么还在这儿?"

傅寒州掀起眼皮道:"你不把饭吃完,我就在这儿耗着。"

南枝一大清早的火气又被他挑起来了,"你是狗皮膏药吗?"

"你确定要激怒我?"傅寒州反问。

南枝闭上了嘴,她斗不过,躲不起,连离开H市都办不到。

她直接掀开被子,双脚落地的时候,发现浴袍有些松散,男人的目光也没避讳。南枝背过身去整理好,才走了过来,"早饭我会吃,你走吧。"

傅寒州坐到了对面,"我看着你吃。"

南枝冷笑,"你看着我吃完饭,是不是还想跟我睡个觉再走?"

傅寒州语气有几分重,"我没轻贱过你,你也不用拿这种话刺激我,坐下吃饭!"

南枝抿唇,一屁股坐了下来。饭菜都是她喜欢的,也是按照她的口味来做的。刚吃第一口,她就知道不是万盛做的,更像是她家附近那家早餐店做的。她有时候时间来得及的话,会去那儿吃。

南枝看着他,傅寒州的视线就没从她脸上挪开过。

"不合胃口?"

"哪来的?"

"你最爱的那家店。"

外面的天才刚蒙蒙亮,她都不知道他是怎么把这玩意搞过来的。

"你不用对我这么好,我不会再跟你继续,这个决定我不会改变。"南枝道。

傅寒州也没反驳,"吃完再说。"

南枝拗不过他,慢慢将早饭吃了。整个过程傅寒州连姿势都没换过。

"吃好了。"她刚说完,修长的手已经伸了过来。下巴被挑起,南枝偏过头,"傅总,别碰我。"

傅寒州收回手,南枝继续说,"你想要的答案,我是不会给了,请尽快离开。还有我家里的东西,你有时间可以自己去收拾,没时间的话,我帮你收拾。"

男人想也不想地回答:"我想和你在一起。"

南枝手一顿,笑道:"傅总,你的理解能力其实是没有问题的,但强扭的瓜不甜。"

"吃了才知道甜不甜。"

南枝手一顿,"什么?"她感觉自己的耳朵出毛病了。

傅寒州嗓音低沉,把话说出来之后,心底那股子暴躁的情绪淡了不少,"那我们公开恋爱,给你安全感。"傅寒州认真道。

"你吃错药了?"南枝靠回椅背。

傅寒州没想到她会这么说。

"我想了一晚上。"

"然后想出了这么一个结果?"南枝指着门口,"我不接受。"

傅寒州淡淡道:"不是考虑了一晚上要不要跟你公开,而是想了一晚上,我该怎么让你答应跟我继续在一起。"

他没被激怒,反倒是很温和地陈述。这让南枝脑子有点乱。

"我的确是不婚主义者,所以我们可以先继续,我会努力去做,比一个丈夫做得还要多。南枝,在遇到你之前,我不会喜欢人,什么都是第一次学。也许我未必能做到十全十美,但我没有戏弄你的心思,我无法承诺所谓的海誓山盟,但我会学。"

他站起身走到她面前,蹲下,将她的脚塞回到昨天甩出去的拖鞋里。

"如果我现在说要跟你结婚,你会嫁吗?"

南枝张了张嘴,没说话。当然不可能,结婚这么大的事,她怎么可能一下子就做决定?

"很抱歉,让你伤心,是我没做好,但我不会放弃。"傅寒州道,"你下午有个会,结束后我带你回市区,总比麻烦你同事要好,嗯?"

南枝别开脸,"你别跟我说话,我现在脑子乱得很。"

她宁可傅寒州跟她吵一架,也好过这样温声细语的。这个男人,他就是能准确拿捏住她的死穴。

"好。"傅寒州轻笑,"时间还早,你再睡会儿。"

南枝才懒得管他去干什么,直接道:"你别以为来这套我就会改变决定。你要追是你的事,接不接受是我的事,我跟其他男人要约会还是要交往,都是我自己的自由。"

傅寒州痛快答应:"好。"

这么好说话?

傅寒州转身离开,想跟其他男人约会、交往?当他死了?

南枝眼睁睁看着他离开,人还是有点蒙。刚才那些话真的是从他嘴巴里说出来的?那自己,又到底要不要跟他继续呢?

"算了,不想了!"她重新回到床上,只要跟傅寒州的事情扯上关系,她就脑中一片乱麻。谈恋爱这么麻烦的事,谁谈谁倒霉。

"你就跟她这么说的?"陆星辞瞠目结舌,"那你接下来打算怎么做,送花?送礼物?"

"她不吃这套。"要是花钱就能搞定,还费什么心思?

陆星辞叹气,"南枝等会儿去开会,你就打算在这儿耗着?"

傅寒州想了想,"你有更好的主意?"

"啧,我的意思是,你这浪费时间,不怕她回头刺激你,故意跟楚劲在一起?"

"不是你说,两个人需要冷静一下吗?何况死缠烂打没有什么意义,她现在也不想见到我。"

陆星辞瞪大了眼,"听听,稀罕啊!"他把玩着手机,"你栽进去了,傅寒州,你完了!"

傅寒州没吭声,只想让他滚远点。

chapter 19

追她谋心

南枝等时间差不多了才起床,换上昨天的衣服,出席会议问题不大。简单地用包里的粉饼和口红抹了一下,增加点气色,她就下了楼。

她脑海里闪过一个念头:不知道傅寒州离开了没?看了一眼手机,也没任何消息。算了,先不想了。南枝收拾好心情,走进电梯。

电梯开启,南枝刚出去就撞见了公司的几个领导。南枝主动上前打招呼。

"南主管来得很早啊。"

南枝笑道:"没有,我是昨晚上过来的。"

高副总道:"进去吧,这次不止咱们本市的人来了,总部还有海城、江城的人也都过来了,你们可以好好交流一下。"

"好的,高副总。"

到达会场,派系还挺分明的,海城那边是总部直系领导带领,自诩嫡系,关系错综复杂的,不轻易接受外人。江城的领导经常更换,每一任都做不久,所以关系更加复杂。光是从聚在一起聊天的人身上,也能看出问题来。

南枝跟着高副总见了几个领导。

整场会议很长,各区领导发言后,轮到了小领导。南枝还没正式就任,所以只需要旁听即可。她这次来参加会议的目的,认人是其一,最主要的还是商会活动,毕竟H市的万盛酒店很多年没这么出过圈了。现在总部也十分关注这件事,全集团就指着这次举办商会活动来为万盛打响名号。

南枝跟高副总坐在一起,听得很认真。

这边南枝在开会,另一边陆星辞与傅寒州两个人坐在咖啡厅外圈,点了两杯咖啡。

群里宋嘉佑不停询问情况,陆星辞嫌他吵,将他移出了群聊。

闲着无聊,陆星辞丢了根烟过去,"礼东之前说的那块地你怎么想?听说钟家也有意。"

"哪个钟家?"

"还有哪个钟家。"陆星辞点烟,"钟遥要回国了,前天还联系了我,之前钟家不是想撮合你和钟遥吗。"

钟家傅家上一代联姻,为两家创造了那么多利润。现在到了傅寒州这一辈,自然想亲上加亲。那钟遥不算钟家本族,跟傅寒州没有血缘关系。像他们这样联姻也是正常的,而且钟遥那心思很明显,目标就是傅寒州。

傅寒州面色平静,"傅家爱跟谁联姻跟谁联姻,反正傅时廷还能生。"

陆星辞乐了,"得了,傅叔叔有你这么个宝贝儿子,没早点被气死算不错了。"

傅寒州没搭理他。

会议结束,南枝原本想搭高副总的顺风车,结果高副总有事得提前走。南枝刚想问问其他人,傅寒州的电话打过来了。她本来是不想接的,但其他同事都是一起过来的,也没位置挤下她了。

她一边跟同事挥手,一边接了电话往外走。

男人低沉的声音从电话里传来:"往右转。"

南枝蹙眉,"你搞什么花样?"

"那我自己过来。"

南枝看了眼周围还没走的同事,啧了一声,"来了。"

她跟同事打了声招呼,然后按照他的意思往右边走,就看到路边停靠的车。她看了眼周围没有认识的人,这才上了车。她上车后直接道:"我等会儿自己叫车。"

傅寒州看着她,倒也没跟她生气,"这里不好叫车,而且也不安全。昨晚没出事,那是你幸运,遇到个人品好的司机。"

虽然他说话的语气还算温和,但南枝知道,他手段强硬得很。她要是现在敢下车,他保准能一路跟着她,到时候还得被返程的同事围观。

"这算你的追求方式吗?"

傅寒州问:"这样追你,你接受?"

"当然不能了。"南枝直接拒绝。

"嗯,那就不算。"

南枝无语,"你的意思是,只要我不接受你的追求,就都不算是追求手段?"

"不接受就是错误和不可行的方案,自然要推翻重来,从经验里总结可行性和成功率。"

你可真行,这都能分析。

"傅总,现在出发吗?"

"再等会儿。"傅寒州吩咐。

南枝也不想现在走,免得跟同事碰上,毕竟傅寒州这车太惹眼了。

南枝坐在角落里,扭头看车外的风景,就是不理他。

傅寒州真的弄不懂这女人的心思。跟他好的时候,那叫一个乖巧,闹别扭时,绝情得让人抓狂。昨天还说爱他,今天就恨不得离他远远的。女人这生物他真的捉摸不透。

司机见状,生怕南枝走了,瞧着时间差不多了,干脆启动了车子。见傅寒州没反对,司机才继续往前开。

南枝干脆闭上眼睛。傅寒州倒也没烦她,只是将挡板竖起来,为她遮挡住了外面的阳光,让她睡得更舒服一些。

南枝就是小眯一会儿,醒来就见自己身上还盖着一条毛毯,而傅寒州靠在自己边上睡着了。他整个人虽然还是坐着的,但身体却朝着她倾斜。从心理学上来说,这是对人下意识的依赖和信任才会有的动作,代表对方在全身心向你靠近。

南枝看着他眼下淡淡的黑眼圈,将毯子盖到了他身上。这都没醒,想来昨晚上确实没睡。

南枝调整了一下姿势,靠在车窗上又闭上了眼睛。

再醒过来,是被窗外的鸣笛声吵醒的。她恍然看着夜幕降临,猛地转过头,对上了男人幽暗的视线。

她吓了一跳,傅寒州淡淡道:"醒了?"

南枝看了眼时间,竟然已经7点40分了。

"怎么不叫我?"说着,她打开车门,"谢谢你送我回来。"

刚下车站好,就看到傅寒州也下了车。南枝顿住脚步,"你这是打算去我家?"

傅寒州脸不红心不跳地承认了:"嗯。"

南枝无语,"傅总,聪明人可别装傻,我是哪里说得不够清楚吗?"

傅寒州道:"追求者不该将你安全送到门口吗?你家的安保可不怎么样。"

这也能算个理由?

"送到门口,然后呢?"

"拿走自己的东西。"

南枝一愣,没想到是这个回答。不过这样也好,回去后打开衣柜看到他的衣服,走到浴室看到他的牙刷,阳台上还挂着他的衣服,她也尴尬。

"行。"既然人家是要拿东西,那没什么好拒绝的。

一路沉默着回到家,南枝开了门,只只已经竖起小尾巴哒哒跑过来,绕着他们撒娇。

傅寒州换了鞋,熟门熟路地去收拾东西。

南枝一时间也不知道做什么,如果去帮他收拾,又显得刻意。干脆坐在沙发上,想了想,把猫的东西整理了一下,那些逗猫棒什么的,都放进了收纳盒里,方便他等会儿带走。

只只也跳到了沙发上,正眨着眼睛呆萌地看着南枝。

傅寒州收拾东西倒是不慢,主要是东西也不多,他只带了换洗的衣物,一个小小的行李箱也就搞定了。

"要走了?"南枝看着他出来,站起来,突然间有点局促。

"嗯。"傅寒州淡淡回应。

南枝看他这样,莫名有些失落,不过既然做了决定,她就没打算后悔。有些事不破不立,她也确实不想在原地绕圈了。该结束就结束,如果真的有缘分,那也不是今天就能解决的事。

"只只的东西?"

傅寒州一顿,"猫咪习惯一个地方不容易,帮我养几天吧,过几天我来接。"

南枝也挺舍不得的,"好。"

傅寒州蹲下身,将只只捞进怀里。"争口气,替你爸看着你妈,知道吗?"小猫卷着尾巴,舔着傅寒州的手心。男人勾起唇角,让它去玩了。

南枝不知道他跟只只嘀咕了什么,等她走近,傅寒州已经打开了门。

"那再联络,不会拉黑我吧?"他防备地问道。

南枝别开视线,"我没那么幼稚。"再说最气的时候已经过去了,她现在就想一个人待着。

傅寒州垂眸,看着倒是有几分可怜,"晚上注意关窗户,估计会下雨,准点吃饭,不要熬夜,加班也不要经常坐着,起来运动一下。"

南枝没吭声,直到门被关上,她才转身回到沙发上。

房子还是那个房子,只是少了一个人,多了一些没带走的东西,竟然整个感觉都不一样了。像是等会儿厨房就会传来烟火气,他会叫自己吃饭;吃完了去附近的公园转转,回来一起看个电影。他只是在这里住了很短的时间,却感觉处处都有他的影子。

屋内的南枝还陷在回忆的情绪里,却不知道刚关上门的傅寒州,已经收起了那副可怜兮兮的表情,转身来到隔壁,输入密码,解锁,将行李推了进去。

等候在里面的赵禹立刻站了起来,"傅总,这房子刚刚买下来,好多东西都还没搬走,重新装修也需要时间。"

"差不多就行了,直接全屋定制安装。"傅寒州这是准备打长期战了。南枝刚刚冷静送他离开的样子,让他感觉不妙,这女人好像是铁了心要分手。

傅寒州把东西放好,对赵禹道:"联系屋主,尽早把东西都搬走。"

"好的,开发商那边的合同也准备好了,也联系好了新的小区安保公司,会有顶级的物业公司来接管。"

傅寒州颔首,"做得不错。"

看他打开门,赵禹跟着出去。看着傅寒州慢条斯理地摁下电梯键,他不得不佩服傅寒州这份淡定,他都生怕南枝突然打开门发现他,不过好在这种事并没有发生。

南枝在沙发上躺了半小时,觉得肚子有点饿,准备起来做饭的时候,赵禹打了电话过来。

南枝心里一跳,"赵特助,有什么事吗?"

赵禹客气道:"南小姐,是这样的,傅总怕您吃不好影响身体,所以为您准备了一名营养师,等会儿就会上门为您服务。"

南枝蹙眉,"我没那么娇贵,哪里用得着什么营养师?"

话音刚落,门铃响了。

"不好意思南小姐,营养师看来已经到了,钱我们这边已经支付过了,您把人退回去也让他难做。"

南枝无语,那你们干吗要定?!纯纯没事找事!

她也不好迁怒无辜的人,挂了电话便过去开门,本以为会是个阿姨,结果看到门口高大的男人时,南枝直接气笑了。

"傅总什么时候兼职营养师了?"南枝双手抱胸,倒是要看看他这张嘴里,还能说出什么更离谱的话来。

傅寒州挑眉,"下班无聊,赚点外快。"

他作势要往里走,南枝真是被他气得无语,想拦着他不让他进,又怕门一直开着,猫会突然蹿出去。

傅寒州成功地进来后,还真跟以往一样,熟练地先去冰箱里拿食材,才告诉南枝今晚吃什么。

南枝跟着他后面,"傅总,你这是什么意思啊?不会说话不算话吧?"

傅寒州面色如常,"我答应追求你,也搬出去了,哪里没按照你的意思来?"说罢,男人转头看着她,眸色深沉,"还是说,你认为的追求方式,是彻底消失?"

南枝一噎,她也不知道怎么回答了。

傅寒州卷起袖子洗菜,"你已经单方面选择离开我,我连追求你都不行了?"他这语气,十足幽怨,尤其是今天一直低声下气。闹得南枝都有点觉得自己不是个东西了。

她抿唇,"你自己要做的,又不是我求你的,我不接受你的道德谴责。"

傅寒州颔首,"可以,所以我刚才要是不来,你打算什么时候吃饭?"

南枝哑然,"你来的时候,我已经在准备晚饭了。"

傅寒州环视周围,"你连水都没烧。"

"别在这儿闲聊了,我去处理鱼,你先去洗个澡,等会儿出来喝鱼汤。"

"吃完饭呢?"

"我的追求计划里有两条,第一条带你去楼下的公园转转,消消食,第二条你应该不同意。"

南枝很轻易听懂了。想跟她重新交往啊?"你想得美。"她扭头就走,回到房间重重把门关上。

傅寒州扭头轻笑。

静谧的房间里,只有男人做饭和电视机里的动静。

她也不知道傅寒州什么时候会走,但她确定不会让他留下。好在傅寒州倒是知道适可而止,给彼此留一些空间。做好饭之后,主动提出离开。

南枝看着四菜一汤,觉得这人在商场上的手段被人反复拿出来提,不是没有道理的。做那么多,她一个人哪里吃得完?不就是想让她挽留?

"得了,坐下吃饭吧,搞得像我欺负你似的。"她嘟囔。

傅寒州微微靠近,"南小姐是在邀请我?"他看了眼手表,"我在工作时间是不允许和客户一起吃饭的,但客户要求的话,我可以提供额外服务。"

"什么额外服务?洗碗?"

"陪你聊聊天。"

南枝送他一个死亡微笑,"你被解雇了。"

"我的雇主不是南小姐,您还没资格解雇我,不过您可以投诉我。"

"投诉的解决办法,不会还是陪我聊天吧?"

傅寒州一脸正色,端的是一副禁欲脸,"南小姐,我出来兼职,聊天是额外附赠的,你要是再提更多要求,我这兼职可就不好做了。"

这饭是吃不下去了,"傅寒州,你要点脸吧,要不我水滴筹给你买面镜子?"

这男人,明明把小心思都摆在脸上了,两人都分手了,现在却一本正经地跟她说,自己是来兼职的?!

南枝没好气地说完,傅寒州挑眉,在她对面坐下,"南小姐如果这么想我留下来陪你吃饭的话,于情于理,看在我们俩的交情上,我还是乐意之至的。"

"用不着!"南枝狠狠挖了一口饭,"贫贱不能移,威武不能屈的傅寒州傅总哪能为了我这点小钱就留下来呢?还是赶紧把这工作辞了吧。"

男人轻笑出声,"我听说,一个人越是义正词严地拒绝,越是希望引起对方的注意。"傅寒州凑近,俊脸上带着戏谑,"南小姐,我可以免费为您提供陪吃服务,按#号键就行。"

南枝指着门口,"大门在那儿,不用我送你吧?"

"饿了,我得吃饭。"他说着,拿起筷子,吃得慢条斯理。

南枝盯着他,差点没噎住,"你这是追求人的态度?"就是来气死她的吧!

"实话总是难听的。"他喝着鱼汤,"嗯,没你做得好喝。"

一顿饭吃下来,南枝觉得自己被气得消化不良,便直接回房间换运动服准备出门锻炼,再跟他待在一个地方,她要吐血!

南枝换好衣服从房间里出来时,男人已经收拾好了厨房的垃圾,人站在了门口。

"要出去消食?"

"嗯。"南枝没好气地回应。

"好习惯,继续保持。"他颔首,说罢打开了门,顺便从鞋柜里拿出了她的运动鞋。

南枝看着他要走,还试探性问了一句,"傅阿姨,你走了之后,不会又来给我做家政,借着打扫房间不走了吧?"

傅寒州沉吟了一会,"谢谢提供方案,我会采纳。"

南枝推了他一把,将门带上,然后摁了电梯,她这次非得亲自看着他上车不可。下一瞬,南枝就看到傅寒州将垃圾放到一边,然后行云流水地……打开了隔壁的门。

南枝震惊:"你干吗?"

傅寒州淡定道:"回家。"

南枝傻眼,直接跟了过去,"你回什么家!我邻居呢?"她明明记得隔壁住了一家三口啊,那孩子之前还跟她打了好几次照面呢!然而傅寒州已经进了隔壁房间,好像压根不怕南枝发现似的。

她站在玄关口,"你把人杀了?"

傅寒州一噎,不明白她这是怎么得出这个结论的。"你这想象力当个行政部主管有点可惜了。"

南枝探头探脑,"我是问你,我原来的邻居呢?"

"搬走了。"

南枝看着屋内明显大变样的装修,才咽了口唾沫道:"你把人赶走了?"

傅寒州套上T恤,"花钱买的。"

南枝弄不懂有钱人的脑回路了,这是钱多烧得慌? "你不是不做亏本买卖吗?"

以他的身价,这房子回头被他忘到九霄云外的概率比较大。

傅寒州已经换好了衣服,甚至换好了运动鞋,站在了她边上,温温柔柔道:"如果这套房子能让我追到我女朋友,已经是物超所值。"

果然跟他沟通就是跟自己过不去。

她打开门出去,傅寒州也跟了出来。

南枝一脸懊恼,大意了,这男人竟然趁她不注意换好了衣服,看样子是要跟着她去消食。

"傅总,你这么大一个人物,不会玩跟踪这套吧?"

"嗯,当然不会。"

"希望你说到做到。"

"好。"

两个人进入电梯,"傅总去哪个方向?"

"看心情。"

好个滴水不漏的答案!看心情,到时候还不是她去哪儿,他就去哪儿!?

电梯很快就到了,怕什么来什么,他们又撞见了楼下的奶奶。

"哎呀,小两口吃完饭啦,出来消消食?"

南枝尴尬一笑,都不好意思接腔。

"哎哟,月底社区要开会的,南小姐你别忘啦,到时候你跟你男朋友随便来一个都行,咱们这片我是妇女主任。"

"啊?开会啊?"

"是的呀,我们会手机通知的。"

"好的。"南枝说完,本来以为也没啥事了,哪知道那奶奶拉着她跟傅寒州在垃圾站旁边就垃圾分类絮絮叨叨了差不多20分钟才走。南枝笑着跟人挥手再见,转过头已经是翻脸无情。

傅寒州就知道她会来这套,"南小姐,什么时候我成你男朋友了?刚才你这样,让我怪困扰的。"

"那太简单了,明天我遇到奶奶就告诉她分手了。"

"我不同意。"

"你有什么资格不同意?本来就是假的!"

"计划只是暂时推迟,但这个身份,注定是我的。"男人说完,恬不知耻地过来跟她并排站着。

呵,这个回答果然很傅寒州!

她直接开始慢跑,出了小区后就往对面的环湖广场跑去。附近小区的人运动健身都来这片,到了晚上更热闹,虽然吵了些但胜在安全,总比那种半夜无人的公路好。

傅寒州不紧不慢跟在她后面,南枝当然甩不掉他,不过她可以不理他。

南枝之前还有慢跑的习惯,自打跟傅寒州在一起之后就很少了,基本在家做瑜伽。今日没跑两圈,就有点累了。傅寒州一直跟她保持三五步的距离,等她停下的时候,他继续往前跑。南枝看着他的背影没吭声,安静地在一个器材区开始抬腿松筋骨。

"小姐姐!"

南枝一抬头,三个女孩子凑到了她跟前。

"怎么了?"

"那个,我们想问一下,刚才跑过去那个小哥哥,是不是你男朋友啊?"

这该死的招桃花体质!

"不是。"

"真的!?"三个女生不理南枝了,怂恿着中间的那个女孩子赶紧追傅寒州去了。

这边,傅寒州停在了自动贩卖机前,买了两瓶水。

"小哥哥!那个……"

傅寒州弯腰,将水取出,直接打开开始喝,喉结随着喝水上下滚动,配上轮廓分明的脸和身上干净的气息,简直颜控视觉盛宴。

女孩子脸红到爆炸,"小哥哥,可以给我你的号码吗?"

"抱歉,不可以。"

"啊?"大概没想到自己会被拒绝。

"能问一下为什么吗?"

傅寒州指着在那运动的南枝道:"家教严,不想回家跪榴梿,我女朋友醋性大。"

女生回头一看,脸色瞬间难看,"她……她说不是你女朋友啊。"

傅寒州闻言也没什么意外的,叹了口气道:"嗯,我惹她生气了。"

美男惆怅,简直是颜控党的福利。

南枝一直暗中观察那边的动静,等他一往回走就假装看风景。

傅寒州将水递给她,"喝点,补充水分。"

南枝倒也不会在这事上跟他较真,两个人慢慢绕着湖边走。南枝觉得,这跟没闹掰之前没什么区别。

"我觉得这样不行,你天天在我跟前晃悠,我的思维受到了严重的干扰,都没办法认真思考了。"

"我只听过色令智昏。"傅寒州说罢,俯身凑近她,"所以你是想我想得没办法思考?"

南枝:真想拿水瓶直接砸死这货。

"回家!"再被他蛊惑下去,她就得有那么一丢丢心软了。

傅寒州眼底含笑,不紧不慢跟着她,就像只大型犬。

回家路上,南枝再三重复,不准他借机进她家门。傅寒州答应得很好。到家的时候,她非得看着他进门了才愿意开门,跟防贼似的。

傅寒州询问,"真的不需要我护送你到家?不收费,至尊服务。"

"傅先生,我已经在家了。"南枝摊开手,全方位为他展示自己的一居室。

"万一家里冒出个不该出现的人呢?"傅寒州还不死心。

南枝笑道:"那我会报警。你还是先担心你自己吧,说不定晚上床底下会冒出无头女鬼,或者窗外有人盯着你呢。"

南枝说完,果然看见傅寒州脸色白了一下。她得意地看着他进了门,快速闪回了自己家。

傅寒州看到这陌生又充满烟火气,且装修完全不符合自己喜好的房子,一脸烦躁地进了浴室。

南枝美滋滋给猫铲了屎,又去洗了个澡,躺在床上看了会儿手机,见时间差不多了才打算酝酿睡意。

门口的锁被她锁了两道,还挪了张椅子堵上,她寻思着傅寒州应该不会再进来了。

刚在床上滚了两圈,她就听到了门口的动静。她腾一下坐了起来,细细听着门外的动静。密码锁发出了音乐声!

南枝深吸一口气,直接给傅寒州打电话。

"喂。"男人的声音镇定地传来。

南枝站到门口,透过猫眼往外看,他果然站在门口。

"傅寒州!你再试图开我的门,我就报警!"

傅寒州脸色有点不好,"我没想干什么,你让我睡客厅。"

"呵,你都大半夜开我门了,还说进来只想睡客厅,我看起来像傻子吗?"

傅寒州咽了咽口水,最后认命一般地颓丧道:"谁让你刚才吓我的,那房子我现在不敢住。"

南枝满脸疑惑,她吓唬他什么了?进门前随口说的那番话吗?不是,怎么一个大男人这么怕鬼啊!

"那也不行,你没什么可信度。"

"我要是骗你明天就破产。"

啊,这……代价这么大的吗?

"你不让我睡客厅也行,你跟我一起去酒店住,要么回别墅。不然我就赖在门口不走了。"

还敢威胁她!"那你就在门口待着吧。"她挂断电话,决定不再管这个男人。

回到床上,南枝翻来覆去睡不着。她烦躁地起来,走到门口一看,傅寒州还真的靠墙站着,一动不动。宁可站在门口也不进隔壁房子,那干吗买下来?

南枝挪开凳子,打开了门。男人闭着的眼睛睁开,朝她看了过来。

南枝没好气道:"进来吧!严正声明,敢越雷池半步,格杀勿论!"

男人目光沉沉,略带了几分委屈,一双眼睛直勾勾看着她。

南枝莫名有些心虚,"我是看你可怜才让你进来的,不进拉倒。"说完她就准备把门关上。一双修长的手在她关门之前,轻而易举地抵住了门,然后男人很自然地进来了。

南枝真是郁闷了,几个小时前她才将人赶出去,没想他一装可怜,自己就又心软地让他回来了。

最可恶的是,明明她铲屎,她喂食,可只只这个小没良心的看到他,还是欢天喜地地上去贴贴蹭蹭。

世风日下,猫心不古!骗吃骗喝父女俩,就来榨干她一个人。

南枝看不得他们父女情深的样子,进了房间去衣柜里翻被子和枕头。傅寒州抱着猫出现在了卧室门口。

"不许进来!"南枝扬声道。

傅寒州看她火气这么大,突然认真问道:"我能问一个问题吗?"

南枝直接道:"建议你说点靠谱的,别惹我生气。"

"听说女性经期前后受荷尔蒙影响,会比较暴躁,你是不是快来了?"

南枝朝着天花板直喘粗气,牙齿也咬得咯咯作响。傅寒州很识趣地立刻转身去沙发上坐好。

过了一会儿,她走出客厅,把被子跟枕头往他身上一抛,"睡觉!"

傅寒州抱着枕头,看着南枝。熟悉的房间,熟悉的气氛,甚至闹掰的前几天,他们还在这个沙发上一起看电影。傅寒州喉结滚了滚,哎,丧失主权。

南枝毫不留恋地关上门,还上了锁。傅寒州将被子铺好,抱着猫躺了下来。

南枝早上睡醒起来,发现一人一猫睡姿都是一样的。她洗漱时故意发出声音,也没把他们吵醒。

南枝去换了衣服,眼瞧着都要到上班时间了他还没起来,就走过去用脚踹了踹他的屁股,"喂!傅寒州!"

男人皱眉,却不动弹。

她察觉到了不对,微微靠近。

哪知道傅寒州睁开眼,直接扣住了她的腰身,一把将她搂进了怀里。男人的身躯滚烫,南枝猝不及防,羞恼地问道:"你干什么!?"

傅寒州嗓音沙哑:"别动,难受。"

她仰头看他,果然见他出了好多汗,她伸手一摸,"你发烧了!得赶紧去医院。"

"不去。"他果断拒绝。

"你是小孩子吗?生病了就去看病。"

傅寒州睁开眼,语气委屈,"不想去。"

"那你赶紧起来,我给赵特助打电话。"

傅寒州一动不动,"不想动。"

啧,怎么这么难伺候!?

南枝从他身上爬起来,男人的目光随着她的移动而移动。她去翻了小药箱,拿出感冒药,又去厨房倒了热水。

"自己吃了,我得去上班。"

反正他是总裁,谁会管他迟到不迟到的,估摸着现在赵禹都在楼下等了。

南枝给赵禹发了个消息,然后对傅寒州道:"我走了。"

傅寒州:"你就这么把我丢在家不管了?你还有没有良心?"

南枝:"我要是没良心,药都不给你吃。"

傅寒州气得转过了头。

赵禹一听傅寒州病了,果然来得很快,正好跟南枝交接班。

"这药你就按照说明书上给他吃就行了,热水我烧好了,你们走时帮我把门关上就行。"她还有半小时通勤时间,是真的不能再耽搁了。

赵禹连连点头,一扭头看到了自家BOSS的死亡凝视。

赵禹心中一凛,大脑高速运转,"南小姐。"

"嗯?"

"今天我也是要跟傅总请假的,能不能麻烦您今天帮忙照顾一下傅总?"

"今天我的行程也很满,没办法照顾他。"南枝还能不知道赵禹,肯定是帮着傅寒州呢。

赵禹心思转得极快,"南小姐,今天我妈来H市了,本来我下午就该请假了,傅总这儿没人照顾也不行,要不你下班早点回来?"

南枝一噎,好你个赵禹,竟然还敢搬出老妈来打亲情牌!

赵禹还拿出了手机,给她看了机票,还真的是今天到。

南枝狐疑,"这么巧?"

赵禹道:"可不就这么巧么。你也知道咱们傅总身体有多重要,这要是耽误了病情也不好啊,毕竟傅氏那么多员工呢。"

南枝突然觉得被道德绑架了。这傅氏的员工也能甩锅到她身上?

"咳咳咳咳……你去上班吧,别管我了。"傅寒州有气无力地说,"反正你生病的时候,我寸步不离,不像有些人,无情无义。"

南枝深呼吸,"先说好啊,我今天下班真的有个酒局,回来的时间不一定。你要待着就乖乖吃药,不行就去医院。"

傅寒州扭头看她,"那我晚上做好饭等你。"

"你先把药吃了吧。"南枝赶紧走了。再待下去,就是割地赔款,寸寸让步。以前怎么没发现这人这么会蹬鼻子上脸?

南枝这边匆匆下了楼。赵禹才拿着药看向傅寒州,"傅总?"

"不吃。"

赵禹拗不过他,"那您要是实在不舒服,今天的行程都替您取消?"

"嗯,放着吧。"傅寒州正在浏览微信文章,而他看的不是别的,正是陆星辞发送给他的——《俘获女人心之花美男计中计》里的"病入膏肓,原地重生"。

很快就好了,还怎么赚取同情分?反正感冒而已,能有什么大问题?多喝点热水就没事了。

他不能这么轻易就好。他今天还得睡在这儿,如果可以,可以在保住沙发的前提下,争取睡到她旁边的地板上。

傅寒州按照内心的计划在布局,就听门口有人说话:"哎呀,南小姐在吧!?"说话的正是昨晚上遇到的奶奶。

赵禹将门打开,傅寒州也已经把上衣套好。

"哎哟,南小姐不在呀?"奶奶的眼珠子在两个男人身上打转。哎哟,小伙子真是一个比一个好看呀!

"我病了,我同事来看看我,有什么需要帮忙的吗?"傅寒州解释,说话的时候还咳了咳。

奶奶明白了,笑着道:"没什么的,就是昨天说的那个垃圾分类的社区会议呀,我负责通知我们这层楼的住户,今天去开会的时间提早了,也是下班时间,晚上7:30,你们家谁出面呀?"

傅寒州咳了咳,"我吧。"

赵禹:???

您放下跨国会议不开,几个亿的生意不谈,来参加社区的垃圾分类会议?!

赵禹觉得这个世界有一些魔幻。要不是傅寒州在做生意方面从没出过错,他都怀疑傅氏离破产不远了。

"那说好了啊,你叫什么呀?"

"我姓傅。"

"好的好的,小傅啊,我帮你记上去哈,生病了就要去看医生啊。"奶奶看了眼桌上的药,这才要离开。

"赵禹,送一下。"

"明白。"

赵禹一直将人送到电梯口。

"小赵啊,你有对象没有啊?在哪里上班啊?"

"傅氏。"

"哎哟,那可是大公司呀,没对象的话我帮你介绍呀。我有个小孙女,大学刚毕业,刚进陆氏工作,做什么我也听不懂。"

赵禹擦了擦额头上的汗,好不容易笑着把人送走了,才回去找傅寒州。

这边,陆星辞联系傅寒州,问他今天几点去公司。傅寒州说今天不去。

陆星辞:"那你去哪儿?"

"病了,在家养病。"

"……啧啧啧,伤心的男人,受伤的心。"

傅寒州挑眉,把房产证拍给了陆星辞。

陆星辞当然知道南枝在铂悦府的房号,一看到他买了南枝隔壁,腾一下从床上坐了起来。"你行啊你!"陆星辞啧啧称奇。

南枝在公司忙了一上午,好不容易才有空闲喝了口咖啡,突然想起了在家咸鱼瘫的傅寒州。这人一上午都没消息,也不知道去没去医院。

这边,傅寒州头重脚轻地坐了起来,看着毫无动静的手机,面色越发难看。不找他,也不联系他,是真的不在乎他死活。

手机一响,他将手机丢一边,故意不去看,过了一会儿才矜持地拿起来,发现依旧不是南枝。这回傅寒州是真的被气笑了,他直接打给了南枝。

南枝这边也正把文件保存好,开始收拾东西,看到傅寒州打来的时候,她下意识接了起来,"喂?"

男人没吭声。

南枝拿起包,边接电话边往外走,等锁上办公室门后,南枝发觉电话那头一直没出声,又问了一句:"感冒怎么样了?药吃了吗?"

傅寒州还是不说话。

南枝停下脚步,"不说话我可挂了。"

"死不了。"

听听,这傲娇的语气。明明想让人关心,却死鸭子嘴硬。南枝现在也算摸透他这欲拒还迎的德行了。

"哦,那我挂了。"

"你还有没有良心?"男人的声音又沉了几分。

南枝站定,"你凶我?"

傅寒州一噎,"我哪有?"

"你吃我的住我的,生病了我给你药,你还凶我?"南枝边往外走边说,"傅总,我现在给你红牌警告。"

傅寒州头皮发麻。

南枝走进厕所,对着镜子补了个妆,见他沉默继续说道:"还有,我单身,我想几点回家就几点回家。"

傅寒州靠回沙发,听着电话里女人连珠炮似的声音:"药你要是不吃,那随便你。"傅寒州甚至有一丝庆幸,没从她嘴巴里听到要死别死我家这话。

不过傅寒州为了防止她接下去说出更多气人的话,果断打断了她:"今晚我来接你?"

"我又不是没车。你好好养病吧。"

"那不行,我得好好捍卫我的地位。"

傅寒州起来穿衣服,刚准备出门,居委会那奶奶就上门了,"哎哟,小傅,我正准备找你呢,我们马上要开始开会了,你别迟到啊。"

傅寒州将门带上,"会议的核心内容是什么?"

"啊?"奶奶一愣。

傅寒州看了眼手表,"我只有五分钟时间能开会,所以核心内容是什么?"

奶奶拿出宣传册,"就是这个垃圾分类啊。现在社区垃圾分类工作还是不到位啊,虽然我们小区已经做得不错了,但是还有人高空抛物啊,垃圾乱丢呀,我们这个宣传得落实下去。"

"明白了,我会让我的助理给你们出一份报告,回头您查收就行,现在我女朋友那边有急事。"

那奶奶看他浑身上下的衣服连个牌子也没有,说出来的话却跟大老板似的,还助理,觉得这人肯定在吹牛。但是人病得有点虚弱也是肉眼可见的,那南小姐确实经常加班,保不齐真遇到了什么难事。

"那你去吧。"

"多谢。"

傅寒州这边摁了电梯刚走,奶奶就嘟嘟囔囔:"真是的,又少一个,这开个会怎么这么难?"

赵禹接到傅寒州电话的时候,还以为自己听错了。什么时候垃圾分类也归他管了?

不过出于良好的职业素养,他还是尽快出了一份报告,并且带上了专业的市场分析,针对垃圾分类的管理以及住户的管控情况,给出了可行性方案,方便各年龄层理解。最后他又给有关部门打了个电话,以傅氏的名义发了过去。

chapter 20

你想要的我都会给

南枝刚一下班,就被傅寒州逮住,塞进了车里。

路上南枝看他气色不好,想问一句,又怕他跟自己吵架。沉默着回到小区,傅寒州已经头重脚轻了,身体几乎全部靠在南枝身上往前走。

哪知道两人刚从地下车库上来,就遇到了跳广场舞回来的奶奶们。

"哎呀,小傅!"

"南小姐!"

南枝一懵,不知这些奶奶阿姨们今天为何如此热情。

"小傅啊,你真的不得了呀,你那个方案一出来啊,全票通过呀。"

"是呀,听说小区物业也换了,以后不会有随随便便的人进来推销东西了。"

南枝眨了眨眼睛,她才一天不在家,到底发生了什么?

"所以啊,我们全票通过,推举你做我们小区的妇女协会副主席!"

南枝差点一个跟跄,但还是忍不住扑哧一下笑出了声。

傅寒州凉飕飕道:"虽然我现在病了,但办你还是可以的,你最好把笑给我收回去。"

"哎呀你们别说啦,小傅这感冒挺严重的呀,南小姐啊,男朋友这么好要好好珍惜的,快上楼吧,下次开会还叫你们啊!"

南枝好不容易脱身上了楼,进了家门就再也忍不住,笑得肩膀抖动。

傅寒州一直站在原地,斜斜看着她,警告意味十足。

南枝扭头看了他一眼,好像看到了他脑门上贴着妇女协会副主席的标签的样子,又忍不住扑哧笑出来。

"你别这么看着我,我真的忍不住。"南枝见他要伸手,赶紧往旁边一躲,"药也给你了,今天不怕鬼了吧?"

傅寒州凉飕飕道:"你现在是要赶我走吗?谁替你去开会的?现在用不着了,连我生病都不管了?"

傅寒州一连三问。随后也不等南枝说话,直接扭头回了隔壁。

南枝见他砰一声把门关上了,啧了一声,打开灯,看到桌上的药原封不动,沙发上的被褥倒是折叠整齐。

南枝到厨房烧水,赵禹又给她发了消息:"南小姐,傅总一天没吃东西,您还是去看看吧。"

南枝心想,这是在她家门口装监控了吗?怎么傅寒州走了他都知道?再说,谁说她不管了,只是让他晚上回自己那儿去睡,别老窝在她这儿。

南枝淘米做饭,过了差不多40分钟,才去敲了隔壁的门,只是半天没人开门。

南枝看着崭新的密码锁,想了想,输入了自己家的密码。

果然,电子门锁应声打开。

刚一进去,南枝就差点被熏出来,这房子简直就是毒气室,而且内部装修已经开始拆除了,南枝不确定傅寒州还在不在,这谁能待得住?

"傅寒州?"无人应答。

她摁了下开关,估计是装修的缘故,连灯都不亮。她直接拿出手机照明,最后在卧室找到了他。人已经烧糊涂了,估计嫌味道不好闻,整个人蒙在被子里。

南枝拍了拍他的脸,"喂,傅寒州!"

男人微微睁开了眼睛,又合上。

南枝急了,"你没事吧!"

她想起来去打120,结果手腕被死死扣住,"你去哪儿!"

南枝道:"你这样下去不行,我打急救电话。"

"别打,叫赵禹……让他叫个医生来。"

南枝拗不过他,当着他的面打电话给赵禹。

"南小姐,我明白了,我马上就来,房子还在装修,请您带着傅总去您那儿可以吗?"

南枝叹了口气,"知道了。"

她真是服了这狗男人,就这么糟践自己的身体。

南枝拍了拍他的脸,"松手,我带你去我那边。"

傅寒州睁开眼睛,有气无力地道:"不用,免得你嫌弃我。"

"不嫌弃,求你去一下,行吗!?"南枝低头忍耐,语气尽量温和。

傅寒州咳了咳,"是你让我去的。"

"对对对。"南枝悄悄翻了个白眼。

掀开被子,发现床单都湿了,这人到底出了多少汗?

她拿起一旁的裤子递给他,傅寒州嫌弃道:"穿过了,没洗,我不穿。"

南枝喷了一声,又去衣柜里拿干净裤子,"穿上。"

傅寒州拿起裤子,还得扶着南枝的手臂才能起来,刚一站起来,人就摇摇晃晃,然后直直将南枝扑倒在床上。男人沉重滚烫的身体压了下来,南枝根本动弹不了。

"傅寒州!你别给我耍流氓!"

傅寒州也被摔得头晕目眩的,"我……我没力气,动不了。"

南枝觉得他呼出来的气都是滚烫的,人又像座山一样死沉,推都推不开,而且这房间的味道,是真的太难闻了!她才待一会儿就觉得头昏脑涨,"你动一动,我一个人哪抬得动你!"

好在赵禹联系了楼下的保镖,那些人已经上来了。

南枝听到动静赶紧叫人:"人在这儿!"

保镖们进来,看到傅寒州这样都吓了一跳。

"把人挪我那儿吧,医生还有多久到?"

"会尽快赶来。"

保镖架起傅寒州往隔壁房间去,也没问南枝,就直接把人放到了卧室。"南小姐,我们就在楼下,有什么需要尽管吩咐。"把人送到,那些保镖也不敢多看,直接下楼去了。

温馨又充满香气的房间,还有柔软的床铺,傅寒州满意地闭上了眼睛。

南枝把放在食盒里的粥倒了出来,喷香热乎的青菜肉丝粥,"先别睡,把粥喝了垫垫肚子。"她把人扶起来,端过粥,吹了吹,喂到他嘴边。

男人的目光瞬间也变得温和了起来。

"味道怎么样?"

"有点淡。"

"有东西给你吃就不错了,还挑。"南枝又给他塞了一口。

傅寒州把粥喝完,确实感觉胃里暖和了一点。看南枝又想走,傅寒州扣住她的手腕,"去哪儿?"

"去把碗放了,再给你擦擦,一身臭汗。"听她这么说,傅寒州才放手。

就没见过这么难伺候的人,南枝都觉得从小能照顾傅寒州的人,必定得花很大的力气才能把这少爷伺候好。

她去冰箱拿了冰袋,放在了他的额头上。男人睁开眼,就这么淡淡看着她。

这时,赵禹带着医生过来了。

南枝让他们给傅寒州检查,自己溜去了厨房。她突然就想起了宋栩栩之前说的话。

这男人,平时别看他在外头有多成熟稳重,幼稚起来的时候,是真的让人招架不住。

可不是!

她这段时间可算是看明白傅寒州这人耍脾气时候的样子了。以前还以为这货是个高冷的,结果跟猫一样傲娇。

只只哒哒跑到南枝脚边,用小尾巴蹭着她的脚踝。那德行,真的跟傅寒州差不多。

虽然他喜欢宠着她,但心里也是想她哄着他的。

南枝垂下头,觉得眼前这情况,傅寒州真是缠上她了。

"南小姐。"赵禹出来。

"啊,人怎么样了?"

"傅总发高烧,也有点发炎,这段时间得麻烦您照顾他了,刚打了一针,还有点药没吃。"

南枝叹了口气,"嗯,那药吃了多久能起效?"

"一般隔天也就差不多了,傅总的身体一直没什么大问题,这次估计是太忙太累,抵抗力下降导致的。"

赵禹交代完丝毫未多留，立刻带着医生走了。

南枝把厨房收拾好，这才进了房间。她本以为傅寒州睡着了，结果一进来，男人立刻睁开了眼睛，定定地看着她。

"怎么还不睡？"

"怕你丢下我跑了。"

"把药吃了。"南枝没工夫跟他耗着。

这回男人倒是很痛快，仰头吞下。

南枝看了眼时间，打算出去再写一份报告。

傅寒州蹙眉，"你去哪儿？"

"就在客厅加班，你先睡。"

"那你晚上睡哪儿？"

南枝指着沙发，"你昨晚上睡哪儿我就睡哪儿。"

傅寒州蹙眉，"你不跟我一起睡？"

南枝双手抱胸，盯着他，"谁给你的错觉，让你觉得我要跟你一起睡？"

"傅寒州，你别搁我这儿卖惨，原则性问题我是不会让步的！"南枝说完，傅寒州直接哑炮了。

"我去睡外面。"男人要起来。

南枝瞪着他，"你别折腾了行吗？我睡外头死不了。"

她把门带上，出去之前又嘱咐了一句："有什么需要叫我。"

傅寒州没吭声，显然是有些不高兴。但南枝也不惯着他。

南枝回到客厅，打开电脑，继续完成工作。

其实傅寒州之前跟她说过让她离开万盛的话，她也是想过的。以前觉得在万盛能做到主管级别，已经可以了，但现在看来，傅寒州的母亲说得对，万盛这地方，不大适合她。

现在她手头的业务一直排到年前。等把这些签约的项目完成，她就正式提出离职。到时候也该想想，去哪家公司合适。毕竟要去比万盛更好的公司，她得重新去熟悉环境。

傅寒州在卧室一直没什么动静。

南枝等做完了报表才去洗漱，大概是这两天太累了，几乎一躺下，人就睡着了。

傅寒州打开房门,抱着毯子看了她一会儿,然后在沙发旁找了个地方坐下,握住她的手,睡在了她边上。

他不会失去南枝的,永远不会。

南枝一觉睡醒,觉得浑身酸痛。不过她看到头顶的天花板时,一下子坐了起来。她竟然睡在自己房间?还好旁边躺着的不是傅寒州。

家里静悄悄的。

南枝起床后没看到傅寒州,倒是看到桌上他留的纸条:"出差,商会活动见。"

她一屁股坐回沙发上,拿起手机,聊天窗口静悄悄。这家伙一声不吭就搞消失,真是没礼貌。

接下来的时间,南枝全心投入商会活动之中,每天忙得脚不沾地。而这期间,傅寒州再没有联系过南枝。一直到商会活动结束,傅寒州都没出现。南枝的工作告一段落,也向公司提出了辞职。她打算出发去云城给自己好好放个假。

只只蹲在角落里,看着她忙前忙后收拾行李,干脆自己钻进了行李箱。

南枝突然觉得有点心酸,那个男人,说走就走,恐怕都忘了还有一只小东西养在这里了,也……忘了她了吧。

她给栩栩发了个消息,让她每天过来帮忙喂一下猫咪,最后看了一眼这个家,便出发去了机场。

相比天气已经转冷的H市,云城气温仍很高,南枝穿的风衣变成了防晒服。

客栈是提前看好的,南枝就看中了它满院子的花,而且就位于风景区附近,无论去哪里都很方便。

手机调成了飞行模式,南枝跟老板娘打听有什么好玩的地方,想去看看。

"我们这儿有个情人庙,特别灵验。"

南枝笑道:"我只想求财。"

"求财也行呀,反正来都来了,就拜一拜嘛。上面风景可好了,能看到整个镇子。"

南枝被她说得有点心动。反正现在时间还早,她跟着导航到了山脚下。

　　来这儿的游客挺多的,还有旅行团,南枝跟在他们后面拾级而上。寺庙建得不高,就在半山腰,因为是老寺庙,还保持着古朴的风貌。

　　清风徐徐,参天大树将大半的阳光都遮蔽,她一路走,一路拍,最后才跟进了寺庙里。比起古镇的现代商业气息,这里更让南枝喜欢。

　　见不少游客都进了大殿,南枝反而选了个人比较少的偏殿。跨过高高的门槛,在蒲团上跪下,她双手合十诚心祈祷。就在她闭目祈祷时,男人跨步进来,在她身旁跪了下来,也学着她的动作,只是目光一直随着她。

　　鬼使神差地,南枝突然睁开了眼睛,朝一旁看去。这一眼,惊得她差点叫出声。

　　傅寒州跪在她边上,还学着她的动作,见她好像要说话,赶紧用手指抵住嘴唇,做出噤声的动作,又用眼神示意,佛门清净地,可别嚷嚷,随即拉住她的手。南枝觉得这样不合适,偏偏挣脱不开他,与他十指紧扣,被他拉着又拜了一回,这才起来。

　　等出了偏殿,她才问道:"你怎么在这儿?不是出差了吗?"

　　"想你了,就来了。"男人不咸不淡地回答。

　　她突然不知道该说什么。

　　傅寒州已经换了衣服,不再是上班时候的衬衫西装,而是一身休闲装,让他整个人显得悠闲又潇洒。

　　他低眸看着她,"怎么不说话?"

　　南枝嗫嚅道:"你是不是昨天就知道我买了来云城的机票?"

　　傅寒州没回答,也算默认了。

　　"来多久了?我刚才在路上怎么没遇到你?你从什么时候开始跟着我的?"她已经认定傅寒州是昨晚就知道了。

　　傅寒州道:"从你上山开始。"

　　她居然一点都没发觉,"我看你倒是侦查的好手,当傅氏总裁屈才了。"

　　傅寒州无视她的吐槽,微微凑近了几分,风吹过,头顶的树影摇晃,光斑落在他肩头,发丝被阳光照出了金色的光晕,让他的眉目显得温柔又缱绻。

"那你来这儿,是求姻缘的?我自然要跟着来了,菩萨会保佑有情人的。"

南枝瞪大了眼,"我刚才只求财运和事业来着。我可没跟菩萨提姻缘的事。"

"我猜到了,所以我来求姻缘。"傅寒州说着,还欠扁地挑眉,"反正事业和财运,我觉得我再求就有点不公平了。"

"谁会嫌钱多?"

"是不嫌,但我不缺,我就缺个帮我花钱的女人。"

傅寒州说完,刚好有导游带着人过来,浩浩荡荡的全是游客,叽叽喳喳地,瞬间把两人之间的气氛打散。

两个人让道,让旅行团先过去。就听那导游拿着耳麦道:"这就是我们情人庙里最特别的一位送子观音,专门保佑各位有情人能够早日儿女双全……"

剩下的话,南枝是完全没听进去,她刚才看也没看就进去了,觉得那儿供奉的好像是个菩萨,两边一男一女两个童子,感觉也挺寻常的,没想到居然是送子观音。下一瞬,她赶紧抬头,果然看到了男人似笑非笑的眼神。

她后退一步,"我……我不是那个意思。"

"那是什么意思?"男人逼近。

"佛门清净地,你好好说话。"南枝警告。

"我这是在好好说话啊,你来拜送子观音,我还能想到什么地方去,想别的也不合适吧?"男人说完,愉悦地一笑,拉起准备暴走的南枝道,"走吧,来都来了,去前面看看。"

南枝被他挤对得脸都抬不起来了,尴尬地一拍脑门。

这寺庙里养了不少鸽子,配上佛塔上的铜铃,确实让来此之人心境平和。

傅寒州:"前面还没去,过去转转?"

南枝没好气道:"你想笑就笑,可别憋出毛病来。"

"你这么担心我呢。"

南枝瞪大了眼,"这是……"

"这是情人庙,我在这儿说这话,合情合理。"说着拉她上了石阶。

南枝气得恨不得堵住他这张嘴。

南枝只看到了寺庙前院,还真的没留意后头,等跟着傅寒州往上走才发现这里别有洞天,走过狭小的石径,后面竟然还有一座大殿。最特别的是,还有两棵伫立相望的大树。

"这是情人树,传闻有一对情人相爱却无法相守,最后凝望彼此化成了两棵树。"

树上挂满了祈求姻缘的红布条,树下还有人正在往上扔,想扔到最高的地方,祈求神灵的庇佑。

人有的时候就是那么奇怪,自己不去努力争取,却希望老天爷让他们顺遂。

有几个姑娘正拿着红线绕着两棵树打转,两树中间围着厚厚一层红线缠绕出来的隔断。

南枝以为傅寒州带她来这儿,也是想学这些人去绕红线,哪知道他对自己道:"我问过了,这里可以供奉长明灯,可以为逝去的亲人祈福。"

南枝有些诧异,他捏了捏她的手,"去吧。"

"那你呢?"

"我在外头等你。"

南枝也没勉强他跟着自己一块去,自己顺着台阶去了大殿。

趁着南枝进去,傅寒州去禅房找了这儿的主持,表示要捐香油钱,还想请两盏长明灯,并且要这灯永远被供奉,每年他都会捐钱。

外面的导游为图吉利,都是以情人庙做噱头,但这座庙宇最早建起来的时候,是因为此处海拔高,是这附近最靠近天的地方。

供奉长明灯,会被放到佛塔上。当地人为了思念逝去的亲人,都会来这儿供奉一盏。傅寒州没什么能为她父母做的,也只能做到这些。

主持听了,递过来一个册子,让傅寒州加上名字还有生辰八字,傅寒州此前已经调查过,也是做好准备来的,倒是没什么障碍就填好了。最后他又选了祈愿绳,用正楷端端正正写上了他与南枝的名字,才满意地交给了主持。

南枝跪拜完菩萨后出来,看到男人站在姻缘树下。她刚走近,傅寒州就转过了头,朝她伸出了手。这次她没有拒绝。

"接下来还想看什么?"

南枝摇头,"天快黑了,山路不好走,早点回去吧。"

傅寒州都听她的。

下山比上山容易,南枝脖子上挂着的银制项链叮叮当当响,傅寒州又多看了她两眼。

南枝觉得不自在,"我这样打扮,不好看?"

"没有。"男人凑近了点,"好看得很。"

南枝微微偏过头,有些不好意思。

"你这次来云城,就是为了找我?"

傅寒州怕她多想,"没有,正好公司也有业务。"

南枝果然松了口气,神色轻松不少,不过下一秒,就甩开了他的手。只见她瞪了他一眼,"你这算不算犯规?说好的在追求,上来就牵手了?"

这家伙突然跑到她跟前,让她现在满脑子都是他,无法思考,这才让他有机可乘。

"我怕摔倒。"他才刚牵上。

南枝挑眉,"谎话连篇,接下来看你表现吧。"

傅寒州默默跟着她,听着她身上叮叮当当的动静,看着她满头的小辫子,勾唇一笑,"表现好,就跟我?"

"不告诉你。"

回到小镇的时候,天已经彻底黑下来了。中途傅寒州接了几个电话,南枝才知道,他还真和来云城有业务往来。听他的意思是分公司开发案。

"傅氏在云城也有公司?"

"嗯,旅游业,还有跟陆家合资的特色酒店。"

云城是旅游城市,不过傅氏和陆氏合资的酒店的风格没当地特色客栈受欢迎。

虽然说是跟着南枝来的,但其实也是想实地考察一下这里的民风民俗,感受下游客视角下的云城更需要什么。

傅寒州自打出国后,又是学业,又是创业,回国后就直接接管傅氏,压根儿没放过一天假。即使是过年都得出去应酬,在酒桌上吃年夜饭,所以他打算趁着这次机会放松下身心。

"对了,你爷爷身体怎么样了?"

小镇灯光昏黄,附近酒吧里的声音震耳欲聋,三三两两的行人或手拉着手走在一起,或是聚在一起拍照留念。

傅寒州道:"回老宅住着了,老人家年纪大了,不爱在医院待着。"

南枝忘了问他晚上住哪儿,等到了客栈门口,客栈老板娘的儿子小乐跟院子里那只大黄狗一下冲了出来。

"咦,高个子大叔,你怎么跟漂亮姐姐一起回来了?"

傅寒州额头上青筋蹦了蹦,"大叔?"

小乐乖巧点点头,穿T恤的才能叫哥哥,他懂的!然后小鬼头扬起笑脸,露出一口白牙,"姐姐你回来啦!"

南枝看着傅寒州的表情,扑哧一下笑了出来,对着小乐点点头道:"嗯,姐姐还给小乐带了礼物。"说着,她从身上的背包里拿出了一个迪迦奥特曼。

果然,没有小男孩能拒绝奥特曼。小乐惊喜地跳了起来,"哇,谢谢姐姐!我好喜欢!"

他高兴地拿着奥特曼往院子里冲,"妈妈,姐姐送给我奥特曼,下午出去的帅大叔也回来啦!"

傅寒州闭了闭眼,他看起来有那么老?

南枝揶揄道:"谁让你老板着脸。"还总是穿得跟个老干部似的。不过傅寒州的心塞可想而知。

南枝跨步进去,下一秒反应过来,"小乐之前说的还没到的客人,不会是你吧?"

傅寒州面不改色跟了进来,"嗯,是我,住你隔壁。"

他是想跟她一间房的,但那老板娘一双眼在他身上打转,说什么都不准,非说要给南枝打电话确认。傅寒州是来给她惊喜的,于是勉强在隔壁开了一间房。

南枝心想这人果然是属牛皮糖的。

"你是什么星座?"她实在是忍不住了。

"1月8号。"傅寒州虽然对星座不了解,但也知道跟生日有关。

南枝下意识拿出手机查了查,摩羯座,怪不得是工作狂。

老板娘丽姐掀开帘子出来,现在正是饭点,楼下人不少,有附近的居民,也有路过的游客。

"回来啦?是要在院子里吃还是进饭厅?"

南枝下意识看了眼傅寒州,她在哪里都是没关系的。

"在院子里吧。麻烦了。"对待外人,傅寒州向来保持距离。

丽姐点点头,进去的时候又拉南枝到边上去,轻声道:"南小姐啊,你别怪我多事,这个先生你认识啊?"

南枝知道她是好心,解释道:"嗯,是我朋友,丽姐别担心,他过来我也挺意外的。"

丽姐恍然,"是男朋友吧?"

南枝眼神闪烁,也没回答。

"行啦,我也年轻过,那我做几道云城的地道菜,你们两个人估计也吃不了多少。"

"谢谢丽姐。"

小乐又一阵风似的跑回来,给他们送了碗碟,还提来了一盏防蚊虫的户外灯。

"姐姐,这是花露水。"小乐从小竹篮里拿出了一堆东西,生怕南枝晚上被蚊子给咬了。轮到傅寒州的时候,他就有点怯生生地喊大叔。等傅寒州冷着脸嗯了一声后,他又一下扑到南枝身边,还抓了一把糖给南枝,"姐姐吃糖。"

傅寒州看着这小子一个劲儿往南枝身边凑,清了清嗓子,"小鬼,到哥哥这儿来。"

小乐回头看着他,黑白分明的大眼睛眨了眨,"哥哥?在哪里呀?没有啊。"

南枝刚喝了一口水,闻言直接没忍住,一下子全喷了出来,喷到了傅寒州脸上。

男人的眼镜上水雾一片。南枝赶紧抽纸巾要给他擦,傅寒州还真的就靠在椅背上,双手抱胸等着她伺候。

小乐什么也不懂,还以为南枝呛着了,眼巴巴地等在旁边。

男人现在哪有心思纠正他要不要叫自己哥哥,他的全部注意力都放在南枝身上,闻着南枝身上飘过来的香气,感觉到她的手轻柔地在自己脸上擦拭着。

"大叔。"煞风景的声音从旁边响起。

傅寒州睁开眼,斜睨他,想看这小鬼要说什么。

"大叔你不会喜欢我南枝姐姐吧?"

傅寒州觉得好笑,什么你南枝姐姐,那是我的女人。

—357—

南枝手一顿,生怕傅寒州说什么少儿不宜的话,疯狂给他使眼色。

傅寒州的眼神凝在她脸上,"嗯,好喜欢。"

南枝手一抖,忍不住用另一只手去掐他。可惜他这身上是一丁点能扯出来的软肉都没有,掐也掐不到地方,只能不痛不痒地警告了一句"别胡说"。傅寒州扭头看着小乐道:"她也喜欢我。"

小乐如遭雷击,"不会的,姐姐才不会喜欢大叔呢,我长大了要娶姐姐的!"

傅寒州嘶了一声,下意识想反驳。不过他觉得跟个小鬼吵架没格调,所以转成了怀柔政策,"你要是放弃这个想法,我送你一整套奥特曼绝版卡片。"

小乐震惊,"大叔你有一整套奥特曼卡片?我们班最有钱的王佳辉都没有一整套呢!"毕竟那玩意跟抽盲盒似的,绝版更是稀有了。

傅寒州挑眉,"嗯哼。"

小乐瞬间转头对南枝正色道:"姐姐,你嫁给大叔吧,他是有一整套奥特曼卡片的人!"

"我还能送你《孤勇者》歌手亲笔签名专辑。"傅寒州觉得这小子挺上道的,继续加码。

"哇!——"小乐兴奋地绕着傅寒州打转,完全没了刚才嫌弃的样子。

南枝觉得一言难尽,看看这万恶的资本家,连小孩子都要骗!

好在丽姐这边要上菜,把小乐给叫走了,不然南枝相信傅寒州一定会加码加到让小乐恨不得他们原地结婚。

闹腾的小孩子一走,两个人一时相对无言。

傅寒州的指关节在桌上敲了敲,"怎么不说话?"

南枝有些一言难尽地看着他,"觉得你——有点卑鄙。小乐还是个孩子呢!"

"是啊,所以千万不能放过他。"傅寒州老神在在地喝了口刚收的小弟倒的茶水。

嗯,果然不怎么样,但胜在心意。傅寒州觉得自己这个做大哥的,总不能伤了一个小弟的心。

头顶飘过了一架无人机。傅寒州凉飕飕瞥了一眼,那无人机若无其事地假装路过。好在南枝并没察觉,她只是在想用什么词汇能唤醒这个男人的良心。

就在古镇附近的房车里,赵禹默默将无人机收了回来。

磕到了,珍贵的视频!我要珍藏!

丽姐的手艺不错,南枝今天累了一天,喝着小酒,品着小菜,听着附近的歌手唱着民谣,加上明天想睡到几点就几点,不用半夜起来赶方案,南枝觉得现在的日子真的快乐似神仙。

最重要的是——南枝余光扫过陪在自己身边的男人,如果今天他没有来的话,这样的快乐里,会伴随着遗憾和寂寞。他的出现,好像一盏灯,突然照亮了她心底某个角落,瞬间驱散了那种若有若无的想念。

她知道自己对他的感情,可当他真的出现在这里,出现在她身边,那种专注到我的眼里只能看到你的神情,真的让她无法抵抗,也不想抵抗。她心底是欢喜的。

傅寒州侧目去看她。院子里点亮了小夜灯,她脸上带着浅浅的笑意,姿态放松,傅寒州不知道怎么回事,觉得这一刻,云城确实是别人嘴里说的浪漫之城。

"枝枝。"男人低沉又略带磁性的声音在耳边响起。

南枝因为喝了酒,双颊略带了点红,闻言转过头看他,一双星眸里不仅亮着灯光,还有他。

"你醉了?只只在家。"

傅寒州展颜一笑,眼底都蕴含着笑意,他拉起她的手,放在自己心口,"枝枝在这儿。"

风里带着这座城市的温热,将她的鬓发吹起,落在她的脸颊上。她懂了他的意思。

他说话的节奏不快,力图要让她听得一清二楚,不受那些伴奏的音乐所干扰;人也凑得极近,好像所有人都在热闹喧嚣中,而他们在僻静的角落里,与世隔绝。

此刻的傅寒州,陌生又让人悸动。

她像是在这段时间里,重新认识了他。

以前的他,冷静且凉薄,每次说出来的话都像是客观分析后得出的结论,只有对错,没有感情。

可现在的他,就像是放下了那一层遮挡的面具,让她彻彻底底感受到了冰山下的火热。

-359

"这里,只有枝枝。"

指尖仿佛被火灼烧,比指尖更狂热的,是自己那原本被压抑下去的情绪。

明明家里人也叫的,朋友也会这么叫,可他叫出来,总能让她的心绪不能平静。

所以看到丽姐出来洗菜,她赶紧跟了出来帮忙,留下傅寒州在原地闷笑。

丽姐看在眼里,也没打趣她。

夜晚的湖水,凉津津的。

南枝跟着丽姐绕过青石板路,一路上脸还红着,满脑子想着他叫她枝枝。

竹篮沥水,发出哗哗的动静,她笑道:"跟傅先生吵架了跑出来的?"

南枝一听,知道她误会了,"不是,我公司刚好放了年假,好久没休息了,出来转转散散心。"

"他是自己跟过来的,平时工作比较忙,我也没想到他会来。"

丽姐道:"刚开始吧?"

南枝一愣,丽姐怕她听不懂,直接道:"傅先生那个样子,满眼都是你,很像我跟我老公刚相爱的时候。你们要珍惜眼前人,有些人啊,走着走着,也许就散了,这辈子恐怕都遇不着了。"

南枝点点头,"嗯。"

等她跟丽姐从石桥那边回来,刚进院子,就看到傅寒州手里拿着一瓶旺仔牛奶,诡异又和谐。更离谱的是,他正居高临下看着脚边蹲着的大黄狗。那副样子,好像要大黄打个报告给他似的。

南枝觉得好笑,拿起手机偷偷拍了一张照,还特地放大了那瓶旺仔牛奶。

男人一抬眸,那双眼睛直勾勾地看着她,无论何时何地,都像簇着一团火。

"偷拍我呢。"他清晰地逐字吐出,生怕南枝抵赖,手指在眉骨附近点了点,"我都看到了。"

既然被发现了,南枝索性也承认,"嗯,进门看到有个大叔居然喝旺仔牛奶,我决定拍下来,保不齐就是能卖钱的一手资料。"

"惊!傅氏集团总裁居然爱喝它!功效竟然如此神奇。"

她连标题都想好了。这让人浮想联翩的标题,保证能骗不少吃瓜党兴致勃勃地冲进来,再败兴而归。

傅寒州起身,将牛奶放在桌上,"饮料不就是给人喝的,还分年纪?"

他的眼神在她身上转了一圈,故作冷脸道:"肤浅。"

南枝见丽姐要去抓小乐洗澡睡觉,未免他们待在这儿人家还得操心他们,便对傅寒州说:"上楼吧。"

傅寒州没意见,他今天急匆匆赶过来,在飞机上也没怎么睡,现在确实累了。

南枝晚上喝了一点酒,不足以醉人,但她走在楼梯上,感觉到傅寒州沉稳的脚步跟在身后,莫名觉得自己醉了,脚步都有点踉跄。

南枝的房间在右手边第一间,她一转身就到了。身后的男人悠闲地跟上来。

"怎么不开门进去?"男人问道。

南枝拿出钥匙,因为要符合老房子的定位,这儿的钥匙还是金属钥匙,她旋转了两圈,才听到门锁打开的声音。她没着急进去,转头看着他。

他离她很近,唇畔几乎贴在她的耳边,"想要我的话,就点点头。没想好也没关系,我可以当提前预支工资。"低沉的嗓音像是在她鼓膜上敲打。

南枝咽了咽口水,"跟谁学的这套?"

耍赖第一名,每次都……

她觉得自己的呼吸都快被他掠夺干净了。

傅寒州搂着她的腰,带着人直接进了她的房间。

昏黄的屋内,并没有高级酒店那样的感应灯。他在黑暗中,只能显现出身形轮廓。

南枝本以为他会吻上来,结果他只是将自己圈在怀里。她有些紧张地攥着他的衣摆,等了好一会儿,见他没有动作,才蹙眉仰起头。

只听黑暗中男人轻笑一声,缓缓道:"这是你自己抬头的。"随后,手捧起了她的脸,落下了一吻。

这次的吻轻柔又缠绵,她觉得刚才的旺仔牛奶,或许是假冒伪劣产品,不然为什么她会有种晕乎乎、心落不着地面的感觉?

这世上,情与爱,都如泥沼,让人深陷其中而不自知。他说他是俗人一个,她又何尝不是。

南枝理智回神,"不是要追我?回自己房间去。"

"那边我睡不好,被褥不舒服。"男人耍赖。

"我带了一套自己的床品,给你换?"

傅寒州凝望着她,"那儿还有蚊子。"

"我这儿有蚊香。"

南枝看着他,别开了视线,"那你去把睡衣带过来。"

男人勾唇一笑,直接带上了门,"我睡觉不爱穿衣服。"

南枝无语。

洗完澡的南枝看着在床边磨磨蹭蹭的某人,揶揄道:"你还能表现得再明显一点吗?"

"我能睡床?"

南枝擦着头发,"如果你想睡地上也行。"

傅寒州果断选择睡床,他才不会装什么正人君子,反正他脑子里也没什么正经的东西。

傅寒州也洗完的时候,南枝已经把东西都放好了,正在护肤。

"把头发吹干。"她说了一句。

傅寒州以为她是让他给她吹,刚站起来,南枝用眼神示意,"是给你自己吹。"

他头发不长,也就比板寸长一些,没一会儿就吹干了。只是这老房子的电路不大好,他插着吹风机,头顶的灯就跟着一闪一闪的。

傅寒州怕短路,吹了几下就停下,见南枝的头发也需要吹,起身道:"我给你吹?"南枝没拒绝。

傅寒州给她吹头发也算很有经验了,房间的梳妆台是木制的,镜子擦得很干净,傅寒州看着她一瓶接一瓶地往脸上抹,挑眉道:"这么麻烦。"

南枝看了他一眼,"还行。"

吹风机呼呼作响,傅寒州顺着发丝吹起的弧度,能看到她绯红的脸。他拨弄着发丝,等南枝开始玩手机的时候,才拔掉插头,"好了。"

南枝起来给自己的水杯倒了点水,才习惯成自然地躺到了自己在家时睡的方向。

傅寒州关了灯也上了床。

重新躺在一张床上,两个人竟然有种小情侣第一次干坏事的悸动。

谁也没主动开口说话。

傅寒州闻着她身上的香气,侧过身看着她,碰了碰她的手。今晚,他本来是别有用心的,可现在躺在她边上,他竟然觉得就这样看着她就好。

南枝闭着眼睛,但是他灼热的视线凝聚在自己脸上,她不可能没感觉。

她突然开口,"傅寒州。"

他没回答,却猛地低下头,碰上了她的唇。她下意识向后退,又被他揽住腰,两人直接贴紧,密不可分。

当初,你是我的求而不得,我甘心画地为牢。

"我知道你想要说什么。现在你想要什么样的傅寒州,由你来决定。"

爱是诱她步步深陷,是你来我往,是赠一场狼狈,抑或欢喜。